BRANDENBURGER GOLD

Carla Maria Heinze, geboren in Kleinmachnow, einem Vorort von Berlin, mag alles, was nicht in eine Schablone passt. Menschen, Meinungen und Lebensentwürfe. Ihre Kriminalromane handeln davon. Viele Reisen führten sie über alle fünf Kontinente. Heute lebt sie im Land Brandenburg, zwischen Potsdam und Berlin.

CARLA MARIA HEINZE

BRANDENBURGER GOLD

Kriminalroman

emons:

Bibliografische Information der Deutschen Nationalbibliothek
Die Deutsche Nationalbibliothek verzeichnet diese Publikation
in der Deutschen Nationalbibliografie; detaillierte bibliografische
Daten sind im Internet über http://dnb.d-nb.de abrufbar.

© Emons Verlag GmbH
Alle Rechte vorbehalten
Umschlagmotiv: mauritius images/imageBROKER/Erhard Nerger
Umschlaggestaltung: Nina Schäfer, nach einem Konzept
von Leonardo Magrelli und Nina Schäfer
Umsetzung: Tobias Doetsch
Gestaltung Innenteil: César Satz & Grafik GmbH, Köln
Lektorat: Susanne Bartel
Druck und Bindung: CPI – Clausen & Bosse, Leck
Printed in Germany 2018
ISBN 978-3-7408-0270-7
Originalausgabe

Unser Newsletter informiert Sie
regelmäßig über Neues von emons:
Kostenlos bestellen unter
www.emons-verlag.de

Wir waren jene, die wussten, aber nicht verstanden,
voller Informationen, aber ohne Erkenntnis,
randvoll mit Wissen, aber mager an Erfahrung.
So gingen wir, von uns selbst nicht aufgehalten.

Roger Willemsen (aus seiner Rede
»Wer wir waren« im Juli 2015)

Für Bodo

Prolog

März 1945

Seine Augen suchten den Himmel ab. Sternenklar. Auch das noch. Er rückte das Koppel zurecht, straffte die Schultern und ging mit forschem Schritt auf das Tor zu. Seine Erscheinung strahlte Autorität aus. Am Pförtnerhäuschen erstattete er Meldung. Der Wachhabende winkte ihn durch. Aus einer Nebentür des Gebäudes trat ein junger Gefreiter, salutierte und stellte sich als Begleitschutz vor. Oh mein Gott, dachte er, der ist ja noch ein halbes Kind.

Sie überquerten den großen betonierten Platz. Kaum sichtbar zwischen anderen Gebäuden lag der Eingang. Zum Hauptquartier vom Dicken. Versteckt bei Potsdam Wildpark.

»Hier entlang, Herr Hauptmann«, meldete der Gefreite. Er wies auf eine unscheinbare Tür zwischen den Erdhügeln, öffnete sie und ließ ihm den Vortritt. Hinter ihnen fiel die schwere Stahltür mit einem dumpfen Laut ins Schloss.

Die Luft drinnen war erstaunlich frisch. Gasschleusenanlagen, fiel es ihm ein. Er folgte dem vorauseilenden Soldaten die Treppen hinunter. Tiefer und immer tiefer gingen sie in den unterirdischen Riesenbunker. Bis auf das Geräusch ihrer schweren Stiefel auf den Betonstufen drang kein anderer Laut zu ihnen.

Im Geiste rekapitulierte er noch einmal, was er bisher erfahren hatte. Wegen eines Führerbefehls. Deshalb war er hier. Jeder Deutsche wusste seit seiner Schulzeit, dass die zwei Sarkophage der beiden Preußenkönige in der Potsdamer Garnisonskirche standen. »Üb immer Treu und Redlichkeit!« Beinahe hätte er aufgelacht. Nicht fröhlich. Nein. Die Fröhlichkeit war ihm schon seit Langem vergangen. Nicht erst seit Stalingrad. Mein Gott, das ahnten doch alle, dass das nicht gut gehen konnte. Unser Paule, dachte er und musste sich für einen Augenblick am kalten Stahlgeländer festhalten. Paule mit den gutmütigen Augen. Ein Kerl, riesig wie ein Grizzly.

Immer zu einem Scherz aufgelegt. Und lachen konnte er. So ansteckend, auch über sich selbst. Aber seit Stalingrad – aus und vorbei. Er atmete tief ein. Versuchte, den Druck auf der Brust loszuwerden. Wenigstens Kulle war noch da. Sein Bruder im Geiste, Pendant seit Kindertagen. »Mensch, mach endlich, Arne«, hatte Kulle damals heiser geflüstert. In der Ferne hörten sie bereits das Rollen der anfliegenden Flugzeuge. Sie standen dicht beieinander an der Brandmauer einer ausgebrannten Ruine in der Prinzenstraße. Die Luftschutzsirenen waren gerade verstummt. Die Straßen menschenleer. Nur sie beide. Wie in einem Vakuum. Kulle und er. »Biste besoffen, oder was? Mach schon. Überleben will ick. Verstehste? Du bist mein Freund. Nur du kannst mir aus der Scheiße raushelfen.« Da trieb er ihm die Axt mit der stumpfen Seite in die Schulter. Fing den keuchenden Körper auf. Rieb Erdklumpen und Ziegelstaub über den Stoff. In der Ferne hörte er bereits die Flak losballern. Wartete wachsam auf die ersten Einschläge. Als die Bomben auf den Potsdamer Platz niedergingen, schleifte er den Freund zum nächsten Bunker. Der Sani blickte kaum auf, sagte nichts, verband nur die Wunde. Am nächsten Morgen verließ der Transport den Lehrter Bahnhof und Berlin Richtung Osten ohne den Feldwebel. Erst viel später hatten sie erfahren, dass Paule in einem der Waggons war.

Er tastete nach dem Foto in seiner Brusttasche. Das Einzige, was ihm von Paule geblieben war. Und immer noch Krieg. »Wir leben provisorisch, die Krise nimmt kein Ende«, fiel ihm ein Zitat von Erich Kästner ein. Den durfte heute auch keiner mehr lesen.

Fanatiker, Bauernfänger waren sie, die Nazis. Nach der Niederlage von Stalingrad hatte Goebbels die Männer auf den totalen Krieg eingeschworen. Noch heute wurde ihm schlecht, wenn er daran dachte. Dicht an dicht hatten sie gestanden. Kein Radrennen, keine Boxkämpfe mehr im Sportpalast. Nur das Kreischen von dem ausgemergelten Dünnen da vorn. Am liebsten hätte er sich die Ohren zugehalten. Und die Gesichter der Männer um ihn herum, begreifen die denn gar nichts?, hatte er gedacht. Gebrüllt hatten sie. Alle. »Ja, wir wollen den totalen Krieg!«

In Gruppen verpuffen individuelle Wert- und Verhaltensmaßstäbe, war ihm damals wieder eingefallen. Der Erklärungsversuch seines ehemaligen Geschichtslehrers, als sich beinahe sämtliche Mitschüler seiner Klasse gegen den Schwächsten unter ihnen wandten. Der dicke Hartmut mit der Stahlbrille, die ihm immer von der Nase zu rutschen drohte. Der sich vor allem und jedem fürchtete. Und er? Hatte sich nicht eingemischt. Das war das Schlimmste. Sich nicht einmischen.

Schon einmal hatte er vor den beiden Sarkophagen gestanden. Damals, als die Särge aus der Garnisonskirche in das Objekt »Kurfürst« verlegt wurden. In den unterirdischen Bunker in Eiche bei Potsdam. Die Befehlszentrale des Oberbefehlshabers der Luftwaffe. Göring. Das Bunkerlabyrinth galt als absolut bombensicher. Natürlich rechnete man mit verstärkten Luftangriffen auf Potsdam.

War der schwer gewesen, der Sarg. Nur in zwei Teilen konnten sie ihn aus der Gruft der Kirche nach oben transportieren. Potsdam und seine Könige, dachte er. Sein Leben lang hatte er die Monarchie verachtet. Die Parks, die Schlösser, den Prunk. Aufgewachsen in Kreuzberg. Erster Hinterhof. Drei Treppen. Der Abort unten in einem separaten Gebäude im Hof. Der Vater ein Stiller. Herrenschneider. War in jungen Jahren aus Bayern nach Berlin gekommen. Seine Mutter aus Pommern. Eine kluge, resolute Person, die dem Vater den Rücken frei hielt. Ein älterer Bruder, eine Schwester und er. Immer die Besten in der Schule. Er bekam eine Empfehlung für das Gymnasium. Eine gnadenlose Zeit. Nicht wegen des Lernens. Wissen hatte er stets aufgesogen wie ein Schwamm. Aber die Klassenkameraden. Mit keinem hatte er sich angefreundet. Eingebildete Herrchen, die verächtlich auf ihn herabblickten. Aber er hatte es geschafft. Einser-Hochschulreife. Das war er den Eltern schuldig gewesen. Durchzuhalten.

Und jetzt musste er retten, was ihm widerstrebte. Die ganze Preußenherrlichkeit mit ihrem Tschingderassa. Scheißkrieg, dachte er. Auch noch die Särge des Ehepaars von Hindenburg. Die hatte man auf die Schnelle von Ostpreußen über die Ostsee nach Kiel und von dort nach Potsdam in diesen Bunker geschafft.

Der Geheimbefehl steckte in der Brusttasche. Mehr als zwei Stunden lang hatten sie ihn mit dem Sachverhalt vertraut gemacht. Danach Vereidigung und Unterschrift aller Anwesenden. Ordnung. Klar. Ganz wichtig. Er verzog die Mundwinkel, sodass seine ernsten, regelmäßigen Gesichtszüge mit den wachen dunkelgrauen Augen spöttisch wirkten. Deutsche Bürokratie. Die musste sein.

Der Gefreite vor ihm wartete. Sie waren angekommen. Die Luft, immer noch frisch. Tolle Ingenieurleistung, dachte er. Aber der Gang. Schmal wie ein Handtuch. Das würde schwierig werden. Genau wie vor zwei Jahren in der Garnisonskirche. Hochkant. Na dann, prost Mahlzeit! Wenn das die beiden Majestäten wüssten. Unwillkürlich musste er grinsen. Gut, dass der andere vor ihm lief. In der Bevölkerung erfuhr kaum jemand etwas von der Umbettung. Die Potsdamer, königstreu wie eh und je. Wenn er nur an seinen alten Klassenlehrer dachte, der hatte jedes Mal feuchte Augen bekommen, wenn er von »seinen« Hohenzollern erzählte. Und jetzt, dachte er, ist die Kacke am Dampfen.

Sie betraten den hallenartigen Raum. Die Kisten waren gepackt. Über zweihundert Fahnen aus der Schlacht bei Tannenberg. Messkelche, Wandteppiche, ein japanisches Teeservice und die Bibliothek Friedrichs des Großen. Herr im Himmel, dachte er, und wer kümmert sich um die Menschen da draußen? Die können verrecken. Endsieg. Das Wort krallte sich in seine Gedärme.

Der Transport sollte in Etappen verlaufen. Vom »Kurfürst« über Magdeburg nach Naumburg zum Heeresfeldzeugamt und weiter nach Bernterode. Nach jeder Teilstrecke war ein Fahrerwechsel vorgesehen. Keiner durfte das Endziel kennen. Nur er wusste über den gesamten Ablauf von Anfang bis Ende Bescheid. Bernterode im Eichsfeld war zwanzig Kilometer von

Nordhausen entfernt. Ein stillgelegtes Kalibergwerk. Sie durften keine Zeit verlieren.

Steifbeinig kletterte er aus dem Fahrzeug. Sie waren endlich am Zielort angekommen. Er reckte sich. Die Fahrt war kein Zuckerschlecken gewesen. Sie waren nachts gefahren. Tagsüber immer wieder raus und ab in den Straßengraben wegen der Bedrohung durch Tieffliegerangriffe. Zum Glück kein Feindbeschuss. Er blickte sich um. Hohe Tannen. Hügelige Wiesen. Beinahe romantisch, wenn man nicht wüsste, was sich hier abspielte. Das ganze Werk war ein Munitionsdepot. Tonnenweise wurden hier immer noch Granaten produziert. Zwei Teile Steinsalz, ein Teil Pulver. Und das alles nur mit Kriegsgefangenen und ein paar wenigen deutschen Feuerwerkern, dachte er.

Er durfte keine Zeit verlieren. Alles musste in dieser Nacht in die nicht mehr benutzten Stollen transportiert werden. Er ließ die Lastwagen entladen. Die Männer arbeiteten schnell, verloren keine überflüssigen Worte dabei. Zuerst mussten die Särge hinunter. Aber der Förderkorb war zu klein. Also wieder hochkant. Der Zinnsarg vom Alten Fritz zuerst. Auch als Leichnam hatte der seine Eigenarten, ging es ihm durch den Kopf. Nach mehr als zwei Stunden hatten es seine Männer endlich geschafft. Und ab dafür. Fünfhundertdreiundsechzig Meter. So tief waren die Könige noch nie gewesen, dachte er.

Fertig. Bald Mitternacht. Seine Männer hatten die Särge und die Kisten in einem Nebengewölbe vom Hauptgang untergebracht. Er überprüfte akribisch anhand der Listen noch einmal alle Behältnisse. Dann ließ er den Eingang mit Steinsalz verschließen. Danach Vereidigung auf Geheimhaltung aller Anwesenden mit Handschlag und Unterschrift. Ordnung, das können wir Deutschen, dachte er erschöpft.

Die neue Order für den nächsten Einsatz steckte bereits hinter der alten in seiner Brusttasche. Weiter ging es nach Schlesien, in die Landeshauptstadt Breslau. Jetzt ab zum Bahnhof. Die Lok stand schon unter Dampf. Hoffentlich klappte alles. Der wichtigste Teil lag nun vor ihm. Er betrat sein Abteil. Langsam verließ der Zug den Bahnhof. In Gedanken ging er den Ablauf immer wieder durch. Wenn ihr wüsstet, dachte er, als die Gebäude von Bernterode in der Dunkelheit verschwanden.

Teil I

1

23. Juli – Potsdam-Pirschheide

Konzentriert blickte Hartwig auf die Anzeige seines IMP-Metalldetektors. Ohne Vitamin B biste aufgeschmissen, dachte er. Harald vom Kampfmittelräumdienst hatte er erst weichkochen müssen, damit der ihm das Gerät gab. »Entwickelst du dich jetzt zum Sondengänger?«, hatte der ihn gefragt und »Du weißt aber schon, dass Raubgrabungen den Sachbestand der Unterschlagung erfüllen, oder?« nachgeschoben. »Nicht dass du mich in irgendetwas mit hineinziehst, Kumpel.«

»Samstag geb ich einen aus, okay?«, hatte er nur erwidert. Ohne das Minensuchgerät zur Punktortung hätte er das Ganze knicken können. Immer noch kein Ausschlag auf der Skala. Seine Geduld ging bereits gegen null. »Wo seid ihr, verdammt noch mal?«, brummte er. Clärchen, sein Berner Sennenhund, bewegte die Ohren, blieb aber angeleint gehorsam am Rand der Lichtung sitzen. Nur seine große schwarze Gumminase vibrierte, nahm Witterung auf. Die zwei Mettwurstbrötchen würde er erst nach getaner Arbeit mit Clärchen teilen. Mit der freien Hand zog er den Plan aus der Jackentasche. Wind zerrte am Papier. Er hatte aufgefrischt. Eine Wohltat nach der Hitzewelle der vergangenen Tage. Trotzdem klebte ihm das ärmellose T-Shirt, das er über der Trekkinghose trug, am Körper. Am Himmel zogen sich dunkle Wolken zusammen und wanderten in wechselnden Formationen schnell weiter. Das sah verdammt noch mal nach einem Sommergewitter aus. Missmutig blickte er auf das alte Stück Papier. Die Skizze war kaum brauchbar. Der Wald ringsum hatte sich verändert, Gebüsch das Unterholz völlig überwuchert. Er hatte die Schritte vom Hauptweg genau gezählt, wie auf dem Plan angegeben. Irgendwo hier musste es sein. Er betastete die Schwellung am Kinn. Tat immer noch weh. Aber das Arschloch würde sein Fett abbekommen, schneller, als der überhaupt denken konnte. Die Nadel bewegte sich. Tanzte auf der Skala hin und her. »Na also«, bemerkte er. Zog eine Farbspraydose aus der Tasche seiner Hose und markierte die Stellen, bei der ein Ausschlag erfolgte. Zufrieden betrachtete er das weiße Rechteck auf dem Waldboden. Clärchen winselte. »Aus, du Pfeife!«, befahl Hartwig. »Papi arbeitet.« Der Hund drehte sich mehrmals im Kreis, kratzte mit den Vorderpfoten im Sand und ließ sich mit einem Seufzer auf die Erde fallen.

Hartwig stellte den Metalldetektor zu seinen anderen Arbeitsgeräten, steckte die Karte in den Rucksack und griff nach dem Spaten. Die Kante hatte er vorsorglich scharf angeschliffen und zusätzlich zu der grünbraunen Bundeswehrplane noch eine Grabegabel und eine Schaufel mitgenommen. Er blickte sich um. Hatte da nicht ein Ast geknackt? Windböen fuhren durch die Kronen der Kiefern. Nicht einmal die Vögel sangen bei dieser Wetterlage. Entfernt hörte er das Rauschen des Autoverkehrs zwischen Potsdam und Geltow. Da, da war es wieder. Schlich hier jemand rum und beobachtete ihn? Auch Clärchen spitzte die Ohren und knurrte leise. Hartwig zog eine zerdrückte Zigarettenpackung aus dem Rucksack, nahm eine Zigarette heraus und ließ das Feuerzeug schnappen. Gierig inhalierte er den ersten Zug, hustete und nahm, ohne sich darum zu scheren, den nächsten. Als die Zigarette halb aufgeraucht war, warf er sie auf den sandigen Waldboden, trat sie aus und schob mit dem Fuß etwas Sand über den Stummel. »Na dann«, murmelte er.

Mit der Grabegabel kennzeichnete er die Stelle. Brummte mehr, als dass er sang: »Wir sind die Moorsoldaten und ziehen mit dem Spaten ins Moor.« Wechselte das Arbeitsgerät, stach mit dem Spaten Vierecke heraus und trug das Erdreich ab. In der Ferne hörte er Donnergrollen, dann erklang das Trommeln von »Little Drummer«. Hartwig zog sein Smartphone aus der Hemdtasche. Als er die Nummer auf dem Display erkannte, wischte er sie weg und schaltete das Gerät aus. Grub weiter. Clärchen schlug an. Verdammt, warum hatte er den Hund nicht zu Hause gelassen? Das Bellen konnte Leute anlocken. Er stieß den Spaten so tief in den Boden, dass er stecken blieb, lief zu seinem Rucksack, zog einen Blechnapf heraus, füllte ihn mit Wasser aus einer Flasche und stellte ihn vor das Tier. Dankbar blickte Clärchen ihn an und schlabberte das kühle Nass. Erste Regentropfen klatschten auf Hartwigs nackte Arme.

»Na siehste«, brummte er und strich dem Tier über den Kopf. Das Gewitter kam näher. Er musste sich beeilen. Nur noch eine Viertelstunde, dann würde er Schluss machen. Das dauerte ihm alles viel zu lange, und er hatte noch jede Menge zu tun. Zu Hause stapelte sich das Material. Erneut griff er nach dem Spaten, als der Hund lang gezogen heulte. »Aus!«, brüllte Hartwig. Schwankte, griff sich an die Brust. Schaute auf seine Hand. Sie war blutverschmiert. Der Boden unter ihm bewegte sich. Brennende Hitze umschloss ihn. Er riss den Mund auf, doch der Schrei kam nicht mehr über seine Lippen. Sein Kopf kippte nach vorn wie der einer Gliederpuppe. Und da, wo einmal sein Arm gewesen war, schoss an den Schulterknochen Blut hervor. Wie eine Fontäne. Clärchen hatte sich losgerissen, humpelte. Eine Pfote hing kraftlos herab. Trotz der nur noch drei intakten Beine schoss der Hund wimmernd durch das Dickicht.

2

24. Juli – Potsdam

Auf Hauptkommissar Maik von Lilienthals Schreibtisch verquirlte ein Tischventilator die schwüle Luft, was nur bedingt den Eindruck von Frische erweckte. In allen Räumen des Potsdamer Polizeipräsidiums herrschte im wörtlichen Sinne dicke Luft.

»Wie weit sind wir mit dem Todesfall in der Pirschheide?«, fragte Lilienthal.

Leo Kalumet, Kommissar und noch nicht lange im Team, blickte auf seine Notizen. »Der Tote«, er räusperte sich, »also, was von dem Leichnam noch übrig ist, konnte identifiziert werden. Es handelt sich um einen gewissen Jens Hartwig, fünfundzwanzig Jahre alt, geboren in Neuruppin und Doktorand der Tiermedizin.«

»Hat er im Wald empirische Studien betrieben?«, kommentierte Lilienthal nicht besonders witzig den Fundort der Leiche, während er sich mit einem Blatt Papier zusätzlich Luft zufächelte. Dabei wechselten seine dunkelbraunen Haare je nach Richtung des Ventilators ihre Frisur.

»Hartwig war einer der Initiatoren der Volksbefragung gegen Massentierhaltung.«

»Ein sensationeller Erfolg mit beinahe hundertviertausend gültigen Stimmen«, ergänzte Heike Mohn, Kriminalassistentin. Wegen der Hitze hatte sie ihre langen blonden Haare zu einem hohen Pferdeschwanz gebunden. »Das Landwirtschaftsministerium versucht, das herunterzuspielen, und der Bauernverband verbreitet gerade ein Drohszenario. Brandenburger Bauern würden bankrottgehen, sollten die Forderungen der Initiative umgesetzt werden.«

»Aha«, murmelte Lilienthal. Sein Interesse hielt sich in Grenzen. »Wie konnte Hartwig anhand der Restmenge an Körperteilen eigentlich identifiziert werden?«

Heike verzog das Gesicht. Sie fand die Formulierung ihres Chefs offensichtlich nicht angebracht.

Kalumet blätterte in den Papieren. Sein durchtrainierter Oberkörper zeichnete sich unter dem eng anliegenden dunkelblauen T-Shirt ab. »Anhand eines IMP-Minensuchgerätes zur Punktortung, von dem man allerdings auch nur noch wenige Teile gefunden hat«, sagte er. »Durch die Kennzeichnung konnte die Kriminaltechnik den Kampfmittelräumdienst als Besitzer ausmachen. Ein Harald Rubens hat zugegeben, das Gerät seinem Freund Jens Hartwig geliehen zu haben.«

»Und wofür?«

»Wusste er nicht. Erwähnte aber, dass Hartwig sehr geheimnisvoll getan habe.«

»Der Rubens, immerhin Beamter, hat das Gerät einfach mal an eine polizeifremde Person verliehen?« Lilienthal zog den Ventilator näher zu sich heran. »Demnächst verborgt man noch Einsatzfahrzeuge. Gern auch mal eine Dienstwaffe«, fügte er sarkastisch hinzu, öffnete einen weiteren Knopf an seinem Hemd, beugte sich vor und ließ die kühle Luft über seine Haut streichen, sodass sich der Hemdstoff wie ein Segel blähte.

»Rubens ist bereits vom Dienst suspendiert«, informierte Kalumet.

»Na, wenigstens etwas«, knurrte Lilienthal.

»Interessant ist in dem Zusammenhang der Bericht der Kriminaltechnik«, sagte Heike.

Lilienthal goss sich Eistee aus einem Tetra Pak in seinen Kaffeebecher, starrte missmutig in die Tasse und trank einen Schluck. »Lass hören, was sagen die Spusinasen?«

»Hartwig ist durch die Explosion einer Kampfmittelaltlast umgekommen. Dabei handelt es sich um einen Blindgänger einer englischen Weltkriegsbombe mit einem ungewöhnlichen Zündmechanismus. Zu den im Vergleich sonst üblichen Zündkörpern verfügte diese sowohl über einen Heck- als auch über einen Kopfschlagzünder.«

»Ich tippe mal auf unseren außergewöhnlichen Leiter der Kriminaltechnik mit Erfahrungen als ehemaliger Bombenentschärfer als Informationsgeber?«

Heike nickte. »Manni Langer war hellauf begeistert, weil

Bombentypen wie diese kaum noch vorkommen. Ihr wisst ja, wie er sich in alles Technische hineinarbeitet. Aber interessanter ist das hier.« Sie nahm den Bericht der Rechtsmedizin in die Hand. »Schlüsselbeindurchschuss.«

»Wie jetzt? Doppelt gemoppelt, oder was?«

»Kann man so sagen, Chef. Kurz bevor die Bombe hochging, wurde auf Hartwig geschossen.«

»Das ist doch mal was.« Jetzt war Lilienthal hellwach. »Also, Kollegen, dann mal hopphopp. Heike, du überprüfst alle Kontakte von diesem Hartwig. Familie, Freunde, Umfeld. Wer wollte unserem angehenden Doktor der Tiermedizin und ehrenamtlichen Tierschützer an den Kragen? Und wir beide, Leo, werden uns Hartwigs Wohnung ansehen.«

Das Telefon klingelte. Kalumet nahm den Anruf entgegen und hörte konzentriert zu. »Wir kommen«, sagte er und legte auf. »Anruf von unserer Polizeiwache Potsdam-Mitte. Ungeklärter Todesfall im noblen Seniorenstift Havelaue.«

»Kann das nicht jemand anders übernehmen?«, fragte Lilienthal.

»Nein. Das andere Team ist gerade mit einer Schlägerei mit schwerer Körperverletzung in der Erstaufnahmeeinrichtung für Flüchtlinge in der Heinrich-Mann-Allee beschäftigt, und der Rest hat Urlaub.« Kalumet griff nach dem kleinen schwarzen Koffer, im Polizeijargon »Tatortköfferchen« genannt. Er enthielt die Standardausrüstung der Mordkommission mit Einmalhandschuhen, Laptop, Drucker und Papier für sofortige Zeugenaussagen.

»Wenigstens liegt das Seniorenstift am Wasser«, merkte Lilienthal an, dem das Hemd sofort wieder am Rücken klebte, als sie den Raum verließen.

3

Am selben Tag – Zürich-Kloten

Wie Ameisen, denen jemand ihren Bau zerstört hatte, hasteten die Menschen an Enne von Lilienthal vorbei. Gestern hatte ein Unwetter den Flugverkehr am Zürcher Flughafen Kloten lahmgelegt, doch an diesem Morgen sollten wieder Maschinen starten. Durch die dicken Glasscheiben der Abflughalle blickte sie Richtung Himmel. Immer noch jagten unförmige Wolkengebilde wie von einer Riesenfaust zusammengeballt einander. Ob ihre Swissair-Maschine nach Berlin die Startfreigabe bekommen würde, war nicht sicher. Ihr gegenüber auf dem Hallenfußboden saß eine junge Frau mit langen blonden Haaren und trotz der heruntergekühlten Raumtemperatur nur mit einem weißen Top und Shorts bekleidet. Die Beine zum Schneidersitz gekreuzt, den Rücken an einen Pfeiler gelehnt, balancierte sie unbeeindruckt von der Hektik um sich herum einen Laptop auf ihren Knien und hackte, Ohrstöpsel im Ohr, konzentriert auf die Tastatur ein.

Schön waren die letzten Tage in Kilchberg gewesen. Ihr längst fälliger Besuch bei Emmi und ihrem Mann Andreas. Traumhaft, der Blick auf den Zürichsee von ihrer Terrasse aus. Jedes Mal, wenn sie bei ihren Verwandten weilte, kam sie sich wie im Urlaub vor. Richard Körner hatte über das ganze Gesicht gestrahlt, als sie ihm von ihrer geplanten Reise erzählte, denn seine Tagung, ausgerichtet von Europol, fand zeitgleich in Zürich statt. Fröhlich hatte er ihr Argument beiseitegewischt, dass es für ihn doch Arbeitstage seien, und entgegnet: »Alles zu seiner Zeit, Ennekin«, und sie dabei so intensiv angesehen, dass sie gespürt hatte, wie ihre Wangen sich röteten. In letzter Zeit zog Körner wieder einmal alle Register. Seine so offensichtliche Zuneigung schmeichelte ihr. Aber wollte sie wirklich eine feste Bindung? In den letzten Tagen waren sie und Emmi wie früher als junge Studentinnen allein losgezogen. Auf die Piste gegangen. Ins Niederdörfli mit seinen gewundenen

Gassen. Keine Bar hatten sie ausgelassen und waren erst, als das frühe Licht des Morgens sich ankündigte, mit einem Taxi zurück ins beschauliche Kilchberg gefahren. Sie fühlte sich so voller Leben wie schon lange nicht mehr. Körner, eingebunden in viele Workshops, konnte sich nur an einem verlängerten Vormittag von der Tagung absetzen. Sie waren hinauf zum Uetliberg gefahren, hatten im »Uto Kulm« Aperol getrunken und das Bergpanorama des Albis bestaunt. Danach waren sie ins »Odeon« am Limmatquai gegangen, das im Stil der Wiener Kaffeehäuser erbaut war. Seit sie das erste Mal vor vielen Jahren in Zürich gewesen war, liebte Enne das Café. Sie fühlte sich dort in eine andere Zeit versetzt. Körner hatte einen Tisch am Fenster in einer kleinen Nische reserviert und zeigte ihr stolz eine antiquarische Ausgabe von James Joyce, die er am Tag zuvor in einer winzigen Buchhandlung entdeckt und sofort gekauft hatte. Immer wieder überraschte er sie mit seinem literarischen Wissen. Natürlich wusste sie, dass viele berühmte Persönlichkeiten im letzten Jahrhundert das »Odeon« besucht hatten, aber Körner schnurrte die Namen nur so herunter – Werfel, Zweig, Tucholsky, Remarque – und sonnte sich in ihrer Bewunderung. Als er auch noch Einstein, Mussolini und Lenin erwähnte, bekam sie einen Lachanfall, allerdings waren sie da bereits beim dritten Schümli Pflümli angelangt. Ihren Abschiedsabend verbrachten sie auf der Terrasse vom »Storchen«. Malerisch spiegelten sich die erleuchteten Fassaden der alten Bürgerhäuser am anderen Ufer im dunklen Wasser der Limmat. Körner hatte liebevoll ihre Hand genommen und wehmütig bemerkt, wie schnell die Tage vergangen waren und er, bis auf die zwei Mal, keine Zeit gefunden hatte, mit ihr zusammen die Stadt zu erkunden.

Körner überragte die Menschenmassen, die vor dem Gate warteten. Der sommerlichen Hitze angepasst trug er nur ein weißes Hemd über einer Leinenhose, was seine kräftige Gestalt schlanker wirken ließ. Ihre Maschine war nahezu ausgebucht. Nur mit Hilfe eines Schweizer Kollegen hatte er für sie beide noch

Plätze bekommen. Grund für seinen vorzeitigen Rückflug war ein Toter bei einer Bombenexplosion in Potsdam. Enne wiederum hatte die Gastfreundschaft ihrer Cousine nicht länger strapazieren wollen. Körner winkte mit den Bordkarten. Sie griff nach ihrer Tasche, warf sich das hellblaue Seidentuch über das ärmellose dunkle Top, strich ihren hellen Baumwollrock glatt und drängte sich durch zum Counter.

Körner hatte ihr galant den Sitz in der zweiten Reihe überlassen, er würde weiter hinten sitzen. Enne wollte gerade ihre Reisetasche ins Gepäckfach hieven, da erhob sich blitzschnell ihr Sitznachbar. Dichtes weißes Haar umrahmte ein großflächiges Gesicht mit gerader Nase und attraktiv geschwungenen Lippen. Als er sich aus dem Sitz geschält hatte, bemerkte sie, dass er sie nur um wenige Zentimeter überragte. Sein freundliches Lächeln aus sanften braunen Augen nahm Enne sofort für ihn ein, und gern akzeptierte sie seine Hilfe. Kaum saß sie neben ihm, plauderte er bereits über alles Mögliche. Intelligent und witzig parierte er Ennes Bemerkungen über die Anstrengungen von Flugreisen und lud sie, als sie die Reiseflughöhe erreicht hatten, zu Champagner ein. Selten waren die anderthalb Stunden von Zürich nach Berlin so amüsant und schnell vergangen. Der Pilot leitete bereits den Sinkflug ein, als ihr Sitznachbar erwähnte, dass er gute Beziehungen zu dem Direktor des Bankhauses Justus Adler habe. »Andreas Renner ist Experte für hervorragende Anlagemöglichkeiten.« Er zwinkerte ihr diskret zu. »Falls Sie Interesse haben, könnte ich den Kontakt herstellen.«

Sie lachte und prostete ihm zu, was er offensichtlich als Einverständnis wertete. Andreas Renner war ihr angeheirateter Cousin. Aber das behielt sie lieber für sich.

Der Pilot legte eine Ehrenrunde ein, überflog den Fernsehturm am Alex, kreiste um die Kuppel des Bundestages und setzte die Maschine kurz danach sanft holpernd auf der Runway auf. Enne beobachtete nicht zum ersten Mal amüsiert, wie sich die meisten Passagiere fluchtbereit aus ihren Sitzen drängelten, ihre Gepäckstücke aus den Stauräumen über ihren

Sitzen zerrten, um dann dicht an dicht stehend minutenlang genervt auf das Öffnen der Türen zu warten.

Ennes Sitznachbar reichte ihr seine Visitenkarte. »Ich hoffe, wir sehen uns bald einmal wieder. Es war mir ein Vergnügen, mit Ihnen zu reisen«, verabschiedete er sich lächelnd von ihr mit blitzenden Augen.

Sie wartete auf Körner, der bereits sein Smartphone ans Ohr hielt. Sein Gesichtsausdruck lag auf einer Befindlichkeitsskala von eins bis zehn im Minusbereich.

»Ärger?«, fragte sie, als sie vor dem Terminal auf ein Taxi warteten.

»Der reinste Kindergarten«, bollerte er los. Diplomatisch wartete Enne ab, und Körner setzte auch sofort nach: »Enderlein hat sich mit Maik gestritten. Ganz großes Kino laut Hella.«

»Soll vorkommen«, murmelte Enne, die ihren Sohn, Hauptkommissar bei der Potsdamer Kripo, kannte und in ihrer aktiven Zeit beim Landeskriminalamt Berlin auch des Rechtsmediziners Befindlichkeiten zur Genüge kennengelernt hatte.

»Das gibt Ärger«, fauchte Körner und stellte sich demonstrativ vor die nächste Taxe auf die Fahrbahn.

4

Am selben Tag

Lilienthal stand vor dem Schreibtisch des Alten. Aufgeplustert wie ein Truthahn nahm Körner den Stuhl in seiner ganzen Breite ein. Gerade erst von seiner Tagung in Zürich zurückgekehrt, las er einen Bericht und ließ ihn warten. Wie einen Berufsanfänger. Nicht einmal einen Stuhl hatte er ihm anbeboten.

»Dienstaufsichtsbeschwerde, ja habt ihr sie noch alle?«, grollte er, nachdem er fertig war. »Unser Herr Doktor fühlt sich von dir persönlich angegriffen. Bist du etwa aggressiv geworden?«

Lilienthal atmete durch. Erst mal den Alten sich abreagieren lassen, dann konnte er mit den Fakten kommen. Er wartete auf sein Stichwort.

»Und?«, kam es auch schon von der anderen Seite des Schreibtischs.

»Herzversagen mit anschließendem multifunktionalen Organversagen«, fing Lilienthal an.

Körner musterte ihn mit zusammengezogenen Augenbrauen. »Und?«, fragte er erneut.

Lilienthal bemühte sich, ruhig zu bleiben. Aber wenn er an den Streit mit Enderlein dachte, stieg schon wieder Empörung in ihm hoch. »Das ist eine allgemeingültige Formulierung, wenn ein Mensch stirbt. Als ich ihn um eine präzisere Angabe bat, hat er mich angebrüllt. Vor dem gesamten Team. Ob ich an seiner Fachkompetenz zweifeln würde.«

»Hier steht, du hättest gesagt, wenn das seine Diagnose sei, dann könne er, also Enderlein, sich langsam auf die Altersteilzeit vorbereiten.«

»War vielleicht nicht gerade diplomatisch«, gab Lilienthal zu. »Aber der alte Mann lag verdreht und mit weit aufgerissenen Augen in seinem Bett. Engstellung der Pupillen. Das ganze Gesicht verschmiert mit Tränen- und Speichelflüssigkeit. Das war sogar für mich als medizinischen Laien auffällig. Nachvollziehbar, dass der behandelnde Arzt auf dem Totenschein ›nicht natürlicher Tod‹ angekreuzt hat. Folgerichtig wurde daraufhin sofort die Polizei verständigt.«

»Erster Zugriff erfolgt?«

»Der Bereitschaftsdienst der Schutzpolizei hat sofort das Nötigste veranlasst. Info an MK1 und Tatortsicherung; das normale Prozedere. Das alles war Enderlein vorher bekannt, und dann kommt er mit so einer Einschätzung.«

»Bist du unter die Hellseher gegangen?«, knurrte Körner. »Immerhin ist Enderlein eine Koryphäe auf seinem Gebiet. Und hier steht, du hättest ihn auch verbal bedroht.«

»Er hat die Hand erhoben, als ich mich vor ihn stellte. Da habe ich nur angemerkt, dass ich den fünften Dan in Karate habe.«

»Und hast du wirklich?«

Lilienthal nickte.

»Mit dem fünften Dan überschreitet der Meister die Schwelle zum höheren Wissen«, zitierte Körner zum Erstaunen Lilienthals aus dem Buch der japanischen Kampfkünste. »Aber bei deinem Verhalten kommen mir berechtigte Zweifel.« Er trommelte mit den Fingern auf die Arbeitsplatte und zog den Bericht zu sich heran. »Und wie kommen wir aus der Nummer jetzt wieder raus, Herr Chefermittler?«

Lilienthal presste die Lippen aufeinander. Umgekehrt wurde ein Schuh daraus. Er fühlte sich angegriffen. Einen Rückzieher machen? Nein, auf keinen Fall. Was bildete sich Enderlein eigentlich ein? Koryphäe hin oder her. Außerdem war der bekannt für seine sarkastische, meist unter die Gürtellinie gehende Art. Und er, Lilienthal, hatte diesmal nur die gleiche Tonart gewählt.

Körners Handfläche klatschte auf das Papier. »Du wirst um eine Entschuldigung nicht herumkommen.«

Lilienthal verschränkte die Arme vor der Brust, schüttelte den Kopf.

»Dann muss ich dich von dem Fall suspendieren.«

Lilienthal starrte Körner an. Waren hier alle inzwischen komplett verrückt geworden?

»Ich erwarte deine Antwort bis morgen. Und wie die ausfallen wird, ist dir hoffentlich klar.« Körner griff zu einer Akte und fing an zu lesen. Lilienthal war entlassen.

5

Am selben Tag

Enne trank von ihrem Aperol. Bei der Hitze genau das Richtige. Sie hatte draußen auf dem Bürgersteig im Schatten der Bäume noch einen freien Tisch gefunden. Sie liebte das »Levy«. Ein kleines, feines Restaurant, das frisch zubereitete Spezialitäten servierte. Entspannt sah sie den Passanten zu, die über die Potsdamer Einkaufsmeile, die Brandenburger Straße, bummelten. Maik und sie waren zu einem schnellen Imbiss verabredet. Sie wollte ihm von ihrem Besuch in Kilchberg erzählen, war aber natürlich seit Körners Bemerkung am Flughafen auch neugierig. Nicht nur wegen des Toten in der Pirschheide, sie wollte auch wissen, was zu der Auseinandersetzung zwischen ihm und Enderlein geführt hatte.

Lilienthal, hochrot im Gesicht, ließ sich auf den Stuhl ihr gegenüber fallen. Holland in Not! Er bestellte ein großes Glas Wasser mit einer Zitronenscheibe, trank, und langsam kehrte seine normale Gesichtsfarbe zurück.

Sie plauderte über Zürich und die Verwandtschaft, und als von seinem Salat mit frischen Kräutern, Serranoschinken, Ziegenkäse und Pinienkernen beinahe nichts mehr übrig war, konnte sie nicht mehr länger an sich halten. »Seid ihr mit dem Toten aus der Pirschheide weitergekommen?«, fragte sie möglichst harmlos.

Lilienthal schmunzelte. »Du kannst es nicht lassen, was, Mutter?«

Enne grinste. »Muss ich das denn?«, erwiderte sie.

Er seufzte übertrieben. »In deinem Alter glaube ich kaum noch an Besserung. Bevor du also weiter versuchst, mich auszuhorchen: Fakt ist, dass auf den Toten in der Pirschheide, bevor er sich durch eine Explosion in seine Bestandteile auflöste, geschossen wurde. Sein Name ist Jens Hartwig.«

»Ach was, der Hartwig von der Volksinitiative?«

»Genau der.«

Enne gab der Kellnerin ein Zeichen und bestellte noch einen weiteren Aperol für sich und ein Wasser für ihren Sohn.

»Mit dem Hartwig habe ich mich mal ganz interessant in der Fußgängerzone unterhalten«, klärte sie ihn anschließend auf. »Damals, als es um die Unterschriften gegen Massentierhaltung ging. Ein sympathischer und intelligenter junger Mann. Erzählte mir, Brandenburger Seilschaften im Landwirtschaftsministerium seien für die Initiative das Hauptproblem, aber er werde dranbleiben. Das hat mir imponiert. Der war heiß auf das Thema und ließ sich nicht einschüchtern.«

»Namen hat er nicht genannt, oder?«

Enne schüttelte den Kopf. »Nein. Aber ich glaube, er sagte etwas über einen Betreiber von mehreren Megaställen, der ans Kreuz genagelt werden müsste. Gut, die Formulierung war nicht besonders taktvoll, aber er hatte es auch nicht so mit Political Correctness.«

Lilienthal schaute auf seine Uhr. »Ich muss gleich wieder los. Übrigens hat Enderlein eine Dienstaufsichtsbeschwerde gegen mich in Aussicht gestellt, falls ich mich nicht bei ihm entschuldige. Körner hat mich auch dazu aufgefordert.«

»Zoff im Team kommt immer mal wieder vor. Nicht schön, aber menschlich. Was ist denn vorgefallen?«

Er erzählte ihr kurz, wie es dazu gekommen war.

»Die neutrale Einschätzung einer Todesursache sieht Enderlein so gar nicht ähnlich. Genauso wenig wie seine überzogene Reaktion auf deine Nachfrage«, bemerkte sie, nachdem er fertig war.

Lilienthal wirkte nach ihrem Kommentar sichtlich erleichtert und verabschiedete sich.

Enne blickte ihrem Sohn hinterher, wie er schnell, dabei das eine Bein leicht hinterherziehend, zurück zum Präsidium eilte. Die in Aussicht gestellte Dienstaufsichtsbeschwerde ging ihm sichtlich an die Nieren. So etwas vergiftete die Atmosphäre. Und Körners Reaktion? Ungewöhnlich. War sie der Hitze geschuldet, oder was war da los im Potsdamer Polizeipräsidium?

Heike winkte ihm zu, als Lilienthal ins Büro kam. »Der Assi von Enderlein hat angerufen. Du möchtest sofort in die Rechtsmedizin kommen. Wichtig.«

»Schickt der Herr Doktor jetzt seinen Assistenten vor?«, bemerkte er bissig. Aber gut, dachte er und war bereits wieder auf dem Weg, den Stier bei den Hörnern zu packen und gleichzeitig zu versuchen, die Wogen zu glätten. Dazu war jetzt die beste Gelegenheit.

»Leo ist übrigens zur Wohnung von dem Hartwig gefahren!«, rief Heike ihm noch hinterher.

6

Das Institut für Rechtsmedizin lag an der Lindstedter Chaussee. Alle Fenster geöffnet, damit die Hitze im Wageninneren sich verflüchtigte, fuhr Lilienthal vorbei am Schloss Lindstedt, auf dessen gegenüberliegender Seite Enderlein sein Reich hatte. Als er eingelassen wurde, empfand er die niedrige Temperatur im Institut als angenehm. Dr. Malte Görlitz, dünn und drahtig wie eine Weidengerte, hob grüßend die Hand, als er dessen Büro betrat, und wies auf den Bildschirm vor sich. Lilienthal beugte sich vor, als er hinter sich Enderleins heisere Raucherstimme vernahm.

»Ach, Herr Kommissar Schlaumeier.«

Lilienthal fuhr herum. Mit seiner auch sonst nicht gerade rosigen Gesichtsfarbe und dem Alter entsprechenden Gebrauchsspuren im Antlitz sah Enderlein heute verändert aus. Aufgedunsene Gesichtszüge, Tränensäcke, dazu verquollene Lider. Seine Handbewegungen, als er an den Computer trat, wirkten fahrig. »Um es kurz zu machen, Lilienthal, meine Diagnose, wegen der wir eine kleine Meinungsverschiedenheit hatten ...«

Lilienthal hörte verblüfft zu. Was war denn mit dem auf einmal los? Kleine Meinungsverschiedenheit? Stand der unter Drogen?

»Der Hochbetagte in dem schönen Seniorenstift Havelaue, dem jeder ein natürliches Ende gewünscht hätte, starb an einer sogenannten endogenen Vergiftung mit Acetylcholin. Einer toxischen Schädigung mit Wirkung auf Lunge, Leber, Nieren, das Herz-Kreislauf- und das zentrale Nervensystem.« Er musterte Lilienthal kurz durch seine dicken Brillengläser, räusperte sich und fuhr fort: »Sein vorzeitiges Ableben erfolgte aufgrund eines Phosphorsäureesters, der gern als Insektizid in der Landwirtschaft und im Gartenbau verwendet wird.« Er machte eine theatralische Pause, ignorierte seinen Assistenten, der genervt die Augen verdrehte, zog eine zerdrückte Packung Gauloises aus seiner Kitteltasche, betrachtete sie ratlos, steckte sie zurück und sagte dann heiser: »Dimethoat.«

»Aha«, kommentierte Lilienthal nicht besonders gescheit.

Enderlein blickte ihn nachdenklich an, wandte sich ohne weitere Erklärung um und verschwand so leise und schnell in seinem Büro, wie er gekommen war.

Lilienthal überlegte. Der Rechtsmediziner hatte weder ihren gestrigen Streit noch seine in Aussicht gestellte Dienstaufsichtsbeschwerde erwähnt. Im Gegenteil, er hatte die Angelegenheit bagatellisiert.

»Auf welcher Basis dem Opfer das Gift zugeführt wurde, ist noch nicht hundertprozentig geklärt. Sie erhalten umgehend Bescheid, wenn wir die Analysen abgeschlossen haben. Das möchte ich hier nur der Ordnung halber noch anmerken, Herr Hauptkommissar«, murmelte Görlitz.

Als Lilienthal wieder auf den Gang trat, stand dort eine junge Frau mit den weichen Gesichtszügen einer Anfang Zwanzigjährigen. Voller Ernst blickte sie ihn an.

»Dr. Görlitz hat die Obduktion durchgeführt und anschließend mit dem Chemiker die Analysen ausgewertet. Ich«, sie räusperte sich, »wir alle schätzen den Chef.« Sie biss sich auf die Lippen, fuhr dann hastig fort: »Aber seit ein paar Tagen ist Dr. Enderlein wie verwandelt. Kommt spät, verschwindet in seinem Büro und verbittet sich jede Störung, obwohl wir dringende Fälle haben. Erst als der Anruf wegen des Toten im Seniorenstift hereinkam, hat er an diesem Tag sein Büro verlassen.« Sie blickte Lilienthal beschwörend an. »Bitte behalten Sie das für sich.« Dann fügte sie leise hinzu: »Ich habe das von der Dienstaufsichtsbeschwerde gegen Sie gehört. Das ist nicht in Ordnung, finde ich. Darum habe ich Ihnen das erzählt.«

Lilienthal nickte und verließ nachdenklich das Gebäude. Als er in seinem Wagen saß und losfahren wollte, klingelte sein Smartphone. Kalumet bat ihn, dringend in Hartwigs Wohnung zu kommen. Er habe dort etwas Interessantes gefunden.

7

Hartwigs Wohnung lag im Ortsteil Drewitz. Das Haus aus den dreißiger Jahren des letzten Jahrhunderts benötigte dringend eine Fassadenrenovierung.

Als Lilienthal durch die offen stehende Wohnungstür im Erdgeschoss eintrat, erinnerte ihn das Ambiente an seine WG-Phase mit Lorenz, seinem malenden Jugendfreund. Beherrschbares Chaos, Lorenz' Glaubenssatz, wenn Lilienthal sich über die Schlamperei in Küche und Bad mokiert hatte. Vor dem endgültigen Bruch suchte Lorenz sich eine andere Bleibe, und Maja, Lorenz' finanzstarke ältere Muse, mietete ihm ein Atelier und kam großzügig für seinen Lebensunterhalt auf. Lilienthal war ihr aus tiefster Seele dankbar gewesen. Dadurch hatte jeder sein Leben weiterführen können, ohne dass ihre Freundschaft Risse bekam.

An der Garderobe von Hartwigs Wohnung hingen diverse Kleidungsstücke. Darunter lagen kreuz und quer Sportschuhe, Gummistiefel und ausgetretene Flipflops.

Kalumet rief Lilienthal in eines der Zimmer. Eine großflächige Arbeitsplatte auf zwei Holzböcken, darauf Laptop, Tablet-PC und drei Fotoapparate mit verschieden großen Objektiven. Überall stapelten sich Papiere, Bilder und Zeitungsausschnitte. Die Kollegen der Kriminaltechnik, trotz der Hitze in weißen Schutzanzügen, packten alles in Kisten. Im angrenzenden Zimmer lag auf einer großen Matratze dunkelblaues Bettzeug. Dem Aussehen und dem Geruch nach zu urteilen, nicht mehr taufrisch. Auf dem Fußboden stapelten sich diverse Bücher, Fachliteratur, wie Lilienthal nach einem flüchtigen Blick darauf registrierte, dazwischen, nahe der Matratze, stand in einem Holzrahmen die Fotografie einer jungen Frau. Kalumet hob eine Ecke der Matratze an und zog eine Segeltuchtasche hervor.

Lilienthal kniete sich auf den Boden, öffnete sie und zog

einen Schnellhefter hervor. Dabei rutschte ein Stick heraus und fiel vor seine Füße.

Kalumet bückte sich, hob ihn auf und holte aus dem Nebenraum den Tablet-PC.

»Deutsches Institut für Ernährungsforschung Potsdam-Rehbrücke – Gutachten«, stand auf dem Deckblatt des Schnellhefters. Lilienthal blätterte durch die Seiten. »Es geht um Schweinefleischproben, die zur Begutachtung eingeschickt wurden«, informierte er den Kollegen. Kalumet hatte bereits den Stick mit dem Tablet-PC verbunden und startete den Film, der sich darauf befand.

Auf dem Bildschirm erschien in Großaufnahme ein längliches graues Gebäude, keine Fenster, nur Lüftungsrohre ragten aus dem mit Wellplatten gedeckten Dach. Die Kamera schwenkte zu einer Tür. Schnitt. Im Inneren erkannte man in grelles Licht getauchte Boxen, getrennt durch massive Metallgitter. Das Kameraauge fuhr heran. Getrocknetes Blut an den kotverschmierten Stäben. In den Boxen lagen apathisch Schweine in ihren Exkrementen. Zoom. Schmeißfliegen, Maden, Kakerlaken, tote Mäuse, deren Kadaver am Boden festgetreten waren. Die Kamera holte ein Tier näher heran. Das Schwein versuchte, sich hochzustemmen, aber seine Beine waren zu dünn. Es knickte ein, sank zur Seite und blieb liegen. Die Box war so schmal, dass sich die Gitterstäbe an seinen Körper pressten. An der Bauchseite erkannte man einen offenen Abszess. Die Kamera ging in die Totale. Fast überall das gleiche Bild. Viele der Tiere waren übersät mit entzündeten Geschwüren, teilweise abgebissenen Schwänzen, deformierten Ohren und verkümmerten Klauen. In der letzten Sequenz blickte ein mächtiges Schwein aus trüben Augen den Betrachter an, bevor der Bildschirm schwarz wurde.

»Großer Gott«, murmelte Lilienthal. »Das kann man, ohne Medikamente einzuwerfen, kaum ertragen.«

Kalumet, den eine verstümmelte menschliche Leiche nicht erschüttern konnte, schien plötzlich unter Blutarmut zu leiden. Sein gebräuntes Gesicht war kreidebleich, er entfernte den

Stick vom Gerät und legte ihn zurück in die Tasche. Griff noch einmal hinein und tastete das Innere ab. Aus einer Seitentasche zog er ein offenes Briefkuvert hervor.

Lilienthal hatte währenddessen die Fotografie aufgehoben und betrachtete sie: Madonnengesicht, höchstens fünfundzwanzig Jahre alt, schätzte er, dunkle, ernste Augen, nachtschwarzes Haar, das bis auf die Schultern fiel.

»Schau mal, Maik!« Kalumet wedelte mit mehreren Papierbögen. »Das sind Kopien eines Briefes an den rbb, das Ministerium für Landwirtschaft und an mehrere Tageszeitungen. Alle beziehen sich auf die katastrophale Tierhaltung in den Betrieben eines Clemens Scherny in Potsdam-Mittelmark. Und auf exorbitante Fördergelder. Genehmigt durch das Landwirtschaftsministerium.«

»Sauber, der Hartwig«, bemerkte Lilienthal. »Der hat Nägel mit Köpfen gemacht. Wenn das veröffentlicht wird, geht das hoch wie die Bombe in der Pirschheide. Alles mitnehmen zum Auswerten.«

In der Tür tauchte Manni Langer, Leiter der Kriminaltechnik, auf. Schweißperlen bedeckten sein Gesicht unter der Kapuze des weißen Schutzanzuges. »Bei der Hitze wäre mir eine Wasserleiche eindeutig lieber, als hier in der Wohnung rumzusuchen.«

»Da musst du durch, mein Lieber.« Lilienthal blickte sich um. »Seht auch im dazugehörigen Keller und auf dem Dachboden nach.«

»Darauf wäre ich jetzt nie gekommen«, erwiderte Langer pikiert.

Heike schaute Hartwigs Videofilm an. Ihre Miene war ausdruckslos, nur die zusammengepressten Lippen verrieten ihre Anspannung.

»In nächster Zeit esse ich kein Steak mehr«, brummte Kalumet.

»Wenn man sich für seine Lebensmittel und deren Herkunft interessiert, weiß man, dass es seit Langem Organisationen gibt, die auf die katastrophalen Zustände bei der Massentierhaltung hinweisen, Leo«, entgegnete sie. Und ehe er etwas darauf erwidern konnte, fügte sie spitz hinzu: »Die Deutschen essen im Vergleich zu ihren europäischen Nachbarn das meiste Schweinefleisch. Aber dem Großteil ist es so was von egal, wie die Tiere gehalten werden. Nur der Preis zählt.«

»Aber –«, setzte Kalumet zu einer Erwiderung an.

Heike fiel ihm ins Wort: »Ein Kilo Hackfleisch für drei Euro vierzig, das ist doch nur noch pervers.« Ihre Wangen überzog eine leichte Röte. »Ohne eure *Schnitzelchen*«, sie betonte das Wort, »würdet ihr doch nie und nimmer überleben. Hier.« Sie zog ein Blatt aus dem Schnellhefter, den Lilienthal mitgebracht hatte, wobei ein Zeitungsausschnitt herausrutschte. »Letztes Jahr wurden acht Millionen Tonnen Fleisch erzeugt. Das bedeutet, dass pro Jahr allein in Deutschland etwa neunundfünfzig Millionen Schweine geschlachtet wurden.«

Kalumet schielte zu Lilienthal, der nur mit den Schultern zuckte.

Heike redete sich immer mehr in Rage. »In den letzten Jahren haben die Züchter die Fruchtbarkeit der Sauen gesteigert. Ihnen gleichzeitig mehr Zitzen angezüchtet. Unsere ehemaligen Hausschweine hatten ursprünglich zwölf, die Sauen aus Dänemark, die heute als die fruchtbarsten gelten, haben sechzehn. Problematisch wird es, wenn die Sauen mehr Ferkel werfen, als sie säugen können. Bis zu vierundzwanzig pro Wurf. Das heißt im Klartext, dass täglich frisch geborene Ferkel im fünfstelligen Bereich sterben.« Kampfeslustig blickte Heike ihre Kollegen an. »Und noch ein Wort zum Thema Wirtschaftlichkeit«, fuhr sie fort, »der durchschnittliche Bruttolohn der Bauern liegt bei tausendeinhundert Euro im Monat. Wir reden hier von ganz normalen Bauern. Von Familien, die in der Regel kein Wochenende kennen. Das sind die wahren Opfer der Ernährungsindustrie.« Heike holte Luft, dann fauchte sie: »Und der Politik.«

»Wie jetzt?« Kalumet legte die Stirn in Falten. »Täglich sterben mehr als zehntausend kleine Ferkel?«

Heike lachte böse auf. »Eher das Doppelte. Und ›sterben‹«,

fügte sie hinzu, »ist nett ausgedrückt. Die kleinen rosigen Schweinchen werden entsorgt. Und wir Verbraucher«, ihre Worte kamen jetzt im Stakkato, »haben uns schon viel zu lange an die obszön niedrigen Preise gewöhnt. Denken nicht mehr darüber nach, dass Lebensmittel, die unter anständigen Bedingungen erzeugt werden, ihren Preis haben müssen. Die meisten von uns haben das Gespür für den Wert von Nahrungsmitteln verloren. Und die EU«, knurrte sie, »fördert die industrielle Landwirtschaft auch noch verstärkt. Auf Deutsch: Wer mehr Land hat, bekommt mehr Geld. Wachse oder weiche, das ist die neue Devise.« Hochrot im Gesicht stand sie auf. An der Tür drehte sie sich noch einmal um und blickte zu den beiden Männern, die sie sprachlos ansahen: »Und unser vielversprechendes Landwirtschaftsministerium bremst das Aktionsbündnis Agrarwende eher, als eine Umsetzung der vorgeschlagenen Kompromisse voranzutreiben.«

»Lass gut sein, Heike«, brummte Lilienthal. »Wir haben ja verstanden.«

Sie senkte den Blick, dann hob sie den Kopf, schaute ihre Kollegen ernst an und betonte jedes Wort einzeln: »Der Wert einer Kultur misst sich daran, wie sie sich gegenüber ihren Tieren verhält.« Bevor sie die Tür hinter sich zuzog, fügte sie noch hinzu: »Der Gedanke ist nicht von mir, sondern von Mahatma Gandhi.«

»Und ich war immer der Meinung, Bio sei dafür da, dass wir gesund sterben«, murmelte Kalumet mit schiefem Grinsen.

Lilienthal dachte bekümmert an seine Vorliebe für Wiener Schnitzel. Und Kalumet? Nein, den konnte er sich auch nicht als Vegetarier vorstellen. Bei dem stellte sich erst nach mindestens drei Currywürsten ein Sättigungsgefühl ein, wusste er.

Sein Kollege hob den Zeitungsausschnitt auf, der unter den Tisch gerutscht war. Zwei Männer im Golfdress. Bei dem einen, der siegesgewiss in die Kamera schaute, waren Tätowierungen auf dem Handgelenk zu erkennen. Der Mann daneben überragte ihn um Haupteslänge. Seinen Kopf bedeckte stacheliges weißblondes Haar. »Clemens Scherny und Ralf Pistorius,

Sieger des diesjährigen Potsdamer Golfturniers«, informierte die Bildunterschrift. Lilienthal und Kalumet betrachteten das Foto.

Als Heike mit einem Glas Eistee zurückkam, nahm sie die Fotografie der Frau, löste das Bild aus dem Rahmen und schob es Kalumet hin.

Eine Versöhnungsgeste, registrierte Lilienthal, der schon seit Längerem bemerkte, dass die beiden Probleme hatten. Von der unbeschwerten Verliebtheit vor einigen Monaten war nicht mehr viel übrig.

»›In Liebe, deine Alina Nymczek‹, steht hinten drauf«, unterrichtete ihn Heike.

Kalumet gab den Namen im Computer ein. »Alina Nymczek, Potsdam-Babelsberg, Rudolf-Breitscheid-Straße«, las er vor. »Da fahren wir jetzt gleich mal hin.« Er wirkte erleichtert. Auch wenn Heike die Themen Massentierhaltung und Fleischkonsum nicht weiterverfolgte, schien er froh, die Flucht ergreifen zu können.

Das Haus nahe dem Bahnhof Potsdam Medienstadt machte frisch verputzt einen properen Eindruck. Im Gegensatz zu seinem Inneren. Hinter der Eingangstür Metallbriefkästen, vollgestopft mit Werbung, auf den Treppenstufen abgewetztes Linoleum. Der Geruch von gebratenen Zwiebeln durchzog das Treppenhaus. Die Wohnung lag im Hochparterre.

Lilienthal drückte auf den Klingelknopf. Nichts rührte sich. In der Tür eine altmodische metallene Briefklappe.

Kalumet ging in die Hocke, beugte sich vor und versuchte hindurchzusehen.

»Seid ihr Räuber?«, erklang es hinter ihnen. Ein kleines blondes Mädchen, nur mit einem bunten Höschen bekleidet, beobachtete sie aus der gegenüberliegenden offen stehenden Wohnungstür. Gleich darauf erschien hinter ihr eine dickliche junge Frau, blickte kurz zu den beiden Kommissaren, zog das Kind zurück in die Wohnung und schloss die Tür.

Lilienthal wandte sich um und klingelte bei der Nachbarin.

Sie hörten hinter der geschlossenen Tür das Mädchen plappern, aber die junge Frau öffnete nicht.

Als Lilienthal in sein Auto steigen wollte, ertönte über ihm ein Stimmchen. Er blickte hoch.

Das Kindergesicht schob sich über das Fensterbrett. »Alina ist arbeiten!«, rief ihm das kleine Mädchen zu.

»Und wo?«

»Na, bei Opa. Der hat Schokolade. Ganz viel. Die bringt Alina immer mit, weil der Opa sonst zu dick wird«, fügte es altklug hinzu. Das Kind wurde zurückgezogen und das Fenster krachend geschlossen.

Kalumet telefonierte mit Heike, als Lilienthal sich in den Wagen setzte. »Rate mal, wo die Nymczek arbeitet?«, fragte er, als er aufgelegt hatte.

»Na, bei Opa«, erwiderte Lilienthal.

»Und der wohnt im Seniorenstift Havelaue.«

8

Am selben Tag

Enne war noch eine Weile durch die Geschäfte gebummelt und hatte eine weiße Seidenbluse mit aufgesetzten Taschen im Schlussverkauf erstanden. Auf einmal erblickte sie Enderlein. Einen Panamahut tief in die Stirn gezogen, in verwaschenen Jeans und einem dunkelblauen Leinenhemd saß er an einem Tisch vor einem Lokal. Vor sich ein großes Glas Wasser und daneben, Enne kniff die Augen zusammen, unzweifelhaft ein volles Schnapsglas. Nie zuvor hatte sie ihn bisher salopp gekleidet und noch dazu in dieser Umgebung gesehen. Irgendetwas stimmte nicht mit dem Rechtsmediziner. Entschlossen ging sie hin und setzte sich auf den freien Stuhl ihm gegenüber.

Er schaute hoch. »Aha, die Frau von Lilienthal«, nuschelte er. Blickte an sich hinunter und fügte hinzu: »Bitte, mein derangiertes Äußeres zu entschuldigen.«

Enne winkte der Bedienung und bestellte das Gleiche wie er.

»Soso«, kommentierte er ihre Bestellung. »Wer Sorgen hat, hat auch Likör, wie?« Er versuchte ein Lächeln, was danebenging. Zog eine zerdrückte Packung Gauloises Blondes aus der Hemdtasche und bot ihr eine an.

Enne nahm eine Zigarette, und Enderlein, ganz alte Schule, zückte das Feuerzeug.

»Alles eine Sache der Erziehung«, bemerkte er, steckte beides zurück, ohne sich selbst zu bedienen, hob sein Glas und prostete Enne zu.

Sie nippte nur. Bei der Hitze nicht gerade die gesündeste Flüssigkeitszufuhr.

Enderlein rülpste verhalten. Fummelte in seiner Hosentasche, zog ein blütenweißes Taschentuch hervor und wischte sich über das Gesicht. »Wie ich schon sagte, Erziehung, die einen prägt, nicht wahr, meine Gnädigste?« Er schielte zu ihr hinüber.

Sie nickte. Verstand zwar nicht, worauf er hinauswollte, aber das würde sich demnächst zeigen, mutmaßte sie.

»Natürlich habe ich recht«, murmelte er. Erhob sich, schwankte, griff nach der Tischkante und fiel zurück auf den Stuhl.

»Was halten Sie davon, wenn wir zusammen etwas essen, Herr Dr. Enderlein?«

Er musterte Enne, als hätte sie ihm ein unsittliches Angebot gemacht. »Warum?«, fragte er misstrauisch.

»Hunger?«, erwiderte Enne lakonisch.

»Mmh. Interessant.«

Sie drückte die halb gerauchte Zigarette im Aschenbecher aus.

»Spionieren Sie mir nach?« Dabei blickte er sie forschend an.

»Ich habe nur Hunger. Ganz profan«, erwiderte Enne harmlos.

Er wackelte mit dem Kopf. Erst nach einer Weile, Enne hatte entspannt den vorbeieilenden Passanten nachgeblickt, zog er einen größeren Schein hervor, klemmte ihn unter das Wasserglas, erhob sich, verbeugte sich schwankend und sagte förmlich: »Es wäre mir eine Ehre, Sie einzuladen.«

9

25. Juli

Enne stieß die Fensterläden auf. Die sengenden Sonnenstrahlen überzogen die Blätter der Bäume und Sträucher wie am gestrigen Tag. Seit Wochen hatte es nicht mehr als ein paar Tropfen geregnet. Kaum ein Lüftchen regte sich. Von unten hörte sie Geräusche. Sie schlüpfte in eine helle Leinenhose, nahm ein weißes T-Shirt aus dem Schrank, zog es über und lief ins Erdgeschoss.

Nach einem leichten Essen im »Drachenhaus«, von dem sie sich Besserung für sein Befinden versprach, waren sie gestern auf Enderleins Drängen hin weitergezogen. Das Nachtleben in Potsdam war überschaubar, nicht vergleichbar mit der Berliner Szene, trotzdem war Enderlein in der Bar »Fritz'n« schließlich wie ein Häufchen Elend zusammengesackt. Da sie weder seine Adresse kannte noch ihn allein lassen wollte, hatte sie ihn kurz entschlossen im Taxi mit zu sich genommen, ins Haus bugsiert und ihm auf der Couch ein Nachtlager bereitet, bevor sie in ihrem Schlafzimmer ins Bett gefallen war.

Enderlein telefonierte auf der Terrasse. Als er sie erblickte, beendete er das Gespräch und kam zu ihr ins Haus. »Ich hoffe, ich habe mich gestern nicht allzu peinlich aufgeführt?«

»Kaffee?«, entgegnete sie und schaltete die Maschine an. »Wir hatten einen netten Abend. Sie waren erschöpft, ich kannte Ihre Adresse nicht, darum habe ich Sie zu mir mitgenommen. Nicht mehr und nicht weniger.« Sie füllte ein Glas mit Wasser, warf zwei Alka-Seltzer hinein und reichte es ihm.

»Frau von Lilienthal«, er ließ sich auf einen Stuhl sinken und trank langsam von dem Wasser, »jede Leiche verbirgt etwas. Bei jeder bin ich auf der Suche nach besonderen Details. Auch um daraus zu lernen. Das, was ich tue, ist nicht nur mein Beruf, sondern auch Berufung. Aber«, er blickte auf den Boden, vermied es, sie anzusehen, »ich habe Fehler gemacht. Und meine Mitarbeiter wissen es. Das bedrückt mich und ist mir peinlich. Mehr kann ich im Augenblick dazu nicht sagen.« Er erhob sich, stellte das Glas auf den Tisch, verbeugte sich leicht, murmelte: »Ich danke Ihnen. Für alles«, und verließ ohne weitere Erklärung das Haus.

»Hast du schon die Zeitung gelesen?«
»Ich bin im Dienst, Mutter. Melde mich später.« Lilienthal beendete Ennes Anruf abrupt. Natürlich lagen auch vor ihm die aktuellen Tageszeitungen aus Potsdam. »Unhaltbare Zustände in Schweinemastbetrieben«, »Brandenburger Betreiber Clemens Scherny erhielt jahrelang Fördergelder im sechsstelligen Bereich«, titelten die wichtigsten Medien. »Hartwig muss die Informationen, die wir gefunden haben, noch kurz vor seinem Tod verschickt haben«, kommentierte er.

Heike tippte auf einen Absatz. »Es kommt noch besser, Maik. Hier: Jörg Wieland, der agrarpolitische Sprecher, ist in Personalunion Vorsitzender des mächtigen Bauernverbandes und befürchtet natürlich gleich den Verlust von Arbeitsplätzen. Die Keule wird immer aus dem Sack geholt, wenn es ernst wird. Dabei wird in diesen Artikeln auf eines der Hauptprobleme überhaupt nicht eingegangen.«

Kalumet hätte sich am liebsten Ohropax in die Ohren gesteckt, so elend fühlte er sich, wenn Heike über die Problematik der Massentierhaltung redete.

»Gülle!« Heike stieß das Wort wie eine Fanfare aus. »Die Megaställe produzieren mehr Fäkalien, als das Land darum herum aufnehmen kann. Sie verseuchen den ganzen Boden. Da wächst nichts mehr.« Empört ließ sie sich in ihren Stuhl zurücksinken. »Und hier«, sie tippte auf die Zeitung vor sich, »steht, dass die Fördergelder jahrelang immer durch ein und denselben Staatssekretär im Landwirtschaftsministerium genehmigt wurden.«

»Überprüfe bitte, wer das ist, Heike. Hier geht es um viel Geld. Leo und ich fahren noch mal zum Seniorenstift Havelaue. Alina Nymczek arbeitet dort. Ich bin sicher, Hartwigs Freundin wird so einiges wissen.«

Der Schweiß rann ihnen von der Stirn, als sie auf den Eingang des Seniorenheims zugingen. Lilienthals alter Jaguar verfügte über keine Klimaanlage. Die großflächigen Fensterfronten der Eingangshalle schirmten dunkelgrüne Markisen vor dem Sonnenlicht ab.

Nach einigen Minuten Wartezeit am Empfang erschien die Leiterin des Heimes. Lilienthal vermied es, ihr die Hand zu geben. Bei seinem ersten Besuch wegen des Todes des Rentners Preuss hatte sie ihm wie mit einer Schraubenpresse die Finger gequetscht. Weiblicher Sumoringer, Kalumets Kommentar.

Nein, Alina Nymczek sei nicht im Haus, beantwortete die Leiterin ihre Frage. Sie habe kurzfristig um zwei Tage Urlaub gebeten. Aus familiären Gründen. Wolle nach Polen fahren. Da habe sie nicht Nein sagen können, obwohl sie zurzeit mit einem Personalengpass klarkommen müsse. Krankmeldungen der extremen Hitze wegen, die macht nicht nur unseren Bewohnern zu schaffen. Worum es denn gehe? Frau Sumoringer musterte Lilienthal aus flinken, kleinen Mausaugen.

Lilienthal gab ihr seine Karte und bat, Frau Nymczek auszurichten, sie möge sich umgehend bei ihm melden, wenn sie zurückkäme.

Als sie wieder draußen standen, schaute Kalumet sehnsüchtig auf das glitzernde Wasser der Havel, die an dem parkähnlichen Gelände des Seniorenstiftes vorbeizog. »Vielleicht macht die Nymczek einfach nur blau«, mutmaßte er. »Bei der Hitze könnte ich es ihr nicht mal verdenken.«

»Deine Arbeitsauffassung lässt zu wünschen übrig, Leochen«, ermahnte ihn Lilienthal. Aber anstatt zum Parkplatz zu gehen, spurtete er an Kalumet vorbei direkt hinunter zum Havelufer, entledigte sich noch während des Laufens seiner Mokassins, zog das Hemd über den Kopf, warf es zusammen mit seinen Jeans auf eine Bank und sprang nur mit Boxershorts bekleidet ins Wasser.

Kalumet folgte ihm Sekundenbruchteile später. Prustend

tauchten sie unter und kraulten dann weit in die Bucht hinaus. Lilienthal fühlte sich wie beim Schuleschwänzen.

»Survival training on the job«, keuchte er, als sie tropfnass das Ufer erklommen und zurück zu ihren Kleidungsstücken liefen.

Eine betagte Dame im luftigen Kittel, den Rollator wie einen Sportwagen dirigierend, kam auf sie zu. Aus der Tasche zog sie ein Papiertaschentuch und reichte es Lilienthal. »Hier, mein Kind, immer schön abtrocknen, sonst schimpft die Mutti.«

Kaum waren sie angekleidet, rief Heike an. Gegen Hartwig liege eine Anzeige wegen Hausfriedensbruch und Beleidigung in Tateinheit mit Körperverletzung vor. Der Kläger sei Clemens Scherny.

»Der Schweinebaron?«

»Genau der und der Herr wohnt am Schwielowsee.«

»Dem werden wir gleich mal auf den Zahn fühlen. Nach dem heutigen Artikel in den Medien ist der bestimmt nicht *amused*.«

»Geil«, kommentierte Kalumet, als sie vor Schernys Haus standen.

»Protz in Reinkultur«, korrigierte ihn Lilienthal. Nachempfundene korinthische Säulen, üppig verziert mit künstlichem Blattwerk, an den Hausseiten ausladende Erker mit bodentiefen Sprossenfenstern. Die Fassade strahlte schweinchenrosa und wurde durch das mit glasierten schwarzen Ziegeln gedeckte Dach noch betont, das in der Sonne wie flüssiger Teer glänzte. Ein hoher Zaun mit vergoldeten Metallspitzen ergänzte das wie aus Disneyland importierte Anwesen. Kaum hatte Lilienthal geklingelt, erschienen wie aus dem Nichts mehrere kälbergroße Hunde und fixierten lautlos die Besucher.

»Kampfmaschinen«, stellte Kalumet fest.

Lilienthal hielt seinen Polizeiausweis gegen das Kameraauge, das in einer der Eingangssäulen eingelassen war.

Wenig später kam ein blonder Klitschko aus dem Haus. Die auffallende Tätowierung einer Raubkatze bedeckte seinen muskulösen Arm bis zum Handgelenk. Er schnippte mit dem

Finger, und die Hunde verschwanden so still, wie sie gekommen waren.

Lilienthal stellte Kalumet und sich vor. Es gehe nur um einige Informationen wegen seiner Anzeige gegen Jens Hartwig. Klitschko alias Scherny öffnete das Tor und ließ sie hinein. Sie umrundeten das Gebäude, bis sie zu einem überdimensionierten himmelblau gefliesten Swimmingpool vor einer mit weißem Marmor bedeckten Terrasse kamen. Scherny, immer noch schweigsam, ließ sich in eine ausladende Rattancouch mit hellen Leinenpolstern sinken und bot lässig den beiden Kommissaren Platz auf zwei kleinen Hockern gegenüber an. Er griff nach einem mit Orangenscheiben und einer rötlichen Flüssigkeit gefüllten Glas, das vor ihm auf einem Bambustisch stand, und trank, ohne den beiden Kommissaren etwas anzubieten.

Lilienthal fiel eine alte Weisheit aus dem Boxsport ein: *You can get the boxer out of the ghetto, but not the ghetto out of the boxer.* Schernys Kinderstube wies erhebliche Mängel auf.

»Was geschah genau, als Jens Hartwig widerrechtlich Ihr Grundstück betrat?«, kam Lilienthal sofort auf den Punkt.

Scherny leerte das Glas. Musterte ihn kalt. »Ich verstehe Ihre Frage nicht.«

»Was daran ist unverständlich?«, erwiderte Lilienthal freundlich.

»Das steht doch alles in den Polizeiakten.«

»Die Situation hat sich inzwischen geändert. Wir benötigen Ihre Aussage noch einmal.«

»Soweit ich weiß, ist der Hartwig tot.« Scherny füllte aus einem Glasbehälter Eiswürfel in sein Glas nach.

»Woher wissen Sie das?« Lilienthal blieb höflich, obwohl in seinem Kopf alle Alarmglocken schrillten. Dass es sich bei dem Toten aus der Pirschheide um Jens Hartwig handelte, war offiziell nur der Mordkommission bekannt.

»Ich habe meine Quellen«, beschied Scherny Lilienthal knapp.

»Von wem?«

Scherny lachte hämisch und präsentierte dabei ein porzellanweißes Gebiss. »Mein Gott, wenn Sie es genau wissen wollen, direkt von Ihrem Polizeipräsidenten. Den Hartwig werden Sie nicht mehr befragen können, also müssen Sie mir schon glauben.« Er blickte die Kommissare aus schmalen Augen an. »War's das?« Schernys Stimmung schlug abrupt um. Eine dicke Ader trat auf seiner Stirn hervor. Er erhob sich.

Lilienthal blieb stehen. »Wir ermitteln im Fall Hartwig in einem Tötungsdelikt. Ich kann Sie auch vorladen, wenn Ihnen das besser gefällt.«

»Tun Sie, was Sie nicht lassen können. Und jetzt verschwinden Sie von meinem Grundstück.« Lautlos, mit drohend hochgezogenen Lefzen, sodass man das beeindruckende Gebiss sehen konnte, standen die Hunde plötzlich neben ihm.

Lilienthal lächelte immer noch. »Das werden wir, Herr Scherny. Darauf können Sie sich verlassen.«

»Hast du den Typ mit dem Bürstenschnitt drinnen bemerkt?«, fragte Kalumet, als sie wieder im Auto saßen. »Irgendwie kam der mir bekannt vor.«

Lilienthals Handy zeigte eine Nachricht an. Er las, hielt danach dem Kollegen das Display hin. Heike hatte geschrieben: »Der Staatssekretär im Landwirtschaftsministerium heißt Ralf Pistorius.« Unter den Text hatte sie den Zeitungsausschnitt mit dem Bild der Sieger beim diesjährigen Potsdamer Golfturnier eingestellt.

»Das ist ja der mit dem Igelschnitt«, bemerkte Kalumet überrascht.

10

»Hartwig stand unter Strom. Dem ging der Tierschutz unter die Haut. Der war bestimmt nicht auf entspannte Konversation mit dem Scherny aus.« Verstohlen blickte Lilienthal auf seine Uhr. Der Termin bei Körner die geforderte Entschuldigung betreffend lag ihm schwer im Magen. Bei seinem Besuch gestern in der Rechtsmedizin hatte Enderlein ihren Streit im Seniorenstift bagatellisiert, aber Lilienthal kannte Körner. So einfach ließ er ihm das nicht durchgehen. Er ärgerte sich. Warum hatte er Enderlein nicht direkt darauf angesprochen, ob das mit der Dienstaufsichtsbeschwerde ausgeräumt sei? Dann wüsste er jetzt, woran er war.

»Gut, Hartwig war empört, sicher auch aggressiv in seinem Auftreten«, hörte er Kalumets Erwiderung in seine Gedanken hinein. »Aber der Scherny, das ist ein Schwergewicht. Der mit seiner eingestanzten Raubkatze auf dem Arm. Dem fehlen die Gene zum diplomatischen Small Talk. Wenn Hartwig ihn mit seinen Recherchen konfrontiert und gedroht hat, alles an die Öffentlichkeit zu bringen, dann gute Nacht, Marie. Dem Scherny traue ich alles zu, so wie der uns gegenüber bei einer einfachen Befragung aufgetreten ist.«

»Du meinst, Hartwigs Schussverletzung könnte von Scherny sein?«

»Das passt doch zu ihm, Maik. Und seine Verbindung zu dem Pistorius ist auch interessant. Staatssekretär im Landwirtschaftsministerium, das spricht doch Bände. Garantiert ist die enger als nur so eine Golf-Partnerschaft.«

»Warum war der dort?«, überlegte Lilienthal. »Im Anzug, bei der Hitze! Das sah offiziell aus, eher nach einer Geschäftsbesprechung.«

»Zum Abkühlen ist der bestimmt nicht vorbeigekommen.«

»Ab jetzt hat der ein Verfallsdatum, Leo. Wenn ich an die Zeitungsartikel heute denke, dann erreicht der sein Pensionsalter auf dem Posten nicht mehr. Jede Wette – sein Dienstherr wird sich demnächst von ihm distanzieren. Das Thema bewegt die Menschen, und Politiker sind in solchen Sachen ausgesprochene Sensibelchen.«

Im Schritttempo zockelten sie zurück durch die Zeppelinstraße. Hohes Verkehrsaufkommen, wie immer um diese Zeit. Er umrundete eine Gruppe von sommerlich gekleideten Radfahrern, die ihm laut johlend den Stinkefinger zeigten. »Was hat Heike über Hartwigs Umfeld herausgefunden?«

Kalumet wählte Heikes Nummer und schaltete den Lautsprecher ein. Bevor er seine Frage stellen konnte, sprudelte sie schon los.

»Eben habe ich mit Lukas Baier, einem Kommilitonen vom Hartwig, gesprochen. Sie haben zusammen als Doktoranden auf dem Campus Düppel gearbeitet. Die Klinik für Klauentiere ist in Zehlendorf im Königsweg.«

Lilienthal kannte die Tierklinik. Vor einiger Zeit hatte er den schwer verletzten Kater seiner Mutter dorthin gebracht. Leberwurststückchen mit zerschnittenen Rasierklingen hatte Churchill gefressen. Tierhasser, auch solche Menschen gab es in dem eigentlich so tierfreundlichen Brandenburg. Notoperation in letzter Sekunde. Seitdem verhätschelte sie den Dicken noch mehr.

»Die waren eng befreundet. Baier war beteiligt an den Recherchen über die Megaställe.«

»Dann weiß er bestimmt mehr über den Scherny-Zwischenfall«, mutmaßte Kalumet.

»Glaube ich auch. Bei mir hat er sich bedeckt gehalten, aber ihr bekommt den mit eurem Charme sicher weichgekocht, Kollegen.«

»Kannst du uns ankündigen?«, fragte Kalumet.

»Nö, keine Zeit. Bin spät dran. Verabredung im Strandbad Babelsberg«, kam es durch den Lautsprecher. Verblüfft blickte Kalumet zu Lilienthal. Sie hörten Heike lachen.

»Na gut, weil ihr es seid. Was würdet ihr nur ohne mich machen?«

»Blind wie die Maulwürfe über den Akten hängen. Das weißt du doch«, erwiderte Lilienthal.

»Wer's glaubt, wird selig«, spöttelte sie. »Das kostet was. Ich arbeite hier unter katastrophalen Bedingungen, Chef. Brutofen ist noch untertrieben.« Sie wartete seine Antwort nicht ab und legte auf.

»Strandbad?«, murmelte Kalumet nachdenklich.

Die Klinik für Klauentiere war in einem schön restaurierten Gebäude aus den zwanziger Jahren des letzten Jahrhunderts untergebracht. Als Lilienthal sich nach Lukas Baier erkundigte, wurde er auf ein schlichtes, funktionales Haus verwiesen, die Schweineklinik.

Baier, groß, blond, mit hochgekrempelten Jeans, darüber ein kariertes, kurzärmliges Hemd, erwartete sie bereits vor der Eingangstür. Die Arme vor der Brust verschränkt, schaute er den beiden Kommissaren entgegen. Als sie vor ihm standen, schüttelte er den Kopf und wischte sich mit dem Handrücken über die Nase. »Scheiße auch«, sagte er statt einer Begrüßung.

Lilienthal interpretierte, dass er den Tod seines Freundes meinte und nicht ihr Kommen.

Baier wies auf eine Bank unter einer Kastanie. »Tiermedizin«, sagte er, nachdem sie saßen, und blickte dabei die beiden Kommissare treuherzig an, »das ist nicht einfach nur ein Studienfach, nee, das ist Herzenssache. Man liebt die Viecher, verstehen Sie? Alle, nicht nur Hunde oder Pferde.«

»Ich habe gelesen, dass es nur fünf Universitäten in der Bundesrepublik gibt, an denen man Veterinärmedizin studieren und danach promovieren kann. Eine elitäre Studienrichtung, oder?«, fing Kalumet diplomatisch an.

»Natürlich, Herr Kommissar, was denn sonst? Unsere Forschung richtet sich vor allem auf Aspekte des Tierschutzes und die Verbesserung der Tiergesundheit im Nutztierbereich. Übrigens mein Thema. In der Schweineklinik«, er deutete auf das Gebäude hinter ihnen, »arbeiten wir interdisziplinär. Betreuen dort auch kommerzielle und private Tierhalter.« Baier starrte ausdruckslos auf seine Hände. Große, zupackende Hände mit kräftigen, muskulösen Fingern. Dann sagte er völlig unerwartet: »Der Scherny hat ihn ermordet. Ich schwör's.«

Lilienthal tauschte mit Kalumet kurz einen Blick und entgegnete: »Wie kommen Sie darauf? Ihr Freund ist durch eine Bombenexplosion umgekommen.«

»Keine Ahnung, wie der Scherny das gemacht hat. Aber der ist zu allem fähig. Und ich bin der Nächste.«

Lilienthal musterte ihn. Der junge Mann machte auf ihn einen bodenständigen Eindruck. Weder ängstlich noch abgehoben. »Gibt es konkrete Hinweise dafür, dass Scherny Sie bedroht?«

»Ich weiß zu viel«, erwiderte Baier schlicht. Und nach einer kurzen Pause: »Der hat Seilschaften.«

»Wen? Nennen Sie uns Namen.«

»Viele. Er nutzt die alte Methode.«

»Die da wäre?«

»Nutten und Drogen, Herr Hauptkommissar. Dann ist die Bude voll mit Brandenburger Prominenz. Umsonst hat Scherny nicht solche Fürsprecher.« Baier ballte die Hände zu Fäusten. »Aber wenn der denkt, dass wir jetzt klein beigeben, dann hat der sich getäuscht. Wir machen weiter.« Er musterte Lilienthal. »Für den sind Tiere Ware.«

»Wen haben Sie mit den Fürsprechern gemeint?«, hakte Lilienthal nach.

Baier schnaubte verächtlich durch die Nase. »Na, die in der Landesregierung.«

»Konkret?«

»Ich komm in Teufels Küche, wenn ich Ihnen Namen nenne.«

»Ohne konkrete Hinweise sind uns die Hände gebunden, das ist Ihnen doch klar, oder?«

Baier wandte den Blick ab, überlegte einen Moment. »Er hat uns aufgelauert. Nachts, vor Jens' Wohnung, zusammen mit zwei Bodybuildertypen. Die hatten Golfschläger dabei. Er hat gedroht, dass er uns fertigmacht, wenn wir es wagen, seine Betriebe zu betreten. Er habe Kontakte zu den höchsten Kreisen, hat er gesagt, und werde dafür sorgen, dass wir von der Uni fliegen und keinen Fuß mehr auf die Erde bekommen würden. Dieses Arschloch.«

»Sie waren aber vorher bei ihm, oder?«

»Nur einmal. Um ihm Fotos zu zeigen und auf den Tierschutz zu verweisen. Da hat der doch glatt geantwortet: ›Tierschutz, das bin ich bei meinen Tieren‹, und auch noch so hämisch dabei gelacht. Blöderweise hat Jens sich davon provozieren lassen und gesagt, er werde die Öffentlichkeit informieren.« Baier ballte die Fäuste. »Wie ein Bulldozer hat Scherny sich da auf ihn gestürzt und dann die Hunde auf uns gehetzt.« Er zog ein Hosenbein höher. Faustgroß erblickten sie eine entzündete Wunde oberhalb der Kniescheibe. »Hundebiss. Ich konnte Jens gerade noch vom Grundstück schleppen.«

»Warum haben Sie keine Anzeige erstattet?«, wollte Kalumet wissen.

»War ja nicht ganz sauber«, murmelte Baier. »Das mit den Fotos. Wenn das im Institut herausgekommen wäre …« Er hob die Schultern und ließ sie resigniert fallen. »Die Kontakte vom Bauernverband reichen bis hierher, wissen Sie.«

»Aber Herr Scherny hat Hartwig wegen Körperverletzung angezeigt«, informierte Lilienthal den Doktoranden.

»Das sieht ihm ähnlich, dem Schwein.« Empört richtete sich Baier auf. »Umgekehrt war es, er hat uns verletzt. Ich schwöre! Fragen Sie Alina. Die hat uns danach verarztet. Wegen Jens' Kinnwunde wollte sie, dass er sich röntgen lässt. Meinte, der Kiefer könnte angebrochen sein, aber Jens wollte nicht. Der war schon immer stur.«

»Sie haben also gemeinsam recherchiert?«, wollte Kalumet wissen.

Baier grinste schief. »Allein hätte Jens das nie geschafft.«

»Und an welchem Tag hat Scherny Ihnen aufgelauert?«

»Gleich am nächsten Abend. Also einen Tag vor …« Baier presste die Hände so stark zusammen, dass die Knöchel weiß hervortraten. »Danach hatte Jens Schiss. Hat dem Scherny zugetraut, dass der seine Gorillas in seine Wohnung schickt. Noch in derselben Nacht hat er das Material Alina gegeben.«

»Dann hat Frau Nymczek die Unterlagen an die Presse geschickt?«

Baier nickte.

»Wissen Sie, wo sie jetzt ist?«

»Urlaub zu Hause, hat mir Fanny, ihre Kollegin, gesagt.« Er kniff die Augen zusammen. »Informieren Sie die Institutsleitung über das, was ich Ihnen erzählt habe?«

»Dazu besteht zurzeit kein Anlass«, entgegnete Lilienthal.

»Haben Sie Frau Nymczeks Adresse in Polen?«

11

»Der war vorsichtig, der Hartwig. Deshalb hat er das Pressematerial auch seiner Freundin gegeben.«

Aber Lilienthal war mit seinen Gedanken ganz woanders. Er grübelte, während sie zurück ins Potsdamer Präsidium fuhren.

»Warum ist die Nymczek weg? Warum weiß niemand, wo genau sie sich aufhält, Leo? Laut Baier geht sie auch nicht an ihr Handy. Die muss doch über den Tod ihres Freundes informiert werden. Ich werde noch mal mit Dr. Görlitz sprechen. Wenn der bei Hartwig einen Kieferbruch feststellen kann, dann haben wir durch die Aussage von Lukas Baier den Beweis, dass Scherny die Körperverletzung begangen hat.«

Kalumets Handy machte sich bemerkbar. »Sollen sofort ins Präsidium kommen. Körner tobt wie ein Tsunami durch die Räume, schreibt Heike. Sie hat versucht, dich zu erreichen, aber etwas stimmt mit deinem Telefon nicht.«

Lilienthal zog sein iPhone hervor, während er eine Hand am Lenkrad ließ. »Der Akku ist schon wieder leer«, brummte er.

Körner war nicht in seinem Büro, das Sekretariat verwaist, Lilienthal lief weiter zu seinem Dienstzimmer. Kalumet wollte gleich zu Heike. Er hatte ihre Verabredung im Strandbad Babelsberg nicht vergessen können.

Körner saß an Lilienthals Schreibtisch, die Ermittlungsakte Hartwig vor sich, und las, die Brauen bedrohlich zusammengezogen. Als er Lilienthal erblickte, ließ er sich krachend im Stuhl zurückfallen.

Vor des Hauptkommissars geistigem Auge erschien bereits der Materialanforderungsschein für einen neuen Bürostuhl.

»Na, zurück aus der Sommerfrische?« Körner bleckte die Zähne. Lächeln sah anders aus.

Lilienthal ließ sich automatisch auf dem Besucherstuhl nieder.

»Die Herren haben sich erlaubt, ein erfrischendes Bad zu nehmen?«

Wer hatte Körner informiert? Lilienthal verzog keine Miene.

»Und ich«, Körners Stimme wurde lauter, »darf mich währenddessen mit den Herren aus dem Landwirtschaftsministerium auseinandersetzen.«

Das ging ja schnell, dachte sein Gegenüber. Bestimmt hatte Frau Sumoringer Körner informiert.

»Aber zuallererst«, das Volumen von Körners Stimme erinnerte inzwischen an das eines Stadionsprechers, »würde mich brennend interessieren, warum Sie mit dem Kollegen Kalumet durch die Gegend juchteln und in einem Unglücksfall ermitteln? Denn nichts anderes war die Bombenexplosion. Haben Sie sonst nichts zu tun?«

Lilienthal schwieg. Wenn Körner ihn anfing zu siezen, dann war auf Deutsch gesagt die Kacke am Dampfen. Körner kannte ihn seit seiner Kindheit, und es hatte sich zwischen ihnen einfach so ergeben, dass er ihn auch weiterhin duzte, während Lilienthal das förmliche »Sie« in der Behörde beibehielt.

Körners Frage war rein rhetorischer Natur gewesen, denn im nächsten Atemzug fuhr er fort: »Vielleicht darf ich daran erinnern, dass wir einen Mord aufzuklären haben.« Er tippte auf ein Blatt, das vor ihm lag. »Ich weiß, Herr Hauptkommissar, der nicht natürliche Tod eines Hochbetagten ist nicht annähernd so spannend, wie einem angesehenen steuerzahlenden Bürger, der gerade von der Presse auseinandergenommen wird, ans Bein zu pinkeln.«

Uiuiui, dachte Lilienthal. Sein sonst so korrekter Chef verstieg sich zu volkstümlichen Vergleichen. Das Gespräch mit den Politikern musste ihm an die Nieren gegangen sein.

Körner erhob sich zu seiner imposanten Größe. »Hier, das ist der Bericht der Rechtsmedizin. Preuss starb durch Vergiftung mit Dimethoat. Sehr interessant.« Er stützte die Hände auf die Schreibtischplatte und beugte sich zu Lilienthal hinunter. »Da fragt man sich doch, wer bringt einen beinahe Hundertjährigen um, der sowieso in nächster Zeit auf natürliche Art und Weise verstorben wäre?« Er öffnete den obersten Knopf seines Hemdkragens. Ein Stück seiner abgenommenen Krawatte blitzte aus seiner Hosentasche. Er ging zur Tür. Lilienthal wollte gerade aufatmen, da drehte der Alte sich noch einmal um. »Hast du deine pubertäre Angelegenheit mit Enderlein klären können?«

»Ich war gestern in der Rechtsmedizin. Wir hatten ein normales Arbeitsgespräch. Wenn Sie mich fragen …«

Körner fixierte ihn. »Natürlich frage ich dich, oder ist sonst noch jemand im Raum?«, unterbrach er Lilienthal schroff. »Nur hat sich die Situation inzwischen geändert, Maik. Unser Doktor ist heute nicht im Institut erschienen. Seine Mitarbeiter sind besorgt. Ich hoffe, dass das nichts mit deinem Verhalten zu tun hat. Ob du es glaubst oder nicht, auch Männer in unserem Alter sind empfindsam.« Bereits im Flur hörte Lilienthal ihn noch rufen: »In zehn Minuten bei mir! Noch mal möchte ich nicht unvorbereitet dem Minister Rede und Antwort stehen.«

Irgendwie hatte der Alte recht, musste Lilienthal sich eingestehen. Er hatte sich zu sehr auf Hartwig konzentriert und dabei den Todesfall im Seniorenstift Havelaue völlig vernachlässigt. Er rief Manni Langer an. »Wie weit seid ihr mit dem Toten aus dem Altersheim?«

»Verdammt, Maik, lies den Bericht. Ich bin unterbesetzt, und hier stapeln sich die Sachen. Wer hat jetzt Priorität? Dein Tierschützer oder der Opa? Außerdem habe ich –«

»Wie ist dem Preuss das Gift zugeführt worden?«

»Unter dem Bett lag eine leere Verpackung. Du kennst doch diese Kirschen mit Schnaps in Schokolade. Zum Glück fanden wir auch eine zerdrückte Praline, die war unter den Schrank gerollt. Anhand deren haben wir herausgefunden, dass jemand Dimethoat hineingespritzt hatte.«

Kalumet stürzte herein. »Unspezifisch starker Fäulnisgeruch aus einer Wohnung in der Rudolf-Breitscheid-Straße. Maik, das ist die Wohnung der Nymczek!«

12

Am selben Tag

Ein kleinwüchsiges, dünnes Männlein im grauen Kittel erwartete sie bereits vor der Wohnungstür in Potsdam-Babelsberg. Die Nachbarin hatte den Hauswart informiert und der sofort die Polizei gerufen. Die dickliche, junge Mutter, das Mädchen an der Hand, stand in der geöffneten Wohnungstür.

»Sie waren doch gestern schon da«, fuhr sie Lilienthal an. »Haben Sie da nichts gerochen?«

»Der andere Mann da hat durch die Briefklappe geschaut!«, krähte das Kind und deutete auf Kalumet.

»Könn wa ma anfangn? Ick hab noch wat anderes zu tun«, murrte der Hauswart. »Und du«, er drohte dem Kind mit erhobenem Zeigefinger, »Abmarsch! Dit is nüscht für dich.« Missbilligend schaute er die Mutter an, die daraufhin das Mädchen in die Wohnung zog und die Tür zuwarf.

Lilienthal war sich sicher, dass sie sie durch den Türspion weiterbeobachtete. Er nickte dem Alten zu.

Der wählte aus einem umfangreichen Schlüsselbund einen aus und öffnete damit die Tür. Ein Schwarm grünschwarzer Fliegen schoss an ihnen vorbei ins Treppenhaus. »Pfui Deibel«, krächzte der Mann. »Wer ick jetze noch jebraucht?«

Lilienthal, der sich bereits Plastiktüten über die Schuhe stülpte und Handschuhe überzog, schüttelte den Kopf. Er wagte nicht, den Mund zu öffnen. Der Geruch, der aus der Wohnung zu ihnen drang, nahm ihm den Atem.

Der Hauswart machte, dass er davonkam. Kalumet, ein Taschentuch auf Mund und Nase gedrückt, stand hinter ihm. Intensiver süßlicher Fäulnisgeruch schlug ihnen entgegen. Sie betraten eine schmale Diele. Sauber und aufgeräumt, genauso wie der sich anschließende Raum, der mit zwei kleinen Korbsesseln, einem Glastischchen und einer Regalwand an der Längsseite eingerichtet war. Darin Puppen und Stofftiere neben billigen farbigen Glasschalen und Gläsern. Im unteren Fach lagen ein paar Taschenbücher. Die Fenster zur Straße waren geschlossen.

Die drückende Hitze, vermischt mit dem Fäulnisgeruch, war kaum auszuhalten. Er stieß die Tür zum benachbarten Zimmer auf.

Das lange dunkle Haar, wie ein Fächer auf dem hellen Laminatfußboden ausgebreitet, hatte sich bereits in Büscheln von der Kopfhaut gelöst. Die Gesichtshaut befand sich im Stadium der Verwesung. Über ihren Augen lag ein Teppich aus Fliegen. Der Körper grotesk aufgebläht. Lilienthal spürte seine Eingeweide revoltieren, zwang sich aber, den Körper weiter zu inspizieren. Über dem rechten Knöchel konnte er eine Tätowierung erkennen. Trotz der fortschreitenden Verwesung waren deutlich ein J und ein H auszumachen. Grellrot kontrastierten die Zehennägel mit der gelblich grauen Haut. Bekleidet war der Leichnam mit einem sommerlich bunten Hängerchen, das hochgerutscht über den Slip einen violettrötlichen Bauchansatz offenbarte. Die Matratze hing ein Stück über dem Rahmen. Jemand musste sie vom Bett angehoben und achtlos fallen gelassen haben. Lilienthal blickte unter das Bett. Staubflusen. Er unterdrückte den aufkommenden Hustenreiz. Wenn er nachgab, würde sein Mageninhalt folgen, wusste er. Weiter hinten unter dem Bett entdeckte er eine leere Flasche und ein Glas. In schneller Folge schoss er Fotos mit seinem Handy, dann erhob er sich und blickte sich um. Die Türen des schmalen Kleiderschranks gegenüber dem Bett standen offen. Die Schubkästen auf der einen Seite herausgezogen. Bunte Unterwäsche, Strümpfe und T-Shirts lagen verstreut auf dem Boden. Lilienthal informierte die Kriminaltechnik.

»Der molekulare Tod tritt ein, wenn einige Stoffwechselvorgänge nicht mehr funktionieren, das heißt, wenn der Kreislauf zum Erliegen gekommen ist und dem Körper kein frischer Sauerstoff mehr zugeführt wird.« Enderlein kniete sich nieder. Unbeeindruckt von dem Geruch drückte er einen Finger auf die unteren Extremitäten des Körpers. »Das Blut sammelt sich an den tiefsten Stellen und verfärbt den Leichnam dort dunkel«, setzte er seinen Vortrag fort. »Die Rigor mortis* beginnt mit der Augenmuskulatur und breitet sich weiter über Kiefer, Hals, Rumpf und die Gliedmaßen aus. Ich würde sagen, die Leiche kann höchstens zwei Tage hier liegen. Sonst wäre die Autolyse, äh, also die Verfaulung, weiter fortgeschritten.« Er betrachtete die Tote prüfend und flüsterte dann wie zu sich selbst: »Durch die Hitze setzen natürlich auch andere Verwesungsmechanismen ein.« Schwerfällig erhob er sich. »Den Befund erhalten Sie nach meiner endgültigen Untersuchung.« Erst jetzt registrierte er Lilienthals verblüfften Gesichtsausdruck. »Zufällig lief bei mir der Polizeifunk, und da ich in der Nähe weilte, schien es mir angebracht, gleich vorbeizuschauen.«

Lilienthal glaubte ihm kein Wort, war aber froh, dass der Rechtsmediziner so schnell eingetroffen war.

Enderlein beugte sich noch einmal zu dem Gesicht beziehungsweise zu dem, was davon noch übrig war, hinunter.

»Im Gegensatz zur anaeroben Fäulnis ohne Sauerstoff«, fing er wieder in seiner nur allzu vertrauten professoralen Art an zu dozieren, »sind an Verwesungsprozessen oft auch höhere Organismen beteiligt. Insekten und«, er deutete mit dem Finger auf Nasenlöcher und Mundöffnung, »Insektenlarven und Würmer. Ein wunderbarer Kosmos. All diese Organismen beteiligen sich am mikrobiellen Abbau und zerkleinern und fressen in kürzester Zeit, was sich ihnen so appetitlich darbietet.«

Lilienthals Begeisterung hielt sich in Grenzen. »Gibt es Hinweise auf ein Sexualdelikt?«

Enderlein warf einen Blick auf die Leiche. »Soweit ich das in der jetzigen Situation beurteilen kann, nein. Wird natürlich überprüft.«

»Danke, Doktor«, nickte Lilienthal.

Enderlein zog sich in eine Ecke des Zimmers zurück und sprach im Stakkato, dabei jedes Satzzeichen erwähnend, seinen Kommentar in ein Aufnahmegerät.

---

* Rigor mortis = Leichenstarre

Als er fertig war, konnte Lilienthal sich nicht länger zurückhalten. »Sie werden vermisst. Im Institut macht man sich Sorgen.«

Enderleins Körper versteifte sich. »So?«, erwiderte er gedehnt, nahm seine Brille ab und wischte mit einem sauberen Taschentuch über die Gläser. »Macht man das?« Er setzte die Brille wieder auf und starrte an Lilienthal vorbei. Die dunklen Ringe unter den Augen und die scharfen Falten an Nase und Mund ließen ihn angreifbar und angeschlagen erscheinen.

»Unnötig, Lilienthal, absolut unnötig«, sagte er, griff nach seiner Tasche, überlegte einen Moment, und auf einmal, als hätte sich ein Schalter umgelegt, lächelte er. »Übrigens, Lilienthal, Ihre Frau Mutter, eine ungewöhnliche Frau. Können stolz auf sie sein.« Dann im alten Tonfall: »Sie hören von mir.« An der Tür blieb er noch einmal stehen, wandte sich um, bemerkte eher beiläufig: »Vielleicht war das mit der Dienstaufsichtsbeschwerde etwas voreilig«, und verschwand so schnell, wie er gekommen war.

13

Am selben Tag

»Erschwerniszulage ist das Mindeste, Kollegen.« Manni Langer, die Beine weit von sich gestreckt, in engen Jeans, mit einem viel zu weiten giftgrünen T-Shirt und einem Brilli im Ohr, schlürfte den Schaum von seiner Berliner Weißen.

Die anderen am Besprechungstisch im Potsdamer Polizeipräsidium blickten gequält.

»Ihr Job, Kollege Langer. Wir sind hier nicht im Feriencamp«, knurrte Körner.

Der Alte hatte eine Runde Berliner Weiße spendiert, was außer bei Heike bei niemandem Begeisterungsstürme ausgelöst hatte. Wehmütig dachte Kalumet an einen sauer Gespritzten, Appelwoi mit Selters, das favorisierte Getränk in den heißen Sommermonaten während seiner Zeit bei der Offenbacher Kripo. Er hatte Körners Angebot dankend abgelehnt. Auch Lilienthals erste Wahl war das mit rotem Himbeersirup gemischte säuerliche Weißbier nicht.

Körner musterte sein Team. Sein Hauptkommissar verband nachdenklich einige Namen auf einem Papier mit Strichen. Daneben der junge Kommissar im weißen Shirt, das seine Bräune an Gesicht und Armen betonte. Gegenüber Heike Mohn in einer ärmellosen roten Bluse, die naturblonden Haare straff zu einem Pferdeschwanz hochgebunden, und Manni Langer, Chef der Kriminaltechnik, der gerade in sein Smartphone knurrte, dass er jetzt nicht gestört werden wolle.

Lilienthal legte seinen Stift beiseite. »Wie wir alle wissen, sind die Mehrheit aller Gewaltverbrechen Beziehungstaten. Im Fall Hartwig möchte ich das aber ausschließen. Bei unserem Verdächtigen Scherny geht es um Geld, um hohe Summen, aber ausschlaggebend ist, dass auch seine Existenz gefährdet ist. Und das ist ein Motiv. Heike hat sein Umfeld und besonders das Verhältnis zu dem Staatssekretär Pistorius überprüft.«

Körner brummte etwas Unverständliches.

»Scherny hat sein Handwerk in den Niederlanden gelernt«, begann Heike. »Seinen ersten Betrieb in Kleve in NRW musste er schließen, weil er verunreinigtes Fleisch aus seinen Betrieben in den Handel gebracht hatte.«

»Welcher Art war die Verunreinigung?«

Heike blätterte in ihren Unterlagen. »Das Tierfutter aus den Niederlanden, das er zur Fütterung verwendete, enthielt verbotenes Furazolidon. Ein Antibiotikum.«

Lilienthal machte sich eine Notiz.

»Nachdem in Nordrhein-Westfalen in den letzten Jahren immer strengere Auflagen bei der Schweinemasthaltung den Betreibern vorgeschrieben wurden, verlegte Scherny seine Betriebe nach Brandenburg. Hier wurde er mit offenen Armen empfangen.«

Körner wedelte mit der Hand. »Bleiben Sie bitte sachlich, Frau Mohn.«

Heike biss sich auf die Lippen.

»Sehr gut recherchiert, Heike.« Lilienthal lächelte sie aufmunternd an.

»Trotz massiver Proteste der Gemeinden durfte Scherny in groß angelegtem Stil bauen«, fuhr sie fort. »Seine Taktik ist so simpel wie effizient. Er knüpft Kontakte, wo er nur kann. Hier.« Sie hielt ein vollgeschriebenes Blatt hoch. »Eine Liste der Vereine, in denen Scherny Mitglied ist.«

Kalumet betrachtete Heike nachdenklich.

»Im Märkischen Golf Club«, las sie vor, »im Potsdamer Yacht Club in Berlin-Wannsee, im Lions-Club in Potsdam. Die Liste seiner daraus resultierenden Bekanntschaften liest sich wie das Who's who Brandenburgs. Außerdem fallen Mitgliedsbeiträge in einer Größenordnung an, die sich ein Normalverdiener nicht leisten könnte.«

»Investitionskosten«, murmelte Lilienthal.

»So sieht es vermutlich auch Scherny. Und die müssen sich für ihn amortisieren.«

»Darum fährt er zusätzlich eine andere Schiene«, mischte sich Kalumet ein.

»Lukas Baier, der Tierarzt, hat von Partys erzählt, bei denen es nicht gerade zimperlich zugeht.«

»Was hat er damit gemeint?«, wollte Körner wissen, der den Ausführungen mit gespannter Aufmerksamkeit gefolgt war.

»*Sex and drugs.*«

»Beweise?«

Kalumet zuckte mit den Schultern.

»Also keine, Herr Kalumet.« Körner plusterte sich auf. »Herrschaften, wenn wir nur auf Gerüchte zurückgreifen können, dann dreht uns der Staatsanwalt durch den Fleischwolf, um beim Thema zu bleiben.«

»Na ja, im Ansatz haben wir schon noch was, Herr Dr. Körner.« Heike blickte auf ihre Notizen. »Pistorius ist vor ein paar Tagen am Stuttgarter Platz in Charlottenburg in eine Polizeikontrolle geraten. Die Gegend um den Stutti ist bekannt für ihre Drogen- und Prostituiertenszene.«

»Wurde was bei ihm gefunden?«, wollte Lilienthal wissen.

»Ein Tütchen mit null Komma fünf Gramm Crystal Meth. Angeblich wusste er nicht, woher es kam. Man habe es ihm zugesteckt, hat er zu Protokoll gegeben.«

»Zugesteckt«, höhnte Kalumet. »Für wie blöd hält der die Polizei?«

»Die Droge löst ein euphorisches Hochgefühl aus. Die Leistungsfähigkeit nimmt zu, das Schmerzempfinden ab. Aber sie macht auch aggressiv und vor allem abhängig. Langfristig kann sie zum Tode führen.«

»Danke für deine Erläuterungen, Heike«, sagte Lilienthal. »Ich frage mich nur, wieso jemand, der im Landwirtschaftsministerium arbeitet, dieses Zeug braucht.«

»Weil er das Elend der Tiere nicht mehr ertragen kann«, erwiderte Heike, und ihr Gesichtsausdruck sprach Bände.

»Bist du jetzt unter die Zyniker gegangen?«, meinte Kalumet spöttisch.

Sie ignorierte die Bemerkung. »Scherny hat ihn damit versorgt, ihn vielleicht sogar erst herangeführt an die Droge. Jetzt ist Pistorius abhängig, benötigt immer mehr. Darum sind die auch so dicke, wie man auf dem Bild des Zeitungsausschnitts sehen kann.«

»Aber nachweisen kann man das dem Scherny nicht, oder? Also gilt auch in diesem Fall: *in dubio pro reo*«, fuhr Körner ungeduldig dazwischen.

Lilienthal nickte. »Stimmt. Inzwischen gibt es aber eine weitere Tote. Hartwigs Freundin, Alina Nymczek. Sie wurde in ihrer Wohnung gefunden. Bereits im Verwesungszustand. Todesursache ist noch nicht eindeutig geklärt. Und hier ergibt sich die Verbindung zu Scherny. Hartwig hatte Nymczek kurz vor seinem Tod einen Teil seines Recherchematerials übergeben. Laut Aussage seines Freundes Baier befürchtete er, dass Scherny versuchen würde, sich das Material gewaltsam zu beschaffen. Die Nymczek sollte die Informationen an die Presse geben, was sie auch getan hat.«

»Wieso ist die Todesursache noch nicht geklärt?«, unterbrach Körner.

»Ich denke, wir werden Enderleins Bericht umgehend bekommen«, antwortete Lilienthal diplomatisch, überlegte kurz, ob das jetzt der richtige Augenblick wäre, und entschied sich dafür: »Übrigens hat er sich nach der Untersuchung in Nymczeks Wohnung mehr oder weniger bei mir entschuldigt, Chef. Ich denke, die Dienstaufsichtsbeschwerde ist damit vom Tisch.« Was Enderlein über seine Mutter gesagt hatte, behielt er für sich. In letzter Zeit schnurrte Körner wie ein verliebter Kater um Enne herum. Er blickte sowieso nicht mehr durch, mit wem seine Mutter Freundschaften pflegte, weiter wollte er da nicht denken. In dem Alter? Peinlich.

»Wir brauchen den Bericht, aber hottiflotti«, befahl Körner gereizt.

Kalumet rief sofort in der Rechtsmedizin an. Dr. Görlitz druckste herum, als Kalumet ihn nach dem Ergebnis der Untersuchung fragte.

Körner ließ sich das Telefon geben. Ob Görlitz wisse, welche politischen Dimensionen hinter dem Mord steckten, holte er aus.

Görlitz erwiderte, Enderlein habe darauf bestanden, selbst die Untersuchungen vorzunehmen, sei aber offenbar bisher verhindert.

»Wenn Ihr Chef für sich neue Arbeitszeiten einführt, seine Sache. Wir brauchen den Bericht, und zwar sofort.«

Lilienthal schrieb auf seinen Schmierzettel »Enderlein« mit großem Fragezeichen. Er würde gleich anschließend seine Mutter anrufen. Vielleicht wusste sie, was mit dem Rechtsmediziner los war. »Suizid können wir bei der Nymczek ausschließen«, fuhr er dann fort. »Und der Rentner Preuss … Irgendwie habe ich das Gefühl, alle drei Fälle hängen zusammen.« Er blickte auf seinen vollgekritzelten Zettel.

»Dann lass uns mal an deinem Gefühlsleben teilhaben«, brummte Körner.

»Erstens: Auf Hartwig wird geschossen, nachdem er Scherny gedroht hat, ihn öffentlich bloßzustellen. Zweitens: Preuss wird vergiftet. Drittens: Die Nymczek hat zu beiden Männern Kontakt. Nur wo ist die Verbindung zwischen den dreien?«

»Ich habe noch etwas, Kollegen«, meldete sich Manni Langer. Er griff neben seinen Stuhl und hievte einen verstaubten Rucksack auf die Tischplatte. »Kommt vom Tierheim Potsdam. Spaziergänger haben einen Hund beobachtet, der ihn wie angeklebt bewachte. Die vom Tierheim haben den Hund eingefangen. Es war wohl ziemlich leicht, da er an einem Bein schwer verletzt war. Über den Chip haben sie seinen Besitzer ausgemacht: Er gehörte Hartwig.«

»Der arme Hund«, murmelte Heike.

»Im Rucksack befand sich außer einigen Werkzeugen und einem Potsdamer Stadtplan noch das hier.« Langer zog ein vergilbtes Stück Millimeterpapier hervor und legte es auf den Tisch.

»Warum hast du mich nicht sofort darüber informiert?« Lilienthal blickte ihn genervt an.

»Wollte ich ja, aber du hast mir am Telefon nicht zugehört«, konterte Langer. Er breitete den Stadtplan neben der Skizze aus und tippte auf eine grüne Fläche. »Wenn man beides vergleicht, könnte es sich bei dem alten Plan grob vereinfacht um das Wegenetz der Pirschheide handeln. Wo Hartwig gebuddelt hat.«

Lilienthal betrachtete die alte Skizze genauer. »Woher wusste Hartwig, wo er graben sollte? Hier ist keine Markierung eingezeichnet.«

Langer schmunzelte. »Genau, Maik. Das habe ich mich auch gefragt.« Er hielt die Skizze hoch. »Kann man nur sehen, wenn man das Papier gegen das Licht hält.«

Lilienthal kniff die Augen zusammen und bemerkte erst jetzt drei winzige Einstiche wie von einer Nadel gestochen. »Und dort erfolgte die Explosion?«

»Ja, in etwa, habe ich überprüft.«

Lilienthal strich über das Blatt. »Das ist sehr altes Papier, schätzungsweise über fünfzig Jahre alt?«

»Älter«, entgegnete Langer. »Dieses Millimeterpapier wurde während des Zweiten Weltkrieges benutzt. Die Rohstoffe waren knapp, das kann man an der Struktur erkennen. Ich schätze, es ist mindestens siebzig Jahre alt, wenn nicht älter.«

»Gute Arbeit, Manni. Danke.« Lilienthal wandte sich an die anderen. »Hartwig hat also etwas Bestimmtes gesucht. Etwas Wertvolles, sonst hätte er sich nicht den Detektor geliehen. Die Frage ist: Von wem hatte Hartwig den Plan?«

Langer drehte das Blatt um. Verwischt, kaum noch erkennbar, standen auf der Rückseite zwei Buchstaben und ein Datum – »29. März 1945«.

»Das war kurz vor Kriegsende«, schaltete sich Körner ein und ließ sich das Blatt reichen. »Da ging alles drunter und drüber. Viele Potsdamer haben damals ihre Wertgegenstände vergraben. Wegen der Bombardierungen der Alliierten oder weil sie flüchten mussten und ihre Wertsachen bis zu ihrer Rückkehr verstecken wollten.« Er sah die beiden Buchstaben an. »Könnte ein großes G sein, den anderen kann ich nicht zuordnen«, bemerkte er und legte das Papier zurück. »Gut, Kollegen, dranbleiben und«, er blickte alle der Reihe nach mit Wieselaugen an, »das Wochenende ist ersatzlos gestrichen. Ist das klar?« Er erhob sich und verließ mit beschwingtem Schritt den Raum.

Lilienthal steckte die Karte ein. Dem Gesichtsausdruck nach zu urteilen, hatte der Alte nicht vor, auf sein Wochenende zu verzichten. Aber auch er hatte noch ein Leben neben seiner Arbeit bei der Mordkommission. Susannes Nachricht nur mit einem einzigen Wort und drei Ausrufezeichen: »Komme!!!«, hatte ihn wie eine sanfte Woge überrollt. Die Anspannung der letzten Stunden weggespült. So wie in seiner Erinnerung die Meereswellen vor Maayafushi, einer Insel der Malediven, wohin er im vorigen Jahr zum Tauchen gereist war. Eine kleine Insel zum Träumen, die man in einer halben Stunde zu Fuß umrunden konnte, weit weg von seinen Mordfällen. Das Korallenriff direkt davor war einfach sensationell gewesen. Kleine Haie und Rochen kamen bis in Strandnähe und tummelten sich in dem feinen Sand am Meeresboden. Unbedingt musste er mit Susanne einmal dorthin fliegen. Allein der Transport mit dem kleinen Wasserflugzeug von Malé, der Hauptstadt der Malediven, über das weitverzweigte Inselnetz war eindrucksvoll gewesen.

Susanne hatte es geschafft, sich einen Tag freizunehmen, und das ließ er sich nicht kaputtmachen, so selten, wie sie sich in letzter Zeit sahen. Er sehnte sich nach ihr. Ihrem zierlichen, durchtrainierten Körper, den rotgoldenen, lockigen Haaren, die wie sonnendurchflutetes Gespinst ihren Kopf umgaben. Sogar Max, ihren Sohn, ein aufgewecktes kleines Kerlchen, vermisste er. Nach den spektakulären Morden im Kloster Neuzelle, bei deren Aufklärung Susanne um ein Haar ums Leben gekommen wäre, verspürte er immer stärker den Wunsch, beide bei sich zu haben. Sogar über Heirat hatte er nachgedacht. Ein ungewohnter, ganz neuer Aspekt in seinem Leben.

Nach Susannes anschließendem Krankenhausaufenthalt hatte sie sich beurlauben lassen und sich um eine Ausbildung beim BKA in Wiesbaden beworben. Nach der Zusage gab sie den Dienst in Frankfurt an der Oder auf, um später mehr in der Verwaltung arbeiten zu können, vielleicht in Berlin oder

Brandenburg. Hauptsächlich des Kindes wegen. Lilienthal war über ihre Entscheidung verblüfft gewesen, konnte sie immer noch nicht nachvollziehen. Er selbst liebte seinen Job. Die Spannung bei einem neuen Fall. Die Ermittlungsarbeit, das Eintauchen in fremde Biografien, menschliche Abgründe, das Hineinversetzen in die Psyche des Täters. Aufklären, das war es, was er wollte. Und, so altmodisch, wie es heute klang, Gerechtigkeit für die Opfer. Nach seinem Jurastudium hatten sich renommierte Kanzleien nicht nur in Berlin um ihn gerissen. Aber zur Überraschung seiner Umgebung hatte er sich für die praktische Seite der Jurisprudenz entschieden und war in den Polizeidienst eingetreten. Das Gehalt war bei Weitem nicht vergleichbar mit den Bezügen eines Anwalts in der freien Wirtschaft. Aber Geld war für ihn noch nie das Wichtigste im Leben gewesen. In einem bürgerlichen Elternhaus aufgewachsen, in dem seine Begabungen gefördert wurden, galten für ihn andere Werte. Seine Mutter hatte ihn in seinem Berufswunsch unterstützt, und er wusste, worauf er sich einließ. Kannte den unregelmäßigen Arbeitsalltag von ihr aus eigener Erfahrung. Nur über Akten sitzen, sich mit Schriftsätzen profilieren und Mandanten, denen es nicht um Recht, sondern um Maximierung ihres Gewinns ging, allein der Gedanke daran jagte ihm einen Schauer über den Rücken.

Mit klopfendem Herzen wie bei einem ersten Rendezvous stand er jetzt auf dem Potsdamer Hauptbahnhof und blickte dem einfahrenden Zug entgegen. Aus dem halb geöffneten Fenster winkte sie, lachte und warf ihm eine Kusshand zu. Er lief neben ihrem Waggon her, ergriff ihre Hand und hielt sie, bis der Zug zum Stehen kam. Als Susanne endlich in seinen Armen lag, versank um ihn herum die Welt. Erst als ein anderer Reisender sie unsanft mit seinem Rollkoffer anstieß, erwachten sie aus ihrer Zweisamkeit und schafften es gerade noch mühsam, ihr Verlangen bis zu seiner Wohnung im Holländischen Viertel zurückzuhalten.

Den Kopf in seiner Armbeuge, ihre feingliedrige Hand auf seinem Bauch, schmiegte sich Susanne dicht an ihn. Sie lauschten den Klängen von Händels Wassermusik Suite Nr. 1., gespielt von den Berliner Philharmonikern unter der Leitung von Herbert von Karajan. Er spürte ihre weiche, warme Brust an seinem Körper, und Erregung überflutete ihn erneut. Ihr erotisches Spiel folgte den langsamen Überleitungen der Musik und steigerte sich zeitgleich mit ihr zum fulminanten Höhepunkt.

Danach lagen sie erschöpft nebeneinander. Durch die geöffneten Fenster wehte der kühle Hauch der Nacht.

Später rief er den Pizzaservice an. Bestellte eine Pizza Margherita, dazu Salat und Brot. Susanne stopfte alles in sich hinein. »Nichts gegessen seit gestern Abend«, rechtfertigte sie sich auf seinen amüsierten Blick hin, als sie sich die Finger ableckte. Ihm reichten einige Scheiben Ciabatta mit Olivenöl und Meersalz. Der Karton der alten Südtiroler Rebsorte Vernatsch, den ihm seine Mutter von einer Reise aus Tramin mitgebracht hatte, war seine Rettung gewesen. In seinem Kühlschrank herrschte – wie immer – kosmische Leere.

Susanne berichtete von ihrer Arbeit beim BKA. Ihre Erzählungen klangen nüchtern. Später, Potsdam schlief bereits, und der Nachtwind ließ die Blätter der alten Platane vor seinen Fenstern rascheln, erzählte er ihr von seinen letzten Fällen. Sie hatte die Augen geschlossen, atmete gleichmäßig. Irgendwann schwieg er. Betrachtete sie, wie sie neben ihm lag. Voller Unschuld mit halb geöffneten Lippen. Vorsichtig, um sie nicht zu wecken, zog er das Laken über sie.

Sie öffnete die Augen, stützte sich auf den Ellenbogen, griff über ihn hinweg zu seinem Glas und schwenkte den Rest Rotwein nachdenklich ein paarmal hin und her. »Baier? Heißt der Lukas mit Vornamen?«

Er nickte.

»Den kenne ich. Ein ziemlich aufsässiger Typ. Hat sich bei uns einmal eine Anzeige eingehandelt.«

»Weswegen denn?«, murmelte Lilienthal, der in ihrem zerzausten Haar wuschelte. Sie roch so unglaublich gut.

Susanne überlegte einen Moment. »Ich glaube, wegen Wilderei.« Sie kicherte, weil Lilienthal an ihrem Ohr knabberte. »Hör auf«, stöhnte sie. »Und auch wegen widerrechtlichen Waffenbesitzes.«

14

Am selben Tag

Der Fahrtwind wirbelte Ennes dunkle Locken mit der markanten weißen Strähne über der Stirn spielerisch durcheinander. Ihr rotes VW-Cabrio fuhr sie schon seit mehr als zwölf Jahren. Begeistert sang sie mehr falsch als notensicher »Always Look on the Bright Side of Life« zu dem gleichnamigen Song im Autoradio. Sie hatte Ruth seit Ewigkeiten nicht mehr gesehen. Jede Menge Neuigkeiten mussten ausgetauscht werden. Seit Ruths Mann vor Jahren bei einer Bergtour in den Schweizer Alpen tödlich abgestürzt war, lebte die Freundin, inzwischen auch längst pensioniert, zusammen mit ihrer Mutter in einem zweistöckigen Haus in der Dortustraße. Nach der Wende von Ruths Eltern restauriert und modernisiert, bot es Platz für zwei Wohnungen. Enne parkte, griff nach den Rosen, die sie in aller Eile noch in ihrem Garten abgeschnitten hatte, und klingelte. Ruth öffnete, und lachend fielen sie sich in die Arme.

»Du siehst aus wie der Sommer persönlich«, stellte Ruth fest.

Enne, gekleidet in eine maisgelbe Tunika mit einer sandfarbenen Leinenhose, strahlte über das Kompliment.

»Schnäppchen, alles im Ausverkauf«, erklärte sie vergnügt.

»Aber du bist ein bisschen blass um die Nase«, sagte sie, als sie mit Ruth auf den kopfsteingepflasterten Innenhof trat.

Die vielen Lavendelbüsche mit den Zitronenbäumchen dazwischen verliehen ihm südländisches Flair. Silberne Fäden durchzogen Ruths dunkelbraune Haare, die, streng zurückgekämmt, zu einem Dutt aufgesteckt waren. Die dunkelblauen Hosen und das weiße Oberteil unterstrichen ihre schlanke Gestalt.

»Alles in Ordnung mit deiner Mama?«, fragte Enne. Ruths Mutter litt an Altersdemenz.

»Die kleine alte Mutti. Sie ist so lieb. Aber in letzter Zeit wird es immer anstrengender. Ihr ist das Zeitgefühl abhandengekommen. Sie ist jetzt nachtaktiv, wie eine Eule.«

Enne strich der Freundin mitfühlend über die Hand.

»Sie will mir nicht so viel alten Kram hinterlassen, sagt sie. Sortiert alles aus. Aber von dem wenigsten kann sie sich trennen. Das meiste verlegt sie danach, und ich muss dann suchen.«

»Hast du nicht eine Hauskrankenpflege?«

»Ja. Aber die kommt nur morgens und abends.«

Unter der mit wildem Wein bewachsenen Pergola, die das Sonnenlicht abschirmte, entdeckte Enne den Gartentisch, bereits gedeckt mit weißen tiefen Tellern, dickwandigen Gläsern und Besteck. In seiner Mitte standen eine Suppenterrine und in einem Weinkühler eine Weinflasche, Bauernbaguette, Olivenöl, Dattelbalsamico und Fleur de Sel, dazwischen lagen Sträußchen aus Lavendel, Rosmarin und Lorbeer.

Neugierig hob Enne den Deckel der Terrine. »Gazpacho!«, rief sie begeistert. »Und dazu ein Rioja. Warst du wieder im Baskenland?«

Ruth nickte. »Einmal im Jahr muss ich hin. Da kann ich abschalten und alles um mich herum vergessen.«

Als sie den ersten Schluck tranken, summte das Smartphone. »Die Mama?«

Ruth nickte.

»Soll ich mitkommen?«, schlug Enne vor.

»Natürlich, da freut sie sich bestimmt.«

Lisbeth Koslowski hockte auf einem Stuhl, vor sich auf dem Tisch die Tageszeitung. »Da seid ihr ja endlich!«, rief sie fröhlich, als hätte sie schon lange auf die beiden Frauen gewartet. Das weiße Haar stufig geschnitten, sodass es keck vom Kopf abstand, blickte sie den beiden aus einem zarten, wie mit einem Spinnennetz überzogenen Gesicht entgegen. »Schaut mal, was ich gefunden habe.« Eifrig tippte sie auf die Zeitung.

Ruth griff danach.

»Lass das, Kind«, sagte Lisbeth streng. »Setzt euch.«

Gehorsam nahmen die beiden Platz.

»Was willst du uns denn zeigen?« Ruth bemühte sich um Gelassenheit, was ihr nicht recht gelang.

»Ich?« Die vorher klaren Augen verdunkelten sich, blickten hilflos. »Ich habe Durst«, sagte Lisbeth kläglich.

Ruth ging in die Küche, um ihr etwas zu trinken zu holen.

»Ich freue mich so, Sie zu sehen, liebe Frau Koslowski.« Enne ergriff ihre Hand. »Wie geht es Ihnen?«

»Gut, mein Kind.« Über das Gesicht der Greisin zog ein mütterliches Lächeln. »Aber du bist älter geworden.« Sie beugte sich vor, strich Enne über die Wangen. »Du musst dich nicht grämen. Das mit deinem Jungen wird schon wieder.«

Enne spürte einen Kloß im Hals. Ruths Mutter spielte auf den Unfall vor vielen Jahren an. Maik hatte sich als Kind beim Fahrradfahren an der Beinarterie verletzt und war ins Krankenhaus gekommen. Ohne Ruth und ihre Mutter, die sich damals rührend um ihn kümmerten, wenn sie beruflich unterwegs war, hätte sie es kaum geschafft. Dass die alte Dame sich gerade jetzt daran erinnerte, berührte sie. Sie nahm die Hand der alten Frau und drückte sie. »Maik ist wieder gesund. Es geht ihm gut.«

»Das freut mich, mein Kind. Vor allem für dich. Du musst nicht so viel arbeiten. Weißt du, das Leben ist viel zu kurz.«

Enne spürte, wie ihr die Tränen in die Augen stiegen. Zum Glück kam Ruth zurück, ein Glas Zitronentee in der Hand, das sie vor ihre Mutter stellte.

»Den mag ich nicht.« Lisbeth schob die Lippen vor. »Der ist sauer.« Sie schob das Glas zur Seite, wiegte nachdenklich den Kopf und sagte dann unvermittelt: »Aber mein Kulle hat ihn gekannt.« Sie runzelte die Stirn. »Und der Arne auch.« Sie lächelte. »Der Arne war ein feiner Mann.«

»Wer, Mama?«, fragte Ruth vorsichtig.

»Na, Onkel Arne. Der hat dir doch immer Schokolade mitgebracht.«

»Arne Wrangler? Das ist schon so lange her, Mama. Ich glaube, der war zum letzten Mal kurz nach dem Tod vom Papa bei uns.«

»Ja, da war er hier. Hat geweint. Das hab ich gesehen. Aber es war zu spät. Dabei hat mein Kullechen so auf ihn gewartet. Aber dann war es zu spät«, flüsterte Lisbeth.

»Und wen haben Papa und Onkel Arne gekannt?«, hakte Ruth nach.

Auf einmal, alle drei Frauen hatten geschwiegen und ihren Gedanken nachgehangen, hob Lisbeth den Kopf. »Aber der, der war nicht da. Der kam nicht zu Kulles Beerdigung.«

Ruth verdrehte die Augen. »Wer denn, Mamilein?«

»Das weißt du doch.« Die alte Dame wurde aufgeregt. »Muss ich dir denn alles zweimal sagen!« Sie tippte auf die Zeitung. »Der hier. Von dem spreche ich doch die ganze Zeit. Aber du hörst mir wieder nicht richtig zu.« Ruth wollte das Blatt zu sich heranziehen, aber ihre Mutter griff blitzschnell zu. Hielt es mit beiden Händen fest. Die Seite riss.

»Was hast du gemacht, Ruthchen?« Tränen rollten über die welke Haut der Greisin. »Jetzt ist er tot«, sagte sie mit brüchiger Stimme. Nahm die Seite, zerknüllte sie und schluchzte dabei.

»Ach, Mama, das tut mir so leid.« Ruth strich ihrer Mutter hilflos über den Arm.

»Schon gut, mein Kind.« Und als wenn man einen Schalter umgelegt hätte, lächelte sie wieder. »Weißt du, der hatte kein Benehmen. Ein ganz ungezogener Mensch war das.«

Ruth blickte hilfesuchend zu Enne und zuckte mit den Schultern.

»Wen meinen Sie denn, Frau Koslowski?«, fragte Enne behutsam.

»Überhaupt keine Erziehung«, bekräftigte Lisbeth. »Nicht mal die Hand hat er mir zur Begrüßung gereicht.«

Ruth Sah Enne resigniert an.

»Aber deinem Papa hat das nichts ausgemacht.«

»Der Papi hatte ein großes Herz«, versuchte Ruth, ihre Mutter aufzumuntern.

Lisbeth klatschte in die Hände. »Jeden Tag habt ihr gesungen. Kaum war er zur Tür herein, da bist du auf seinen Schoß gehüpft. So viele Lieder und alle konntest du auswendig, dabei warst du noch so klein.«

Ruth strich über die Hand ihrer Mutter.

Enne dachte wehmütig, wie schnell die Jahre vergangen

waren. Vor nicht allzu langer Zeit hatten sie noch alle zusammengesessen und gemeinsam gefeiert.

»Ich bin müde«, murmelte Lisbeth, rutschte vom Stuhl und trippelte Richtung Schlafzimmer. An der Tür drehte sie sich noch einmal um: »Aber der, der war nicht lustig, und gesungen hat der auch nie.« Sie runzelte die Stirn. »Böse war der, aber Kulle hat ja nicht auf mich gehört.«

Nach dem Essen, Ruth hatte ihre Mutter zu Bett gebracht, erzählte Enne von ihren Verwandten in der Schweiz. »Andreas, der Mann meiner Cousine Emmi, arbeitet bei einer Schweizer Privatbank. Ist mittlerweile dort Direktor und durch und durch Banker. Sie hat sich kaum verändert, aber Andreas ist, freundlich ausgedrückt, inzwischen etwas ermüdend.«

»Kommt deine Cousine nicht aus Berlin?«

»Ja. Andreas hat sie auf der Uni kennengelernt. Damals war er frech und aufsässig. Inzwischen ist er schweizerischer als jeder Eidgenosse.« Enne langte nach der Flasche Rioja und goss sich den letzten Rest ein. »Auf dein Wohl, Ruthchen! Wer nicht über sich selbst lachen kann, der hat verloren, oder?« Sie trank, drehte den Stiel des Glases zwischen den Fingern. Nachdenklich fragte sie: »Wen meinte deine Mutter vorhin?«

»Keine Ahnung. Irgendetwas in der Zeitung hat sie wohl an jemanden erinnert.«

15

26. Juli

Churchill hob den Kopf. Trotz ihres eher lahmen Verbots heute Nacht, dass es ihr Bett sei, und der Aufforderung, gefälligst sein schönes Katzenkissen zu benutzen, das sie ein Vermögen gekostet hatte, lag er am Fußende. Staubpünktchen tanzten in einem Sonnenstrahl, der durch die dunkelgrünen Vorhänge lugte. Enne streckte sich. Zeit zum Aufstehen. Als sie an die gestrige nächtliche Heimfahrt dachte, musste sie unwillkürlich kichern. Der Kater öffnete die Augen, schaute missbilligend zu ihr hinüber, erhob sich, wölbte seinen pummeligen Körper zu einem Katzenbuckel und sprang auf den Boden. An der Tür blieb er sitzen. Katzenhypnose – »Frühstück«, hieß das übersetzt.

Weit nach Mitternacht hatten Ruthchen und sie »If I Had a Hammer« gesungen. Der Taxifahrer, vor der Haustür wartend, die Arme verschränkt und cool zurückgelehnt, wies kommentarlos auf den laufenden Taxameter, der bereits eine zweistellige Summe anzeigte, als Enne endlich ins Auto stieg. Sie hatte einen Fünfzig-Euro-Schein hervorgezogen und während der Fahrt bis nach Hause leider nur bruchstückhaft den Text von »City of New Orleans« geträllert. Die fünf Euro Trinkgeld als Erschwerniszulage für die Tour hatte der Taxifahrer unkommentiert eingesteckt und war, kaum dass sie den zweiten Fuß auf den Bürgersteig setzte, mit quietschenden Reifen davongefahren.

Sie stellte den Kaffeeautomaten an und verfluchte wie jeden Morgen die Technik, die für eine einfache Tasse Kaffee den Geräuschpegel eines startenden Jumbojets entwickelte. Nach dem ersten Schluck fühlte sie sich dem Tag gewachsen.

Churchill miaute kläglich. Sie füllte seinen Napf und stellte ihn unter den Küchentisch. »Hier, mein Dickerchen, aber pass auf, dass du nicht zu fett wirst. Sonst gibt's Cholesterinsenker«, versprach sie ihm.

Churchill verschlang wie immer alles in Sekundenschnelle. Rülpste verhalten und begann mit seiner Morgentoilette.

Enne verzichtete auf weitere Nahrungsaufnahme. Die Zeitung von gestern lag noch auf dem Küchentisch. Sie blätterte, überflog die Artikel. Stutzte. Las noch einmal die kleine Meldung. Nachdenklich schaute sie zu dem Kater, der jetzt auf seinem Kissen lag und Geräusche wie eine Dampflokomotive von sich gab.

16

Am selben Tag

Müde, aber glücklich hatte Lilienthal Susanne zum Bahnhof gebracht. Mit dem Frühzug würde sie nach Frankfurt (Oder) fahren und von dort aus weiter zu ihrer Schwester, die während Susannes Zeit in Wiesbaden Max, ihren kleinen Sohn, betreute.

Als er die Tür zu seinem Büro aufstieß, hockten Heike und Kalumet bereits an seinem Besprechungstisch. Beide das Gegenteil von taufrisch.

Er setzte sich und wählte die Nummer seiner Mutter.

»Wieso, was ist denn passiert?«, entgegnete Enne auf seine Frage, ob sie wisse, wo Enderlein sei.

»›Passiert‹ ist gut. Nichts ist passiert. Du hast doch neuerdings engen Kontakt zu ihm: Ich brauche dringend den Befund von der Leiche aus Babelsberg.«

Enne überhörte seine Anspielung. »Eine Babelsberger Leiche? Davon weiß ich ja noch gar nichts.«

»Musst du auch nicht«, brummte er.

»Eine Hand wäscht die andere.« Maik lachte auf, dass sie befürchtete, einen Gehörschaden zu bekommen.

»Schon ein bisschen plump, dein Angebot, oder, Mutter?« Und nach einer Pause: »Aber wenn es der Wahrheitsfindung dient, okay.«

Na also, dachte Enne und griente zufrieden. Zum Glück konnte ihr Sohn sie nicht sehen.

»Wir haben eine junge polnische Altenpflegerin gefunden. Wegen der Hitze bereits im Verwesungsstadium. War die Freundin von dem Hartwig.«

»Das ist kein Zufall, Maik.«

»Ach, darauf wäre ich gar nicht gekommen«, gab Lilienthal freundlich zurück. »Aber was ist nun mit Enderlein?«

»Der Mann hat ein nicht gerade kleines Problem.« Sie zögerte. »Ich habe ihm mein Ehrenwort gegeben, nichts darüber zu sagen, Maik, daran muss ich mich halten. Aber du kannst sicher sein, dass er gute Gründe für sein Verhalten hat.«

»Das ist alles? Gute Gründe? Das hilft mir auch nicht weiter.«

Enne schwieg. Es war ihr peinlich, dass sie Enderlein mit ihrer Aussage in gewisser Weise doch verraten hatte.

»Ich schick dir jetzt gleich übers iPhone ein Bild mit zwei Buchstaben«, fuhr Lilienthal unterkühlt fort. »Könnte Sütterlinschrift sein. Du kennst dich mit so was besser aus als ich. Sag mir bitte gleich Bescheid, wenn du sie entziffert hast.«

Sekunden später erschien das Bild auf dem Display von Ennes Handy. Sie betrachtete es einen Moment lang und drückte die Kurzwahltaste für ihren Sohn. Besetzt. Sie versuchte es noch einmal. Immer noch belegt. Dann eben später. Jetzt musste sie zuallererst Ruth anrufen.

»Treffer, Maik.« Kalumet drehte seinen Bildschirm zu Lilienthal. Der Bericht der Rechtsmedizin war eingegangen.

Lilienthal überflog die Ausarbeitung. »Jetzt wird es interessant, Leo. Abmarsch zum Seniorenstift«, sagte er, als er fertig war.

Während der Fahrt informierte er Körner über das Ergebnis der Untersuchung und bemerkte ganz nebenbei, dass Enderlein wieder im Institut erreichbar sei.

Die Sumoringerin war zum Glück außer Haus. Lilienthal hatte sich schon Sorgen um seine Hand gemacht. Noch so einen Händedruck wie beim ersten Mal würden seine Handknochen nicht unbeschadet überstehen.

Eilfertig wurden sie von einer hektisch plappernden Hilfspflegerin zum Aufenthaltsraum geführt.

Fanny Schuster, Nymczeks Kollegin, saß allein an einem Ecktisch. Über einem langen rosafarbenen T-Shirt trug sie einen offenen weißen Kittel, der ihre füllige Figur weder verbarg noch betonte. Ein halb volles Glas Cola stand vor ihr. »Meine Pause ist gleich zu Ende«, sagte sie leise, nachdem Lilienthal beide

vorgestellt und nach Frau Nymczek gefragt hatte. »Alina wollte
für ein paar Tage nach Hause zu ihrer Familie nach Polen. Sie
braucht Ruhe, das sollten Sie respektieren.«

»Frau Nymczek ist nicht in Polen.«

»Aber natürlich.« Schuster blickte den Kommissar müde an.
Dunkle Ringe unter den Augen zeugten von dem anstrengen-
den Dienst im Heim.

»Es tut mir leid, Frau Schuster, aber Ihre Freundin ist tot.«

Sie nahm das Glas. »Erzählen Sie keinen Unsinn. Das wüsste
ich doch.« Sie blickte zu Lilienthal. Ihre Augen weiteten sich,
das Glas rutschte ihr aus der Hand. Lilienthal fing es auf, bevor
es auf den Boden fiel. »Wie, tot?«, flüsterte sie.

»Sie wurde ermordet.«

Schuster wischte sich mit dem Handrücken über die Nase.
Kalumet reichte ihr ein Papiertaschentuch. Sie griff automatisch
danach, behielt es in der Hand und zerdrückte es.

»Wir benötigen einige Auskünfte von Ihnen wegen der Iden-
tifizierung. Erinnern Sie sich an körperliche Merkmale?«

Sie starrte ihn an. »Merkmale?« Dann leise: »Sie war schön.
Einfach nur schön.«

»Ein Muttermal oder etwas Ähnliches?«, insistierte Kalumet.

»Nein, nicht mal Pickel hatte sie«, erwiderte Fanny Schuster
mürrisch. »Aber eine Tätowierung. Über dem Knöchel. Die
Anfangsbuchstaben von ihrem Freund.«

»Hatte Frau Nymczek Feinde?«

»Alina? Nein. Die mochten alle.« Sie schürzte die Lippen.
»Die Männer sowieso.« Ihre Stimme kippte.

Lilienthal wartete.

Schuster schaute auf ihre Armbanduhr. »Meine Pause ist zu
Ende«, sagte sie und erhob sich.

»Haben Sie einen Verdacht?«

Sie blieb stehen, starrte Lilienthal an. Und auf einmal brach
es aus ihr heraus. »Sie wollte nicht auf mich hören.«

»Was meinen Sie damit?«, fragte er.

»Tyrannisiert hat der uns. Alle. ›Dich bedenke ich großzügig in meinem Testament.‹ Sein Standardspruch. Dieser Arsch.« Sie holte zitternd Luft. »Der hatte so etwas Kaltes, Besitzergreifendes. Unheimlich war der mir vom ersten Tag an.«

»Wer?«

»Und gerissen war der, trotz seines Alters. Der schaffte es, alle gegeneinander aufzuhetzen.«

»Von wem sprechen Sie, Frau Schuster?«

Aber die Pflegerin hörte nicht, was Lilienthal sie fragte, sondern steigerte sich in ihren Monolog hinein. »Wissen Sie was? Alina lachte nur, wenn ich sagte: ›Der ist ja schon verfault, du, der hat keinen Charakter.‹ ›Jeder hat so seine Macken‹, hat sie geantwortet. So war sie.« Sie schluchzte. Schob fahrig eine Haarsträhne hinters Ohr. »Dabei wollte der Alina nur poppen.« Sie schauderte. »Das Schwein. Wenn sie ins Zimmer kam, versuchte er, ihr in den Schritt zu fassen.« Sie verdrehte die Augen. »Der konnte doch gar nicht mehr.« Schrill lachte sie auf.

Lilienthal überlegte. Warum erzählte sie ihnen das in aller Ausführlichkeit? Irgendetwas gefiel ihm nicht an ihrer Schilderung.

»›Wie hältst du das bloß aus?‹, habe ich sie immer wieder gefragt«, erzählte sie weiter, hielt inne, senkte den Blick. »Jetzt muss ich aber wirklich. Tut mir leid, sonst bekomme ich Ärger.«

»Und wie hat Ihre Kollegin das mit dem alten Herrn ausgehalten?«, fragte Lilienthal ruhig.

Sie wich seinem Blick aus. Dann flüsterte sie: »Sie hat mir den Ring gezeigt, einen Brilli. Der war riesig. Keine Ahnung, ob der echt war. ›Der hat noch mehr‹, hat sie gesagt. ›Darum lass ich ihn ein bisschen fummeln. Bei unserem Lohn muss man sehen, wo man bleibt.‹ Schwören musste ich, es niemandem zu verraten.«

»Wann war das?«

Schuster zupfte an dem zusammengeknüllten Taschentuch herum. »Letzte Woche, glaube ich.«

»Was hat der alte Herr Preuss Alina Nymczek erzählt?«

Verblüfft schaute Schuster zu Lilienthal. Ihm war von Anfang an klar gewesen, dass sie von dem Mordopfer gesprochen und bewusst die ganze Zeit keinen Namen genannt hatte. Der Grund interessierte ihn.

Ihre Augen wanderten ruhelos durch den Raum. »Bitte erzählen Sie das nicht meiner Chefin«, bat sie leise. »Wenn die das erfährt, bin ich gefeuert.«

»Sie haben noch nicht auf meine Frage geantwortet.« Lilienthal ahnte, dass da noch was war.

Schuster starrte auf das Linoleum am Boden. Schob mit dem Fuß eine gebrauchte Serviette unter dem Tisch hervor. Bückte sich, hob sie auf und strich sie glatt. »Ich hab's ihr doch gegönnt«, brummte sie und kicherte auf einmal völlig überraschend. »Heiraten wollte er sie.«

»Der Preuss Frau Nymczek?«

»Nicht wirklich. Also, er wohl schon. Aber Alina?« Sie unterdrückte ihr Kichern. »Sie hat ihn eher hingehalten.« Treuherzig blickte sie Lilienthal an. »›So etwas macht man nicht‹, habe ich zu ihr gesagt. ›Auch wenn der Alte ein Schwein ist. Und überhaupt, wenn Jens das erfährt. Das ist Wasser auf seinen Mühlen.‹«

»Hartwig war eifersüchtig?«, mischte sich Kalumet ein.

Schuster zögerte, dann hob sie trotzig das Kinn. »Ach, ist ja jetzt auch egal. Auf Lukas, auf den hatte er einen Rochus.«

»Auf seinen Freund Lukas Baier?«

»Sage ich doch. Der hat sie ganz schön angebaggert. Den Jens konnte ich gut verstehen. Stand bei Dienstschluss vor der Tür, der Lukas. Aber Alina fand das lustig.« Schusters Augen verengten sich zu Schlitzen. »›Das Leben ist zu kurz, da muss man nehmen, was man bekommt‹, hat sie gesagt.« Sie hielt sich auf einmal den Leib, als wenn sie Schmerzen hätte. Verzog das Gesicht.

»Ist Ihnen nicht gut?«, fragte Kalumet.

Sie schüttelte den Kopf. »Nee, geht schon wieder. Der Jens war ein Superkerl.«

Lilienthal betrachtete sie. Unattraktiv, ohne Ausstrahlung, dachte er, und ihre Kollegin, die Nymczek, die hatten alle wie die Motten das Licht umschwirrt. Sicher hätte die Schuster auch gern genommen, was kommt, aber da war niemand, der sich für sie interessierte.

»Wie hat Jens Hartwig auf den Heiratsantrag reagiert?«

»Gelacht hat er, das hat Alina gesagt. Aber das habe ich nicht geglaubt.«

»Können Sie uns noch mehr zum Verhältnis zwischen Hartwig und Baier sagen?«

Schuster schaute unruhig auf ihre Uhr. »Letzte Woche hatten die beiden Streit. Angeblich haben sie sich sogar geprügelt, hat Alina erzählt. Mehr weiß ich nicht. Ich muss jetzt los – Essensausgabe. Wir sind unterbesetzt.« Sie blickte unschlüssig zu den Kommissaren. »Wie ist Alina denn umgekommen?«

»Sie wurde vergiftet, Frau Schuster. Genau wie der alte Herr Preuss.«

Auf dem Weg zum Auto meldete sich seine Mutter.

»Die beiden Buchstaben sind ein g und ein p. Klein und zusammengeschrieben, wie ein Unterschriftskürzel. Sie sind der deutschen Kurrentschrift mit Sütterlin entlehnt. Wobei Anfang der vierziger Jahre des letzten Jahrhunderts offiziell Sütterlin verboten und durch die lateinische Schrift ersetzt wurde«, erklärte Enne ihrem Sohn ohne lange Vorrede. »Eigentlich eine schöne Schrift. Schade, dass sie heute nicht mehr gepflegt wird. Meine Großmutter schrieb uns gern und oft, und ihre Briefe waren alle in Sütterlin verfasst, daher kenne ich die Buchstaben des Alphabets.«

»Ein g und ein p, Günther Preuss«, ergänzte Lilienthal. »Manchmal sieht man den Wald vor Bäumen nicht.«

»Na, solange dich diese Erkenntnis noch streift, ist ja alles im grünen Bereich.«

Lilienthal wollte sich eigentlich für ihre Information bedanken, ließ es aber nach ihrer Bemerkung bleiben.

»Der Preuss, ist das nicht der aus dem Seniorenstift?«, fragte sie.

Er überlegte, ob er einfach behaupten sollte, dass die Verbindung so schlecht sei und er das Gespräch abbrechen müsse, da hörte er sie sagen: »Lisbeth Koslowski könnte den Preuss gekannt haben. Vielleicht besteht zwischen den beiden eine Verbindung. Das war doch eine Generation.«

»Gleiches Alter, gleicher Wohnort. Das bedeutet doch gar nichts, Mutter«, beschied Lilienthal sie unwirsch.

»Aha«, erwiderte Enne empört.

Aber Lilienthal hatte bereits aufgelegt, ehe sie weiterreden konnte.

17

Am selben Tag

»Food Watch.« Triumphierend deutete Heike auf den Bildschirm, als ihre beiden Kollegen das Büro betraten. »Das Fleisch aus Schernys Betrieben ist belastet. Die Antibiotikawerte liegen weit über der offiziellen Grenze. Das steht nicht nur bundesweit auf den Titelseiten, das lesen auch unsere europäischen Nachbarn, und das bedeutet das Aus für Scherny.«

Die Hitze der letzten Tage hatte eine Pause eingelegt. Durch die geöffneten Fenster wehte eine kühle Brise zusammen mit dem auf- und abklingenden Straßenlärm der Breiten Straße zu ihnen herein.

Lilienthal holte sich einen Becher Kaffee, schob den Stapel Akten, der sich auf seinem Schreibtisch türmte, zur Seite und malte nachdenklich drei Strichmännchen auf seinen Block, darunter schrieb er »Hartwig«, »Preuss« und »Nymczek«. »Was verbindet die drei?«, murmelte er.

»Gier, Maik. Preuss lockt mit seinem Schatz. Nymczek kommt irgendwie an die Skizze, gibt sie Hartwig, und der gräbt.« Kalumet lehnte sich zurück.

Lilienthal verband die Strichmännchen mit Pfeilen.

»Ich habe mit der Fakultätssekretärin telefoniert. Die hat mir was Interessantes erzählt«, unterbrach Heike die beiden Kommissare. Sie blätterte in ihren Notizen. »Auch Baier hat sich um den Posten des Landestierschutzbeauftragten beworben. Aber ohne jemanden darüber zu informieren. Hartwig galt als Favorit für die Stelle. Besonders wegen seiner Kontakte und seiner engen Zusammenarbeit mit der grünen Landtagsfraktion. Maßgeblich durch ihn wurde ein Katalog mit Detailfragen zusammengestellt, die mit der Landtagsregierung zu klären sind. Wie eben zum Beispiel die Senkung des Antibiotikaeinsatzes bei der Tierzucht, die Umsetzung des Kupierverbotes bei Schweinen und der verabredete Erlass zur Einbaupflicht von Luftfiltern in den Schweineställen mit mehr als zehntausend Tieren. Gern gesehen haben die das im Landwirtschaftsministerium nicht. Hartwig hat von dessen Bewerbung nur durch Zufall erfahren, laut der Sekretärin. Als er ihn in der Mensa darauf ansprach, sind sie wie zwei Kampfhähne aufeinander losgegangen. Danach wurden beide für eine Woche der Mensa verwiesen.«

»Ein Freund, ein guter Freund«, summte Kalumet. »Da hat uns der Baier doch Theater vom Feinsten vorgespielt. Baggert die Freundin an, bewirbt sich hinter Hartwigs Rücken um den besten Job, den das Land zurzeit für Leute mit seiner Qualifikation zu vergeben hat, und durch seine Arbeit im Institut hat der garantiert auch Zugriff auf toxische Stoffe.« Kalumet wippte mit seinem Stuhl, was Heike mit zusammengezogenen Brauen beobachtete.

»Aber bei Scherny geht es um seine Existenz. Das ist ein starkes Motiv, Leo. Hast du noch mehr über Pistorius herausgefunden, Heike?«

»Hat sich in den letzten Jahren vehement für Massentierhaltung eingesetzt. Gilt als Einzelgänger, war aber mit Scherny angeblich mehr als dicke.« Sie blätterte. »Beide kommen aus demselben Dorf in Nordrhein-Westfalen. Wir können davon ausgehen, dass sie sich seit ihrer Kindheit kennen.«

»Was ist mit seinen Konten?«

»Eigentlich keine Auffälligkeiten.«

»Was heißt ›eigentlich‹?«

»Pistorius reist häufig nach Amsterdam, und«, sie blickte auf ihre Notizen, »jeden Monat erfolgt eine Abbuchung, die ich nicht zuordnen konnte.«

»In welcher Höhe?«

»Zweitausend Euro. Der Betrag wird an eine Bärbel Schiller in den Niederlanden überwiesen.«

»Geschiedene Ehefrau?«

»Er war nie verheiratet.«

»Dann finde heraus, um wen es sich dabei handelt.«

Die Tür wurde aufgerissen. Durch den Luftzug krachte ein Fensterflügel gegen den Rahmen.

Langer schwenkte triumphierend eine schmuddelige karierte

Reisetasche und stellte sie auf den Tisch. Der Geruch von überreifem Käse breitete sich im Raum aus. »Mein Name ist Holmes. Ihr dürft auch Sherlock zu mir sagen.« Er ließ sich auf den freien Stuhl fallen. »Keller! Eine wahre Fundgrube. Die Leute heben Dinge auf – sensationell.«

Lilienthal lehnte sich zurück, wartete.

»In dem der Nymczek haben wir nur Hartwigs Sachen gefunden.«

»Und?« Lilienthal wusste, dass Langer nur auf sein Stichwort wartete.

»Tauchausrüstung, Surfbrett, Skier. Von der Nymczek? *Niente. Nitschewo. Nothing.*« Er beugte sich vor. »Daraufhin habe ich mir den Hauswart geschnappt. Der ist noch von der alten Schule. Für Sauberkeit und Ordnung, aber so was von. Als ich fragte, wo die Sachen von Frau Nymczek seien, giftete er, woher er das denn wissen solle. Er kümmere sich schließlich nicht um den Kram anderer Leute. Was die Mieter mit ihrem Gerümpel anstellten, gehe ihn nichts an. Aha, dachte ich, gut gebrüllt, Löwe. Du willst was verbergen. Anschließend hatten wir eine kleine Grundsatzdiskussion, bis er begriff, dass ich nicht von der Hausverwaltung bin, sondern in einem Mordfall ermittele.«

Kalumet blickte genervt. Langer hatte einen ausgeprägten Hang zur Selbstdarstellung und schmückte seine Berichte gern auch mal etwas aus.

»Endlich rückte der Hauswart damit heraus, dass Nymczek einen zweiten Keller genutzt habe. Den Gerätekeller. Clever, der Alte. So was nennt man Nebeneinkünfte. Den hat er sich natürlich bezahlen lassen. Schwarz, auf die Kralle, ohne dass die Hausverwaltung davon erfuhr, jede Wette.«

»Möchtest du nachher einen Lolli oder ein großes Eis?«, fragte Lilienthal freundlich.

»Wenn du den Inhalt gesehen hast, können wir das anschließend gern ausdiskutieren, Maik.« Langer öffnete die Tasche. Zog eine graue Schirmmütze hervor und legte sie auf den Tisch. »Man beachte bitte den Reichsadler, Kollegen.« Als Nächstes holte er eine ordentlich gefaltete blaugraue Uniformjacke mit aufgesticktem Emblem heraus.

»Was bedeutet BSP?«, fragte Kalumet.

»Bahnschutzpolizei.«

»Manni, du bist so was von schlau.«

»Entweder man hat es, oder man hat es nicht, Kollege Kalumet«, erwiderte Langer gönnerhaft. »Und nun ein kleiner Diskurs.« Er ignorierte das Aufstöhnen der anderen und begann. »1936 unterteilten die Nazis die deutsche Polizei in Ordnungspolizei und Sicherheitspolizei. Zuständig für die Neuordnung war Heinrich Himmler, Reichsführer SS und gleichzeitig Chef der deutschen Polizei. Die Bahnschutzpolizei gehörte zur Ordnungspolizei. Deren Männer, teilweise militärisch ausgerüstet, sollten in erster Linie Sabotageakte an Eisenbahneinrichtungen verhindern.« Langer griff in die Innenseite der Uniformjacke und zog ein graues Dokument heraus. »Das, meine Dame, meine Herren, ist eine Kennkarte aus dem Deutschen Reich.« Schwungvoll überreichte er sie Lilienthal.

»›Günther Wilhelm Preuss‹«, las er vor. »›Geboren am 6. Januar 1919 in Wartenburg, Ostpreußen, Beruf: Rangierer. Ausstellungsdatum: 18. März 1938, Berlin‹.« Das schwarzweiße Passbild zeigte einen jungen Mann mit militärisch kurz geschnittenen dunkelblonden Haaren, fleischiger Nase, vollen Lippen und tief liegenden hellen Augen unter buschigen Brauen.

»Euer Preuss aus dem Altenheim als junger Mann. Na, was sagt ihr jetzt? Aber das ist natürlich erst der Anfang.« Langer holte einen vergilbten schmalen Leinenbeutel hervor und nahm aus diesem ein messingfarbenes Metallstück. »Das hier ist eine Dienst- oder Erkennungsmarke, ein Hakenkreuz im Eichenkranz mit Adler und geöffneten Flügeln. Aber wartet, es kommt noch besser.« Stolz förderte er eine schwarzledere Pistolentasche aus den Tiefen der Tasche zutage und zog die Waffe heraus.

»Nicht schlecht«, murmelte Lilienthal. »Eine Luger P 08. Selbstladepistole. War Standard im Ersten und Zweiten Weltkrieg. Der Preuss«, er zeigte auf die Uniformjacke, »war also Obergruppenführer?«

»Höherer Dienstgrad. Da war der sicher mit ganz anderen Sachen betraut, als nur Schwarzfahrer zu erwischen«, meinte Kalumet sinnend.

Langer präsentierte ein Paar brüchige schwarze Schnürstiefel und stellte sie auf die Tischplatte.

Heike rümpfte die Nase. »Das stinkt ja fürchterlich.«

»Das Beste kommt zum Schluss, Kollegen.« Der Kriminaltechniker deponierte eine Holzkassette, verziert mit Elfenbeinintarsien, vor Heike und öffnete den Deckel. »Bitte, *ladies first*.«

»Alter Schmuck.« Bewundernd hielt Heike einen goldenen Ring mit einem dunkelvioletten Amethyst, eingefasst mit Brillanten, in die Höhe.

Langer legte einen fein ziselierten goldenen Anhänger mit einem Aquamarin daneben und eine weitere Kette mit einem tropfenförmigen Turmalin vor sich auf die Tischplatte. »Jede Wette, dass der Schmuck nicht legal erworben wurde. Ich denke, da gab es noch mehr.«

»Die Skizze.«

»Genau, Leo«, bestätigte Lilienthal. »Garantiert lag der Schatzplan ursprünglich den Sachen bei. Und Hartwig hat eins und eins zusammengezählt und dann danach gegraben.«

»Und warum gerade in der Pirschheide?«

»Also bitte, Kollegen. Die ganze Arbeit kann ich euch jetzt aber nicht abnehmen«, entgegnete der Kriminaltechniker herablassend.

»Das ist nett von dir, dass du uns einen Rest Ermittlungsarbeit übrig lässt, Mannilein.« Lilienthal schaute ihn wohlwollend an. »Danke, das war gute Arbeit.«

»Ja, die Ausbeute war bis jetzt nicht schlecht.«

Heike schob ihm die Stiefel zu.

Lässig griff er in den Schaft des einen. Hielt inne, verzog das Gesicht und holte eine verweste Maus heraus.

»Das arme Mäuschen!«, bemerkte Heike.

Kalumet verdrehte die Augen. »Willst du es beerdigen?«

Heike überhörte seine Anspielung. Sie nahm den anderen Schuh, langte hinein und hielt kurz darauf einen zerknitterten braunen Umschlag in der Hand. »Na?«, sagte sie herausfordernd und blickte in die Runde. »Wer suchet, der findet.« Sie gab ihn Lilienthal.

Der wendete ihn hin und hin. »Keine Adresse, kein Absender«, bemerkte er und öffnete das Kuvert. »Leer«, meinte er enttäuscht und legte ihn vor sich auf den Tisch. »Preuss besitzt einen Schatz, den er laut Zeugenaussagen als Druckmittel benutzt. Mit ihm ködert er Alina Nymczek, weil er sie, wenn wir ihrer Kollegin Schuster glauben, heiraten will. Aber etwas stimmt nicht mit den Sachen. Sonst hätte er sie nicht sein ganzes Leben lang versteckt. Aber jetzt sind seine Tage gezählt, und er kann sich damit die Gunst der jungen Frau erkaufen. Nymczek eignet sich die Tasche an. Ob mit oder ohne Preuss' Zustimmung, werden wir nicht mehr erfahren. Sie zeigt sie ihrem Freund, Jens Hartwig, und bis auf die Skizze und einen Ring verstecken sie alles in dem separaten Keller, der ihnen vom Hausmeister zugeschanzt wurde. Und noch jemand weiß davon. Baier, Hartwigs Freund, jedenfalls bis vor Kurzem, der bereits wegen unerlaubten Waffenbesitzes auffällig geworden ist. Was uns zu der Schusswunde an seiner Leiche bringt.«

Während Lilienthals Ausführungen hatte Kalumet mit dem Deckel der Schatulle gespielt. Ein feines goldenes Armband hatte sich verheddert. Gedankenverloren beugte er sich vor, um es aus dem Kästchen zu ziehen, aber es hing fest.

Heike, die ihn beobachtet hatte, nahm ihm die Schatulle aus der Hand und legte den Ring hinein. Hielt inne, zog eine Haarnadel aus ihren straff zurückgebundenen Haaren und stocherte damit im Inneren des Kästchens herum. In der einen Ecke fand sie eine Lücke und hob den mit rotem Samt bezogenen Boden an. Behutsam nahm sie ein kleines graues Heft heraus und legte es auf den Tisch.

18

»Der alte Preuss und seine Geheimnisse«, kommentierte Lilienthal ihre Entdeckung. »Sehr gut, Heike.«

Langer verzog mürrisch die Mundwinkel.

Heike strich über das Deckblatt und schlug vorsichtig die erste Seite auf. »Datum, Uhrzeit und Abgangsbahnhof als Überschrift«, informierte sie die anderen, »alles akkurat notiert. Darunter Bemerkungen, wie ›warme Unterwäsche, gefütterte Stiefel‹«, las sie weiter vor.

»Möglicherweise betrifft das die Ladung der Transporte?«, überlegte Kalumet.

Heike blätterte weiter. »Komisch, nur leere Seiten, aber hier, ab der Mitte, stehen weitere Notizen. Sehen aus wie hastig hingeschrieben.« Sie hob das Heftchen hoch und zeigte es den anderen.

»Alles in Druckbuchstaben«, wunderte sich Kalumet.

Heike las laut:

»*Oktober 1940*
Streckenausbau bei den Polacken. Werden von Soldaten unterstützt. Tolle Stimmung trotz der schweren Schufterei. Die können froh sein, dass jetzt alles neu gebaut wird. Heim ins Reich.

April 1941
Heute Kommandeuransprache: hohe militärische Wichtigkeit der Eisenbahnen im Operationsgebiet. Und morgen gehört uns die ganze Welt. Jawoll! Heil mein Führer.

Bekommen neue Eisenbahntruppenteile. Sollen den Betrieb hinter der Ostfront übernehmen.

Januar 1942
Die Bolschewikenschweine haben fast alle Loks mitgenommen oder zerstört. Geht nur noch mit unseren eigenen Loks. Die

Gleise von 1,524 Millimeter Breitspur auf 1,435 Millimeter Normalspur umspuren. Wirft uns um Monate zurück. Aber dem zeigen wir es, dem Iwan.«

»Sind das wirklich die Aufzeichnungen vom Preuss? Kann das nicht auch von jemand anderem sein?«, fragte Kalumet.

»Nein, Leo, das ist von dem, sonst hätte er es nicht versteckt.«

Heike blätterte eine Seite um. »Der schreibt in großen Abständen. Hier:

März 1943
Werner ist in Stalingrad geblieben. Bist grad mal zwanzig geworden, Bruderherz. Die Mutter ist stumm. Spricht nicht mehr. Das vergess ich dem Russen nie.
Wir transportieren wie verrückt Getreide, Kohle, Fahrzeuge nach Westen.

Juni 1944
Nachschub für die Versorgungslager. Alle Lager voll. An der Front herrscht Mangel. Wenn das der Führer wüsste.«

Lilienthal fühlte, wie sich seine Nackenhaare aufstellten. Diese Sätze, ein Echo aus längst vergangener Zeit. Er nahm Heike das Heftchen ab. Blätterte. Mehrere leere Seiten, dann:

»Juli 1944
Fahren nur noch Kohle. Bis wir in die besetzten Gebiete kommen, ist sie beinahe alle. Partisanen. Angriffe fast jeden Tag. Bei der letzten Fahrt konnte ich mich gerade noch auf die Lok retten. Die Waggons haben wir einfach auf den Gleisen umgekippt und liegen gelassen. Haben Flakgeschütze geladen.

Juli 1944
Warschau – Białystok. Langer Aufenthalt in Małkinia Górna, Ostpolen. Jede Menge stehender Waggons. Die Hitze ist kaum

zum Aushalten. Wimmern und Schreie aus den Wagen auf dem Nebengleis. Karl-Heinz meint, die gehen nach Treblinka.«

Lilienthal ließ das Heftchen sinken, schob es von sich. »Für den Satz hätte er ins KZ kommen können«, sagte er nachdenklich und las auch den nächsten Eintrag vor:

»August 1944
Der ganze Zug unter Beschuss. Alle scheißen sich in die Hosen. Ich auch. Drei Waggons in Flammen. Karl-Heinz ist nach hinten. Hat sie abgehängt. Bauchschuss. Geschrien wie ein Schwein. Verblutet jetzt in fremder Erde. Oder der Russe knallt ihn gleich ab.«

Die letzten Worte waren verwischt. Lilienthal schloss das Heft, betrachtete das abgegriffene Deckblatt. »Etwas daran war Preuss wichtig, sonst hätte er es nicht aufgehoben. Nur was, das werden wir nicht mehr erfahren. Die Antwort hat er mit ins Grab genommen.« Er schob das Büchlein zurück zu Heike. »Hat ihn in letzter Zeit jemand besucht? Verwandte, Freunde oder jemand anders?«

»Nein. Er hatte keine Verwandten mehr, und in seiner Patientenakte von dem Seniorenstift Havelaue ist auch niemand vermerkt, den man bei seinem Tod hätte benachrichtigen müssen.«

Kalumet nahm den Ring. »Wer trägt denn so was?« Spöttisch ließ er ihn über seinen kleinen Finger gleiten und schwang ihn herum.

»Das ist wertvoller alter Schmuck«, entgegnete Heike spitz. »Sieht doch sehr edel aus.« Sie nahm ihm den Ring ab und legte ihn mit dem Heft zurück in die Kassette. Dabei bemerkte sie, dass die letzte Seite des Büchleins umgeknickt war. Sie bog sie zurück. Kaum zu erkennen stand dort: »Ihr denkt, ich weiß es nicht. Aber ich habe alles gesehen.«

19

Am selben Tag

Empört starrte Enne auf ihr Handy. Gleiches Alter, gleicher Wohnort. Abserviert hatte er sie, ihr Herr Sohn. Ihr Hinweis sei unwichtig. Ganz sicher lebten nur noch wenige Menschen, die dem Herrn Hauptkommissar etwas über das Mordopfer Preuss erzählen konnten. Oma Lisbeth, wie Maik sie nannte, wusste bestimmt etwas über ihn. Sie jedenfalls würde sich nicht noch einmal die Zunge verbrennen. Aber natürlich war sie neugierig, und deshalb würde sie Ruths Mutter selbst darauf ansprechen, was sie über den Preuss wusste. Die Zeitungsnotiz über seinen Tod musste der Grund für ihre Aufregung gewesen sein. Den kleinen Artikel hatte sie in ihrer Zeitung entdeckt. »Toter im Seniorenstift«. Alle anderen Beiträge auf der Potsdamer Seite hatten den ewigen Streit der Rathausparteien um die Gestaltung der Potsdamer Mitte zum Thema gehabt.

Churchill strich um ihre Beine. Immer anhänglicher wurde er, ihr ständiger Begleiter, das alte grau getigerte Katzentier. Keine Schönheit, fürwahr, aber mutig und stark. Generationen von Mäusen hatte er ihr in den vergangenen Jahren als Geschenk vor die Terrassentür gelegt. Zugelaufen war er ihr. Abgemagert mit struppigem Fell und einer tiefen Wunde an der Flanke saß er in einer Winternacht auf dem Fußabtreter vor ihrer Haustür. Der Ausdruck seiner Smaragdaugen schwankte zwischen Misstrauen und Angst. Als sie die Hand ausstreckte, zog er sich fauchend in eine Ecke zurück. Mitleidig gab sie ihm etwas magere Wurst und stellte ein Schälchen Wasser neben die Tür. Dachte, dass er dann verschwinden würde. Aber am nächsten Morgen lag er zusammengerollt auf der Fußmatte, und als Maik ihn dort sah, meinte er nur: »Der bleibt dir erhalten, Mutter.« Und er war ihr geblieben, ihr Churchill. Seine Zuneigung zu erringen hatte Langmut bedurft. Er durchschaute jeden, der sich ihm nicht auf ehrliche Art und Weise näherte. Und er passte zu ihr. War ihr Pendant. Auch sie war zurückhaltend gegenüber ihren Artgenossen. Verschenkte nicht auf Anhieb ihre Zuneigung. Beobachtete und wartete ab, genau wie ihr Katzentier. Sie kraulte Churchill hinter den Ohren. Mit seiner rauen Zunge leckte er über ihre Hand, gähnte und verschwand dann lautlos in Richtung Gartenzimmer. Enne ahnte, dass er dort die nächsten Stunden in einem Sessel liegen und schlafen würde.

Sie wählte Ruths Nummer. Wollte sich ankündigen. Ihr Auto stand immer noch in der Dortustraße. Aber nur der AB sprang an. Sie hinterließ eine Nachricht, bedankte sich für den schönen Abend. Erst nach dem Auflegen fiel ihr ein, dass sie Ruth eigentlich hatte fragen wollen, ob sie wisse, in welchem Verhältnis Preuss zu ihrer Mutter gestanden hatte. Aber vielleicht würde sie das besser die alte Dame persönlich fragen.

Am selben Tag

»Alle Medien stürzen sich auf die Meldung von Food Watch.« Heike konnte ihre Freude darüber kaum verbergen. »Scherny ist abgetaucht, keiner weiß, wo er sich aufhält.«

»Hast du schon etwas über die zweitausend Euro herausgefunden, die jeden Monat an die Holländerin gehen?«

»Nein, hexen kann ich nicht, Maik.« Heike loggte sich in INPOL ein und öffnete in der polizeilichen Datenbank den Kriminalaktennachweis.

»Treffer!« Heike grinste. »Pistorius war 1990 in einen Autounfall verwickelt. Eine Mitinsassin wurde dabei schwer verletzt. Die Schuldfrage konnte nicht eindeutig geklärt werden. Der Fahrer des anderen Wagens beging Fahrerflucht und wurde nie gefasst.«

»Und wieso Treffer?«, wollte Lilienthal wissen.

»Im Auto saß eine gewisse Bärbel Schiller.«

»Ist bekannt.«

»Sie ist eine geborene Scherny.«

»Seine Schwester?«

Heike nickte. »Seit dem Unfall ist sie schwerbehindert.«

»Und warum zahlt Pistorius, wenn er nicht an dem Unfall schuldig war?«, wollte Kalumet wissen.

»Er war der Fahrer.«

Kalumet spielte nachdenklich mit seinem Kugelschreiber. »Aus purer Anständigkeit?«

»Nein, Leo, ich bin mir sicher, das hängt mit Scherny zusammen. Der erpresst ihn. Das ist der Kitt, der die beiden zusammenhält.«

21

Am selben Tag

Enne stieg erst am Nachmittag aus dem Bus am Potsdamer Hauptbahnhof, lief hinüber zur Haltestelle der Tram und fuhr mit der Linie 91 bis zur Dortustraße. Es war doch später geworden, als sie gedacht hatte. Ein kühler Wind blähte ihre leichte Bluse wie ein Segel. Sie fröstelte. Die Temperaturschwankungen machten ihr zu schaffen. Sie klingelte und musste eine Weile warten, bis ihre Freundin die Haustür öffnete.

»Enne.« Ruths Stimme brach. »Die Mami!«

Spontan nahm Enne die Freundin in den Arm. »Wann ist es passiert?«

»Heute Vormittag. Der Notarzt war gerade da.« Ruth bemühte sich um Fassung. »So unerwartet. Irgendwie kann ich es noch immer nicht glauben. Heute Morgen, als die Schwester kam, hat sie noch Witzchen gemacht. Wollte partout ihr dunkelblaues Seidenkleid anziehen.« Ruth schluckte. »Ich hatte einen Arzttermin, war spät dran und bin gleich losgelaufen. Als ich zurückkam, war es zu spät. Nicht mal richtig verabschieden konnte ich mich. Das tut weh. Dass ich nicht bei ihr war. Dass die Mama allein den letzten Weg gehen musste.«

»Was hat die Schwester gesagt?«

»Die war vorhin richtig komisch. So kurz angebunden. Dabei wollte ich nur wissen, wie es meiner Mutter ging, als sie das Haus verlassen hat.«

»Und was hat sie gesagt?«

»Die Patientin sei munter gewesen, und sie müsse sich nichts vorwerfen.« Ruth schluchzte.

»Darf ich sie noch einmal sehen?«, bat Enne leise.

Die Freundin ergriff ihre Hand und drückte sie.

Auf dem ordentlich gemachten Bett, gekleidet in ein dunkelblaues Seidenkleid mit weißem Krägelchen und Manschetten, die Hände gefaltet, lag Lisbeth Koslowski. Enne sog die Luft ein. Irgendetwas irritierte sie. Das noch gestern so sanfte Gesicht der Greisin wirkte verändert. Unterhalb der Augenpartie hatte sich Feuchtigkeit gesammelt. Um den Mund herum klebte Speichel. Neben dem Kopfkissen lag ein kleines Frotteetuch. Ruth musste das Gesicht ihrer Mutter gesäubert haben. Enne beugte sich vor. Auf dem Kleid unter den Achseln der Toten entdeckte sie Schweißflecken.

»Was sagt der Arzt?«, fragte sie Ruth, die hinter ihr stand.

»Der war in Eile. Hat sich nur erkundigt, wie alt meine Mutter sei, sie kaum angeblickt und dann sofort den Totenschein ausgestellt. Herzversagen. Bei der Hitze würden die alten Menschen wie die Fliegen sterben, meinte er noch.«

»Pietätlos«, murmelte Enne.

In der Diele im Erdgeschoss wartete die Schwester von der Hauskrankenpflege, die die restlichen Sachen übergeben wollte. Aus ihrer großen Tasche förderte sie das Schlüsseltäschchen mit dem Wohnungsschlüssel und eine Medikamentenschachtel zutage, die sie am Vormittag noch von der Apotheke abgeholt hatte, und vermied es dabei, Ruth anzusehen. Auf die Frage, ob sie noch Geld bekomme, verneinte sie und wandte sich hastig zur Tür.

»Warum müssen Sie sich nichts vorwerfen?«, fragte Enne und versperrte ihr den Weg.

Die Schwester, eine füllige, mittelgroße Person mit tief eingegrabenen Mundwinkeln und schmalen Lippen, blickte Enne lauernd an. »Wovon reden Sie?«, entgegnete sie eine Spur zu laut.

»Vorhin, nachdem der Arzt da war, sagten Sie zu meiner Freundin, Sie hätten sich nichts vorzuwerfen. Ich wüsste gern, warum?«

Rote Flecken breiteten sich vom Hals aufwärts auf dem Gesicht der Schwester aus. »Wer sind Sie eigentlich?«, fragte sie aggressiv.

Enne wartete, blickte sie an, rührte sich nicht von der Stelle. Instinktiv wich die Frau zurück.

»Nachdem meine Freundin, Frau Koslowski, wegfuhr, sind Sie kurz darauf ebenfalls gegangen. Aber die alte Dame war nicht allein. Wer war bei ihr?«

»Wer sagt das?«

Enne hatte die Frage aufs Geratewohl gestellt. Die Wortwahl der Schwester, die Ruth ihr gegenüber wiedergegeben hatte, war ihr gleich merkwürdig vorgekommen. Und so, wie die Frau reagierte, schien sie ins Schwarze getroffen zu haben. »Ein Nachbar«, log Enne.

Ruth blickte sie erstaunt an.

»Alles war in Ordnung«, empörte sich die Pflegerin. Feine Schweißperlen glitzerten auf ihrer Oberlippe. »Ins Seidenkleid habe ich Ihrer Mutter geholfen. Nur das, kein anderes wollte sie zur Feier des Tages anziehen, wie sie sich ausdrückte. Richtig aufgekratzt war sie. ›So eine Freude, der Anruf‹, das hat sie immer wieder gesagt. Ich musste ihr schwören, es Ihnen nicht zu verraten. Und jetzt versuchen Sie, mir daraus einen Strick zu drehen. Ich habe es nur gut gemeint.« Die Frau holte ein Leinentaschentuch hervor und wischte sich über das Gesicht. »Ich muss los. Der nächste Patient wartet.« Sie griff nach ihrer Tasche.

»Wenn das herauskommt, dass Sie, ohne meine Freundin darüber zu informieren, jemanden zu der Ihnen anvertrauten Patientin gelassen haben, kann Sie das Ihren Job kosten. Das wissen Sie.«

»Wer?«, flüsterte Ruth. »Wer war bei meiner Mutter?«

22

Am selben Tag

»Habt ihr schon gehört?« Manni Langers Kopf mit den struppigen Haaren schob sich durch den Türspalt.

»Ja, heute Abend soll es gewittern«, erwiderte Kalumet gut gelaunt, ohne seinen Blick vom Bildschirm zu wenden.

»Was gibt es denn?«, murmelte Lilienthal, der Enderleins Obduktionsbericht von Hartwig noch einmal durchging. Schussbruch am Schlüsselbein. Der Knochen war nach innen weggebrochen. Leider ließ sich das Ganze nicht mehr restlos rekonstruieren, da nach der Bombenexplosion nur noch periphere Reste von Hartwigs Körper übrig waren. Aber der Schuss musste zeitlich unmittelbar davor erfolgt sein. Neun-Millimeter-Projektil. Standardwaffe. Die Kugel nicht auffindbar. Langer hatte den ganzen Bombentrichter wie mit einem Teesieb abgesucht. Lilienthal las weiter. Hartwigs unterer Kieferknochen wies tatsächlich einen Bruch auf. Enderlein verwies auf das gebrochene Gelenkköpfchen auf der anderen Seite des Unterkiefers. Typisch für solche Verletzungen. Insoweit könnte die Aussage von Baier, dass Hartwig von Scherny angegriffen worden war, also stimmen. Aber etwas störte Lilienthal. Ein heftiger Schlag während einer Auseinandersetzung war nachvollziehbar. Aber dass Scherny danach Hartwig verfolgt, aufgelauert und dann auch noch versucht hatte, ihn zu erschießen? Warum? Das ergab doch überhaupt keinen Sinn. Wenn Scherny Hartwig beseitigt hätte, so wäre es doch überhaupt nicht sicher gewesen, dass die Berichte nicht an die Öffentlichkeit kamen. Jemand anders hätte sie veröffentlichen können, und genau das war passiert: Nymczek hatte die Unterlagen an die Medien weitergegeben. Lilienthal ließ das Dokument sinken. Direkt vor ihm tauchte Langers Gesicht auf. Die Arme auf der Schreibtischplatte abgestützt, teilte der Kollege ihm gerade etwas mit.

»Die größte Schweinemastanlage in Potsdam-Mittelmark

brennt. Eine Katastrophe. Kam eben über den Polizeifunk rein. Alle Feuerwachen der Umgebung sind im Einsatz.«

»Schernys?« Lilienthal spürte, wie sein Adrenalinpegel emporschnellte.

»Die armen Tiere.« Heike wurde ganz blass.

Kalumets Telefon läutete. Er hörte dem Anrufer konzentriert zu, bestätigte und legte auf. »Toter auf dem Gelände eines brennenden Schweinemastbetriebs. Man hat uns angefordert.«

»Na, habe ich recht, oder habe ich recht?«, feixte Langer, hob den Daumen und sauste davon, um seine Mannschaft zusammenzutrommeln.

»Wahrscheinlich ein Mitarbeiter von der Belegschaft, der versucht hat zu retten, was zu retten ist«, mutmaßte Lilienthal und war noch vor seinem Kollegen an der Tür.

»Sie haben die Leiche aus der brennenden Halle geborgen. Der PHM* vom Wach- und Wechseldienst vor Ort ist nicht sicher, ob bei dem Brand und dem Toten alles mit rechten Dingen zugegangen ist«, informierte ihn Kalumet, während sie zum Parkplatz eilten.

Bereits von Weitem wiesen ihnen schwarze Rauchwolken den Weg. Der Feuerwehrmann mit großporiger Haut, den Helm tief ins Gesicht gezogen, stand breitbeinig in der Zufahrt. Heiser kommandierte er: »Anhalten. Das ist ein Einsatz, Mann, sehen Sie das nicht?«

Lilienthal zückte seinen Dienstausweis.

Der Mann warf einen abschätzigen Blick auf den Jaguar und winkte sie durch. »Passen Sie auf. Im Gebäude sind immer noch Brandnester. Der Brandherd ist noch nicht unter Kontrolle!«, rief er ihnen nach.

Langsam fuhr Lilienthal weiter, bis sie neben den Einsatzwagen der Kollegen zum Stehen kamen.

Eine junge Polizistin, schlank, groß mit langen dunklen, zum

---

* PHM = Polizeihauptmeister

Pferdeschwanz hochgebunden Haaren, lief auf sie zu. »Hauptmeisterin Mielke«, stellte sie sich förmlich vor.

Kalumet lächelte die junge Frau an. Seine Augen funkelten bereits, wie Lilienthal amüsiert feststellte.

Kurz und präzise erstattete sie den beiden Kommissaren Bericht. »Die Mitarbeiter des Betriebes befanden sich dort drüben, als es passierte.« Sie deutete auf die weiter entfernt stehende beigefarbene Baracke mit Blechdach, die wohl noch aus DDR-Zeit stammte. »Die Leute hatten gerade Pause, da hörten sie einen dumpfen Knall. Aus dem Dach des Hauptstalls schoss eine Feuersäule.« Sie wies auf die immer noch rauchenden Reste eines ehemals stattlichen lang gestreckten Gebäudes. »Der Vorarbeiter«, sie blickte auf den Block in ihrer Hand, »Herr Schnabel, hat sofort die Brandwache in Bad Belzig alarmiert und wollte danach den Betreiber des Betriebes anrufen. Hat ihn aber nicht erreicht, so seine Aussage. Die Belegschaft versuchte, mit den Feuerlöschgeräten in den Stall zu kommen, um die Tiere zu befreien. Aber das Feuer breitete sich so rasend schnell aus, dass sie nichts mehr tun konnte. Außerdem hat uns gerade eben der Vorarbeiter informiert, dass ihm einer von seiner Mannschaft fehlt. Ein junger Praktikant. Er befürchtet, dass er noch im Stall ist.«

Alle drei blickten zu dem Gebäude, das nur noch aus einem verkohlten Gerippe bestand. Die Feuerwehrleute hatten ganze Arbeit geleistet. Die Wassermassen hatten den Boden um das Gebäude herum aufgeweicht und Pfützen gebildet. Lilienthal war erstaunt über die Größe des Stalls. So riesige Ställe hatte er nicht für möglich gehalten.

»Es war wie ein Inferno«, murmelte Mielke. »Die Schreie der Tiere«, sie senkte den Blick, »so herzzerreißend.« Sie presste die Lippen aufeinander.

Kalumet blickte sie mitfühlend an.

»Die Feuerwehrleute haben versucht hineinzukommen, aber anfangs war das unmöglich. Erst später ist es ihnen gelungen. Da drüben steht der Brandmeister, Herr Waren, er wird Ihnen mehr zu dem Feuer sagen können.«

»Und wo ist die Leiche?«, wollte Lilienthal wissen.

»Kein schöner Anblick«, erklärte die junge Frau, um Sachlichkeit bemüht. Sie ging zu einem Carport in der Nähe der Kantine, der weiter weg vom Brandherd lag. »Übrigens haben wir vor ein paar Minuten drüben im Wäldchen einen 7er BMW gefunden. Er gehört dem Besitzer des Betriebes.« Sie schaute erneut auf ihren Block. »Einem gewissen Clemens Scherny.«

»Na, auch schon da, die Herren aus Potsdam?«, nuschelte kurz darauf eine Gestalt im weißen Ganzkörperanzug.

Verblüfft registrierte Lilienthal, dass Enderlein bereits vor Ort war. Schon zum zweiten Mal in Folge, ohne von ihnen benachrichtigt worden zu sein.

»Ein interessanter Fall.« Enderlein stemmte die Fäuste in die Hüften und streckte sich, während er mit einem amüsierten Lächeln Lilienthal durch seine starken Brillengläser anblickte. »Die Staatsanwaltschaft hat mich gleich informiert«, bemerkte er knapp, Lilienthals verwunderten Blick richtig deutend.

Der Leichnam lag auf einer grünen Plane. Lilienthal trat näher. Von einer ehemals hellen Leinenhose hingen nur noch wenige Fetzen am Körper. Die Arme der Leiche waren nach oben gebogen, die Hände gekrümmt. Die Finger ähnelten Krallen. Überreste eines zuvor weißen Hemds hingen um den Oberkörper. Das Haupthaar der Leiche war zum größten Teil versengt. Die dunklen schmierigen Flecken überall an dem Toten hielt Lilienthal für Kot. Er versuchte, nur durch den Mund zu atmen. Der Gestank von verbranntem Tierfleisch hing wie eine schwere Wolke über dem Areal.

»Wenn Ihnen übel wird, gehen Sie zur Seite. Sie machen mir sonst alle Spuren kaputt.«

»Was ist mit dem passiert?« Lilienthal zwang sich, die Warnsignale seines Magen-Darm-Trakts zu ignorieren.

Enderlein deutete auf die Wunden an den Beinen der Leiche. »Tierfraß«, sagte er in einem Ton, als wenn es dafür eine Auszeichnung gäbe.

»Wie bitte?« Lilienthal fühlte ein Kribbeln am ganzen Körper.

»Die Schweine«, erklärte Enderlein knapp. »Eigentlich kennt man das aus der Literatur nur vom Keiler. Aber die Sauen hatten Todesangst.« Er deutete auf den Oberschenkel der Leiche. Das Fleisch war an den Rändern zerfetzt, die Muskulatur freigelegt und bis zu den Knochen aufgebrochen. Fasziniert zog der Rechtsmediziner einen Hautlappen auseinander und betrachtete das Gewebe.

Lilienthal hätte gern die Augen geschlossen. Sich weggebeamt. Irgendwohin, wo über ihm der Himmel hell strahlte, die Luft frisch war und – vor allen Dingen – keine verbrannte und durch Tierfraß entstellte Leiche vor ihm lag. »Warum ist er nicht weggelaufen?«, zwang er sich, den Rechtsmediziner zu fragen.

Enderlein blickte Lilienthal spöttisch an. »Warum wohl? Weil er nicht mehr konnte. Der war bereits tot, als er den Schweinen zum Knabbern vorgeworfen wurde. Umgebracht haben die ihn nicht, die armen Schweine.« Er lauschte seinen Worten nach, verzog den Mund. »Na ja, es waren wirklich Schweine«, murmelte er, beugte sich zum Kopf der Leiche hinunter und zog ein Augenlid hoch. »Und, was sehen Sie?«, fragte er in einem Ton, der Lilienthal an seinen alten Lateinlehrer erinnerte.

Lilienthal ging in die Knie. Die leblosen Augäpfel waren blutunterlaufen.

»Punktförmige Blutungen, sogenannte Petechien.« In Enderleins Stimme schwang Triumph mit. »Kann man leicht übersehen. In der Regel werden sie erst bei der Sektion auffällig, aber ich hatte gleich so einen Verdacht.« Behutsam fuhr er über den Halsbereich, der auch Verbrennungsmerkmale aufwies. »Oberflächlich nicht zu erkennen, aber zu fühlen. Halskompression.«

»Erwürgt?«

»Sehr gut, Lilienthal«, lobte der Rechtsmediziner. »Wobei, mit meinem Hinweis wäre jedes Kind darauf gekommen.« Er richtete sich auf. »Eine Ersteinschätzung … Na, Sie wissen ja, erst wenn die Leiche auf meinem Tisch liegt, gibt es aussagekräftige Beweise.«

»Danke.« Lilienthal bemühte sich, seinen Mageninhalt unter Kontrolle zu bringen. »Wann darf ich damit rechnen?«

»Diese stereotypen Fragen können Sie sich sparen, Lilienthal. Die sind was für TV-Krimis, völlig unpassend bei ernsthafter Arbeit vor Ort.« Enderlein ließ den Kommissar stehen und begann, konzentriert seinen Kommentar in ein kleines Diktiergerät zu sprechen.

»Könnte das nicht Pistorius sein?« Kalumet war hinter Lilienthal getreten und betrachtete den Toten eingehend. »Da sind noch weißblonde Haarreste. Pistorius hatte doch dieses Albinohaar, und von der Größe könnte es auch hinkommen.«

»Wo bleibt Clemens Scherny?«, wandte sich Lilienthal an die junge Polizistin, ohne auf Kalumets Vermutung einzugehen. »Wenn Sie den Pkw gefunden haben, dann muss er auch in der Nähe sein.«

»Die Suche ist bisher ergebnislos geblieben«, erwiderte die junge Frau schüchtern.

»Machen Sie weiter in der Umgebung«, herrschte er sie an. Jede Wette, dass der aus einem Versteck heraus alles beobachtet, dachte Lilienthal. Nur wo verbarg er sich? Das Gelände war groß. Und die meisten Leute hatten genug mit den Löscharbeiten zu tun, als dass sie einen Zuschauer bemerkt hätten. Wenn die Leiche wirklich Pistorius war und Enderlein recht hatte, dann hatte jemand versucht, einen Mord durch anschließende Brandstiftung zu vertuschen.

Körner musste unterrichtet werden. Lilienthal nahm sein Handy und wollte gerade dessen Kurzwahl drücken. Da gellte ein Schrei, dass es ihm durch Mark und Bein ging. Ob von Mensch oder Tier, konnte er nicht zuordnen. Registrierte aber, dass der Vorarbeiter der Anlage zusammen mit einigen Männern, die den Feuerwehrleuten bei den Löscharbeiten zugesehen hatten, an ihm vorbei zu einer überdimensionalen Röhre rannte.

»Die Futtermittelmischanlage!«, hörte er einen der Arbeiter rufen.

Lilienthal spurtete los.

23

Er stieß die Männer, die sich vor dem Eingang drängten, zurück. Zwängte sich durch die Tür. Im Dämmerlicht des Vorraumes erblickte Lilienthal Schnabel, den Vorarbeiter, der einen halbwüchsigen Jungen an den Schultern gepackt hielt und ihn wie besessen schüttelte. Er riss den Mann zurück. Der schnellte herum, hob die Fäuste. Lilienthal duckte sich, schoss hoch und riss ihm die Arme auf den Rücken.

Der brüllte. Dann keuchte er: »Mensch, lassen Sie mich los! Sie kugeln mir den Arm aus.«

Der Kommissar lockerte seinen Griff.

»Der Volltrottel hat an der Schaltanlage rumgemacht!«, schrie er. »Dabei wusste jeder hier, dass das Ding wegen Wartungsarbeiten nicht bedient werden darf.«

Lilienthal ließ Schnabel los, der sich die Arme rieb. Wütend wandte er sich erneut an den Jungen. »Wo warst du, Karsten? Du Drecksbengel. Gesucht habe ich dich. Wenn dir was passiert wäre! Mensch, die Leiche im Stall!« Er fuhr sich mit beiden Händen durch das militärisch kurz geschnittene Haar. »Zuerst dachte ich, du bist das.«

Der Junge lehnte kreidebleich an der Wand und starrte den Mann mit weit aufgerissenen Augen an. »Das hab ich doch nicht gewusst«, kiekste er im Stimmbruch. Dabei lief ihm der Rotz aus der Nase.

»Und was war das für ein Schrei?«, herrschte Lilienthal Schnabel an.

Der blickte entsetzt zur Tür. Sein von der täglichen Arbeit im Freien zerfurchtes Gesicht nahm eine wächserne Farbe an. Er riss die Innentür auf, machte einen Schritt hinein und blieb dann abrupt stehen.

Lilienthal prallte gegen ihn. Schob ihn zur Seite. Stürzte zu einem Behälter. Hörte Schnabel hinter sich würgen, dann sich übergeben. Aus dem Gefäß, in dem das gemischte Futter gesammelt wurde, starrte ihn Scherny an oder das, was von ihm noch übrig war.

»Tot ist tot«, stellte Enderlein philosophisch fest. Die Überreste des ehemals schwergewichtigen Scherny lagen in einem Leichensack und wurden gerade abtransportiert. Der Rechtsmediziner wirkte geradezu euphorisch, als er sich in sein Auto setzte, um hinter dem Wagen mit den Leichen nach Potsdam ins Institut zurückzufahren.

Die Kommissare hatten sich in die Werkskantine zurückgezogen. Ein spartanisch eingerichteter Raum mit karger hellgrauer Plastikbestuhlung. Sie bedienten sich aus einer Kanne, in der sich ein undefinierbares Gebräu befand, das ihnen als Kaffee angeboten worden und nur mit viel Zucker genießbar war. Aber die Leichenfunde, die Tierkadaver und der Geruch mussten betäubt werden, und sei es auch nur mit etwas, das entfernt an Kaffee erinnerte.

Als Ersten nahm sich Lilienthal Schnabel vor. Der Vorarbeiter, vom Hals aufwärts rot gefleckt, roch, als er sich ihm gegenüber an dem einfachen Kantinentisch niederließ, nach Alkohol.

»Warum haben Sie uns nicht sofort informiert, dass Sie den Jungen vermissen?«, herrschte er ihn an.

Schnabel stierte aus feucht schwimmenden, rot umrandeten Augen zielgenau an Lilienthal vorbei. »Hab ihn doch gesucht«, entgegnete er bockig. Schob dann nach: »Ist der Sohn meiner Schwester«, und schnaufte: »Große Klappe und nüscht dahinter.« Ließ die Faust auf den Tisch fallen und fügte hinzu: »Von wegen Respekt vor unsereinem, nee, das kennen die nicht mehr.«

Lilienthal nahm an, dass Schnabel sich damit auf die heutige Jugend bezog.

»Hab ihm am Morgen die Ohren lang gezogen.«

Lilienthal runzelte die Stirn.

»Wenn Karsten nicht ab sofort spurt, kann er sich einen anderen Praktikumsplatz suchen.« Schnabel verschränkte die

Arme vor der Brust. »Faulenzer haben wir genug, und Vegetarier können wir hier auch nicht gebrauchen.«

»Ihr Neffe ist Vegetarier?«

»Ja«, brummte Schnabel.

Lilienthal fand das merkwürdig, dass jemand, der kein Fleisch aß, in einer Schweinemast arbeitete. »Aber dass Herr Scherny auf dem Gelände war, das wussten Sie. Warum haben Sie uns das vorhin verschwiegen?«

Schnabels Miene verdüsterte sich. »Ich sollte die Klappe halten, niemandem etwas sagen. Er wollte allein sein. Sich selbst ein Bild machen. Die Futtermittelmischanlage überprüfen. Er meinte, wir hätten da wieder Mist gebaut und er müsse das alles wieder mal richten und bezahlen. Ich sollte währenddessen mit den anderen in die Mittagspause gehen.«

»Darüber haben Sie sich nicht gewundert?«, mischte sich Kalumet ein.

Schnabel blickte ihn verständnislos an. »Gewundert, warum?«, sagte er gedehnt. »Der Chef hatte seine Gründe. Ich habe mich an seine Anweisungen gehalten.«

Lilienthal war vor so viel Durchtriebenheit beinahe sprachlos. »Zurückhaltung von Informationen bei der Aufklärung eines Tötungsdeliktes, Vernachlässigung der Aufsichtspflicht gegenüber einem Minderjährigen. Tja, Herr Schnabel, das sieht nicht gut für Sie aus.«

Schnabel schnaufte. »Wieso denn? Ich habe doch nur gemacht, was der Chef gesagt hat.«

Befehl und blinder Gehorsam, dachte Lilienthal. Immer noch die alte Leier.

»Aber Sie wussten, dass Ihr Chef nicht allein hier im Betrieb eingetroffen ist, nicht wahr?« Kalumet blickte den Vorarbeiter freundlich an.

»Wie kommen Sie denn darauf?« Schnabels Augen wanderten blitzschnell von einem Kommissar zum anderen.

»Der Junge kann es bezeugen«, pokerte Lilienthal aufs Geratewohl. »Aber wie Sie wollen. Im Potsdamer Präsidium haben wir noch einige sehr schöne Zellen frei. Dort dürfen Sie sich in nächster Zeit gern Ihren Gedanken hingeben. Ihr Chef wird Ihnen ganz sicher nicht mehr aus der Patsche helfen. Der ist ja tot.«

Schnabel sackte in sich zusammen. »Ins Gefängnis?«

Kalumet nickte ernst.

Da fuhr Schnabel hoch. Sein Stuhl fiel polternd um.

»Setzen!«, donnerte Lilienthal.

Der Vorarbeiter erstarrte, bückte sich dann aber gehorsam, hob den Stuhl auf und nahm vorsichtig darauf Platz. Er atmete stoßweise. Dicke Schweißtropfen rannen über sein Gesicht.

»Sie sind nicht zur Kantine gegangen, nicht wahr?«

»Nicht gleich«, erwiderte Schnabel. Er hob den Kopf und blickte zum ersten Mal seit Beginn der Befragung Lilienthal direkt an. »Hab die Männer vorgeschickt. Gewartet.«

»Was haben Sie gesehen?«

Schnabel zögerte. »Wenn ich alles sage, muss ich dann trotzdem in den Bau?«

Die Kommissare schwiegen. Es war still im Raum. Von draußen klang das Stimmengewirr der Aufräummannschaften zu ihnen herein.

Erst stockend, dann flüssiger erzählte er: »Kurz vor der Pause stand der Chef da. Hinterm Stall. Winkte mir zu. Sonst rief er immer an, bevor er kam. Da hab ich mich schon gewundert, auch weil der BMW nirgends zu sehen war. Ich dachte, er sei wegen der neuen Lohnabschlüsse da. Die meisten hier bekommen immer noch den Mindestlohn. Als ich ihn danach fragte, hat er nur abgewinkt. Das habe noch Zeit, hat er gesagt. Aber für die Männer war das schon wichtig, wissen Sie? Mich hat er dann einfach in die Mittagspause geschickt. Wie einen dummen Jungen. Dabei war der ohne mich doch aufgeschmissen. Ich kenne jedes Detail im Betrieb. Das wissen die Männer hier, das können Sie mir glauben. Aber er hat nur gesagt, dass er später die Futtermischanlage mit mir zusammen ansehen will.« Schnabel schluckte schwer.

Kalumet schob ihm einen Becher von der schwarzen Brühe hin.

Der Mann trank hastig. »Das hat mich geärgert«, fuhr er fort, »dass er mich so einfach wegschickte. So geht man nicht mit mir um, wissen Sie. Darum bin ich auch nur um die Ecke. Hab mich hinter dem Schuppen versteckt. Der Chef kam auch bald zurück. Schleppte Kanister zum Hauptstall. Und hinter ihm lief der Pistorius. Den kannte ich, weil der schon mal hier war. Er fuchtelte mit den Armen. Plärrte rum.«

»Und Sie haben sich nicht gefragt, was in den Kanistern drin sein könnte?«

Schnabel schüttelte den Kopf und blickte auf den Boden, auf dem Brotkrümel von dem vorangegangenen Mittagessen lagen. »Der Chef hat ihn umgebracht«, sagte er tonlos.

»Wen?«

»Den Pistorius.« Er ballte die Hände, sodass die Knöchel weiß hervortraten. »Die stritten wie die Kesselflicker.«

»Konnten Sie verstehen, worum es ging?«

Schnabel nickte.

»Bitte wiederholen Sie den Wortlaut so genau wie möglich.«

Gehorsam, mit angestrengt gefurchter Stirn, gab der Mann das Gespräch wieder: »›Ich mach da nicht mit!‹, hat der Pistorius geschrien. ›Wenn du mich mit reinziehst, lass ich dich auffliegen.‹«

»Auffliegen? Das hat der Pistorius gesagt?«

Schnabel nickte, trank den Rest Kaffee aus und stellte den Becher zurück. »Da hat der Herr Scherny den letzten Kanister fallen gelassen und ist auf den Pistorius losgegangen. Gebrüllt hat er, dass ich dachte, jetzt hören es auch die anderen. Aber keiner kam.«

»Was hat der Scherny gebrüllt?«, fragte Lilienthal leise.

»›Du denkst, du kannst mich beeindrucken, du Tunte. Zerstörst das Leben meiner Schwester und glaubst, mit deinen paar Piepen kannst du dich aus der Affäre ziehen. Aber so leicht kommst du mir nicht davon. Das hier machst du mir nicht kaputt.‹ Genau das hat er gesagt, Herr Kommissar.«

»Und dann?«, fragte Lilienthal ruhig. »Was passierte dann?«

»Geschallert hat der ihm eine. Die war nicht von schlechten

Eltern. Der Pistorius lag sofort am Boden. Den brauchte man nicht mehr auszuzählen, und seine Hosen waren auch nicht mehr so sauber«, erinnerte sich Schnabel. »Aber er rappelte sich wieder hoch. Schrie: ›Ich ruf die Polizei und erzähle denen alles.‹ Da hat der Chef ihn einfach getreten. Volle Kanne in den Bauch. Dolle Nummer«, fügte er in Gedanken daran noch hinzu. »Danach hat er dem Pistorius den Kopf hochgerissen. Wissen Sie, der Chef hat so große Hände.« Er hielt kurz inne und fügte dann hinzu: »Gehabt. Die hat er ihm um den Hals gelegt. Geknackt hat das wie bei einem dürren Ast. Danach hing dem sein Kopf irgendwie komisch zur Seite.« Schnabel überlegte. »Das haben wir früher mit den Hühnern so gemacht«, meinte er gedankenvoll, griff zum Becher und verfehlte ihn. Er kippte um, und ein Rest Kaffee floss in einem Rinnsal über die Tischplatte. »Ich bin dann weg. Rüber ins Wäldchen«, murmelte Schnabel. »Als ich zurückkam, schoss die Feuersäule aus dem Stall.«

»Warum sind Sie nicht dazwischengegangen und haben versucht, den Mord zu verhindern?«

»Beim Chef? Nee, das ging gar nicht«, erwiderte der Vorarbeiter abweisend.

Obrigkeitsgehorsam, unausrottbar, dachte Lilienthal.

24

Am selben Tag

»Bin nicht im Haus!«, rief Körner Richtung Sekretariat, als er das Summen des Telefons im Vorzimmer hörte. Gegen die Fenster trommelten schwere Regentropfen einen Marsch. Die Hitze der letzten Tage hing noch immer wie eine dicke, feuchte Wolke in den Räumen des Polizeipräsidiums.

Hella Rosenfeld, seine »rechte und linke Hand«, wie Körner sie liebevoll titulierte, steckte den Kopf durch die Tür. »Der Minister?«, flüsterte sie, die Hand über der Telefonmuschel.

Der Kriminalrat winkte ab. Zum jetzigen Zeitpunkt eine Stellungnahme zu den beiden Leichen in Potsdam-Mittelmark abzugeben, bevor er nicht die Fakten auf dem Tisch hatte, kam nicht in Frage. Durch die angelehnte Tür hörten Lilienthal und Körner, wie Hella Rosenfeld höflich, aber bestimmt dem Minister mitteilte, dass Herr Dr. Körner im Augenblick unterwegs sei, um sich selbst ein Bild von der Lage zu machen. Und ja, natürlich werde sie ihm sofort ausrichten, er solle umgehend zurückrufen.

Lilienthal, Körner gegenübersitzend, verkniff sich ein Grinsen. Er wusste, Hella Rosenfeld würde sich für ihren Chef zweiteilen, und wenn sie dafür in der Hölle schmoren müsste. Er schob Körner einige Ausdrucke über die Schreibtischplatte.

»Was steht da drinnen, Maik?«, entgegnete der Alte und legte die Blätter zur Seite.

»Auf allen Onlineportalen wird bereits über den Großbrand im Scherny-Betrieb berichtet.«

»Aha.« Körner lehnte sich zufrieden zurück. »Und, was noch?« Er hatte Lilienthals angespannte Haltung richtig gedeutet.

»Als wenn die Journalisten nur darauf gewartet hätten. Sie stürzen sich förmlich auf das besondere Verhältnis zwischen dem Staatssekretär Pistorius vom Landwirtschaftsministerium und dem Betreiber Scherny. Übrigens gut recherchiert.«

»Sehr schön.« Körner hielt inne, überlegte und sagte dann theatralisch: »Wie bedauerlich, ganz und gar nicht schön.« Dabei zwinkerte er Lilienthal zu.

Rosenfeld huschte herein, legte Lilienthal eine Notiz hin und verschwand.

»Das ist doch mal was«, griente der, nachdem er gelesen hatte. »Der Betrieb war hoch gegen Feuer versichert.«

»Wie hoch?«

»Acht Millionen Euro.«

»Nicht schlecht, Herr Specht.« Körner trommelte mit den Fingerspitzen auf die Tischplatte.

»Das war das letzte Ass in seinem Ärmel. Mit dem Brand wollte Scherny sich sanieren.«

»Nur leider kam ihm Pistorius dazwischen«, ergänzte der Alte.

»Oder die Vorsehung, was immer man will«, merkte sein Hauptkommissar an.

»Bist du seit Neuzelle zu den Gottesfürchtigen übergetreten?«

»Na ja, so eine schöne Futtermittelmischanlage macht sich gut als göttliche Gerechtigkeit«, brummte Lilienthal. Sein Handy gab Laut.

»Enne?«, fragte Körner und beugte sich vor.

Ist der unter die Hellseher gegangen?, überlegte Lilienthal, als er den Namen auf dem Display las. Er wischte darüber, um den Anruf entgegenzunehmen, aber seine Mutter hatte schon aufgelegt.

»Lange nichts mehr von ihr gehört«, murmelte Körner, und die Enttäuschung in seiner Stimme war unüberhörbar.

25

Enne ließ das Handy sinken. Eigentlich hatte sie Maik über ihren Verdacht informieren wollen, aber nach dem zweiten Klingelton die Verbindung unterbrochen. Unschlüssig blickte sie auf ihr Telefon. Etwas irritierte sie an dem toten Körper der alten Frau, nur wie sollte sie es formulieren, dass er ihr glaubte? Ihr fehlten Beweise. Und wenn sie ihm erzählte, dass sie die Hauskrankenpflegerin verhört hatte? Halleluja, sie hörte schon förmlich seine Zurechtweisungen über ihr eigenmächtiges Handeln, wie er es nennen würde. Aber dieser eine Satz der Frau – sie habe sich nichts vorzuwerfen – hatte sie misstrauisch gemacht. Warum hatte sie ihn gesagt? Doch nur, weil sie genau wusste, dass ihr Verhalten nicht in Ordnung gewesen war. Sie war regelrecht bockig geworden, als Enne weiterbohrte. Erst als Ruth ihr versicherte, nichts dem Pflegedienst, bei dem sie angestellt war, zu erzählen, rückte sie endlich mit Details heraus.

Sie habe Lisbeth am Morgen wie immer medizinisch versorgt, angekleidet und frisiert, als es klingelte. Schon davor sei die alte Dame außergewöhnlich aufgeregt gewesen. Nach dem Läuten habe sie sie gebeten zu gehen, sie beinahe zur Tür hinausgeschoben. Auf dem Weg zur Haustür sei ihr eine Frau mit einem Blumenstrauß und einer Flasche in der Hand entgegengekommen. Darüber habe sie sich gewundert. Enne hatte wissen wollen, warum? Weil die Frau die Flasche einfach so in der Hand getragen habe, weder in einer Tasche noch in einem Beutel. Und es sei Danziger Goldwasser gewesen, das habe sie an der Form der Flasche erkannt. Wie die Frau ausgesehen habe, hatte Enne gefragt. Groß, klein, dick oder dünn? Die Pflegerin hatte überlegt. »Dick nicht«, hatte sie dann geantwortet, »aber auch nicht dünn.« Und dass es doch dämmerig im Treppenhaus wegen der geschlossenen Fensterläden gewesen sei. Und auch, dass die Frau nicht mal gegrüßt habe, hätte sie schon merkwürdig gefunden.

Viel war das nicht gewesen, was sie erfahren hatte. Trotzdem hätte die Pflegerin Ruth sofort über den Besuch in Kenntnis setzen müssen. Als Enne ihr das sagte, fing die beinahe an zu heulen und beteuerte, dass sie das normalerweise auch getan hätte, aber die alte Frau Koslowski habe es ihr verboten.

Die Hauskrankenschwester war bereits gegangen, da hatte Ruth sie verstört angeblickt und immer wieder wiederholt: »Wer war die Frau? Ich verstehe es nicht: Warum sollte ich nichts von ihr wissen?«

Enne hatte im Arzneischränkchen ein starkes Beruhigungsmittel gefunden und es Ruth verabreicht. Jetzt schlief sie.

Sie selbst musste unbedingt ihre Gedanken ordnen. Enne nahm Block und Stift und fing an zu schreiben:

1. *Lisbeth kannte Günther Preuss.*
   Seit wann?
   Woher?
2. *In welchem Verhältnis stand Kurt Koslowski zu Preuss?*
   Freund, Geschäftspartner?
3. *Gibt es noch weitere Personen aus der Vergangenheit, die Preuss kannten?*
   Familie, Arbeitskollegen?
4. *Letzter Wohnsitz, letzte Arbeitsstelle?*
5. *Wer war die Frau, die Lisbeth besuchte?*
   Eine Freundin?
   Woher kannten sie sich?
   Warum durfte Ruth nichts von ihr wissen?
6. *Woran ist Lisbeth gestorben?*
   Infarkt? Wegen der Aufregung?
   Mord? (Speichelfluss, Schweißflecken am Kleid)

Sie las ihre Notizen noch einmal durch und fügte hinzu:

Wo ist der Blumenstrauß geblieben? Desgleichen die Flasche? Und war es wirklich Danziger Goldwasser?

Entschlossen griff sie erneut zum Telefon.

Es blieb eine Weile still am anderen Ende der Leitung, als sie ihren Bericht beendet hatte. Enne wollte schon fragen, ob er noch dran sei, da hörte sie Körner stöhnen.

»Du bringst mich in eine extrem schwierige Situation, Ennekin.«

»Ich weiß, Richard. Aber du bist der Einzige, an den ich mich wenden kann. Wenn ich Maik von meinem Verdacht erzähle, lacht er mich doch nur aus. Und die Zeit drängt. Noch liegt die Tote hier, aber morgen früh kommt der Bestatter. Und«, sie versuchte, ihren ganzen Charme in ihre Stimme zu legen, »nur du kannst Enderlein bitten, auf dem kleinen Dienstweg hierherzukommen.«

»Ohne Verdachtsmomente? Ohne Auftrag der Staatsanwaltschaft?«

»Richard«, bat Enne eindringlich, »ich weiß das doch auch alles. Aber Vorschriften …« Sie ließ den Satz unvollendet. Was sollte sie noch sagen? Sie wusste ja, dass sie nur aus einem Bauchgefühl heraus argumentierte.

»Wenn es schiefgeht, fliege ich hier raus und ziehe bei dir ein«, grummelte er.

»In Ordnung«, sagte sie rasch und hörte ihn überrascht ausatmen.

»Wenn das so ist, gnädige Frau, dann wünsche ich mir sogar ein Misslingen«, tönte es ihr genussvoll aus dem Hörer entgegen.

Enderleins alter Volvo hielt an der Bordsteinkante direkt neben ihr. Enne hatte vor dem Haus in der Dortustraße auf ihn gewartet. Als er die Tür öffnete, sprang hinter ihm ein kleines, dickes Etwas heraus. Enderlein griff zu der lose hängenden Leine, ließ den Mops sich am nächsten Baum erleichtern, hob ihn hoch und beförderte ihn zurück ins Auto.

»Mein Waisenkind«, erklärte er, als er zu ihr trat. Bei ihrer Kneipentour hatte er erzählt, dass seine Schwester verstorben sei und er es nicht übers Herz gebracht habe, den Hund ins

Tierheim zu geben. »Mimi ist allein. Ich bin allein. Passt schon, oder?«, hatte er gemeint.

Während sie ins Haus gingen, hörte er ihr konzentriert zu, als sie von ihrem Verdacht erzählte.

Ruth begrüßte den Gerichtsmediziner gefasst, denn natürlich hatte Enne sie vorher um ihre Einwilligung in diese Aktion gebeten.

Enderlein blieb vor dem Bett stehen. Er betrachtete den Leichnam, beugte sich hinunter, schnüffelte, tastete schnell und gekonnt den Körper ab. »Herzversagen? Natürlich«, knurrte er. »Aber«, er wandte sich zu den beiden Frauen, »Details kann ich hier nicht klären. Dafür ist eine Sektion nötig.« Er schaute noch einmal prüfend auf die Tote. »Ich denke, ich werde auch einen Chemiker hinzuziehen.«

Ruth strich ihrer Mutter über das Gesicht. »Auch wenn sich alles als Irrtum herausstellen sollte, übernehme ich die Verantwortung für Ihr Kommen und trage die Kosten der Untersuchung, Herr Dr. Enderlein.« Sie blickte ihn fest an. »Ich muss Gewissheit haben.« Sie wandte sich zu Enne: »Du kümmerst dich um alles, ja?«, und verließ dann den Raum.

»Errare humanum est«, flüsterte Enderlein, *»in errore perseverare stultum.«**

»Wie wahr«, bestätigte Enne.

---

* *Errare humanum est, in errore perseverare stultum.* = Irren ist menschlich, im Irrtum verbleiben ist dumm.

26

Am selben Abend

Der Himmel hatte seine Schleusen geöffnet, sintflutartig stürzte der Regen herab, als Enne ihren VW-Golf vor dem rechtsmedizinischen Institut parkte.

Enderlein erwartete sie bereits, öffnete die schwere Glastür, für die man einen Zugangscode brauchte, und begrüßte sie: »Willkommen bei den düsteren Teichen.«

Enne erinnerte sich: Hinter Schloss Lindstedt, im Katharinenholz, lagen die düsteren Teiche, die 1679 als Fischteiche angelegt worden waren. Der Hasenheger Lindstedt hatte dort ein Gut errichtet, das später von König Friedrich Wilhelm IV. zum Schloss ausgebaut wurde.

Enderlein schritt voraus. Das gewaltige Skelett eines Langen Kerls* gegenüber der Eingangstür in einem Glaskasten beeindruckte Enne. Sie passierten mehrere weitere Türen, die der Arzt jeweils öffnete und wieder verschloss, ehe sie zum Herzstück des Instituts, dem großen Sektionssaal, kamen. Im Gegensatz zur Rechtsmedizin der Charité, die sie berufsbedingt besucht hatte, hing in den Räumen kein süßlich-moschusartiger Duft.

Als ob er ihre Gedanken erraten hätte, bemerkte Enderlein stolz: »Cadaverin und Putrescin**, die Duftstoffe, die dem Verwesungsgeruch seinen beißenden Charakter verleihen, werden Sie bei uns außer bei den Obduktionen nicht wahrnehmen.«

Der diensthabende Sektionsassistent, ein schmaler, dunkelhaariger Mann mit einem Oberlippen-Piercing, hatte den Leichnam bereits für die Sektion vorbereitet.

Schnell zog sich Enne die bereitgelegten grünen OP-Kleidungsstücke über. Im Laufe der Jahre hatte sie häufig Obdukti-

---

* Volkstümlich; »Lange Kerle« mussten im Leibregiment Friedrich Wilhelms I. (Soldatenkönig) mindestens sechs preußische Fuß (einen Meter achtundachtzig) messen.
** Abgeleitet von den lateinischen Wörtern *cadaver* (Leiche) und *putrescere* (faulen)

onen beigewohnt, aber jetzt, da der Körper eines Menschen, den sie lange Jahre gekannt und ins Herz geschlossen hatte, geöffnet werden sollte, war das etwas anderes. Es schmerzte, den kleinen, gebrechlichen Körper auf dem Seziertisch zu sehen. Enne versuchte, die Gedanken an Lisbeth Koslowski zu verdrängen, professionell zu bleiben, sich nur auf die Untersuchung zu konzentrieren. Der Bereich über dem Arbeitstisch war grell beleuchtet, und Enderlein begann sofort mit der äußeren Leichenschau.

Konzentriert musterte er die Tote. »Jedes Individuum ist einzigartig«, erklärte er.

Und Enne fügte in Gedanken hinzu: Und jeder einzelne ungewisse Todesfall auch.

»Natürlicher, nicht natürlicher oder ungewisser Tod, es gilt, die Todesart zu klären«, schnurrte Enderlein herunter.

Enne nickte brav.

»Wissen Sie eigentlich, dass bereits im 16. Jahrhundert ein Gesetz erlassen wurde, das die Hinzuziehung eines ärztlichen Sachverständigen bei strafrechtlich relevanten Fragen wie Mord, Totschlag et cetera vorschrieb?«

Über das Gesicht des Sektionsassistenten huschte ein Lächeln. Sein Chef musste immer seine Umgebung an seinem enzyklopädischen Wissen teilhaben lassen.

»Und eines möchte ich nicht unerwähnt lassen, liebe Frau von Lilienthal«, Enderlein hielt sein Obduktionswerkzeug wie einen Taktstock in die Höhe, »im Gegensatz zur landläufigen Meinung, dass uns die Vereinigten Staaten von Amerika mit spektakulären rechtsmedizinischen Methoden beglückt haben, kann ich Ihnen versichern, dass die Wurzeln der modernen Rechtsmedizin in Österreich und Deutschland liegen. Nach wie vor sind wir es, die die Standards setzen.«

Der Assistent schob einen Apparat über den Seziertisch.

»Forensische Bildgebung«, erklärte Enderlein. »Wir werden die Verstorbene vor der Obduktion mittels postmortaler Mehrschichten-Computertomografie durchleuchten.«

Die ersten Bilder bauten sich bereits auf einem Monitor auf. Gespannt verfolgte Enne alles.

»Damit wissen wir schon jede Menge über den Körper, der vor uns liegt, bevor wir den ersten Schnitt setzen«, dozierte Enderlein. »Aber ganz ohne Aufschneiden geht es eben doch nicht«, ergänzte er.

Enne wusste natürlich, dass der Gesetzgeber nach wie vor zwingend die Leichenöffnung in der Strafprozessordnung vorschrieb. Aber fiel diese Obduktion darunter?

Die Männer arbeiteten schweigend, nur hin und wieder unterbrochen von gemurmelten Anweisungen. Der Rest des Raumes lag im Halbdunkel. Sie blickte sich um. Leichen sind auch nur Menschen, dachte sie ironisch. Aber das Gefühl, dass jemand sie beobachtete, ließ sie nicht los. Das Gewitter über ihnen nahm an Stärke zu. Bis in den Raum hinein drang das dumpfe, lauter werdende Krachen des sich entladenden Donners. Ein heftiger Einschlag in der Nähe ließ das Gebäude vibrieren.

Enne zuckte zusammen. »Da oben ist jemand«, sagte sie. Ihre Worte hallten in dem hohen Raum nach.

Enderlein knurrte, ohne aufzublicken: »Der Hauptmann.«

Der Sektionsassistent deutete Richtung Decke.

Enne trat einen Schritt zurück. An drei der Seitenwände zog sich eine Empore entlang, die sie erst jetzt bemerkte.

»Unser Maskottchen«, erklärte der junge Mann.

Sie kniff die Augen zusammen. In dem diffusen Licht über ihr traten die Umrisse einer Gestalt hervor. Leere Augenhöhlen. Bleckendes Gebiss. Aufgerichtet in einer Ecke, starrte eine Mumie auf sie herunter. Hunderte von Jahren alt, platziert in einem hochtechnisch ausgerüsteten Raum. Rechtsmediziner, dachte Enne, ein ganz spezielles Völkchen. Mühsam unterdrückte sie ein Gähnen. Den beiden Männern schien die ungewöhnliche Arbeitszeit nichts auszumachen. Sektionen wurden zu jeder Tages- und Nachtzeit durchgeführt. Mörder hielten sich nicht an Acht-Stunden-Tage.

Der Sektionsassistent entnahm Körperflüssigkeiten und Gewebeproben, während Enderlein erklärte: »Bei tödlichen Vergiftungen hilft die Computertomografie allerdings nicht. Das

Gerät ist nur ein zusätzliches Werkzeug. In diesem Fall ist eine chemisch-toxikologische Untersuchung zwingend notwendig, wie Sie sich denken können.«

Enne hatte Enderlein zuvor auf ihren Verdacht hingewiesen, dass Lisbeth vergiftet worden sein könnte.

Scharf zeichnete das frühe Tageslicht die Konturen der Gegenstände im Büro des Leiters der Rechtsmedizin. Es war spartanisch eingerichtet: ein einfacher Schreibtisch, mehrere Regale mit Fachliteratur und in einer Ecke ein kleiner Tisch mit zwei Armlehnstühlen. Enderlein blickte konzentriert auf den Bildschirm, Ennes Anwesenheit schien er vergessen zu haben. Mimi, das kleine Mops-Waisenkind, lag in seinem Körbchen in der Ecke und schnarchte.

Im nächsten Leben komme ich als Hund auf die Welt, ging es Enne durch den Kopf. Schlafen, fressen, spielen. Wofür brauchte man mehr im Leben? Als Mensch stand man immer unter Strom. Von der Wiege bis zur Bahre. Musste es seiner Umgebung recht machen, nicht rauchen, möglichst nicht trinken, sich benehmen, kulturell und politisch mit dem Mainstream schwimmen. Nicht zu dick und nicht zu dünn sein, sonst konnte man sich der Häme seiner Mitmenschen kaum erwehren. Sie überlegte gerade, ob sie von ihrem unbequemen Bürostuhl in einen der Armlehnstühle wechseln sollte, da hob Mimi den Kopf und blickte sie wachsam an.

»Sie hatten recht«, durchschnitt Enderleins Stimme die schläfrige Stille.

Enne schreckte hoch.

»Die chemische Analyse weist auf ein Insektizid hin. Die Stoffe aus der Gruppe der Phosphorsäureester besitzen eine starke toxische Wirkung. Wobei man sagen muss, dass die meisten Intoxikationen durch nachlässigen Umgang geschehen, aber in diesem Fall war dies wohl kaum möglich.«

Enne war jetzt hellwach. Sie beugte sich vor, fragte: »Vergiftung durch ein Pflanzenschutzmittel?«

»Ganz genau. Seine Wirkungen auf die Nervenendigungen

zeigen durch die muskarinartigen Rezeptoren eine Verstärkung des Tränen- und des Speichelflusses. Die Sekretion in den Bronchien und auch im Bereich des Magen-Darm-Traktes wird erhöht.«

Enne schwirrte der Kopf.

»Den Speichelfluss und die Aktivität der Schweißdrüsen als nicht normal zu erkennen war völlig richtig von Ihnen.« Zufrieden lehnte Enderlein sich zurück, fasste in seine Kitteltasche und zauberte ein Leckerli hervor, das sang- und klanglos in Mimis aufgesperrtem Maul verschwand.

Wie Hunde nur Sekunden nach der Tiefschlafphase wussten, dass es etwas zu fressen gab, würde Enne ein ewiges Rätsel bleiben. »Wie wurde das Insektizid verabreicht?«, fragte sie.

»Über Alkohol.«

»Käme Danziger Goldwasser dafür in Frage?«

Enderlein schob seine buschigen Augenbrauen bis zum Haaransatz hoch. »Muss noch analysiert werden, kann etwas dauern«, brummte er. Nachdenklich blickte er sie an. »Weiß Ihr Sohn inzwischen von unserer Untersuchung?«

27. Juli

»Das ist schon eine Hausnummer, wenn ich das mal so sagen darf«, bemerkte Körner, nachdem Enderlein seinen Bericht beendet hatte. Er zog einen Teller mit Keksen zu sich heran, nahm drei Stück auf einmal und schob sie sich in den Mund.

Hella Rosenfeld hatte, nachdem der Rechtsmediziner mit Enne im Schlepptau in der Früh erschienen war, ihre Gebäckreserven geplündert und auf mehreren Tellern auf dem Konferenztisch verteilt.

Enne, die im Hintergrund saß, beobachtete ihren Sohn, der mit schmalen Lippen zuhörte. Seine Kiefermuskeln zeichneten sich unter der Gesichtshaut ab. Ein sicheres Zeichen dafür, dass er am liebsten zugebissen hätte. Sie natürlich, das war ihr klar.

»Dann wurden also nicht nur Preuss und Nymczek, sondern auch Lisbeth Koslowski mit dem Insektizid Dimethoat vergiftet?«, fragte er.

Enderlein blickte Lilienthal aus übernächtigten rot umrandeten Augen an. »Wollen Sie mir meine Zeit stehlen, Lilienthal, oder was?«, knurrte er ungnädig. »Ich wiederhole mich nur ungern, aber das habe ich eben in aller Ausführlichkeit dargelegt.«

Lilienthal schüttete die dritte Tasse Kaffee mit Zucker im Verhältnis eins zu drei hinunter. Langsam kam er auf Betriebstemperatur. Er erhob sich, ging zum Fenster. Sein ganzer Körper schrie nach Bewegung. Nur nicht still sitzen, sonst würde er für nichts mehr garantieren können. Was war das hier für eine Veranstaltung? Diese Frage stellte er sich bereits seit Enderleins Vortrag. Erst der Anruf von Körner kurz nach Sonnenaufgang. Seine knappe Ansage: sofortige Anwesenheit im Präsidium. Unrasiert nur kurz unter die Dusche gesprungen, frische Sachen aus dem Schrank gerissen und ab in die Henning-von-Tresckow-Straße. Beim Eintreten hatte er bemerkt, dass auch seine Mutter anwesend war. Darüber hatte Körner zuvor kein Wort verloren. Und jetzt mal eben so en passant erfuhr er, dass Oma Lisbeth, wie er sie zu ihren Lebzeiten genannt hatte, eines nicht natürlichen Todes gestorben war. Im Klartext: Sie war ermordet worden. War sich seine Mutter eigentlich im Klaren darüber, was sie ihm damit antat? Nein, natürlich nicht. Sie fühlte sich wie immer über jeden Verdacht erhaben. Hier geht es um die Aufklärung eines Tötungsdeliktes, dem sich alles andere unterzuordnen hat, konnte er ihre Worte schon förmlich hören.

Ärger? Nein, das traf nicht den Punkt. Das war Insubordination auf hohem Niveau. Und zusätzlich tat ihr Verhalten ihm auch noch verdammt weh. Erinnerte sie sich nicht mehr daran, wie oft sie ihn als Kind, wenn sie zum Dienst musste, bei Oma Lisbeth geparkt hatte? Lisbeth war es gewesen, die ihm die klassische Musik nahebrachte. Gesungen hatten sie zusammen. Voller Freude hatte sie ihm ihre alten Platten vorgespielt, unter denen sich Raritäten wie die Berliner Philharmoniker unter Leitung von Herbert von Karajan befanden. Ihm dabei die einzelnen Stücke erklärt. Woher sie das alles wusste, danach hatte er sie nie gefragt. Oma Lisbeth war für ihn ein Quell unerschöpflichen Wissens gewesen. Ihretwegen hatte er als Grundschüler darauf bestanden, Violinunterricht zu bekommen. Er liebte das Instrument nach wie vor, aber natürlich spielte er nicht mehr so gut wie früher. Dafür fehlte ihm die Zeit. Doch jedes Mal, wenn er seine Violine aus dem Kasten nahm, fiel ihm Lisbeth ein. Aber, auch das musste er sich eingestehen, seine Besuche bei ihr waren in letzter Zeit selten gewesen. Und jetzt war sie tot. Jemand hatte sie umgebracht.

»Dass der Tatort durch deine Aktion unbrauchbar ist, das ist dir hoffentlich klar«, raunzte er seine Mutter an.

Sie schwieg.

»Maik, ich kann deinen Unmut, um das mal höflich auszudrücken, verstehen, aber die Umstände geboten, schnell zu handeln«, sprang Körner Enne bei.

»Aha! Das Zeitalter der Kommunikation ist an Frau von Lilienthal sang- und klanglos vorbeigeeilt?«, fauchte sein Hauptkommissar. »Das mit den hochsommerlichen Temperaturen war doch nur ein Vorwand.« Breitbeinig und mit verschränkten Armen blieb er vor Enne stehen. »Möchtest du meinen Job, oder wie soll ich dein Verhalten verstehen?«

»Jetzt gehst du aber zu weit«, mischte sich Körner ein.

Lilienthal fuhr herum. »Eine Leichenöffnung zu veranlassen, Sie, den Chef der Mordkommission, und den Institutsleiter der Rechtsmedizin einzuschalten, aber den leitenden Ermittler zu übergehen, wie würden Sie das denn interpretieren, Herr Dr. Körner?«

Körner vermied es, ihn anzusehen, und griff nach einer Akte.

Das brachte Lilienthal noch mehr in Rage. »Was sagt denn der Staatsanwalt dazu?«

»Das kläre ich noch«, brummte Körner. »Es war Mord, Maik. Vergiss das nicht. Befindlichkeiten sollten jetzt eine untergeordnete Rolle spielen.«

Lilienthal schob die Hände in die Hosentasche und ballte die Fäuste. Körner, den er verehrte und immer als Vaterfigur betrachtet hatte, fraß, bildlich gesprochen, seiner Mutter aus der Hand. Setzte sich ihretwegen über alle Regeln hinweg. Und Enderlein, einer der hochgeachteten Rechtsmediziner, ließ sich von ihr vorführen. Nahm eine Leichenöffnung ohne staatsanwaltlichen Beschluss vor. Diese Altersconnection. Konnten die nicht endlich in Rente gehen? Nein, das hier war nicht mehr sein Ding. Er würde sich wegbewerben, und zwar sofort.

Enne blickte ihn unglücklich an. »Es ging nicht anders«, sagte sie leise. »Entschuldige bitte.«

Aber er hörte sie schon nicht mehr. Laut fiel die Tür hinter ihm ins Schloss.

Körner runzelte die Stirn. Enderlein schob seine Notizen zusammen und verschwand.

Enne fühlte sich allein. Sie hatte es vermasselt. Ihren Sohn ins Abseits gedrängt und Körner in Schwierigkeiten gebracht. Auch Enderlein würde sich rechtfertigen müssen. Hoffentlich ging die interne Untersuchung an den beiden vorbei, ohne größere Blessuren zu hinterlassen. Sie blickte zu Körner, der etwas in seinen Kalender schrieb. Leise verließ sie den Raum. Ging die Treppen hinunter mit Bleigewichten an den Beinen. Ich werde alt, dachte sie. Und dämlich, flüsterte ihr Alter Ego.

Vor dem Eingangsportal wartete Enderlein. Seine Falten um Mund und Nase schienen ihr seit gestern noch tiefer geworden zu sein. Sie blieb stehen. Dann fiel es ihr ein. Seinen Termin! Sogar den hatte sie vergessen.

Kalumet musterte Lilienthal verstohlen, als er ins Büro kam. So hatte er seinen Vorgesetzten noch nie gesehen. Das Gesicht zur Maske erstarrt. Dunkel zeichneten sich die Bartstoppeln um Kinn und Wangen auf der bleichen Haut ab. Was war drüben im Besprechungsraum geschehen?

Lilienthal schaute auf die Papiere, die vor ihm lagen. Griff zu dem aktuellen Aktenstapel, ging damit zu Kalumet und ließ die Papiere vor ihm auf die Tischplatte fallen. »Dein Fall.«

»Was ist passiert, Maik?«

»Ich bin raus, Alter. Es reicht.« Er ging zurück und ließ sich auf seinen Stuhl fallen. Griff nach einem Lineal, betrachtete es aus schmalen Augen und hieb damit unvermittelt so heftig auf die Schreibtischkante, dass es zerbrach.

Kalumet verschanzte sich hinter dem Bildschirm.

Heike kam, blieb an der Tür stehen und musterte Lilienthal, der mit dem Rest des Lineals in der Hand vor sich hinstarrte. Sie suchte Kalumets Blick. Der zuckte mit den Schultern.

»Ärger, Chef?«, fragte sie Lilienthal.

»Alles in Butter«, knurrte der gereizt. »Ich nehme meinen Resturlaub. Und zwar sofort.«

Heike zog den Besucherstuhl heran und setzte sich. »Erzähl«, sagte sie ruhig und blickte Lilienthal aufmerksam an.

28

Am selben Tag

Schweigend fuhr Enderlein an den verlassenen Aufbauten der Tribüne an der Avus vorbei und reihte sich ein Richtung Wedding. Hinter dem ICC staute sich die Blechlawine vor der Ausfahrt Kaiserdamm. Einsam in ihren komfortablen metallenen Käfigen, schienen die Menschen mit ihren Gedanken woanders zu sein. Einige sah Enne auf ihre Smartphones starren oder verkabelt in ihr Mikro reden. Die Nabelschnur, die sie mit der Außenwelt verband. Bis in die Häuserschluchten, durch die sich die Stadtautobahn wand, war die Abkühlung durch das Gewitter in der letzten Nacht noch nicht gedrungen. Drückend hielt sich der Smog über der Karawane des technischen Fortschritts. Die Klimaanlage im Wageninneren lief auf Hochtouren.

Enderlein, seinen Blick unverwandt geradeaus durch die Windschutzscheibe gerichtet, wirkte wie versteinert. Auch Enne war nicht nach Reden zumute. Sie fühlte sich elend und verspürte den heftigen Drang nach Nikotin. Nachts, im rechtsmedizinischen Institut, war sie nur einmal rasch hinausgegangen, um im Regen auf der überdachten Terrasse schnell eine Zigarette zu inhalieren. Die einzige seither, denn im Polizeipräsidium herrschte Rauchverbot. Jetzt, in Enderleins altem Volvo, in dessen Fasern sich der Geruch nach Nikotin festgesetzt hatte, traute sie sich nicht. Er rauchte nicht mehr, und sie wusste auch, warum. Wieder kreisten ihre Gedanken um die Geschehnisse der letzten Stunden. Maiks Ausbruch vorhin hatte sie zutiefst aufgewühlt. Nach und nach wurde ihr das Ausmaß dessen klar, was sie angerichtet hatte. Bloßgestellt, blamiert in seinem ureigensten Bereich hatte sie ihren Sohn. Wie war sie nur auf diese absurde Idee gekommen, ihm nicht von ihrem Verdacht zu erzählen und ihn auch nicht in ihre Aktion mit einzubeziehen? Sie hatte nicht nur ihn, nein, schlimmer noch, auch Enderlein und Körner durch ihre gierige Suche nach Aufklärung belastet. Wie ein Bulldozer hatte sie alle überrollt.

Ohne Rücksicht auf die Menschen, die ihr nahestanden. Du bist ein Monstrum, dachte sie schaudernd. Am liebsten hätte sie sich verkrochen. Zu Hause, in ihrem Bett. Feige war sie, auch das musste sie sich eingestehen. Zitternd sog sie die Luft ein, lugte aus den Augenwinkeln zu Enderlein hinüber. Dessen Hände umklammerten fest das Lenkrad, sodass die Fingerknöchel weiß hervortraten. Mach einmal etwas richtig, dachte sie. Hier und jetzt geht es nicht um dich. Dein Selbstmitleid kannst du dir für später aufsparen. Reiß dich zusammen, befahl sie sich. Du hast es ihm versprochen. Sie atmete durch und richtete sich auf.

»Wenn Sie mögen, können Sie gern rauchen«, erklang Enderleins heisere Stimme.

Sie bemühte sich um ein Lächeln, schüttelte dankend den Kopf. Die Autoschlange vor ihnen setzte sich wieder in Bewegung. Langsam erst, dann schneller. Der morgendliche Verkehr bewegte sich weiter durch die Hauptstadt. Von der Seestraße bogen sie ab und fuhren auf den Parkplatz des Virchow-Krankenhauses. Auch dieser Komplex gehörte zur Charité. Das großräumige Areal mit den roten Backsteingebäuden aus dem vorletzten Jahrhundert, eine Stadt innerhalb der Stadt. Niemand, der als Patient hierherkam, konnte sich der Atmosphäre der Umgebung entziehen. Komm rein, aber ob du hier wieder rauskommst, entscheiden wir, schienen die Gebäude dem Ankommenden zuzuflüstern.

Enderlein eilte im Laufschritt auf eines der Häuser zu. Enne, hinter ihm, konnte kaum mit ihm Schritt halten. Auf ihrer Tour durch die Potsdamer Bars hatte er sie zu nächtlicher Stunde eingeweiht, da war sein Alkoholpegel bereits nicht unbeträchtlich gewesen. Aber es war ihm ernst gewesen mit seiner Bitte, ihn an diesem Tag zu begleiten, das war sofort klar gewesen. Er habe sonst niemanden, dem er vertraue, hatte er gesagt. Sie hatte zugestimmt und es ihm versprochen.

Enderlein öffnete eine Tür. Der Geruch von Desinfektionsmittel umfing sie. Vor dem Eingang zur Radiologie blieb er stehen, senkte den Kopf. Sie legte ihm leicht die Hand auf den

Arm. Er hob den Kopf, blickte sie an. So hoffnungslos. Dann stieß er die Tür auf und verschwand dahinter.

Sie setzte sich, wartete. Schaute auf die große, runde Uhr an der Wand. Quälend langsam änderten die Zeiger ihre Position. Stille umgab sie. Die Augen fielen ihr zu. Jemand stieß sie an. Sie wandte den Kopf. Lisbeth saß neben ihr. Sie trug das blaue Seidenkleid. Aus großen, dunklen Augen schaute sie Enne ernst an. »Der war böse, Enne«, sagte sie eindringlich. »Das darfst du nicht vergessen. Du musst ihn finden. Versprich es mir.«

»Frau von Lilienthal?« Seine Stimme, sie schreckte hoch.

Enderleins stoppeliger grauer Haarschopf schaute durch den Türspalt. Er winkte sie zu sich. Das Gesicht ausdruckslos. Sie schüttelte die Müdigkeit ab, sprang auf und folgte ihm in einen abgedunkelten Raum. Seitlich an der Wand hingen überdimensionale Bildschirme. Ruhe umgab sie. Nur ein leises Summen wie von fernen Insekten war zu hören. Ein schlanker Mann mit weichen Gesichtszügen trat auf sie zu, gab ihr die Hand. Der Arzt. So jung noch, dachte sie unwillkürlich.

»Dr. Enderlein wollte, dass Sie bei der Erläuterung der Ergebnisse dabei sind.« Seine Stimme war leise, wohlklingend. Er deutete auf eine Aufnahme auf einem der Bildschirme. Fuhr mit dem Cursor über die Gemengelage und verharrte an einem schwarzen Fleck. »Der Tumor«, sagte er knapp. »Noch nicht groß, aber gut sichtbar. Wir sollten ihn so schnell wie möglich entfernen.« Er wandte sich zu ihr. Hielt sie vermutlich für Enderleins Lebenspartnerin. »Sie müssen nicht besorgt sein. Das Ergebnis ist negativ.«

»Kein Karzinom?«, flüsterte Enne.

»Nein, ein Hamartom. Das ist eine Mischung aus verschiedenen Geweben. Gewöhnlich ohne Symptome. In diesem Fall aber endobronchial. Darum auch der blutige Auswurf beim Husten, der den Patienten veranlasste, zu uns zu kommen. Anhand der Vorgeschichte«, er schaute zu Enderlein, der steif neben ihnen stand, »war nur durch die Bronchoskopie zu klären, ob es sich um einen bösartigen oder wie in diesem Fall um einen gutartigen Lungentumor handelt. Trotzdem raten wir auch in diesen Fällen zur Operation. Minimalinvasiv, versteht sich.«

Spontan umarmte sie Enderlein.

Und zum ersten Mal seit Stunden lächelte er. Griff nach ihrer Hand. Drückte sie. »Ich danke Ihnen«, sagte er schlicht zum Arzt gewandt. Seine Augen schimmerten feucht. Auch der junge Mann lächelte und begleitete sie zur Tür.

Auf dem Weg zum Parkplatz zog Enne ihre Packung Zigaretten hervor und warf sie in den nächststehenden Papierkorb. Enderlein schmunzelte.

Auf der Rückfahrt, der Verkehr stadtauswärts hatte sich entzerrt, und die Fahrzeuge fuhren jetzt wie auf einer Schienenspur hintereinander, bemerkte Enderlein: »Machen Sie sich keine Vorwürfe, das bringt nichts. Alles nur vergeudete Energie und Zeit. Natürlich war Ihre Vorgehensweise nicht korrekt. Na und? Das Resultat ist das, was zählt. Ihr Instinkt war richtig, daran gibt es nichts zu deuten.«

Enne lehnte sich zurück in die Polster. Ganz so leicht würde sich die Sache trotzdem nicht bereinigen lassen. Aber dieser überkorrekte Mann stand auf ihrer Seite. Später, dachte sie, werde ich versuchen, mit Maik zu reden. Aber davor würde sie zu Hause erst einmal schlafen. Sie döste vor sich hin. Als sich ihr Handy meldete, fuhr sie erschrocken hoch und kramte das Gerät aus ihrer Tasche. »Riemeister«, stand auf dem Display. Erstaunt nahm sie den Anruf entgegen.

Susanne kam gleich zur Sache. Das mochte Enne an ihr. Kein langes Drumherumreden. Sofort auf den Punkt kommen. Sie erkundigte sich nach den Koslowskis. Das überraschte Enne nun aber doch. Sie wisse von Maik von ihrer Freundschaft zu den beiden Damen, erklärte Susanne.

»Worum geht es?«, unterbrach sie Enne, deren Konzentration mit jedem weiteren Satz nachließ.

Am anderen Ende der Leitung blieb es einen Moment lang still, dann sagte Susanne: »Das Bundeskriminalamt ermittelt im Fall Koslowski.«

»Wie bitte?« Enne war konsterniert. »Was soll das heißen? Was liegt gegen meine Freundin Ruth vor?« Ihre Gedanken wirbelten durcheinander. Lisbeth war ermordet worden. Was wollte das Bundeskriminalamt jetzt von Ruth?

»Es geht nicht nur um Ruth Koslowski. Das Ermittlungsverfahren läuft gegen ihre Eltern.«

»Ruths Vater ist seit Langem verstorben. Es muss eine Verwechslung vorliegen.«

»Leider nein, Frau von Lilienthal, ein Irrtum ist ausgeschlossen. Es geht um Kurt und Lisbeth Koslowski, letzter Wohnsitz Dortustraße in Potsdam, das sind doch die Eltern Ihrer Freundin Ruth, oder?«

»Ja«, bestätigte Enne. »Aber warum wird ermittelt? Können Sie mir Genaueres sagen?«

»Leider habe ich keinen Zugriff auf die Akten. Das Verfahren unterliegt der Geheimhaltung. Nur durch einen geschwätzigen Kollegen habe ich davon erfahren. Der erwähnte den Namen Koslowski, weil er wusste, dass ich mal in Potsdam gearbeitet habe.« Sie lachte verhalten. »Ich glaube, der wollte sich damit nur vor mir wichtigmachen. Und dann fiel mir ein, dass Maik mir mal von seiner Omi Lisbeth Koslowski aus seiner Kindheit erzählt hatte. Da wurde mir klar, dass es sich um dieselben Personen handeln musste, von denen mir der indiskrete Kollege erzählt hatte.«

»Aber wieso Kurt und Lisbeth?«, murmelte Enne ratlos. »Ich verstehe das nicht.«

Teil II

1

Die Luftbläschen perlten hoch, bevor sie, der Schwerkraft gehorchend, zurück an der feinen Nadel hinunterglitten. Die Schwester hob den Arm, der kraftlos auf der Bettdecke lag, straffte die dünne Haut, die wie ein welkes Blatt den Arm umspannte, setzte die Kanüle auf die zuvor desinfizierte Stelle und verabreichte dem Patienten routiniert das Schmerzmittel.

Arne Wrangler bewegte sich nicht, nur seine Finger auf der Bettdecke bebten für einen Moment.

Die Schwester zog die Nadel heraus, legte ein steriles Stück Mull auf die Einstichstelle, drückte auf die winzige Wunde und klebte dann einen Streifen Leukoplast darüber.

Wrangler schlug die Augen auf. Über die eingefallene Mundpartie mit den farblosen, schmalen Lippen huschte ein Lächeln. »Danke«, hauchte er, wusste, dass für die nächsten Stunden der Schmerz gebannt war. Seine milchig hellen Augen unter den buschigen Brauen folgten der rundlichen, untersetzten Frau, bis sich die Tür des Krankenzimmers hinter ihr schloss. Wanderten dann weiter zu dem Mann in der Ecke.

Der kam zu ihm und strich mit einer hilflosen Geste über seine Hand. »Alles wird gut, Papa«, flüsterte er.

Der fragile Körper des Greises zeichnete sich unter der weißen Bettdecke ab. Er hatte die Augen wieder geschlossen. Sein Atem ging nun regelmäßig. Speichel sammelte sich in den Mundwinkeln.

Peter Wrangler langte zum Nachttisch hinüber, auf dem ein Stapel Moltontücher lag, und tupfte die Feuchtigkeit weg.

»Peterle«, murmelte sein Vater. Seine Finger tasteten über die Bettdecke, seine Augenlider flatterten. Unruhig irrte sein Blick durch den spärlich möblierten Raum. »Sie sind wieder da. Alle.«

»Quäl dich nicht, Papa«, flüsterte sein Sohn.

»Nur noch wenige Stunden«, hatte der Arzt zu ihm am Telefon gesagt. »Ihr Vater wird uns bald verlassen.« Er hatte damit gerechnet. Jeden Tag den Anruf erwartet. Bis vor Kurzem noch hatte er den Vater in dessen kleiner Wohnung in Tempelhof pflegen lassen. Versucht, ihm so lange wie möglich sein vertrautes Umfeld zu erhalten. Professionelle Pflegekräfte eingestellt, die ihn während seiner beruflichen Abwesenheiten betreuten. Aber immer auch mit einem schlechten Gewissen. Und jetzt lag er hier im Hospiz in Wannsee. Er hatte es so gewollt. Darauf bestanden, obwohl er, der Sohn, protestiert hatte.

Arne Wranglers Augen waren jetzt weit geöffnet. Er umklammerte die Hand seines Sohnes. Sein Blick war klarer als noch vor wenigen Minuten. »Hörst du es, mein Junge?«, flüsterte er. »Das Rattern der Räder?«

2

Juli 1945 – im Zug Richtung Osten

Arne öffnete die verklebten Augenlider. Konnte kaum etwas erkennen. Die Karbidlampe in der Ecke des Waggons gab nur spärliches Licht, schaukelte im Rhythmus der Räder. Mehr als zwanzig Mann um ihn herum. Sie lagen auf Stroh, das nach Kot und Urin stank. Seine Haut juckte, brannte. Die Wunde am Oberschenkel pochte. Bloß keine Blutvergiftung, bat er im Stillen und schob die Gedanken an Wundbrand und Amputation beiseite. Jeder hier hatte was. An den Beinen, an der Hüfte oder am Arsch. Keiner konnte aufstehen. Einmal am Tag kam der Sani und brachte für jeden hier zweihundert Gramm Brot und etwas Wasser, kippte die Scheißeimer aus und entleerte die Stechbecken. Die, die verreckten, wurden an größeren Stationen rausbefördert. Obwohl es in der Nacht abkühlte, lag die Julihitze immer noch drückend über ihnen. Monoton ratterte der Zug durch die Landschaft. Wohin? Niemand wusste es. Niemand sagte es ihnen. Der Sani grinste nur blöde, wenn man ihn fragte. Verstand kein Deutsch.

Der Geruch kam in Schwaden. Arne atmete flach. Unterdrückte den Brechreiz. Die offenen Wunden der Männer rochen süßlich, verfault. Wie überreifes Obst. Gefräßige kleine weiße Maden darin. Das hatte er im Tageslicht gesehen. Überall Wimmern, Flüche und nicht ein einziges Gebet. Er verlagerte das Gewicht seines Körpers ein wenig. Versuchte, an etwas anderes zu denken. An sein Zuhause. An Berlin. Das Rattern und Dröhnen der Räder schmerzte ihm im Schädel.

Er hörte ein Geräusch, hob den Kopf. Einer, der bisher still gelegen hatte, stand auf. Pappschild auf der Brust, das ihm an einer Schnur um den Hals hing. Er stand auf, trotz lahmer Hüfte. Und weil er noch einen Kopfschuss abbekommen hat – Kopfschüsse wollten bekanntlich immer nach oben –, krabbelte er an der Waggonwand hoch. Völlig ohne Besinnung. Warum steht der auf?, dachte Arne. Da fiel der andere auch schon um.

Fiel auf einen Schwerverwundeten. Geschrei. Mein Gott, denkt Arne, der klettert schon wieder hoch. Und kaum oben fällt er um. Auf die anderen drauf. Alle waren jetzt wach. Die, die der Schiebetür am nächsten lagen, machten sie auf und schrien in die Nacht nach dem Sani. Aber der Zug ratterte und schaukelte dahin. Keiner hörte sie.

Und der Mensch stand wieder auf. Fiel um. Stand auf. Und fiel um. Arne versuchte, sich aufzurichten, aber die Schmerzen im Bein ließen es nicht zu. Vor ihm brüllten die schwer verwundeten Männer, auf die der Mann fiel, wie die Stiere. Jetzt näherte sich der Kerl der Schiebetür. »Macht doch die Türe weiter auf!«, riefen die, auf die er nun zu fallen drohte. Arne dachte das Gleiche. Bat darum. Männerarme griffen im Dämmerlicht nach der Waggontür. Schoben sie auf. Immer weiter, immer weiter schoben sie sie auf. Er schaute zu dem Mann. Der rappelte sich wieder auf – zog sich an der Türe hoch, die die anderen zurückgeschoben hatten.

Und fiel.

Hinaus in die Nacht.

Und der Zug rumpelte weiter. Immer weiter. Und der Nachtwind drang ins Innere des Waggons und brachte ein bisschen Kühle mit sich. Und Arne atmete auf. Hörte auch die anderen aufatmen. Hob den Kopf, blickte sich um. Der Fahrtwind zerrte an den Haaren der Männer und an ihren Pappschildern, die sie an einer Schnur um den Hals trugen und auf denen die Art ihrer Verwundung stand. Leben, dachte er. Das Einzige, was zählt. Und zurück in die Heimat – nach Hause.

Der Zug hatte seinen eigenen Rhythmus. Stille senkte sich über die Männer im Waggon. Arne versuchte zu schlafen. Bilder schoben sich übereinander. In seinem Kopf hämmerte es im Takt der Räder, die über die Gleise holperten. Den ganzen langen Scheißkrieg hatte er ohne Verletzung durchgehalten. Sechs Jahre. Bis auf den Streifschuss am Arm. Vierzehn Tage Lazarett mit Heimaturlaub. Ein Glücksfall. Aber sein Glück hatte nicht bis zum Ende durchgehalten. Sich verabschiedet. Einfach so. Sich aus dem Staub gemacht. Und jetzt lag er hier in diesem Viehwaggon. Er fuhr mit der Zunge über die aufgesprungenen Lippen. Wasser, dachte er. Aber der Sani würde erst im Morgengrauen kommen.

Er döste ein. Und auf einmal hörte er das Lachen der Kumpel. Es war Sonntag. Sie fuhren raus aus der stickigen Stadt. Berlin im Hochsommer. Die Schluchten zwischen den Mietskasernen wie in einem Backofen. Ihr Ziel, der Hölzerne See, in der Nähe von Groß Köris. Vom Bahnhof gingen sie zu Fuß weiter. Keine große Sache, nur ein paar Kilometer. Die letzten Meter bis zum Ufer Wettrennen über den mit Kiefernnadeln bedeckten Boden. Und vor ihnen glitzerte verheißungsvoll das Wasser. Hemd, Hose, Schuhe, Strümpfe im Laufen ausgezogen und fallen gelassen in den weichen Ufersand. Er warf sich rein. Nackt. Prickelnd kalt war das Wasser. Tauchte unter, kam prustend nach oben. Schaute nach den anderen. Kulle machte die Wasserbombe. Hoch spritzte die Fontäne. Der See nahm sie auf wie mit einer großen Umarmung. Sie kraulten hinaus, weit in die Mitte des Sees. Schrien sich Wörter zu, lachten, und die Sonne brannte auf der Haut. Und über ihnen der Himmel. Glasklar und so blau, wie nur ein Sommerhimmel sein konnte.

Neben ihm stöhnte einer. Arne öffnete die Augen. Die funzelige Lampe gab kaum Licht. Er hob den Kopf. Der Verwundete neben ihm wimmerte, fluchte. Weinte auf einmal. Ein junger Kerl, kaum Bartflaum im Gesicht. Hör auf, dachte Arne. »Mensch, hör auf. Das hilft doch auch nichts«, brummte er ihm zu.

Aber der andere hörte nicht auf. Hörte ihn nicht. Und der Zug schaukelte und ruckelte, und vor Arnes Augen verschwammen die Umrisse. Und dann sah er es. Das Gesicht. Ganz nah, wie unter einem Vergrößerungsglas. Und wieder spürte er die Furcht in sich aufsteigen. So wie damals.

Bartstoppeln, gelblicher Teint, dunkle Augen in tiefen Höhlen unter der wulstigen Stirn. Wie aus dem Nichts hatte der Soldat vor ihm gestanden. Gerade als er dachte, er hätte es geschafft. Nur noch wenige Meter bis zum Bunker. Wo die Front verlief, wusste er nicht mehr. Nur dass Potsdam bereits eingeschlossen war. Seine Waffe hatte er weggeworfen, aber die Uniform, die trug er immer noch. Der Russe stand vor ihm. Die Kalaschnikow im Anschlag. Arne stolperte, da drückte der andere ab. Wie eine Fontäne quoll das Blut aus seinem Oberschenkel. Er stürzte auf die harte, kalte Erde, wartete auf den nächsten, den endgültigen Schuss. Aber der Russe schoss nicht. Zwang ihm seinen Blick auf.

»*Towarischtsch*«, krächzte Arne und schob gleich noch »Kommunist« nach, die Hand an seine Brust gedrückt.

Sein Gegenüber bleckte die gelblichen Stummelzähne, zog hoch und spie ihm den Rotz ins Gesicht. »Du Scheiße, du Hitler«, knurrte er. Machte einen Schritt auf ihn zu und trat ihm mit voller Wucht gegen den Kopf.

Als Arne zu sich kam, war der Russe weg. Aber er lebte. Zwei andere Soldaten zerrten ihn zu einem Lkw und warfen ihn auf die Ladefläche, auf der schon andere verwundete Kameraden lagen. Man brachte sie in eine Turnhalle.

Eine russische Ärztin in Uniform, die Haare dunkel und kurz geschnitten wie ein Mann, ging durch die Reihe der verletzten Männer. Seine Wunde am Bein interessierte sie nicht. Die hatte ein Sanitäter mehr schlecht als recht versorgt. Er musste wie die anderen den Oberkörper frei machen und den linken Arm heben. Sie suchte nach Tätowierungen. Die Blutgruppe, die SS-Männer am Arm eintätowiert trugen. Im Schnellverfahren wurde er abgeurteilt. Fünfundzwanzig Jahre Lager. Am nächsten Tag wurden sie zum Bahnhof gebracht. Man nahm ihnen alles ab. Sogar die Zahnbürste. Gab ihnen nur ein Kochgeschirr und ein Stück Brot. Nach einer Woche endlosen Wartens in überfüllten Waggons, in denen sie nur kurze Strecken fuhren und stundenlang auf abgelegenen Gleisen standen, landete er in Posen in einem Sammellager. Dort wurden sie aufgeteilt. Dann Zugwechsel.

Jetzt fuhren sie schon so lange. Das Licht des beginnenden Tages sickerte durch die Ritzen. Bald würde der Sani kommen. Er schluckte, hustete. Der neben ihm hatte aufgehört zu weinen. War still.

Arne stützte sich auf die Ellenbogen, blickte zu ihm hinüber. »Geht es wieder?«, fragte er.

Der andere antwortete nicht. Seine Augäpfel starrten nach oben, der Mund stand offen.

Arne ließ sich zurücksinken. Tot, dachte er. Hat sich aus dem Leben geflennt. So jung. Nicht viel jünger als ich. Tränen hatte er keine mehr. Die Müdigkeit kam zurück. Und auf einmal hörte er ihre Stimme.

3

März 1945 – Eulengebirge, Schlesien

»Bitte«, flüsterte sie.

Arne schüttelte den Kopf, versuchte, das aufkommende Mitleid nicht zuzulassen. Starrte ins Dickicht aus kleinwüchsigen Kiefernzöglingen zwischen den hohen Stämmen. Er musste zurück, bevor jemand Verdacht schöpfte. Da hörte er es. Leise und so zart wie ein neugeborenes Kätzchen.

Schützend hielt sie die Arme vor sich.

Schmutzig grau bedeckten Schneeflecken den Waldboden unter ihnen. Das faulige Laub vom letzten Herbst, immer noch festgefroren.

Im fahlen Schein des Mondlichtes, das wie eine trübe Funzel durch die Zweige tropfte, blickte sie ihn mit ihren dunklen Augen an. Das kurz geschorene Haar, wenig mehr als ein schwarzer Flaum, auf ihrem Kopf. Mein Gott, dachte er, wie jung sie ist. Achtzehn, höchstens. Registrierte, dass sie ihre Zähne auf die Unterlippe presste, um das Zittern zu vermeiden. Der klagende Ruf des Käuzchens durchbrach die Stille. Die vereinbarte Warnung.

»Komm endlich, Alfons«, raunte Arne, »sonst sind wir alle dran.«

Der Freund, hager jetzt, früher der Stattlichste von allen, blickte ihn übernächtigt aus dunkel umrandeten Augen an. »Du musst sie mitnehmen, Arne.« Drohend sein Ton. »Sonst bleib ich hier.«

»Nur du, mehr geht nicht, so war es vereinbart.«

»Du nimmst sie mit. Sie und das Baby«, befahl Alfons. »Ich bleibe.« Er drehte sich um, wollte gehen.

Der Zug hatte planmäßig gehalten. Versteckt zwischen Felsenhängen lag in einer engen Schlucht die Wasserstelle. Dicht an dicht standen die hohen Kiefern. Die Gleise wanden sich durch das Gebirge wie eine träge Schlange. Arne leitete das Begleitkommando. Sonderfahrt nach Waldenburg, Niederschlesien.

Der Lokomotivführer Erich Krapke, ein alter Fichte-Kumpel*, inzwischen NSDAP-Mitglied, heulte mit den Wölfen. Aber er war immer noch zuverlässig, was die Kumpel betraf. Erich kannte die Strecke. War sie schon oft gefahren und hatte ihm den Tipp gegeben, wo zum Wasserfassen für die Lok gehalten wurde. Die Zeit musste reichen, um den Freund ins vorbereitete Versteck zu schleusen.

Alfons, Kulle und Arne, das Dreigestirn. Hinterhof mit Plumpsklos zwischen den Mietskasernen im Bezirk Kreuzberg. Arne liebte Bücher, las alles, was ihm in die Hände kam, in jeder freien Minute. Zwei Stuben, Wohnküche. In der einen saß der Vater auf dem großen Holztisch und nähte. Schneidermeister. Seine Arbeit wurde geschätzt. Aber der Lohn? Wenn die beiden älteren Geschwister, die aus dem Haus waren und selbst verdienten, der Mutter nicht hin und wieder etwas zustecken würden, hätte es vorne und hinten nicht gereicht.

Fichte, ihr Sportverein, das zweite Zuhause der drei Jungs. Geräteturnen, das war ihre bevorzugte Disziplin. Wettkämpfe an den Sonntagen. Dazu Ausflüge ins Berliner Umland und Vorträge. Nie konnte Arne genug bekommen. Saugte Wissen auf wie ein ausgedörrter Schwamm. Der größte rote Sportverein der Welt, so wurde Fichte genannt. Entstanden zum Ende des letzten Jahrhunderts. Der Not gehorchend. Nach Erlass des Sozialistengesetzes, bei dem Sozialdemokraten und Arbeiter aus dem Deutschen Turnerbund ausgeschlossen wurden, hatte ihn die Vätergeneration gegründet. Die erste Sportstätte lag in einer Lichtenberger Laubenkolonie. Nachdem die Braunen rankamen, waren die Arbeitersportvereine offiziell zerschlagen worden. Aber sie hielten zusammen. Bis heute.

Arnes Klassenlehrer auf der Volksschule verschaffte ihm mit seinen Kontakten bis ins Ministerium ein Stipendium. Eine Auszeichnung, wie der alte Lehrer betonte. Aber auf dem humanistischen Gymnasium ließ man ihn von Anfang an spüren, dass er nicht dazugehörte. »Proletarier« war noch eine

---

* Erster Berliner Arbeiterturnverein Fichte, gegründet 1890

der harmlosesten Bezeichnungen, die ihm seine Mitschüler verpassten. Er biss sich durch. Legte sich eine Elefantenhaut zu, wurde sogar Klassenprimus, das war er der Mutter schuldig, die so stolz auf ihn war. Der Vater verlor kaum ein Wort darüber. Sagte selten etwas. Nur seinen Husten hörte man Tag und Nacht. Noch bevor Arne seinen Abschluss an der Friedrich-Wilhelms-Universität machen konnte, trugen sie den Vater zu Grabe. Schwindsucht. Arnes Traum, später an der Universität zu lehren, hatte sich damit in Luft aufgelöst. Die Mutter kränkelte, brauchte Medikamente, und die kosteten Geld. Und so hatte er sich eine Anstellung in einer nahe gelegenen Spedition gesucht, um die Mutter zu unterstützen.

Rudi hatte ihm von Alfons' Flucht erzählt. Rudi, gelernter Schriftsetzer, schrieb schon seit seiner Jugend Geschichten. 1934 hatten ihn die Braunen direkt aus der Druckerei geholt und in ein Arbeitslager, wie sie es nannten, gesteckt. Kurz vor den Olympischen Spielen 1936 war er überraschend freigelassen worden.

Froh war Arne zuerst gewesen, als Rudi von Alfons' Flucht berichtete. Ihr Fonse, der nie die Klappe halten konnte, war nach seiner Einberufung 1939 in einer Strafkompanie gelandet. Lange hatten sie nichts von ihm gehört. Befürchtet, er wäre bereits gefallen, als durchsickerte, dass er nach Groß-Rosen deportiert worden war. In das KZ bei Waldenburg. Das drittgrößte im Reich. Aber Fonse hatte Glück im Unglück. Als ehemaliger Krankenpfleger kam er in das Lagerkrankenhaus. Und jetzt war er auf der Flucht. Polnische Partisanen hätten ihn versteckt, so Rudi.

Bei jedem Heimaturlaub besuchte Arne Alfons' Mutter. Kränklich war sie schon immer gewesen, aber in den letzten Monaten hatte sich ihr Zustand verschlechtert. Als er ihr erzählte, dass Alfons die Flucht aus Groß-Rosen gelungen war, hatte sie ihn leise gefragt: »Meinst du, ich sehe ihn noch einmal wieder?« Er hatte es ihr versprochen. Nicht anders gekonnt. Und jetzt stand er hier im Wald in Schlesien, in diesem gottverlassenen Eulengebirge, und über ihnen ragte das Gebirgsmassiv der Säuferhöhen. Der eisige Wind fraß sich durch seine Uniform, kroch an seinem Körper hoch. Verdammt, dachte er, ist denn alles umsonst gewesen?

»Komm«, sagte Arne rau. »Und du auch.« Er wies mit dem Kinn zu der jungen Frau.

Sie senkte den Kopf, damit er ihre Tränen nicht sah, die ihr über die eingefallenen Wangen liefen.

Sie stolperten den Abhang hinunter. Suchten Halt an dünnen Ästen. Arne voran und Alfons hinter der Frau, die ihre Arme fest um das Bündel unter ihrem Umhang geschlungen hielt. Das Baby gab keinen Laut von sich. Sie versuchten, den Felsbrocken, in der Dunkelheit kaum sichtbar unter den Laubmassen, aus dem Weg zu gehen, jedes Geräusch zu vermeiden.

Worauf habe ich mich nur eingelassen?, dachte Arne. Was, wenn das Baby anfängt zu weinen? Verdammt, das kann in die Hose gehen. Durch das Gehölz machte er die hellen Rauchschwaden der Lokomotive aus. Auf einmal hörte er hinter sich die Frau leise aufschreien.

Sie war auf dem feuchten Laub weggerutscht und glitt auf eine Felsnase zu. Bevor sie hinunterstürzte, riss Alfons sie hoch. Hielt sie fest.

»Wir müssen uns beeilen«, flüsterte Arne.

Behutsam schob der Freund die Frau von sich, als ein Wimmern erklang. Ob von ihr oder dem Säugling, konnte Arne nicht ausmachen. Er fasste nach ihrem Ellbogen, schob sie weiter. Setzte sich wieder an die Spitze der Gruppe. Wut stieg in ihm hoch. Dieser Scheißkrieg, dachte er. Was für eine Welt.

Abrupt blieb er stehen, sodass die beiden anderen gegen ihn stießen. »Da ist jemand«, flüsterte er. Starrte durch die Bäume. Sicherte nach allen Seiten. »Hier.« Er bewegte kaum die Lippen, wies auf einen großen, überhängenden Felsen am Abhang. Stieß beide dorthin. Sie rutschten mehr, als dass sie liefen. Duckten sich, kauerten dicht an dicht auf der feuchten Erde unter dem Felsen. Wagten kaum zu atmen. Jemand näherte sich ihnen von unten, kletterte den steil abfallenden Hang hinauf. Kam direkt auf sie zu. Arne konnte das Sturmgewehr ausmachen, das er in den Händen hielt. Er entsicherte seine Walther PP, hielt den Finger am Abzug. Ein schmales Band Mondlicht drang durch die dunklen Tannen und streifte für einen Moment das Gesicht des Mannes.

»Mensch, Kulle«, raunte Arne. »Hier sind wir.«

Der Mann ließ das Gewehr sinken. Kam näher. »Wo bleibt ihr denn?«, zischte er, als er vor ihnen stand. Überrascht blickte er zu der Frau hinter den Freunden.

Grell durchschnitt der Pfiff der Lokomotive die Stille der Nacht. Einmal lang, einmal kurz.

»Halt keine Volksreden, Kulle. Wo ist der Posten jetzt?«

»Der ist zum Verpflegungswagen abgedampft. Hat die Hosen voll vor den Polacken in den Wäldern.«

Kulle voraus, liefen sie die letzten Meter hinter ihm her. Vor ihnen tauchten die Umrisse der Waggons auf. Die Tonnendächer mit den schwarzbraunen Wänden waren kaum erkennbar. Die hinteren Wagen standen in einer Kehre, vom Anfang des Zuges nicht einsehbar. Kulle rannte zum Ende des Zuges, schwang sich auf ein Trittbrett, schob die Tür auf, wandte sich um und half der Frau hinauf. Dann Alfons. Als beide versteckt waren, blickte er zu Arne, der seitlich an der Böschung stand und sicherte. Er hob den Daumen. Geschafft. Dann schloss er von außen die Waggontür.

Gebrüllte Befehle durchschnitten die Stille. Schreie, Schüsse. Arne spurtete los, erreichte die Biegung, straffte die Schultern, zog das Koppel über dem Mantel fest. Der Strahl einer Taschenlampe blendete ihn.

Ein schlaksiger Kerl mit harten Gesichtszügen kam auf ihn zu. Hinter ihm drei weitere mit Totenköpfen auf dem Revers. Sein Arm schnellte vor zum Gruß. »SS-Wachmannschaft Groß-Rosen, Unterscharführer Beermann«, bellte er. »Der Zug bleibt bis auf Weiteres stehen.«

In eisigem Tonfall erwiderte Arne: »Ich leite die Begleitmannschaft, Unterscharführer. Das hier ist ein Geheimkommando. Führerbefehl.« Er trat einen Schritt vor, baute sich vor dem SS-Mann auf.

Der musterte ihn, erwiderte gedehnt: »Dauert nur ein paar Minuten, Herr Hauptmann. Geflohener Häftling, eine Schickse. Die ist schnell gefunden, falls sie auf die blöde Idee gekommen sein sollte, sich ausgerechnet in einem Führerzug zu verstecken.« Er lachte blechern. Die anderen fielen ein.

Auch Arne verzog den Mund zu einem schiefen Grinsen, um keinen Verdacht zu erregen, aber seine Gedanken rasten. Er konnte die Durchsuchung nicht verhindern, wenn er sich nicht verdächtig machen wollte. »Fünf Minuten«, erwiderte er knapp. »Keine Minute länger. Ihr Häftling ist mir scheißegal. Der hat hier sowieso keine Chance.« Er winkte den SS-Männern lässig zu, verlagerte sein Gewicht aufs andere Bein, zog eine Zigarette aus der Brusttasche, steckte sie sich zwischen die Lippen und hielt die hohle Hand über das schnappende Feuerzeug. Der Wind ließ die Flamme flackern, sodass ein Moment verging, bis die Feuerzunge sich in den Tabak fraß. Pokerface, nur nichts anmerken lassen.

Der Scharführer bellte Befehle. Mit entsicherten Maschinengewehren rannten die Männer am Zug entlang, rissen die Türen auf, sprangen in die Waggons und nach kurzer Kontrolle wieder heraus.

Der Bahnschutzbeamte, ein feister Typ mit gekräuseltem Bart, der das halbe Gesicht bedeckte, kam schnaufend vom Kopfende des Zuges gelaufen. Hastig versuchte er, die oberen Knöpfe seiner Uniformjacke zu schließen, was ihm nicht ganz gelang. Vor Arne blieb er stehen.

Hatte er etwas beobachtet? Alles in Arne schrie Alarm. Trotz des eisigen Windes, der bereits einzelne Schneeflocken mit sich trug, fühlte er die Feuchtigkeit, die sich unter seiner Uniform am Körper entlang ausbreitete. »Wie sehen Sie denn aus?«, schnauzte Arne. »Wir sind hier nicht auf Vergnügungsfahrt, Mensch.«

Der andere fingerte mit seinen Wurstfingern am letzten Knopf der Uniformjacke herum.

»Wo waren Sie denn?«, fuhr Arne ihn an. »Gesucht wird ein entflohener KZ-Häftling. Was gesehen?«

Der Bahner atmete noch immer schwer. Rennen war nicht seine Disziplin. Seine tief liegenden Augen über den fülligen, geröteten Wangen huschten von Arne zum Scharführer, der zu ihnen getreten war. »Melde Bewegung. Ganz hinten im Zug«, sagte er in dem lang gezogenen, weichen Tonfall der Ostpreußen und salutierte dabei erstaunlich stramm.

»Und damit kommen Sie erst jetzt?« Arne warf die halb gerauchte Zigarette auf den Boden und trat sie mit dem Absatz aus.

Der Scharführer brüllte die Nachricht seinen Leuten zu und rannte los.

Arne starrte ihnen hinterher. Aus, dachte er. Verdammte Scheiße. Dieser Krieg ist so gut wie vorbei, aber denunziert wurde immer noch. Von Anfang an war ihm der Bahnschutztyp nicht geheuer gewesen. Dieses schmallippige, unterwürfige Lächeln. Das Flackern in den Augen, wenn er ihm direkt ins Gesicht blickte. Zum Kotzen, der Kerl. Hier und jetzt könnte er ihn abknallen. Und dann? Nee, das brächte nur noch mehr Ärger. Mit nach oben gerecktem Kinn und durchgedrücktem Kreuz folgte Arne den SS-Männern.

Die rannten, dass der Schotter unter ihren Stiefeln aufspritzte, erreichten den letzten Waggon und schoben die Tür auf.

»Rauskommen!«, brüllte der Erste, legte das Gewehr an und schoss. Mitten ins Innere.

Arnes Gedanken überschlugen sich. Wo war Kulle? Sein Herzschlag wurde schneller. Breitbeinig, die Stiefel fest in den Boden gerammt, hob er den linken Arm, legte den rechten mit dem Lauf der Walther darauf und suchte sein Ziel – den Scharführer.

»Nicht hier, im Waggon daneben!«, rief der Bahnschutzmann mit quäkender Stimme.

Die SS-Männer hielten inne, hoben die Köpfe. Wie Bullterrier, die eine Spur aufgenommen hatten, rannten sie weiter.

Arne hörte den Scharführer brüllen: »Die gehört mir! Keiner schießt ohne meinen ausdrücklichen Befehl.«

Ein kleinwüchsiger, sehniger Typ riss die Waggontür auf, den Mund gierig geöffnet, ballerte trotz der Anordnung einfach hinein und kletterte danach behände in den Wagen.

Ein hoher Schrei gellte. Arne versuchte, Einzelheiten zu erkennen. Die Frau erschien in der Türöffnung. Hinter ihr der Kleinwüchsige, der ihr den Gewehrlauf in den Rücken stieß. Ohne Umhang, nur in ihrem Kittel, stand sie da. Den Kopf erhoben, die Arme hingen kraftlos seitlich hinab. Wo war das Baby? Kalter Schweiß sammelte sich in Arnes Nacken und rann in Rinnsalen am Rückgrat hinunter.

Der Scharführer trat vor. »Bitte, meine Gnädigste«, sagte er und reichte der Frau mit vollendeter Verbeugung die Hand.

Sie spuckte aus, direkt vor seine Stiefelspitzen.

Er lächelte. Aber innerhalb eines winzigen Moments verwandelte sich sein Gesicht in eine Fratze. »Raus mit der Judensau!«, brüllte er und hob sein Gewehr. »Die verdreckt uns den ganzen Führerzug.«

Die Männer grölten. Der Kleinwüchsige, als hätte er auf das Kommando nur gewartet, hob das Bein und trat der Frau ins Gesäß.

Sie stürzte ins Gleisbett, direkt zu Füßen des Scharführers. Hilflos griffen ihre Hände in die scharfkantigen Schottersteine. Keuchend versuchte sie, sich aufzustützen, erhob sich mühsam, blickte dem SS-Mann, der lauernd wie ein Raubtier ihre Bewegungen verfolgte, direkt in die Augen.

Er lächelte wieder. Schaute sie freundlich an.

Sie wankte.

Arne stand da. Konnte sich nicht rühren.

Da hob der Mann die Waffe und feuerte. Hörte nicht auf, bis das Magazin leer war.

Die junge Frau bäumte sich auf, ihre Arme und Beine zappelten mit den Schüssen im grausigen Takt. Grotesk wie eine Gliederpuppe. Als der SS-Mann das Gewehr sinken ließ, war von ihrem Kopf nur noch eine blutige Masse übrig.

Der Scharführer trat zur Seite, nahm eine Packung Zigaretten aus seiner Uniformjacke, zündete sich eine an und winkte

Arne lässig mit der Hand. »Heil Hitler«, sagte er und hatte über sein Gesicht schon wieder die freundliche Maske gestülpt. Er pfiff nach seinen Männern, und der Trupp verschwand, ohne noch einen Blick auf den Leichnam zu werfen.

Arne starrte auf die Tote. Seine Eingeweide revoltierten. Er wandte sich um und erbrach sich. Würgte, bis nichts mehr herauskam. Monster sind wir, dachte er und spürte den Schrei in sich wie ein Tier, das sich durch die Brust nach oben zwingen will. Mühsam schluckte er. Alles in seinem Inneren krampfte sich zusammen.

Als er den Kopf hob, stand vor ihm der Bahnschutzmann. Reflexartig hob Arne die Waffe. Der sollte büßen. Mit seinem Leben. Das Einzige, was galt. Nur durch seinen Tod konnte er, Arne, sich von seiner eigenen Schuld reinwaschen. Zumindest für den Augenblick. Später, das wusste er, würde er schwer an dieser Bürde tragen müssen. Aber jetzt schrie alles in ihm nach Rache. Er setzte dem Mann die Pistole an den Hals.

»Der andere lebt«, krächzte der Bahner. »Wenn ich die Frau nicht gemeldet hätte, wäre der auch hin.«

Wie Sandkörner in einem Stundenglas tropften die Worte in Arnes Bewusstsein. Heiße Wut überflutete ihn. Wer war der Typ, dass er es wagte, Schicksal zu spielen? Arne spannte den Hahn. Da stieß ihn jemand in den Rücken. Voller Zorn wandte er sich um.

Kulle stand da. Entschuldigend hob er die Hände. Metallisch klackten die Puffer der Eisenbahnwaggons aneinander. Die Wagen rollten ein Stück rückwärts, die Gliederketten der durchhängenden Kupplungen spannten sich, und mit einem Ruck setzte sich ein Wagen nach dem anderen in Bewegung. Weißliche Rauchschwaden stiegen in den Nachthimmel. Wehten über die Dächer des Zuges. Er schob Arne zum Aufstiegtritt des vorbeirollenden Waggons. Gerade noch rechtzeitig, bevor der Zug an Tempo gewann, erklommen sie die Stufen.

4

Blut quoll durch seine Finger, lief am Handgelenk entlang in die Öffnung des Ärmels der aus dunklem grobem Wollstoff gefertigten Jacke. Alfons presste sich die Hand auf die Brust. »Nicht der Rede wert«, murmelte er mit grau verfärbtem Gesicht.

»Quatsch keine Opern, Mensch«, knurrte Kulle, der vor ihm kniete. Er riss die Verpackungen der Mullbinden auf und entnahm weiteres Verbandsmaterial der Rotkreuz-Kiste, die neben ihm auf dem Waggonboden stand. Behutsam öffnete er die Jacke des Freundes, schob das fleckige, zerschlissene Unterhemd hoch. Trotz der niedrigen Nachttemperatur glänzten Schweißperlen auf dem Gesicht des Verwundeten.

»Sei froh, Fonse, bei Herzschuss wärste jetzt da oben.« Kulle wies mit dem Kinn Richtung Waggondach.

Alfons verzog die Mundwinkel. »In der Hölle is wärmer, hier friert man sich ja langsam den Arsch ab.«

»Na, wenn de noch Witzchen machen kannst, mein Kleener, dann is ja allet jut«, brummte Kulle, der mehr als einen Kopf kleiner als Alfons war. Er faltete die Mullbinde zum Viereck, legte sie auf die Wunde und wickelte danach eine Bandage straff um Alfons' Oberkörper. Während er den Freund versorgte, summte er: »Heile, heile Segen, morgen jibt et Regen.«

Hinter den beiden, an einen Stapel Kisten gelehnt, stand Arne, das Baby ungelenk im Arm. Es schlief.

Nachdem der Zug Fahrt aufgenommen hatte, waren sie aus ihrem Abteil für die Wachmannschaft bis zum vorletzten Waggon geklettert. Versteckt hinter Kisten fanden sie den Freund. Zwei Kugeln des SS-Mannes hatten Alfons getroffen. Er habe versucht, Frau und Kind zu schützen, erzählte er. Sich über sie wie ein Schutzschild gebeugt. Dabei streifte ihn die erste Kugel am Kopf. Er wurde ohnmächtig, bekam die zweite, die unterhalb des Schlüsselbeins eindrang, nicht mehr mit. Auch was danach geschehen war, wusste er nicht mehr. Offenbar hatte ihn die Frau blitzschnell weitergezerrt, ihm das Kind in den Arm gelegt und beide mit ihrem Umhang zugedeckt, sodass sie hinter den Kisten nicht zu erkennen gewesen waren. Dann war sie aus dem Waggon getreten und hatte sich den SS-Männern gestellt.

Arne legte das Baby dem Freund in den Arm und trat hinaus auf die Plattform. Der Wind fuhr durch seine kurz geschnittenen Haare. Er beugte sich vor. Blickte am Zug entlang, der sich wie eine eiserne Schlange durch die Landschaft bewegte. Alles ruhig. Beinahe wie im Frieden. Wenn Kulle vorhin nicht dazwischengegangen wäre, als er dem Bahner den Lauf der Waffe schon an den Hals gesetzt hatte, er hätte ihn erschossen. Einfach so. Ein Schauer lief ihm über den Rücken. Wie schnell man zum Mörder werden konnte.

Vor der Suche nach dem Freund hatte er die kleine Mannschaft überprüft. Präsenz zeigen, das war wichtig. Aber er wollte auch herausbekommen, ob jemand etwas von dem Vorfall mitbekommen hatte. Die beiden Scharfschützen hinter der Lokomotive, Bauernjungen aus Pommern, gaben sich maulfaul, waren froh gewesen, als er sich wieder zurückzog.

Kulle hatte seinen Beobachtungsposten an den schmalen Oberlichtern eingenommen und spähte hinaus. Immer noch fuhren sie durch dichten Wald. Unscharf traten die Silhouetten der gewaltigen Tannen im frühen Licht des Tages hervor. Ziel war Merkers. Thüringen. In dem Kalibergwerk sollten die Waggons entladen und die Fracht eingelagert werden.

Arne wusste natürlich, dass sie wertvolle Ladung transportierten. Kunstschätze aus schlesischen Museen, aber auch die Währungsreserven der Breslauer Bank. Ihn interessierte das wenig. Ihr Plan war wichtiger. Er musste einfach klappen. Die letzten Waggons sollten in Merkers abgekoppelt und mit einer neuen Lok nach Potsdam zurückfahren.

Er blickte zu Kulle, der gähnte und sich anschließend eine Zigarette zwischen die Lippen steckte, das Rauchverbot ignorierend.

»Hoffentlich hat niemand gesehen, wie ich vorhin meine

Waffe gezogen habe«, meinte Arne. »Dein Angriff auf einen Vorgesetzten bedeutet Kriegsgericht.«

Kulle verdrehte die Augen. »Bestimmt nicht. Sonst hätten wir schon was gehört. Aber wenn du den Typen erschossen hättest, dann wäre jetzt die Kacke am Dampfen, kannste mir glauben.«

Zum ersten Mal in diesem Scheißkrieg hatte er, Arne, die Nerven verloren. Aber warum hatte der Bahner nur die Jüdin verraten und nicht auch Alfons?, überlegte er immer wieder.

Kulle drückte die Zigarette aus. »Wir haben keine Milch«, sagte er leise und schaute zu dem Baby.

»Es wird die Fahrt nicht überleben«, erwiderte Arne.

Kulle ging zu dem Kind, nahm es auf den Arm und schaute in das kleine Gesichtchen. »Es wird überleben«, sagte er heiser und streichelte das Köpfchen mit dem dunklen Haarflaum. »Nicht wahr, mein Spätzekin, du wirst leben, das versprech ich dir«, flüsterte er.

Die Augenlider des Babys mit den langen schwarzen Wimpern bewegten sich. Die winzigen Fingerchen zu Fäusten geballt, den rosigen Mund leicht geöffnet, atmete es regelmäßig.

Arne beobachtete die beiden. Du kleines Menschlein, dachte er, du hast ja keine Chance. Sein Herz zog sich zusammen.

Alfons öffnete die Augen. »Das Kind«, flüsterte er. »Versteht ihr? Dafür hat sie sich geopfert. Damit ihr Baby überlebt.«

»Deins?«

»Blödsinn«, keuchte Alfons. Tastete mit der Hand zu dem Kopfverband. »Alles Scheiße, deine Emma«, murmelte er.

»Streifschuss, Fonse, damit kannste hundert werden.«

»Woher kam sie?«, fragte Arne.

»Aus Ungarn. Mit einem der letzten Transporte im Januar. Zuerst nach Auschwitz, dann wurde sie weiter nach Groß-Rosen geleitet. Aber im Hauptlager waren nur Männer untergebracht, darum kamen die Frauen ins ZAL* nach Ludwigsdorf.«

---

* ZAL = Zwangsarbeiterlager

Alfons atmete schwer. »So viele«, murmelte er. »Die meisten aus Polen und Ungarn. Alles Jüdinnen. Und so jung. Halbe Kinder noch.« Er schwieg, schloss die Augen. Als Arne schon dachte, er sei eingeschlafen, fuhr er fort: »Die Verwaltung in Groß-Rosen baute überall Außenlager. Wenn eine kriegswichtige Fabrik unter Tage zum Schutz vor Luftangriffen verlegt wurde, errichteten die nebenan sofort ein neues Lager für die Zwangsarbeiter und Unterkünfte für die SS. Ludwigsdorf haben die Nazis in ein FAL* umgestaltet.« Er blickte rüber zu dem Baby. »Ich wurde vom Zentralrevier Tannenhausen, dem Lagerkrankenhaus, dorthin verlegt. Gab da nicht mal einen Arzt, nur mich. Das müsst ihr euch mal vorstellen, bei einer Lagerstärke von über fünfhundert Frauen.« Er starrte an den Freunden vorbei in eine Ecke des Waggons.

Der Zug rumpelte im steten Rhythmus über die Gleise. Das Baby gähnte, öffnete die Augen, schaute Kulle an. Er nahm es hoch, wiegte es in seinem Arm. Lächelte.

»Doppelter Stacheldrahtzaun. Dichter Wald drum herum. Das Lager lag in einem Tal.« Alfons hustete, presste sich die Hand auf die Brust.

Arne nahm seine Feldflasche, kniete sich vor ihn und setzte sie ihm an die Lippen.

Alfons trank ein paar Schlucke.

»Hör auf zu reden, Mensch«, brummte Arne.

»Ich muss, weißte? Ich muss es loswerden.«

Beruhigend legte Arne dem Freund die Hand auf die Schulter. »Na, wenn de musst, dann musste«, sagte er und versuchte ein Lächeln.

»Drei Schichten. Die Maschinen durften nicht stillstehen. Die Mädels, nichts als Haut und Knochen, schufteten.« Seine Lippen bebten. »Aber es half ihnen nichts«, stöhnte er.

»Was ist das für eine Firma?«

»Dynamo AG.«

»Munitionsfabrik?«

---

* FAL = Frauenarbeitslager

»Ja. Munition.« Alfons gab einen Laut von sich, der ein Lachen sein sollte. »Nachschub für die Front produzieren, das können sie, die Schweine. Bis es kracht.«

»Was müssen die Frauen tun?«, fragte Arne.

Alfons richtete sich etwas auf und verzog schmerzhaft das Gesicht. »Wiegen müssen sie. Das Pulver, versteht ihr? Das Zeug greift Herz und Lunge an. Wegen Luftmangels brechen sie einfach zusammen. Die Aufseherinnen lauern nur darauf. Bei kleinsten Fehlern schneiden sie den weiblichen Häftlingen die Haare ab. Aber das ist noch das Harmloseste. Obwohl die Mädels sich mit ihren nackten Schädeln natürlich schämen.«

Arne dachte an die junge Mutter mit nur noch Flaum auf dem Kopf.

»Ludwigsdorf gehört zum Riese«, flüsterte Alfons.

»Hör jetzt auf, Fonse, du musst dich ausruhen.« Arne legte dem Freund die Hand auf die Stirn. »Du hast Fieber«, bemerkte er. Und wir nichts, womit wir es senken können, dachte er besorgt. Und die Fahrt dauert noch, verdammt. Er blickte auf seine Uhr. Viel länger konnten Kulle und er nicht mehr bleiben. Sie mussten wieder nach vorn. Sich sehen lassen. Aber Alfons wollte nicht aufhören.

»Seit letztem Jahr kümmert sich die Organisation Todt um das Bauvorhaben Riese. Ein paarmal musste ich mit, Verletzte bergen und versorgen. Ich sage euch, so was habt ihr noch nicht gesehen. Gigantisch. Ein Tunnelsystem direkt unterm Schloss Fürstenstein. Kilometerlang.« Alfons atmete stoßweise. »Angeblich das größte FHQ* im Deutschen Reich.«

Die bauen und bauen, dachte Arne. Obwohl der Russe vor der Tür steht.

»Ende vorletzten Jahres haben sie angefangen. Nicht nur für den Adolf, nee, da wollen sie alle rein. Das Oberkommando des Heeres genauso wie das der Wehrmacht und natürlich der Göring mit seinem Stab und Ribbentrop mit seiner militärischen Abwehr. Bis zu vierzigtausend Menschen sollen im Riese

---

* FHQ = Führerhauptquartier

untergebracht werden.« Alfons tippte sich vorsichtig an die Stirn. »Völlig bekloppt, die Brüder. Aber die haben dort noch was ganz anderes vor, hat mir einer geflüstert.«

»Reg dich nicht auf, Fonse«, mahnte Kulle.

»Die Wunderwaffe, die wollen sie dort bauen.«

»Quatsch«, erwiderte Kulle. »Das glaub ich nicht. Is doch nur wieder 'ne Scheißhausparole.«

Alfons schüttelte den Kopf. »Wenn ich es euch doch sage. Das ganze Eulengebirge ist ein einziger löchriger Schweizer Käse. Ihr bekommt doch kaum etwas mit.« Er hustete.

Arne gab ihm erneut Wasser. Während der Freund mühsam trank, lief ihm die Feuchtigkeit als feiner Faden am Kinn hinunter. Behutsam wischte Arne sie weg.

Unruhig glitten Alfons' Augen umher. »Wisst ihr, wie die das bauen?«

Arne betrachtete den Freund besorgt. Rote Flecken überzogen sein Gesicht. Ein feiner Schweißfilm bedeckte die Haut. Immer schneller sprach er jetzt, die Augen glänzten fiebrig. Scheiße, dachte er, der stirbt uns unter den Händen weg.

»Nach der Doppeltunnelbaumethode. Im Prinzip ganz einfach. Zuerst sprengen sie zwei übereinander verlaufende Schächte in den Berg und bohren die Felsen auf. Die dann entstandenen Tunnel werden in Abständen durchbrochen, sodass sie den Abraum von oben im unteren Schacht entsorgen können. Dann wird die obere Decke mit Beton verstärkt. Zum Schluss der untere Schacht nach oben durchbrochen. Dann haste einen großen Tunnel. Genial, oder?«, flüsterte er. »Ganze Züge kommen da durch.«

»Und die Zwangsarbeiter?«, fragte Kulle.

»Was glaubt ihr denn? Das Verdienstkreuz haben die nicht gekriegt. Weggestorben sind die. Wie die Fliegen.« Er schwieg, dann stöhnte er: »Aber es gab immer wieder Nachschub. Das wussten die bei der Organisation Todt. Scheißegal war das denen, wie viele draufgingen.« Er schloss die Augen. Fahrig tasteten seine Hände über den Boden.

Kulle blickte besorgt zu Arne.

»Sie fiel mir sofort auf«, murmelte Alfons. »Sie trug den Kopf hoch. Nur ihr Blick war nach innen gerichtet. Ich bemerkte gleich, dass sie schwanger war, obwohl sie immer noch so dünn war. Der Kapo setzte sie in der Küche ein, das war ihr Glück. Da fielen Zusatzbissen ab. Aber sie nahm trotzdem kaum zu, deshalb bemerkte niemand, dass sie in anderen Umständen war.« Alfons fingerte in seiner Jacke. Zog einen Beutel hervor. »Trockenmilch«, erklärte er. »Der Rest von dem, was ich organisieren konnte. Ihr müsst mehr besorgen.«

Kulle nahm mit einer Hand den Beutel, in dem anderen Arm wiegte er nach wie vor das Baby. Ein Lächeln huschte über sein Gesicht. Er blickte zu Arne, der mit der Schulter zuckte. Woher nehmen und nicht stehlen, dachte er.

»Geholfen hab ich ihr, als es so weit war. Unsere Krankenstation war nur ein schmaler Raum, aber wärmer als die Stuben der Frauen.« Alfons blickte zu den Freunden, und auf einmal erhellte ein Leuchten seine eingefallenen Züge. »Und dann hielt ich es in meinen Händen. Das kleine Ding. Ein neues kleines Menschenkind. Alles dran. Finger, Füße, Haare.« Das Leuchten erlosch. »Blieb aber nicht lange geheim. Ein Baby, die Neuigkeit sprach sich wie ein Lauffeuer unter den Frauen herum. Jede wollte helfen. Glücklich waren sie. Alle. Nur eine nicht«, keuchte er. »Die hat es gemeldet. Haben bis zum Schluss nicht rausbekommen, wer.« Er runzelte die Stirn. »Der Brief.« Alfons tastete seine Jacke ab und zog ein zerknittertes, schmutziges Papier heraus. »Hier.« Er reichte es Arne. »Lies.«

Der faltete den Wisch auseinander. »Von einem SS-Standortarzt?«

Alfons nickte. »Ein Hauptsturmführer mit einem Schmiss quer über der Wange. Die Drecksau kooperierte mit den Ärzten in Auschwitz.«

»Ist vorbei, Alfons«, sagte Kulle beruhigend. Das Baby auf seinem Arm bewegte sich.

Arne las vor:

»Ludwigsdorf, den 6.3.1945
An den SS-Standortarzt
Groß-Rosen
Der Häftling Rubin, Sarah, Häftl.-Nr. 76789, im FAL Lud-
wigsdorf hat am 4.2.45, 11:00 Uhr, ein gesundes Mädchen ent-
bunden.
Um weitere Veranlassung wird gebeten.«

»Weitere Veranlassung«, grollte Alfons. »Wisst ihr, was das
bedeutete?«

Arne ließ das Papier sinken und schaute zu dem kleinen
Gesichtchen in Kulles Arm.

»Darum musste ich sie beide mitnehmen, versteht ihr?«,
stöhnte Alfons.

Arne und Kulle blickten sich an. Und alle drei Männer wussten, es gab keine Alternative.

5

Die Tür wurde aufgeschoben. Eisiger Fahrtwind drang ins Innere des Abteils. Kulle wirbelt herum, zog seine Waffe und richtete sie auf den Eindringling. Vor ihnen, im fahlen Schein des Mondes, stand der Bahnschutzbeamte in seinem langen dunklen Mantel. Langsam hob er die Arme. In Arne stieg wieder die Wut hoch.

»Was wollen Sie hier, Mann? Ihr Platz ist vorn. Verschwinden Sie, aber dalli!«, befahl er. Erst vor wenigen Minuten waren er und Kulle in ihr Abteil für das Transportkommando zurückgekehrt.

Breitbeinig um Halt bemüht, die Hände immer noch oben, starrte sie der Bahner an. Er machte einen Schritt in Arnes Richtung, da trat ihm Kulle mit voller Wucht gegen das Schienbein. Der Mann fiel auf die Knie. Verharrte dort. Dann sagte er leise und trotz der Zuggeräusche unüberhörbar: »Was ist euch das Leben eures Freundes wert?« Die Worte wogen schwer, übertönten das monotone Rattern der Räder. »Wenn mir was passiert, seid ihr dran«, zischte er.

»Aha«, erwiderte Kulle und stellte sich vor den Bahner, die Waffe immer noch auf ihn gerichtet. »Einen Plan haste, wie? Bist ja ein ganz Schlauer. Aber nun biste hier. Bei uns. Auf so einer schönen Fahrt kann man ganz leicht verloren gehen. Das weißte doch. Die Zeiten sind ja so unsicher. Wär doch schade um dich. Um so ein schönes Denunziantenschwein.« Er riss dem Mann die Hände auf den Rücken und band sie mit einem Strick zusammen.

Arne, die Arme vor der Brust verschränkt, blickte kalt zu dem vor ihm Knienden. Seine Gedanken überschlugen sich. Hatte der Bahner noch jemanden über ihre Aktion informiert? »Was wollen Sie?«, fragte er.

Die Lippen des Mannes verzogen sich zu einem höhnischen Grinsen. Trotz der gefesselten Hände stemmte er sich erstaunlich kraftvoll hoch. Musterte Arne. Dann sagte er: »Mein Schweigen für euer Leben und das eures Freundes eingeschlossen.«

»Halt keine Volksreden«, entgegnete Kulle.

Arne trat einen Schritt vor. Blickte dem Mann direkt in die Augen. »Was wollen Sie?«, fragte er noch einmal.

Der Bahner schwieg, nur seine Kiefermuskeln mahlten.

Kulle entsicherte seine Waffe. Hob sie auf Augenhöhe. Zielte. Direkt auf den Kopf des Mannes. Sie warteten. Er wollte etwas von ihnen. Er würde reden.

6

»Ich kenne die Fracht«, fing der Bahner an. »Ich weiß, was in Fürstenstein geladen wurde.«

Daher also weht der Wind, dachte Arne. Ein stinknormaler Lump, ein Dieb war der. Natürlich kannte auch er die Frachtpapiere. Wusste als begleitender Offizier, was sie transportierten. Man hatte die letzten Währungsreserven aus Breslau nach Fürstenstein gebracht und sie dort umgeladen. Jetzt fuhren sie damit nach Thüringen. In dem Kalischacht in Merkers sollte alles eingelagert werden, um es vor Feindangriffen zu schützen. Aber die beiden letzten Waggons enthielten noch etwas anderes. Konfisziertes jüdisches Eigentum aus den besetzten Gebieten. Die Order vom Dicken hatte er schon frühzeitig erhalten. Übergabe des Ladegutes in Potsdam an den Stabsoffizier des Oberbefehlshabers der Luftwaffe. Sogar jetzt noch konnte Göring den Hals nicht voll genug bekommen. Arne war es egal, was sie transportierten. Augen zu und durch, schon lange seine Devise. Alfons' Rettung war für ihn das Wichtigste auf dieser Fahrt. Deutschland versank in Schutt und Asche, was interessierten ihn da noch irgendwelche Wertgegenstände. Und dieses Dreckstück von Bahnschutzbeamten drohte jetzt alles zunichtezumachen.

Der Bahner hatte ihn die ganze Zeit nicht aus den Augen gelassen. »Der Krieg ist so gut wie vorbei«, presste er auf einmal hervor. »Höchstens noch ein paar Monate, dann haben sie uns am Arsch. Wenn's gut geht, der Ami, wenn es schlecht läuft, der Russe. Aber wenn es so weit ist, dann will ich was unterm Hintern haben.«

»Schweigen Sie«, herrschte Arne ihn an. »Das ist Wehrkraftzersetzung. Dafür bringe ich Sie vors Kriegsgericht.«

Der Bahner verstummte. Musterte ihn aber aus zusammengekniffenen Augen.

Er hat uns in der Hand. Das weiß er, ging es Arne durch

den Kopf. Schweigend beobachteten sie einander, wie Boxer im Ring. Wo war die Schwachstelle des anderen, wo konnte man ihn packen?

»Es lagert da, wo Ihr Freund ist«, durchbrach die Stimme vom Bahner erneut ihre Wortlosigkeit. Und bevor Arne etwas sagen konnte, fuhr er schnell fort: »'ne Metallkiste. In dem Waggon, wo Ihr Kumpel sich versteckt. Ist nur so ein kleines Ding.« Seine groben Gesichtszüge verzogen sich. Die Mundwinkel kippten nach unten. »Aber was da drinnen ist, das lohnt sich.«

Arne ließ ihn reden. Er musste wissen, was der Mann genau von ihm wollte. Vielleicht gab es eine Möglichkeit, ihn doch noch an den Kanthaken zu kriegen.

»Ist alles aus dem KZ«, schob der Bahner hämisch hinterher. »Von den Juden. Die brauchen das jetzt nicht mehr, und so ein Kistchen kann man sich ganz leicht unter den Arm klemmen, Herr Hauptmann.«

Kulle schnaufte empört.

»Sie sind ja verrückt, Mann«, herrschte ihn Arne an.

»Ich?« Der Bahner gab einen Laut von sich, der sich wie das Meckern einer Ziege anhörte. »Verrückt?« Seine Stimme übertönte jetzt mühelos das monotone Klacken der Räder. »Nee, ich bin nicht verrückt. Aber Sie. Alle beide.« Er wies mit dem Kinn zu Kulle und blickte danach hasserfüllt Arne an. »Verräter seid ihr. Am deutschen Volk und an unserem Führer.« Röte breitete sich vom Hals aufwärts über seinem Gesicht aus. »Dass Sie noch leben, haben Sie nur mir zu verdanken. Vergessen Sie das nicht. Jeder hier im Zug, vom Lokführer über die Wachmannschaft bis hin zu den Scharfschützen, alle hätten Sie ausgeliefert.« Er presste die Lippen aufeinander, schwieg. Dann sagte er leise: »Wenn ich die nächste Stunde nicht nach vorn komme, werden die Scharfschützen nach mir suchen. Ich kenne die gut. Sind Jungchen aus meiner Heimat. Ich hab mich abgesichert.«

Kulle machte einen Schritt auf ihn zu.

Der Bahner stand da wie angewachsen. »Eine Hand wäscht

die andere«, sagte er mit rauer Stimme. »Mein Schweigen für eure Unterstützung.«

Kulle hob erneut seine Waffe. Gelassen klangen seine Worte durch den Waggon: »Dann sollen sie mal suchen, deine Jungchen. Hier bei uns biste nie angekommen.«

7

Juli 1945 – im Zug Richtung Osten

Die ersten Sonnenstrahlen leuchteten durch die Ritzen der Seitenwände und verdrängten das Dämmerlicht im Inneren des Waggons. Arnes Bein schmerzte. Er wandte den Kopf, starrte in die mit feinen Staubkörnern durchsetzten Lichtpfeile. Die Sonne kam von vorn. Osten. Waren sie schon hinter Moskau? Fuhren sie Richtung Sibirien? Die große Frage, die schwer auf den Gemütern der Männer lastete. Er hatte jedes Zeitgefühl verloren. Wie viele Tage waren sie nun schon unterwegs? Er wusste es nicht mehr. Die Schmerzen waren sein ständiger Begleiter. Vergebens versuchte er, mit der Zunge die spröden Lippen zu befeuchten. Sein Körper war nur noch eine trockene Hülle.

Rings um ihn Bewegung. Die Männer erwachten. Die morgendliche Kakofonie. Auch diese Nacht hast du überstanden, dachte Arne. Aber noch fünfundzwanzig weitere Jahre lagen vor ihm. Zwangsarbeit, sein Urteil. Er sei an Verbrechen beteiligt gewesen, hatte ihm der Dolmetscher des russischen Militärgerichts in gebrochenem Deutsch mitgeteilt. An welchen, hatte er nicht erfahren. Ein mildes Urteil, er solle froh sein. Andere hätten das Doppelte bekommen, auch Todesurteile seien vollstreckt worden. Ja, es stimmt, dachte Arne, ich bin an Verbrechen beteiligt gewesen. Aber Krieg war kein Räuber-und-Gendarm-Spiel. Niemand überstand das unbeschadet. Man hatte sie zu Verbrechern, zu seelischen Krüppeln gemacht, das war die bittere Erkenntnis. Er verlagerte sein Gewicht. Denk nicht darüber nach, befahl er sich, sonst wirst du verrückt. Aber die Gedanken ließen sich nicht einfach abschalten. Was war aus dem Baby geworden? Lebte es noch? Wenn er die Augen schloss, sah er es wieder, das zarte, feine Gesicht. Und die Erinnerung bemächtigte sich seiner erneut.

8

März 1945 – Thüringen

Arne zündete sich die nächste Zigarette an. Zog gierig, inhalierte tief und ließ den Rauch durch die Nase entweichen. Er grübelte, dachte wieder und wieder über die Forderungen des Bahnschutzbeamten nach. Wo war der Haken? Konnte er sie reinlegen? Er sog so heftig an dem Mundstück, dass er sich verschluckte. Ein Hustenanfall schüttelte ihn. Worauf hatte er sich eingelassen? Konnte das bei den vielen Unwägbarkeiten überhaupt gut gehen? Das zusätzliche Risiko, das er jetzt eingehen musste, führte seine ganze Planung ad absurdum. Nur unter der Drohung des Bahners, sie zu verraten, hatte er zugestimmt, aber eine Bedingung gestellt: Alfons musste mit ins Boot. Wenn schon, dann sollten alle etwas davon haben. Dem Freund hatte er nichts davon erzählt, weil er befürchtete, dass der damit nicht einverstanden gewesen wäre. Alfons war schon immer der Charakterstärkste von ihnen gewesen. Das ist Blutgeld, bist du noch bei Trost?, das hätte er ihm an den Kopf geworfen. Gefragt, wie er sich darauf hatte einlassen können. Und recht gehabt. Aber hätte er anders handeln können? Dürfen? Das Leben aller aufs Spiel setzen? Nein. Es ging nicht anders. Er musste mit den Wölfen heulen.

Wie ein gefangenes Tier im Käfig durchmaß Arne mit wenigen Schritten das schmale Abteil. Wie kam er aus dieser Scheiße wieder heraus? Und Alfons mit seiner Verwundung. Würde er die lange Fahrt bis nach Potsdam überstehen? Der Freund war abgemagert, sein Körper kaum noch widerstandsfähig. Bei seinem letzten kurzen Besuch hatte er ihn so angesehen, dass sich sein Herz zusammenzog. Kein Lächeln mehr, nur noch Zerbrechlichkeit. Alfons, der immer gutmütig gepoltert, gelärmt und keinen Witz ausgelassen hatte; der mit seinem dröhnenden Lachen jeden ansteckte, wirkte immer durchscheinender, wie ein Schatten.

Arne ballte die Hand zur Faust. Es durfte nicht alles umsonst gewesen sein. Aber wenn doch? Er verbot sich, darüber weiter nachzudenken.

Schneefall hatte eingesetzt. Zuerst einzelne Flocken, die sich inzwischen zu einem heftigen Schneetreiben ausgewachsen hatten. Arne trat an eine der Fensterluken, spähte in die Dunkelheit. Die hellen Kristalle wirbelten im Fahrtwind an der Scheibe vorbei. Immer noch fuhren sie durch dichten Wald. Sollte er noch einmal nachschauen, wie es Alfons und dem Baby ging? Nein, er durfte kein Risiko mehr eingehen. Die jungen Kerle von seiner Wachmannschaft mussten etwas bemerkt haben. Er fühlte ihre Blicke, wenn er zu ihnen nach vorn kam. Soldaten entwickelten einen Instinkt für ungewöhnliches Verhalten. Auch seine Vertrautheit mit Kulle war ihnen nicht entgangen, obwohl sie sich an den normalen Umgangston hielten, der zwischen Vorgesetztem und Untergebenem herrschen musste. Er wandte sich vom Fenster ab, trat an den schmalen Tisch mit dem Funkgerät, vor der ein Soldat saß.

Der Mann schrieb, blickte nicht auf, hörte konzentriert, was aus dem Äther übermittelt wurde.

Arne ließ sich auf die Bank gegenüber fallen. Drückte den Stummel der Zigarette in den übervollen Aschenbecher. Der Bahner hatte sich in das vordere Abteil zu den Scharfschützen verkrümelt. Zu seinen Jungchen, dachte Arne spöttisch. Er blickte auf die Uhr. In wenigen Minuten musste er wieder seinen Inspektionsgang antreten. Danach Rapport bei ihm. Verflucht, er traute dem Mann nicht. Dieses ganze Gefasel – »Ich brauche Ihre Unterstützung, Herr Hauptmann!« –, alles nur Theater. Hatte er etwas übersehen? Konnte der Mann sie reinlegen?

Eine Stunde Fahrt noch, vergewisserte er sich durch einen erneuten Blick auf die Uhr, griff in die Jackentasche und zog die Zigarettenschachtel heraus. Leer. Er knüllte sie zusammen, warf sie in den Papierkorb. Erhob sich, konnte sowieso nicht ruhig sitzen bleiben. Er ging hinüber zu seinem Mantel, der an einem Haken an der Wand hing.

Das Funkgerät gab krächzende Laute von sich. Der Soldat

presste den Kopfhörer fest ans Ohr. Schrieb in fliegender Eile die Nachricht auf den Block. Wandte sich um und reichte sie Arne.

»Feindanflug«, las er. »Zwei Uhr Position.« Ausgerechnet jetzt, wo sie kurz vor dem Ziel waren. Er straffte sich. Die Befehlslage war klar. Er nahm die Streckenkarte, die auf dem Klapptisch lag.

Der Funker neben ihm kritzelte hastig weiter und schob die nächste Notiz rüber.

Amerikanische Jagdflugzeuge. Typ Mustang. Dreier-Formation. Die sind gewitzt, die Amis, dachte Arne. Wagen sich immer weiter vor. Er faltete die Karte auf, studierte konzentriert die Streckenführung. Nicht weit von ihrem jetzigen Standort befand sich ein Ausweichgleis. Er kontrollierte die Zeit. Das müsste zu schaffen sein. Er gab die Order einem an der Tür wartenden Soldaten, der sie sofort dem Lokführer überbringen musste. Geänderter Streckenverlauf wegen Feindanflug. Die Mannschaft wurde informiert. Minuten später spürte Arne, wie sich die Geschwindigkeit reduzierte. Er wusste, dass der Heizer das Feuer drosselte, um die Dampfzufuhr zu regulieren. Der Schneefall vor dem Fenster war jetzt beinahe undurchdringlich. Wie eine weiße Wand.

Der Funker reichte ihm die nächste Meldung. Die Mustangs kamen schnell näher. Arne verglich erneut den Streckenverlauf auf der Karte mit ihrer aktuellen Position. Müsste das Ausweichgleis nicht schon erreicht sein? Er riss die Tür zur Plattform auf und trat hinaus. Versuchte, etwas zu erkennen. Innerhalb von Sekunden war er mit Schnee bedeckt. Der Waggon schlingerte. Halt suchend griff er nach dem Geländer. Verfehlte es. Rutschte auf den glatten Bodenbrettern bis zum Ausstieg. Der Zug war abgebogen und donnerte auf das separate Gleis. Nach und nach verlangsamte er seine Fahrt. Arne hatte sich gerade noch an einem Handgriff festhalten können. Das war noch mal glimpflich abgegangen. Er beugte sich vor. Versuchte, mit dem Fernglas über sich etwas zu erkennen. Keine Sicht. Nur kaltes Weiß um ihn herum.

Ein Ruck durchlief die Wagenreihe. Die Bremsbacken taten ihren Dienst. Die Wucht der schweren Waggons schob den Zug noch ein Stück weiter, ehe die Lokomotive samt Anhang mit kreischenden Rädern zum Stillstand kam. Arne registrierte, wie der Lokomotivführer die Dampfzufuhr immer stärker herunterfuhr. Den Überdruck abließ. Ihre Lok fuhr mit Kondenstender, ohne Dampffahnen, die dem Feind ihren Aufenthaltsort verraten konnten. Auch die Verdunklungsblenden über den Loklaternen wurden für diesen Fall sofort geschlossen. Seine Leute waren eingespielt, wussten, was zu tun war. In schneller Reihenfolge gab Arne seine Befehle. Die Mannschaft schwärmte aus und rollte wenig später ein Tarnnetz über die Waggondächer. Der Schnee und das Netz würden sie zumindest für den Anfang schützen. Aber die Amis waren gewieft. Kannten garantiert die Strecke. Trotz des Wetters und der schlechten Sichtverhältnisse würden sie ihrem Verlauf durch den Wald folgen. Wussten sie von dem Ausweichgleis? Ein Zug war für den Feind immer ein lohnendes Objekt. Oben auf der Böschung erblickte Arne den Bahner.

Der blieb stehen. Hob den Kopf, witterte. Wie ein Tier.

Entfernt noch, aber deutlich hörte Arne es jetzt auch: das Brummen von Motoren. Sie kamen näher. Die Scharfschützen standen in Position, warteten auf seinen Befehl. Was, wenn sie trotz aller Tarnung gesichtet und angegriffen wurden? Er kehrte ins Abteil zurück.

Der Funker blickte hoch. »Störsender«, meldete er. Beugte sich vor und versuchte es auf einer anderen Frequenz.

Arne verglich die Positionen. Bei einem Angriff könnten sich die Mannschaft und das Zugpersonal auch noch in letzter Minute in Sicherheit bringen. Der Wald ringsum war dicht. Aber was war mit ihren blinden Passagieren? Wie könnten sie Alfons, ohne dass man ihn sah, aus dem Zug tragen? Während seiner Planungen im Vorfeld war er davon ausgegangen, dass der Freund imstande sein würde, sich in so einem Fall um sich selbst zu kümmern, aber jetzt, als Schwerverwundeter, war er hilflos. Würde getötet werden. Wenn nicht vom Feind, dann von der Wachmannschaft. Und wenn der Zug beschossen werden würde, Bomben fielen, dann würde er in den Flammen umkommen. Mit dem Baby. Arnes Magen krampfte. Das Kind, dachte er. Geboren, um zu sterben, hallte es in seinem Kopf. Plane zweimal, der alte Spruch. Nur wie? Wie sollte er jetzt noch umplanen? Er konnte bestenfalls noch reagieren.

Kulle trat neben ihn. Das dumpfe Brummen der Flugzeugmotoren verstärkte sich. Bald würde die erste Maschine in Reichweite der Scharfschützen auftauchen.

»Der Bahner ist nach hinten gegangen«, raunte ihm Kulle zu. »Wegen der beiden.«

Arne nickte, fühlte kurzzeitig Erleichterung. Gleich waren sie über ihnen. Jeden Augenblick erwartete er das abgehackte Tack-tack-tack der Bordwaffen.

»Mensch, ich glaube, die drehen ab«, krächzte Kulle.

Sie lauschten. Das Röhren der Flugzeugmotoren wurde leiser.

Kulle wischte sich den mit Schneeflocken vermischten Schweiß von der Stirn.

Aus den Schatten der Waggons tauchte der Bahner auf. Hob die Hand und lief weiter nach vorn.

9

Merkers. Endlich. Zu beiden Seiten der Gleise tauchten Gebäude auf. Bis hierhin hatten sie es geschafft.

Während der Rangierarbeiten hatte Arne den Bahner als Posten und Kulle als Verstärkung eingeteilt. Er selbst ging, um keinen Verdacht zu erwecken, in die Offiziersmesse. Eine Baracke, die man provisorisch in eine Kantine umgewandelt hatte.

Der einzige Gast war ein Offizier mit schlaffen Gesichtszügen, der an der Bar lehnte. Er musterte Arne neugierig, als er sich an einem Tisch in der Nähe des Fensters niederließ, unterhielt sich dann aber weiter mit dem Mann hinter dem Tresen.

Arne schaute hinaus. Von seinem Platz aus konnte er die Rangierarbeiten überblicken. Das bestellte Bier wurde gebracht, und im Schlepptau der Bedienung schlenderte der Offizier auf ihn zu.

»Gestatten?«, schnarrte er. Ohne Arnes Bestätigung abzuwarten, nahm er einen Stuhl und setzte sich zu ihm. »Ihr kommt aus Fürstenstein?«, fragte er, beugte sich hinüber zu Arne und bot ihm aus einem goldenen Etui eine Zigarette an.

Arne nahm eine und steckte sie sich zwischen die Lippen. Der andere gab ihm Feuer. Sie rauchten eine Weile schweigend.

Der Mann ihm gegenüber lehnte sich zurück, musterte Arne, und auf einmal sagte er leise: »Der Schatz der Nibelungen ist nichts gegen das, was wir hier einlagern.« Dabei grinste er ihn lauernd an. Als Arne nichts darauf erwiderte, fuhr er fort: »Auch der Schatz des Priamos ist ein Scheiß dagegen«, und kicherte dabei wie ein Pubertierender über seinen eigenen Witz, dabei beobachtete er Arne unentwegt aus zu schmalen Schlitzen verengten Augen. »Und Sie, was haben Sie uns Schönes zu bieten?«

»Geheimkommando«, entgegnete Arne kühl.

Der Offizier verzog abfällig die Mundwinkel. »Geheimkommando«, echote er. »Alles hier unterliegt strikter Geheimhaltung.« Er nahm sich eine weitere Zigarette, entzündete sie und stieß den Rauch langsam aus. »Und? Wohin geht es weiter? Schon neue Order?«, fragte er und versuchte seine Neugierde hinter einer jovialen Maske zu verstecken.

Arne zuckte mit den Schultern und schwieg.

Der andere reckte den Hals, schaute hinaus. Erhob sich. »Was ist denn da los? Die hängen die letzten Waggons ab.« Er wandte sich an Arne, der versuchte, unbeteiligt auszusehen.

Ein Fehler, durchfuhr es ihn. Er hätte sofort scharf darauf antworten müssen, um jegliche Neugierde im Keim zu ersticken.

»Wo ist Ihre Order, Herr Hauptmann?«, fragte der Offizier auch schon schmallippig. Er baute sich vor Arne auf. »Ich bitte um Erklärung. Merkers ist Endstation. Die ankommenden Güter werden eingelagert. Von hier aus geht nichts mehr zurück ins Reich.«

Arne drückte die Zigarette in aller Ruhe aus. »Führerbefehl«, erwiderte er knapp. »Sie sollten mit Ihren Äußerungen vorsichtiger sein.« Er griff in seine Brusttasche, holte die Order heraus und hielt sie dem anderen vor die Nase, der kurzsichtig blinzelte. »Falls Sie sich dem widersetzen, werde ich das melden.« Lässig steckte er das Blatt zurück.

Der andere strich seine Uniformjacke glatt, was bei seiner Leibesfülle nicht viel ausrichtete, und bewegte sich zur Tür.

Arne beobachtete ihn mit ausdrucksloser Miene. Der Dicke ging zu den Gleisen hinüber. Sprach mit einem der Rangierer. Wo ist Kulle?, überlegte Arne fieberhaft. Den Großteil der Waggons hatten die Männer auf ein separates Gleis umgeleitet, die letzten zwei abgekoppelt. Jetzt schritt der Offizier an ihnen entlang. Blieb stehen, bückte sich, schaute unter die Wagen. Mit seiner Taschenlampe leuchtete er an den Achsen entlang, richtete sich wieder auf und blickte in Arnes Richtung. Was will der? Was sucht der? Scheinbar gedankenverloren klopfte der andere gegen die Wand des Eisenbahnwaggons. Was, wenn drinnen jetzt das Baby anfängt zu schreien?, dachte Arne. Der andere ging ein paar Schritte zurück, verharrte. Plötzlich schwang er sich trotz seines unförmigen Körpers behände auf die Plattform. Arne sprang auf. Der Soldat hinter der Theke blickte neugierig zu ihm hinüber.

Der Offizier öffnete die Schiebetür und verschwand im Inneren. Warum ist nicht abgeschlossen?, durchfuhr es Arne. Mit zwei Sätzen verließ er die Offiziersmesse. Eisiger Nachtwind schlug ihm entgegen, als er zu den Gleisen rannte. Er war noch ein gutes Stück entfernt, als die Waggons vor ihm ruckten und sich in Bewegung setzten. Der Rangiermeister hatte die Weiche umgelegt und dirigierte seine Leute an die vorgeschriebenen Positionen. Der Offizier war noch immer im Inneren des Wagens. Arne zwang sich zur Ruhe. Nur nicht auffallen, sonst würden andere auch noch neugierig werden. Möglichst gelassen schritt er auf die rollenden Eisenbahnwagen zu, ergriff das Geländer zum Einstieg und schwang sich auf die unterste Stufe. Der Dicke musste Alfons und das Baby gefunden haben. Ich erschieße den Kerl, dachte er. Drinnen, dass keiner von den Eisenbahnern etwas mitbekommt. Er erklomm die Stufen. Vor ihm stand der Dicke. Sie fixierten sich sekundenlang. Auf einmal verzog der andere den Mund. Schaute ihn aus kleinen Augen gehässig an, drängte sich ohne Erklärung an ihm vorbei und sprang hinunter ins Gleisbett.

10

März 1945 – Potsdam

Milchige Frühlingssonne spendete kaum Wärme, von Schnee keine Spur, als sie in den Bahnhof Potsdam Wildpark einfuhren. Rangieren, umsetzen und weiter ging es auf dem Hermann-Göring-Gleis. Versteckt im Schutz des Waldes bis zur Luftkriegsschule, ihrem Ziel. Entladung später. Bomberstaffeln waren im Anflug auf Potsdam gemeldet. Routiniert erledigte Arne die Formalitäten, entließ die Wachmannschaft und übergab Kulle und dem Bahner sein Privatgepäck. Niemandem fiel das kleine Kistchen auf. Der Pkw, der ihn zum Stützpunkt bringen sollte, wartete bereits hinter dem Bahnhofsgebäude mit laufendem Motor. Er stieg ein und fuhr davon. Sein Part war damit erledigt. Die beiden mussten sich um Alfons und das Kind kümmern, sobald es die Lage zuließ.

Am nächsten Abend klingelte Kulle wie verabredet an seiner Tür. Ihre Wege würden sich ab jetzt trennen. Arne hatte bereits den neuen Einsatzbefehl erhalten. Als er die Wohnungstür öffnete, stand der Freund vor ihm. Den Blick gesenkt. Wortlos trat er ein.

»Was ist passiert?«, fragte Arne ahnungsvoll.

Kulle hob ruckartig den Kopf und starrte ihn an. Sein Gesicht verfärbte sich. »Was passiert ist? Das fragst du noch?«, zischte er. »Der feine Herr Wrangler macht sich nicht die Hände schmutzig. Nee, der nicht!«, brüllte er, sodass Arne wegen der Nachbarn zur Wand deutete. Kulle stürzte an ihm vorbei ins Zimmer. Zur Feier der geglückten Rückkehr ihres Freundes hatte Arne eine Flasche Cognac mit Gläsern auf den Tisch gestellt. Französischer Cognac, den er nur über Beziehungen und durch viel Geld bekommen hatte. Kulle nahm eines der Gläser, goss es voll und kippte den Inhalt in einem Zug hinunter. Schenkte nach, drehte sich zu ihm und flüsterte: »Du fragst, was passiert ist?« Er schwenkte die Flüssigkeit im Glas und sagte heiser: »Krepiert ist er.« Trank erneut, nahm dann das Glas und schmetterte es mit voller Wucht gegen die Wand. Er griff nach einem Stuhl und ließ sich darauf schwerfällig nieder. »Tot, verstehst du? Alfons ist tot.« Seine Stimme kippte.

»Die Schussverletzung? Ist er daran gestorben?«

Kulle antwortete nicht.

»Der Bahner hat uns doch versichert, dass es ihm besser ging.«

»Hast du Alfons gesehen?« Und als Arne den Kopf schüttelte: »Nein, natürlich nicht. Wir konnten doch nicht mehr in den Waggon gehen. Du und ich, wir beide waren froh, dass der Bahner das für uns übernahm. Und auch, dass er die Trockenmilch zubereitete und zu dem Baby schmuggelte.«

Arne wandte sich ab. Trat ans Fenster. Fühlte sich wie in einem eisernen Korsett gefangen. Nun war es doch passiert, was er schon während der Zugfahrt befürchtet hatte. Alles war umsonst gewesen. Er schaute durch die Scheiben hinunter auf die menschenleere Straße. Das Gesicht von Alfons' Mutter schob sich davor. »Werde ich ihn noch einmal wiedersehen?« Das hatte sie ihn bei seinem letzten Besuch gefragt. Und er hatte es ihr versprochen. Wie sollte er der alten Frau jemals wieder unter die Augen treten? Er hörte, wie Kulle seinen Stuhl zurückschob und sich hinter ihn stellte. Roch den Alkohol in seinem Atem.

»Aber das ist nur die halbe Wahrheit, Arne«, flüsterte er heiser.

Arne drehte sich zu ihm. Das Gesicht des Freundes war auf einmal grau geworden.

Stockend kamen seine nächsten Worte. »Er ist nicht an seinen Verletzungen gestorben. Fonse wurde erwürgt.«

11

Erwürgt – das Wort klang nach wie in einer Endlosschleife in Arnes Kopf. Stille breitete sich zwischen den beiden Männern aus. Das Entsetzen und der Schmerz saßen zu tief. Sie konnten nur schweigen und trinken. Erst als nur noch wenig vom Cognac in der Flasche war und sich die Wärme des Alkohols in ihnen ausbreitete, fing Kulle an zu erzählen.

»Wir warteten, bis sich die Wachmannschaft zum Aufwärmen in das Innere des Bahnhofsgebäudes zurückzog. Als der Bahnhof menschenleer war, wagten wir es, zu den Waggons zu gehen. Der Bahner sollte draußen sichern. Als ich die Kisten des Verstecks zur Seite schob, wunderte ich mich schon, dass es so still blieb. Unser Fonse keinen Laut von sich gab. Ich flüsterte: ›Zeit zum Aufstehen, alte Schlafmütze. Wir sind da. Bald bist du in einem sicheren Versteck, Kumpel.‹ Und erst in dem Augenblick fiel mir auf, dass seine Augen starr zu mir blickten. Sein Kopf zur Seite gerutscht war. Als ich mich zu ihm hinunterbückte, sah ich, dass sein Mund offen stand. Ich hab ihn angefasst, aber da wusste ich bereits, dass unser Fonse sich verabschiedet hatte.«

»Und wo war das Baby?«, unterbrach ihn Arne.

»Was denkst denn du, was ich sofort gemacht habe? Mensch, gesucht hab ich, bin zwischen den Kisten rumgekrochen. Nicht weit von Fonse lag es, eingewickelt in eine zweite Decke. Es atmete nur noch schwach.«

Arne goss ihnen beiden den letzten Rest Cognac ein. »Wo ist es jetzt?«

»Warte, unterbrich mich nicht.« Kulle trank einen Schluck und fuhr fort: »Ich hörte ein Geräusch. Fuhr hoch. Da stand der Bahner. Er war mir gefolgt. Hatte sich nicht an unsere Absprache gehalten. Nach einem kurzen Blick auf Alfons sagte er: ›Tot?‹ Und als ich nickte, meinte er: ›Na ja, so was kann schnell gehen. Als ich ihn das letzte Mal sah und die Trockenmilch brachte, erschien er mir noch putzmunter. Hat dem Balg sogar die Milch eingeflößt.‹ Ich beugte mich zu Alfons, um ihm die Augen zu schließen, da zischte der Bahner: ›Der muss verschwinden. Sofort. Sonst sind wir dran, wenn morgen entladen wird.‹ Aber weißt du, ich hatte genug gesehen. ›Er ist nicht an seinen Verletzungen gestorben. Fonse wurde erwürgt. Warst du das?‹, habe ich gefragt und bin auf den Bahner los. Aber er wich mir aus, das Schwein. Plötzlich hatte der ein Messer in der Hand. So ein langes schmales. Stand vor mir mit blutunterlaufenen Augen. ›Ich mach dich kalt, wenn du mich anrührst. Euer Kumpel ist tot. Erwürgt oder nicht, ich war es nicht. Warum hätte ich das tun sollen? Jetzt haben wir noch mehr Ärger‹, hat er gesagt, und irgendwie leuchtete mir das sogar ein.«

»Dieses Dreckschwein«, keuchte Arne.

Kulle nickte, leerte sein Glas und redete weiter. »Das Baby fing an zu husten. Ich hab es hochgenommen. Seine Nase lief, und es war ganz blass. Habe dem kleinen Wurm irgendetwas vorgesummt. Einfach, um es zu beruhigen. Der Bahner hat mich die ganze Zeit nicht aus den Augen gelassen, dann endlich das Messer weggesteckt. Er zerrte Alfons hoch, legte ihn sich über die Schulter und ist mit ihm zum Ausgang gestolpert. Hat mich böse angestarrt, weil ich immer noch das Kind im Arm hatte. ›Allein mache ich das hier nicht‹, hat er gesagt. ›Mitgefangen, mitgehangen, Kumpel.‹ Er hat rüber zum Bahndamm gezeigt. Hinter den Gleisen befand sich ein frischer Bombentrichter. Natürlich wollte ich es dem Kerl nicht überlassen, unseren Fonse unter die Erde zu bringen. Ich hab das Kind in meinen Mantel gewickelt und ihm dabei geholfen. Auch zu zweit war es immer noch anstrengend genug, das kannste mir glauben. Außerdem mussten wir höllisch aufpassen, nicht erwischt zu werden.« Kulle starrte auf seine Hände.

Arne bemerkte, wie eine einzelne Träne über das Gesicht seines Freundes rann. Kulle saß ganz still, rührte sich nicht. Schaute nur auf seine großen Hände. Noch nie hatte Arne ihn weinen gesehen. »Vielleicht ist er doch unschuldig, der Bahner«, unterbrach Arne die Stille. »Der feiste Offizier in Merkers könnte es auch gewesen sein. Ein ganz fieser Kerl. »Und er war im Waggon. Kurz nur, aber die Zeit hätte gereicht.«

»Aber warum hätte der Bahner dann sagen sollen, dass alles in Ordnung ist, nachdem er sich auf der Fahrt nach Potsdam um Alfons gekümmert hat?«

»Weil er uns mit seiner Lüge in Sicherheit wiegen wollte.«

»Und wieso?«, fragte Kulle mit schwerer Zunge.

»Mensch, überleg doch mal. Jetzt braucht der nur noch durch drei zu teilen.«

Kulle überlegte, blickte dann Arne aus schwimmenden Augen an. »Stimmt, jetzt sind wir nur noch zu dritt.«

»Wo ist das Baby jetzt?«, fragte ihn Arne.

Kulles Kopf sank auf die Tischplatte. »Der Bahner hat es mit zu seiner Schwester genommen.« Er nuschelte. »Die hätte selbst so 'n Lüttes und könnte es stillen, hat er gesagt.«

»Warum hast du es ihm gegeben, Kulle? Du wolltest es doch zu Lisbeth bringen.«

»Evakuiert, nach Bayern«, murmelte er. Er richtete sich mühsam auf und schaute Arne bittend an. »Wenn die ganze Scheiße vorbei ist, dann heirate ich sie. Kinder werden wir auch haben. Und du wirst mein Trauzeuge. Versprochen?«

Arne nickte. »Natürlich bin ich euer Trauzeuge. Die Lisbeth wartet doch schon die ganze Zeit darauf, dass du sie endlich heiratest.«

Kulle stand schwankend auf. Griff nach seiner Uniformjacke und zog sie über. »Schlau ist der schon, der Bahnfritze«, sagte er. »Ohne seine Hilfe hätte es nie geklappt.«

Arne blickte ihn müde an. »Hör doch auf, Kulle. Alfons ist tot. Wir wollten ihn aus dem Eulengebirge holen und zu seiner Mutter bringen, das ist schiefgegangen. Was in der Kiste ist, ist mir egal. Auch wo ihr sie vergraben habt, will ich nicht wissen. Davon wird Fonse nicht mehr lebendig. Lass mich mit dem ganzen Mist in Ruhe. Teilt durch zwei. Ich will keinen Pfennig davon haben.« Er schwieg einen Moment, dann fügte er hinzu: »Und nichts mehr davon hören, weder jetzt noch später.«

12

Juli 1945 – im Zug Richtung Osten

Arne öffnete die Augen. Das Geräusch der gleichmäßig ratternden Räder hatte sich verändert. War einem anderen gewichen. Er sah, wie auch die Köpfe der Kameraden um ihn herum sich hoben. Sie horchten, genau wie er. Der Rhythmus der Räder verlangsamte sich. Der Zug verlor an Tempo. Rollte nur noch. Die Bremsbacken kreischten, und mit einem lang anhaltenden Seufzen kam der Zug zum Stehen.

Kurz darauf wurde die Waggontür aufgeschoben. Morgenlicht schien herein. Der Sani, in der Hand einen Eimer mit Wasser, kletterte durch die geöffnete Tür.

Arne stützte sich auf die Ellenbogen, blickte ihm entgegen. Kurz erinnerte er sich noch einmal an den Abend, als Kulle sich von ihm verabschiedet hatte. Es schien ihm, als wenn er bereits Jahre und nicht erst wenige Monate zurückläge. Seitdem hatte er den Freund nicht mehr gesehen.

13

15. Juli – Berlin-Wannsee

»Quäle dich nicht, Papa«, hörte Arne Wrangler die Stimme seines Sohnes. Mühsam tastete er sich zurück in die Wirklichkeit. Sein Blick irrte durch das Krankenzimmer im Hospiz, hielt inne bei dem Mann neben seinem Bett, der sich über ihn beugte.

»Peterchen«, murmelte der Alte, »hilf mir. Bitte, sie lassen mich nicht los. Kommen immer wieder, lauern überall. Ich kann sie nicht vergessen, die vielen Toten.«

Liebevoll strich ihm sein Sohn eine Haarsträhne aus der Stirn. »Ach, Papa, sie können dir nichts tun. Ich bin bei dir, das weißt du doch.«

Ein zaghaftes Lächeln glitt über das Gesicht des Greises. »Ja, ich weiß«, flüsterte er. »Du bist da.« Peter hatte er davon erzählt. Nur ihm. Auch von der Demütigung durch seinen ehemals besten Freund, der ihn im Stich ließ, als er ihn am dringendsten gebraucht hätte. Und sein Sohn hatte sofort verstanden, dass er auch damals, im März 1945, nicht anders hatte handeln können.

Peter umschloss die kalten Finger seines Vaters mit seinen warmen Händen, und wieder glitt Arne zurück in jene längst vergangene Zeit, die er nicht vergessen konnte.

14

Oktober 1955 – Friedland, Niedersachsen

Der Bus schaukelte über das Kopfsteinpflaster der hessischen Kleinstadt. In den verwinkelten Fachwerkhäusern befanden sich kleine Läden wie früher. Ein Bäcker, ein Metzger und natürlich die Apotheke. Keine Ruinen, so weit er sah. Am Straßenrand Männer, Frauen, Kinder. Sie winkten den vorbeirollenden Bussen zu. Hielten Transparente hoch, auf denen »Willkommen in der Heimat!« stand, und die Kinder schwenkten Fähnchen in Schwarz-Rot-Gold dazu. Staunend schaute Arne aus dem Fenster. Was für ein Gegensatz zu dem russischen Lager, das er erst vor wenigen Tagen verlassen hatte. Er war wieder in Deutschland, zwar noch nicht zu Hause in Berlin, aber ringsherum hörte er nur noch deutsche Worte. Keine russischen Befehle mehr.

Der Bus bog um die Ecke und fuhr auf das Tor zu. Friedland. Er reckte sich, traute seinen Augen kaum. Da stand sie. Seine Hilde. Schaute zu dem Bus. Er hob die Hand, ließ sie aber schnell wieder sinken. Mochte sie nur anschauen. Diese kleine Weile wollte er sich gönnen, sie zu betrachten, ohne dass sie ihn sah. Sie balancierte auf den Zehenspitzen, wandte den Kopf hin und her, überragte die meisten anderen Frauen. Immer noch gertenschlank, das konnte er trotz ihres langen staubfarbenen Mantels deutlich erkennen. Und ihre hellen glatten Haare, die ihr bis auf die Schulter fielen, ebenfalls wie früher. Heiß stiegen ihm Tränen in die Augen. Verstohlen wischte er sie weg. Auch in den Gesichtern der anderen Männer bemerkte er das gleiche Mienenspiel zwischen Hoffen und Bangen. Zu lange hatte er um das nackte Überleben gekämpft. Zehn lange Jahre. Das Gefühl, endlich zurückgekommen zu sein, und das Wissen, dass sie wirklich auf ihn gewartet hatte, riss den Panzer, den er sich mühsam aufgebaut hatte, einfach entzwei.

In den ersten Jahren war seine Hoffnung geschwunden, Hilde jemals wiederzusehen. Post kam keine aus Deutschland.

Und welche junge Frau wartete auch fünfundzwanzig Jahre auf einen Mann? Da wusste er noch nicht, dass die Sowjets die Post zurückhielten.

Sehnsüchtig hatte Hilde nach jedem seiner kurzen Front-urlaube gehofft, schwanger zu sein. Aber es klappte nicht. Er war jedes Mal erleichtert. Ein Kind im Krieg. Welche Zukunft hatte das? Aber das wagte er ihr nicht zu sagen. Nachdem er von den Sowjets zu fünfundzwanzig Jahren Zwangsarbeit ver-urteilt worden war, verbot er sich, an eine Zukunft mit Hilde zu denken. Lebte nur von Tag zu Tag.

Aufgewachsen im roten Kreuzberg in ärmlichen Verhält-nissen, hatte er von Jugend an mit den Kommunisten sym-pathisiert. Aber die brutale Wirklichkeit des realsowjetischen Kommunismus holte ihn im Lager ein. Das stalinistische Sys-tem duldete keinen Widerspruch. Denunziationen waren an der Tagesordnung. Menschen verschwanden, niemand wusste, wohin. In den Kolchosen sah er, wie die jahrhundertealten bäu-erlichen Strukturen vernichtet, der Boden enteignet und die Bauern zu Landarbeitern degradiert worden waren. Längst schon hatten sie das Interesse am eigenen Land verloren. Hun-ger und schlechte Versorgung waren die Normalität.

Als 1953 die Nachricht durchsickerte, dass Stalin verstorben war, fingen er und die anderen Kriegsgefangenen im Lager an zu hoffen. Jeden Tag machte eine andere Parole die Runde. Doch es dauerte immer noch zwei Jahre, bis Konrad Adenauer, der Bundeskanzler der neu gegründeten Bundesrepublik, im Spätsommer 1955 Nikita Chruschtschow die Zusage abrang, dass alle deutschen Kriegsgefangenen zurück in die Heimat zu entlassen waren.

Der Bus hielt. Die Türen öffneten sich, und als er gerade den Fuß auf die Erde setzte, fing die Lagerglocke von Friedland an zu läuten. Da wusste er, dass der Krieg endlich auch für ihn zu Ende war.

Er bekam eine Anstellung im Bezirksamt Berlin-Tempelhof. Neun Monate später wurde Peter geboren. Sein Sohn. Ein Vaterkind von Anfang an. Nach der Entbindung kränkelte Hilde. Er übernahm ihre Pflichten. Wickelte das Baby, gab ihm das Fläschchen. Saß an seinem Bettchen, wenn es schrie. Er war glücklich mit seiner kleinen Familie.

Aber schon als Kleinkind bekam Peter Jähzornattacken. Hilde wurde kaum mit ihm fertig. Sorgte sich. Er nicht. Das verwächst sich wieder, war seine Meinung. Er liebte seinen Sohn. Sonntags ging er mit ihm in den Zoo oder zur Kindervorstellung ins Kino. Von seinen früheren Freunden hatte er sich zurückgezogen.

Als er Kulle zum ersten Mal wiedersah, erkannte er ihn kaum wieder. Der durchtrainierte, muskulöse Freund von einst war fett geworden. Ein dicker Bauch hing ihm über den Hosenbund. Wohlstandsspeck, Kulles Erklärung, als er ihn jovial begrüßte. In seinen monotonen Erzählungen ließ er durchblicken, dass er es auch ohne Abitur und Studium zu etwas gebracht hatte. Warf mit Begriffen wie »Umsätze« und »Gewinnmaximierung« um sich. Und überlegte großspurig, ob sich eine weitere Filiale zu dem florierenden Juweliergeschäft in bester Westberliner Lage rentieren würde. Arne langweilte sich.

»Und du, was machste in deinem kleinen muffigen Büro im Bezirksamt?«, fragte Kulle und grinste ihn dabei herablassend an. »Ein Sesselpupser mit Anrecht auf Pension?« Er lachte selbstgefällig, griff, bevor er sich verabschiedete, in seine Brieftasche, nahm ein Bündel Hundert-Mark-Scheine heraus und warf sie auf den Tisch. »Kannste haben.« Als Arne ablehnte, lachte Kulle wieder. Er hatte sich für den Freund geschämt.

Zu Hause kriselte es. Das Kind war unberechenbar. Schrie, wenn es etwas nicht bekam. Die Nachbarn fingen an, sich zu beschweren. Hinzu kam, dass Hilde den kleinen Haushalt nicht mehr schaffte. Er sprang ein, wo er konnte. Als sie endlich zum Arzt ging, war es zu spät. Krebs. Er sprach mit den Ärzten. Las alles, was ihm über die Krankheit in die Finger kam, und erfuhr durch einen Artikel in einer medizinischen Fachzeitschrift, dass es in den USA ein Medikament gab, das helfen könnte, Hildes

Lebenschancen zu erhöhen. Aber die Krankenkasse lehnte die Übernahme der Kosten ab, und sein Erspartes war bereits aufgebraucht. Er überwand sich Hildes wegen. Rief Kulle an und verabredete sich mit ihm. Erzählte, wie es um seine Frau stand, und bat ihn um ein Darlehen. Kulle lamentierte, schwor, er sei klamm, besäße nichts mehr bis auf sein Hemd. Zurzeit stecke er selbst in Schwierigkeiten. Und so leid es ihm täte, er könne ihm weder etwas geben noch leihen.

An einem grauen Novembertag starb Hilde in seinen Armen. Und mit ihr erlosch in ihm das Licht. Ohne sie war für ihn das Leben nur noch kalt und abweisend. Und Kulle war schuld daran. Nie würde er das vergessen.

Nur sein Sohn, das Peterle, gab Arne Wrangler die Kraft zum Weiterleben.

Teil III

1

27. Juli – Potsdam

Körner hockte hinter seinem Schreibtisch. Vor sich ein halb volles Glas Wasser. Zwei Aspirin hatte er bereits genommen, aber der stechende Kopfschmerz ignorierte das Medikament. Die Tür zum Sekretariat war geschlossen. Von draußen hörte er die helle Stimme von Hella Rosenfeld. Sie lachte, während sie telefonierte. Mit wem, war ihm egal. Er, der für offene Kommunikation stand, jeden Kollegen sofort zu sich kommen ließ, wenn der ein Anliegen hatte, verbat sich im Augenblick bis auf Weiteres jede Störung. Missmutig schaute er zum Fenster hinaus. Es regnete immer noch, was seine Laune noch weiter in den Keller sinken ließ. Der Staatsanwalt musste über die neue Situation informiert werden. Ein weiteres Mordopfer in diesem komplizierten Fall. Lisbeth Koslowski, die Mutter einer Freundin von Enne. Innerlich hörte er sich sagen: *Ach ja, Herr Staatsanwalt, das haben wir mal so en passant in einer Nacht- und Nebelaktion herausgefunden. Sie wissen doch, Enne von Lilienthal, die Fallanalytikerin vom LKA Berlin, hatte so einen Verdacht. Wie bitte? Ach so, ja, stimmt, sie ist inzwischen pensioniert. Und nein, den zuständigen Ermittler, Hauptkommissar Maik von Lilienthal, haben wir vorher nicht informiert. Die Zeit reichte einfach nicht. Aber jetzt weiß er es ja. Leider hat er sich Urlaub genommen.* Wenn er das so vorbrachte, würde der Staatsanwalt ihm eine Einweisung in die Psychiatrie ausstellen. Körner stöhnte. Verdammt, wie könnte er den Karren wieder aus dem Dreck ziehen?

Und Maik? Körner warf sich zurück in seinen Stuhl, dass die Federung quietschte. Der hatte ihm doch tatsächlich vorhin, bevor er das Haus verließ, noch seinen Urlaubsschein auf den Tisch geknallt. Er, Körner, war beinahe ausgerastet. Nur durch größtmögliche Selbstdisziplin hatte er sich zurückhalten können, nicht ausfallend zu werden. Natürlich hatte er den Wisch nicht unterschrieben und mit Disziplinarmaßnahmen gedroht, was seinen Kommissar jedoch in keiner Weise davon abhielt. Wie konnte der nur so stur sein? Körner fühlte sich auf einmal alt. Die Zeiten hatten sich geändert. Die jungen Leute ließen sich nicht mehr so leicht beeindrucken. Autorität, wie er sie noch aus seinen frühen Jahren im Polizeidienst kannte, prallte an denen ab wie ein Flummi. Und wenn er tief in sich hineinhorchte, dann war Maiks Verhalten sogar verständlich. Er selbst wäre in der gleichen Situation auch explodiert wie ein Silvesterböller.

Alle Beamten wussten schließlich, nach welchen Regeln und Befugnissen sie vorzugehen hatten. Körner seufzte, griff zu der angebrochenen Schachtel Aspirin, drückte eine weitere Tablette aus dem Blister, schob sie sich in den Mund und spülte mit Wasser nach. Die Aktion war in die Hose gegangen, anders konnte man das nicht bezeichnen.

Er wuchtete sich aus seinem Sessel und wanderte wie ein im Käfig gefangenes Tier um seinen Schreibtisch herum. Aber Kruzitürken noch mal, dachte er grimmig, die Kuh muss vom Eis, und zwar umgehend. Er trat ans Fenster. Starrte hinunter auf die Straße, auf der einige wenige Passanten mit Regenschirmen unterwegs waren. Gut, die Sache mit der Obduktion von Lisbeth Koslowski war suboptimal verlaufen, aber Enne hatte mal wieder den richtigen Riecher gehabt. Das war es, was er in der langjährigen Zusammenarbeit mit ihr geschätzt hatte und weshalb er nach ihrem nächtlichen Anruf seine Einwilligung gegeben hatte. Diese Frau besaß das Gespür, das man nicht lernen konnte, das man hatte oder eben nicht. Weil er ihr vertraute, hatte er sich bei Enderlein für die Sektion eingesetzt. Und auch der Herr Rechtsmediziner hatte mitgespielt, eben nicht nur er, Körner. Enne von Lilienthals Ruf war in der Vergangenheit beim LKA Berlin legendär gewesen. Und das Ergebnis der Rechtsmedizin hatte ihr wieder einmal recht gegeben. Was wollte man mehr?

Er nahm seine Wanderung um den Schreibtisch herum wieder auf. Ja, was wollte man mehr? Der Fall musste aufgeklärt werden. Nicht mehr und nicht weniger – und zwar presto.

Dafür zu sorgen war seine Pflicht. Nachdenklich hielt er inne. Sollte er Maik anrufen? Oder einfach zu ihm nach Hause fahren? Er starrte zu der geschlossenen Tür, durch die jetzt gedämpft das Geklapper von Hella Rosenfelds Tastatur drang. Ging zurück zu seinem Schreibtisch und setzte sich. Nein, er stand zu seiner Entscheidung. Zu Kreuze kriechen kam nicht in Frage. Körner schlug die Akte auf und blickte auf das eng beschriebene Blatt, aber der Text verschwamm vor seinen Augen. Er schob den Ärmel hoch, sah auf seine Armbanduhr, griff entschlossen zum Telefon und wählte eine Nummer. Nachdem er eine Zeit lang mit dem anderen Gesprächsteilnehmer geredet hatte, legte er auf. Damit musste Maik klarkommen. Ungestraft schmiss ihm niemand in einem laufenden Fall die Brocken hin. Nee, noch war Papa Körner nicht altersweise. Die Zähne sollte Maik sich an ihm ausbeißen. Körner grinste boshaft.

2

Am selben Tag

Lilienthal lief nach Hause. Trotz der endlich klaren und angenehm frischen Luft nach den heißen, schwülen Hochsom-
mertagen war er, den Regen ignorierend, losgestürmt. Doch
seine Laune besserte sich nicht. Die Besprechung am Morgen
hatte das Fass zum Überlaufen gebracht. Schon seit Längerem
hegte er den unterschwelligen Verdacht, dass Körner mit seiner
Mutter mehr besprach, als ihm lieb war, und der sich jetzt für
ihn bestätigt hatte. In seinem Büro hatten Leo und Heike zwar
mitfühlend seiner Schilderung zugehört, aber natürlich war ihm
nicht entgangen, dass sie seine Entscheidung für überzogen
hielten. Leos Kommentar: »Sollen wir das jetzt allein machen,
Maik, oder was?«, fand er geradezu unkollegial. Und Heike
hatte, nachdem sie eine Weile nachdenklich auf ihren Lippen
herumgekaut hatte, was er nicht besonders appetitlich fand, nur
gesagt: »Dir ist schon klar, dass Körner uns dann jemanden von
außerhalb vor die Nase setzen wird, oder?«

»Na und?«, war seine gereizte flapsige Antwort gewesen.
»Damit müsst ihr klarkommen. Jeder ist ersetzbar. Ich bin nicht
der einzige Kriminalist in Brandenburg.« Aber sie hatten recht.
Daran hatte er bei seiner Entscheidung nicht gedacht. Natürlich
musste sich Körner so schnell wie möglich nach Ersatz für ihn
umsehen. Vielleicht würde er jemanden aus Berlin oder aus
einem anderen Bundesland bekommen, der sich nicht mit der
sehr speziellen Brandenburger Mentalität auskannte. Aber das
musste ihm jetzt egal sein. Er würde nicht einen Millimeter von
seinem Standpunkt abweichen. Im Zweifelsfall würde er es auf
ein Disziplinarverfahren ankommen lassen. Es gab schließlich
Regeln und Vorschriften, über die sich auch ein Kriminalrat der
Mordkommission und ein Leiter der Rechtsmedizin nicht ohne
Weiteres hinwegsetzen konnten. Von seiner Mutter mal ganz
zu schweigen. Das war eine andere Sache. In der nächsten Zeit
war Funkstille angesagt. Das war das Mindeste, Mutter hin oder

her. Er lebte sein eigenes Leben, und das funktionierte weitaus besser ohne ihren Beistand.

Seine Wohnung im Holländischen Viertel lag in einem der großen, neu restaurierten Holländerhäuser im ersten Stock. Vor seinen Fenstern breiteten Platanen ihr Sommergrün aus. Als Lilienthal die Wohnungstür öffnete, schlug ihm immer noch schwülwarme Luft entgegen. Er hatte am Morgen beim Verlassen des Hauses nicht wie sonst die Fenster gekippt, um durchzulüften, da der Wetterbericht für Potsdam Regen vorausgesagt hatte. Jetzt staute sich die Hitze in den Räumen.

Nacheinander riss er die Fenster auf. Atmete gierig die frische, feuchte Luft ein. Aber der Druck auf seinem Brustkorb verringerte sich nicht. Alles hat seine Grenzen, dachte er, und wieder flammte der Zorn in ihm auf. Eindeutig hatte seine Mutter eine Grenze überschritten. Wie stand er jetzt da? Wie ein Vollidiot. Im ganzen Präsidium würde sich herumsprechen, wie er sich hatte vorführen lassen. Ausschütten würden sich die Kollegen vor Lachen. Den Lilienthal, den brauchte niemand mehr ernst zu nehmen. Und Körner, der ihm in der Vergangenheit immer den Rücken freigehalten hatte, unterstützte seine Mutter auch noch. Das war es, worüber er sich eigentlich am meisten ärgerte. Wütend stieß er mit dem Fuß gegen einen Stuhl, der polternd auf die schwarz-weißen Küchenfliesen fiel. Er schaute auf die Wanduhr über der Tür, ein Geschenk seiner Mutter. Die würde er als Erstes entsorgen. Es war Mittag, und er war zu Hause. Abgesehen von seinen freien Tagen war das noch nie der Fall gewesen. Sogar mit Fieber und mit einer Gehirnerschütterung war er im Büro erschienen. Aufklärung und Ermittlungsarbeit waren für ihn mehr als nur ein Broterwerb. Immer schon hatte er bei wichtigen Ermittlungen die Nacht zum Tag gemacht. Sich nie an Arbeitszeiten gehalten.

Er ging zum Kühlschrank. Ein edles, stahlblaues Designermonstrum, das er erst vor wenigen Wochen, der Not gehorchend, erstanden hatte. Sein alter Kühlschrank, Hinterlassenschaft des Vormieters, hatte aus purer Gehässigkeit während der Hitzewelle seine Arbeit eingestellt und sich in den Ruhestand verabschiedet. Lilienthal öffnete die mannshohe Tür. Eine Flasche Pfälzer Riesling, vier Flaschen Bier und eine angebrochene Büchse Wiener Würstchen starrten ihm wortlos entgegen. Er nahm sich ein Würstchen, aß es ohne Appetit und ging in seinen spartanisch eingerichteten Wohnraum hinüber.

Eine breite dunkelbraune Ledercouch unter dem Fenster, ein schwarzes, matt lackiertes Stehpult samt dazu passendem Deckenstrahler in der Ecke und gegenüber an der Stirnwand der Jugendstilschrank seiner Großeltern. Er öffnete die bleiverglaste Tür. Im unteren Fach lag der Geigenkasten. So lange schon hatte er das Instrument nicht mehr gespielt. Warum nicht jetzt?, überlegte er und nahm die alte Geige heraus, auf der bereits sein Vater zu spielen gelernt hatte. Eines der wenigen Dinge, die er von ihm besaß. Früh hatte er Unterricht bekommen, es später sogar bis zur Meisterklasse der Musikhochschule gebracht, bevor er sich endgültig für Jura entschied. Er setzte den Klangkörper ans Kinn, griff nach dem Bogen und begann nach mehreren Fingerübungen und Läufen mit dem Allegro des Violinkonzertes in D-Dur von Mozart. Hell perlten die Töne durch den Raum. Eines seiner Lieblingsstücke. Er spürte, wie sich das feste Korsett seiner Erbitterung nach und nach lockerte, die Umgebung um ihn herum versank und er eins wurde mit den berauschenden Klängen seiner Violine. Sein Ärger flog durch die geöffneten Fenster hinaus in den Sommertag. Immer virtuoser spielte er, gab sich ganz der Musik hin, bis sich plötzlich etwas dazwischendrängte. Ein Misston. Er ließ den Bogen sinken. Sein Telefon klingelte.

Unwillig starrte er zu dem Gerät auf dem Küchentisch. Wartete, dass es endlich schweigen würde. Aber das Klingeln hörte nicht auf. Er ging hinüber, schaute auf das Display. Unterdrückte Nummer. Kurzerhand schaltete er das Gerät aus, er wollte mit niemandem sprechen. Hob die Geige wieder an das Kinn, aber die Stimmung von eben war dahin. Bedauernd legte er das Instrument zurück in den Kasten, als schrill die

Türklingel die Stille zerschnitt. Wer wollte um die Zeit etwas von ihm? Ich bin einfach nicht da, entschied er.

»Maik, ich weiß, dass du da bist!«, rief eine weibliche Stimme hinter der Tür. »Ich muss dich sprechen. Bitte, es ist dringend.«

Er riss die Tür auf. Vor ihm im dunklen Treppenhaus stand Ruth Koslowski.

Erbarmungswürdig schaute sie ihn an. Dunkle Schatten lagen unter ihren Augen. Ihr Haar hatte sie achtlos zusammengebunden, und der sommerliche Hosenanzug, den sie trug, sah aus, als hätte sie darin geschlafen. Ohne auf eine Einladung zu warten, drängte sie sich an ihm vorbei, lief in die Küche und ließ sich auf einen Stuhl sinken. Bei den Feiern seiner Mutter oder bei Treffen in Potsdam hatte sie immer ausgeglichen gewirkt und war elegant gekleidet gewesen. Noch nie hatte er Ruth so aufgelöst erlebt. Ist das dem Tod ihrer Mutter geschuldet, und weiß sie bereits um die Vergiftung?, überlegte er, als er ihr folgte.

Bevor er auf seinen Getränkenotstand verweisen konnte, bat sie mit brüchiger Stimme um Wasser. Nach dem Glas, das er ihr kurz darauf reichte, griff sie schnell und trank in großen Zügen.

»Entschuldige bitte meinen Überfall. Ich habe dich von unten spielen gehört. Es war so wunderschön.«

Er setzte sich ihr gegenüber. »Ach, Ruth«, er ergriff ihre Hand, »von ganzem Herzen mein Beileid.« Forschend blickte er ihr ins Gesicht. »Aber wegen der Musik bist du bestimmt nicht gekommen. Was ist passiert?«, fragte er sanft, da er Tränen in ihren Augen schimmern sah.

»Deswegen nicht. Das stimmt. Obwohl ich dir sehr gern länger zugehört hätte.« Unvermittelt brach es aus ihr heraus: »Die haben alles auf den Kopf gestellt, Maik. Unvorstellbar, mit welcher Ignoranz diese Leute in persönlichen Sachen herumwühlen.« Unruhig strich sie über die Tischplatte.

»Was ist passiert, Ruth?«, wiederholte er.

»Habe ich das nicht gerade gesagt? Entschuldige, ich bin so durcheinander. Die Polizei war bei mir.«

»Aus Potsdam?«, fragte er ungläubig.

»Nein, niemand von deinen Kollegen. Männer vom BKA.«

»Vom Bundeskriminalamt? Was wollten die von dir? Bitte erzähle mir alles der Reihe nach.«

»Dass meine Mutter vergiftet wurde, das weißt du, oder?« Lilienthal bejahte.

»Allein dass Mama jetzt tot ist, ist nicht einfach für mich zu begreifen, trotz ihres hohen Alters. Wenn die eigene Mutter stirbt, geht das nicht spurlos an einem vorbei. Aber als ich dann von Enne erfuhr, dass sie umgebracht wurde …« Ihre Stimme versagte. Sie atmete bebend ein, versuchte, sich zu beruhigen. »Das hat mich doch sehr getroffen. Ich kann mir einfach nicht vorstellen, dass jemand etwas gegen sie hatte.«

»Wann kamen die Beamten vom BKA?«

»Am Vormittag. Ich lag auf der Couch, da klingelte es Sturm. Ich zog mir schnell etwas über, aber da hämmerten sie schon an die Haustür. Wie in einem schlechten Krimi«, fügte sie mit einem verhuschten Lächeln hinzu.

»Und die Männer waren ganz sicher vom Bundeskriminalamt?«

»Ja. Der eine hielt mir seinen Ausweis hin. Ich habe ihn mir genau angesehen. Er sagte etwas von einem Durchsuchungsbeschluss. ›Wieso Durchsuchungsbeschluss?‹, habe ich gefragt. Ich habe das überhaupt nicht verstanden. Im ersten Moment dachte ich sogar, das ist wieder so eine Betrugsmasche, um sich Zutritt zu Häusern älterer Menschen zu verschaffen. Aber der Beamte gab mir ein Schreiben und erklärte ziemlich unfreundlich, dass sie jetzt eintreten würden. Und dann, das glaubst du nicht, tauchten so unglaublich viele Männer auf, dass ich dachte, die passen gar nicht alle ins Haus.«

»Was stand in dem Beschluss?«

»Das muss doch ein Irrtum sein, Maik«, antwortete sie verzweifelt. »Bitte, du musst mir helfen. Sonst kenne ich doch niemanden bei der Polizei.«

Lilienthal blickte sie besorgt an. Ruth stand unter Schock. Sie zu drängen konnte eine gegensätzliche Reaktion hervorrufen.

Einen Zusammenbruch oder in ihrem Alter schlimmstenfalls sogar einen Herzinfarkt.

»In dem Schreiben stand etwas von Steuerhinterziehung und Schwarzgeldkonten«, flüsterte sie.

3

Lilienthal lehnte an seinem Stehpult und schaute in das dichte Blattwerk der Platanen. Er glaubte Ruth, auch wenn das gegen jede berufliche Gepflogenheit sprach. Sie und Lisbeth und Schwarzgeld? Unmöglich. Mutter und Tochter waren in ihrem ganzen Verhalten überkorrekt und, was Geld anbelangte, eher pingelig gewesen. Sparsam, aber nicht geizig. Beide gehörten noch zu der Generation, die nichts wegwarf, was man eines Tages noch gebrauchen konnte, in Finanzdingen schätzte er sie als Sparbuchsparer ein. Aber wenn das BKA ermittelte und nicht die Steuerfahndung, dann war das eine ziemlich heftige Nummer. Dann musste es sich um größere Summen handeln. Wahrscheinlich um Gelder, die im Ausland lagerten. Alles andere wäre Ländersache. Nur wie kamen sie auf die Koslowskis? Omi Lisbeth eine Steuerbetrügerin? Lachhaft. Und Ruth? Soweit er durch seine Mutter mitbekommen hatte, hatte sie ihr Auskommen, lebte aber nicht gerade in üppigen Verhältnissen. Er hatte Ruth versprochen, nachzuhaken und sie sofort zu informieren, wenn er Genaueres wisse. Nur, wie sollte er das anstellen? Er war raus aus dem Fall. Hatte sich selbst lahmgelegt.

Gerade wollte er die Wohnung verlassen, um sich wenigstens mit den nötigsten Lebensmitteln einzudecken, da summte sein iPhone. Den Wohnungsschlüssel in der einen Hand zog er das Gerät heraus und sah auf dem Display Susannes Namen. Als er den Klang ihrer Stimme hörte, fühlte er sich sofort besser.

»Kommst du mit deinen Potsdamer Morden voran?«, fragte sie als Erstes.

Er erzählte ihr von dem nicht natürlichen Tod von Ruths Mutter.

»Deine Omi Lisbeth?«

»Ja«, bestätigte er.

»Was ist eigentlich los bei euch?«

Er verstand nicht sofort, was sie meinte.

»Körner hat mich angerufen«, schob Susanne nach.

»Dich?« Er fühlte, wie sich seine Nackenhaare aufstellten. »Was wollte er von dir?«

»Er hat mir angeboten, deinen Fall zu übernehmen. Warum hast du ihn abgegeben?«

Lilienthal erstarrte. Dass Körner sich so schnell nach Ersatz für ihn umschauen würde, hatte er nicht erwartet. Der Alte ließ keine Zeit verstreichen. So war das also. Bitterkeit stieg in ihm auf. »Und? Hast du angenommen?«, fragte er giftig, ohne ihre Frage zu beantworten.

»Du spinnst wohl. Wie kannst du so etwas nur von mir denken, Maik? Natürlich nicht. Erschrocken habe ich mich. Als Erstes dachte ich, dir wäre etwas passiert. Als ich nachfragte, meinte Körner nur, dass du an dem Fall nicht mehr weiterarbeiten möchtest und er dringend jemand Kompetentes für das Team sucht. Ich bin vertraut mit den Kollegen, also bestens geeignet. Ich habe mir Bedenkzeit ausgebeten.« Sie lachte leise.

»Bedenkzeit«, wiederholte er heiser. »Das heißt, du bist nicht abgeneigt?«

»Quatsch. Ich bin in Wiesbaden. Natürlich nehme ich Körners Angebot nicht an, das weißt du doch.«

»Nein, das weiß ich nicht.«

»Maik, bitte, hör auf, wie eine beleidigte Leberwurst zu reagieren. Ich habe dich gleich angerufen, weil ich wissen wollte, was mit dir los ist. Das Ganze kam mir sofort komisch vor. Also, was ist passiert?«

»Gar nichts«, fauchte er. »Nur dass Körner hinter meinem Rücken rumklüngelt und mir relevante Details vorenthält.«

»Kannst du dich bitte etwas präziser ausdrücken? Was genau hat er dir vorenthalten?«

Den bittenden Klang in ihrer Stimme nahm Lilienthal nicht wahr. Hörte nur, dass Körner ihr den Fall übertragen wollte. Gerade Susanne. Das war schon nicht mehr eine Gemeinheit, das grenzte bereits an Perfidie. Empört beendete er das Gespräch.

4

Am selben Tag

Nachdenklich legte Enne den Hörer auf die Ladestation. Steuerhinterziehung war schon lange kein Kavaliersdelikt mehr, und Schwarzgeldkonten, das hörte sich für sie stark nach Geldwäsche an. Erneut griff sie zum Telefon und wählte Körners Nummer. Seine Stimme klang gereizt, als er sich meldete. Sie schilderte ihm, was sie von Ruth Koslowski erfahren hatte. »Du hast aus deiner früheren Zeit in Frankfurt am Main doch immer noch Kontakte zum Bundeskriminalamt, Richard. Kannst du nicht auf dem kleinen Dienstweg erfahren, was genau gegen die Koslowskis vorliegt?«

Nicht gerade begeistert versprach er, seine Fühler auszustrecken.

Wenig später saß Enne im Auto. Ruths hysterische Stimme bei ihrem Telefongespräch vorhin hatte sie bewogen, sofort zu ihr zu fahren, um ihr beizustehen. Sie fand die Freundin inmitten eines Durcheinanders von herausgezogenen Schubkästen, offenen Schranktüren und verstreut herumliegenden Büchern.

»Wie eine Verbrecherin haben die mich behandelt.« Ruth wies auf das Chaos um sich herum. »Alle Akten, sogar die meines Vaters aus der Zeit, als er noch das Geschäft besaß, haben sie mitgenommen. Jedes Schriftstück, meinen Computer, ich verstehe das einfach nicht, Enne.«

»Jetzt trinken wir erst einmal einen Tee, am besten Kräutertee«, schlug Enne aufmunternd vor, nahm Ruth am Arm und führte sie in die Küche, die auch nicht aufgeräumter wirkte als die anderen Räume. Kräutertee – für Enne normalerweise eine Zumutung, der sie sich nur bei Fieber ab neununddreißig Grad aussetzte. Selbstlos wie eine Märtyrerin kam sie sich dabei vor, aber in dieser Situation schien es ihr das Mittel der Wahl.

»Deine Mutter und du in Verbindung mit Schwarzgeldkonten und Steuerhinterziehung, das kommt mir vor wie Nonnen im Puff«, versuchte Enne, Ruth aufzuheitern, nachdem sie ihren Tee nur unter Hinzufügen von fünf Löffeln Zucker schlückchenweise getrunken hatte. Ruth lächelte nicht einmal. Es mussten also schwerere Geschütze zum Einsatz kommen. Enne stand auf und durchsuchte die Speisekammer. Entdeckte in einer Ecke eine Flasche Cognac, die nur darauf wartete, endlich das Licht der Welt zu erblicken. Großzügig füllte sie die Tassen, da sie auf die Schnelle keine passenden Gläser fand. »Nervenberuhigung«, erklärte sie mit Nachdruck, als sie Ruths Blick bemerkte. »Und du hast wirklich keine Ahnung, ob nicht doch etwas an den Vorwürfen dran sein könnte? Vielleicht hat dein Vater Geld unversteuert ausgelagert.«

»Nicht mal den Schimmer einer Ahnung, das schwöre ich.« Ruth nahm einen Schluck vom Cognac. »Seitdem er tot ist, mache ich die Steuererklärungen. Dabei ist nicht viel zu beachten. Das Haus, die Rente von Mama, meine Pension und Zinserträge von einem Sparbuch, das war's dann auch schon.«

Enne goss sich nach. Der Cognac war köstlich. Mindestens dreißig Jahre alt. So etwas ließ man nicht verkommen. Sie schwenkte die Flüssigkeit, roch genießerisch daran. »Schwarzgeld entsteht schnell. Es genügt schon, wenn man seine Erträge dem Fiskus nicht meldet.«

»Also bitte, Enne, das weiß ich natürlich. Außerdem würde ich gern Steuern zahlen, denn das würde im Umkehrschluss bedeuten, dass ich auch Einnahmen hätte, und die könnte ich gut gebrauchen. Das Haus ist alt und steht unter Denkmalschutz, da fallen laufend Reparaturen an.«

»Aber wenn dir nichts bekannt ist und du sicher bist, dass deine Mutter nichts wusste, dann bleibt nur dein Vater«, überlegte Enne weiter.

»Er hätte es uns doch gesagt. Nein, Enne, mit dem Verdacht liegst du falsch. Außerdem kanntest du ihn doch auch.«

»Ja«, murmelte Enne, »einen Kurt Koslowski vergisst man nicht.«

»Eben«, lächelte die Freundin. »Er war voller Energie. Ein

Lebenskünstler. Und generös, wenn er mal Geld hatte, auch wenn das leider nicht oft vorkam. Mir hat er regelmäßig ein Pony versprochen, wenn das Geschäft gut laufen würde. Aber was hätten wir mit einem Pony in unserer Wohnung im dritten Stock in Wilmersdorf anfangen sollen?« Lächelnd schüttelte Ruth bei der Erinnerung den Kopf. »Ich hatte immer den Eindruck, er wollte, dass die Menschen um ihn herum glücklich sind. Geld war für ihn nur Mittel zum Zweck, nur zum Ausgeben da.«

»Ja, dein Vater war ein charismatischer Mann«, sagte Enne. »Ein bisschen polterig, aber immer großzügig.«

»Und er ist schon lange unter der Erde. Aber um auf deine Frage zurückzukommen: Er hatte einen Steuerberater, der sich um die gesamte Buchhaltung kümmerte. Mein Vater hatte als Goldschmied kaum Ahnung von Betriebswirtschaft, ohne den Steuerberater wäre unser Leben in finanzieller Hinsicht noch turbulenter gewesen.«

Enne runzelte die Stirn. »Aber ihr hattet doch das Juweliergeschäft? Soweit ich mich erinnere, lief der Laden gut, jedenfalls hatte dein Vater einen guten Ruf. Wie passt das zusammen?«

»Tja, das habe ich mich nach seinem Tod auch oft gefragt. Die Kundschaft war da, aber wir hatten häufig kaum Geld. Komischerweise hat Vater sich immer wieder aufgerappelt. Keine Ahnung, wie er es schaffte, dass das Geschäft weiterlief. Zum Glück hatten meine Eltern Gütertrennung vereinbart.«

Enne grübelte. Fakt war, dass Lisbeth vergiftet worden war, das BKA nach Unterlagen wegen Schwarzgeld suchte und Ruth davon nichts wusste. Wo war der Zusammenhang? Wo sollte sie ansetzen? Sie hoffte, dass Körner gerade etwas erfuhr, und stand auf. »Was hältst du davon, wenn wir beide jetzt etwas aufräumen?«

Ruth blickte sich um. »Am besten zuerst oben in der Wohnung meiner Mutter. Ich habe schon eine Kiste für den Trödler hingestellt.«

Als sie das Schlafzimmer betraten, fielen Enne die vielen

Puppen auf. Die hatte die alte Frau voller Leidenschaft zeit ihres Lebens gesammelt. In einer Vitrine hinter Glas saßen oder standen sie auf den Regalbrettern. Und auch in diesem Zimmer hatten die Leute vom BKA augenscheinlich gesucht.

»Die kommen alle zu einem Antiquar«, erklärte Ruth. »Ich fand die Puppen immer irgendwie unheimlich. Starren einen an mit diesem stereotypen Lächeln.« Sie seufzte. »Aber meine Mutter liebte sie, und teilweise sie sind wohl auch schon sehr alt. Vielleicht finden sich ja Liebhaber dafür. Das Geld kann ich jedenfalls gut gebrauchen.« Sie legte ein paar von ihnen in einen bereitstehenden Umzugskarton.

Enne rückte derweil die Matratze zurück aufs Bett und drapierte die Decken und Kissen wieder ordentlich darauf. Die während der Durchsuchung achtlos verstreuten Kleidungsstücke hängte sie in den Schrank zurück. Als sie sich zu Ruth umwandte, hielt die gerade eine alte, unansehnliche Puppe in der Hand.

»Das ist Dorchen.« Sie lachte verlegen. »Ich habe sie mit fünf Jahren zum Geburtstag von meinen Eltern bekommen. Keine Ahnung, warum meine Mutter die auch aufgehoben hat. Besonders schön ist sie nicht mehr.« Mit einem Schulterzucken warf sie die Puppe in den Karton.

Enne bückte sich nach den Büchern auf dem Boden, als etwas unter ihren Füßen knirschte. »Oh, Ruthchen, das tut mir leid. Ich habe nicht bemerkt, dass das Bild dazwischenlag. Jetzt bin ich draufgetreten, und das Glas ist kaputt.« Sie nahm einen schmalen Silberrahmen, in dem eine Fotografie steckte, in die Hand.

»Halb so wild, Enne. Das ist das Bild meiner Eltern an ihrem fünfzigsten Hochzeitstag«, sagte Ruth.

Enne betrachtete die Fotografie. »Schau mal, neben Lisbeth sitzt deine alte Puppe.«

»Tatsächlich! Das ist mir bisher noch nie aufgefallen.«

»Und neben deinem Vater steht eine Gitarre.«

Ruth legte die Fotografie auf eine Kommode und warf den Rahmen in eine zweite Kiste, deren Inhalt für den Müll bestimmt war. Zügig beseitigten die beiden Frauen die gröbste Unordnung. Bald standen mehrere Kartons im Treppenflur.

»Wir bringen noch den Sperrmüll raus, und dann gibt es was zu essen, Enne«, meinte Ruth, deren Stimmung sich gebessert hatte.

Sie trugen die Kartons auf den Hof hinunter. Aus einer der Kisten ragte ein Gitarrenhals hervor. Enne zog das Instrument heraus.

»Die ist hin!«, rief die Freundin ihr von der Haustür zu.

Enne setzte sich auf einen der Gartenstühle und zupfte die Saiten. Als junges Mädel hatte sie Unterricht bekommen, inzwischen aber das meiste davon vergessen. Sie schlug den e-Moll-Akkord an.

»Hör bloß auf!«, lachte Ruth. »Das hört sich ja an wie Katzengejammer.«

Enne legte die Gitarre auf den Tisch. Es widerstrebte ihr, ein Instrument wegzuwerfen.

Ruth stellte eine weitere Kiste zu den anderen und setzte sich neben Enne. Zufrieden betrachteten beide ihr Werk.

»Haben dir die Beamten eigentlich gesagt, woher sie die Information über euer angebliches Schwarzgeld haben?«

»Von einer ominösen Steuer-CD aus der Schweiz«, erwiderte Ruth und zog gedankenverloren das angeschmuddelte Dorchen aus einer Kiste hervor.

Enne lächelte. »Ist doch nicht so einfach, das Wegwerfen, oder?«

Ruth setzte die Puppe neben die Gitarre auf den Gartentisch. Im hellen Licht des Tages sah man die Abnutzungsspuren noch deutlicher, aber das Puppengesicht lächelte ihnen wie seit Jahrzehnten entgegen.

»Weißt du«, meinte Enne nachdenklich, »unseren Eltern haben manche Dinge viel bedeutet. Wir wissen oft nicht, warum. Wir denken, dass wir Vater und Mutter kannten, aber das ist nur die halbe Wahrheit. Wir haben sie geliebt, aber kaum gekannt, und wir wussten auch nicht viel über sie, sondern nur das, was sie uns erzählten oder preisgaben. Und das war nur ein Bruchteil ihres Lebens.« Enne strich über die Saiten des Instruments. »Du hast doch so viel Platz im Haus. Bewahr die Sachen, die du nicht gleich entsorgen willst, an einem Ort auf, wo sie dich nicht stören. Wegwerfen kannst du sie immer noch.«

5

Am selben Tag

Als Lilienthals Handy sich meldete, hoffte er im ersten Moment, dass Susanne noch einmal anrief. Er fühlte sich elend. Jetzt gab es nicht nur Ärger im Präsidium, auch mit Susanne hatte er sich gestritten. Aber es war Hella Rosenfeld, die ihn anrief. Kühl teilte sie ihm mit, dass man ihn umgehend im Präsidium erwarte. Das sei eine dienstliche Anweisung. Bevor er noch etwas sagen konnte, hatte sie das Gespräch bereits beendet. Er rief Kalumet an, doch der wusste nichts Genaueres. An den knappen, zurückhaltenden Antworten des Kollegen merkte Lilienthal, dass er kein Verständnis für sein Verhalten aufbrachte. Nachdenklich legte er auf. Er stand mit dem Rücken zur Wand. Allein. Nicht einmal mehr Empörung machte sich in ihm breit. Kalumet hatte ja recht. Er hatte sich benommen wie ein pubertierender Jugendlicher. Er lief ins Bad, drehte den Wasserhahn voll auf und hielt den Kopf darunter. Anschließend rubbelte er sich die Haare trocken, schlüpfte in ein frisches Hemd und machte sich auf den Weg.

Körner war nicht da, als Lilienthal an Hella Rosenfeld vorbei in dessen Büro ging. Sie hatte nicht einmal aufgeblickt, geschweige denn ihn wie sonst angelächelt. Nur »Der Chef kommt gleich« gesagt und mit dem Kinn Richtung Tür gewiesen, was er als Aufforderung interpretierte, dort zu warten.

Sekunden später stürmte Körner an ihm vorbei, schmiss eine Akte auf den Tisch, knurrte: »Setzen!«, und eröffnete das Gespräch. »Wie stellen Sie sich Ihre weitere Arbeit an den Dimethoat-Fällen vor?«

Lilienthal hatte mit allem gerechnet. Hoffnungsvoll sogar mit einer wenigstens ansatzweise formulierten Entschuldigung, aber diese konkrete Frage traf ihn unvorbereitet.

»Keine aktualisierte Vorgehensweise parat?« Körner schaute hoch. »Schlecht«, kommentierte er. Und da Lilienthal sich immer noch nicht äußerte, fügte er hinzu: »Hauptkommissarin Riemeister hat die ihr angebotene Position«, er räusperte sich, »die des leitenden Ermittlers in Potsdam, vehement abgewiesen, wenn ich das einmal so formulieren darf. Aber«, er überlegte kurz, »sie wollte sich deswegen mit Ihnen in Verbindung setzen. Ich gehe davon aus, dass Sie informiert sind. Was fällt Ihnen dazu ein?«

»Noch schlechter«, erwiderte Lilienthal, und nach dem Bruchteil einer Sekunde fügte er im gleichen Tonfall wie Körner hinzu, »für Sie, Herr Kriminalrat.«

Körner nickte. Blätterte weiter in der Akte, die vor ihm lag.

»Von der Hausdurchsuchung des BKA bei den Koslowskis haben Sie gehört?«

Lilienthal kam sich langsam vor wie in einer Slapstickkomödie. Kurze Sätze, schlichte Mimik.

»Ich habe versucht, auf dem kleinen Dienstweg herauszubekommen, was dahintersteckt«, redete Körner weiter. Als Lilienthal ihn fragend ansah, schob er hinterher: »Alles topsecret, hat mir ein befreundeter Kollege mitgeteilt.«

»Ganz, ganz schlecht«, murmelte Lilienthal.

»Genau.« Körner schwang sich behände aus dem seinem Umfang angemessenen Schreibtischstuhl, schritt zur Tür, drückte sie ins Schloss und wandte sich um. »Ab sofort lassen wir die Spielchen, Maik. Du arbeitest weiter an dem Fall, und ich vergesse das von heute Morgen. Und damit das ein für alle Mal klar ist, das ist eine Dienstanweisung.« Er wartete eine Entgegnung Lilienthals nicht ab, sondern fuhr mit erhobener Stimme fort: »Und um weiteren Diskussionen vorzubeugen, Enne ist bei dieser Ermittlung eine wertvolle Hilfe, auf die ich nicht verzichten möchte. Auch wenn ich in etwa nachvollziehen kann, dass dieser Umstand für dich in persona in gewisser Weise eine Belastung darstellt. Leider kann ich darauf in diesem Fall, und wir reden jetzt immerhin von mehreren ungeklärten Tötungsdelikten, keine Rücksicht nehmen. Man erwartet von uns Aufklärung. Das ist das gute Recht der Bevölkerung an seine ermittelnden Beamten. Deine Meinungsverschiedenheiten mit deiner Mutter sind Privatsache.« Körner stellte sich hinter seinen Schreibtisch, stützte die Hände auf der Tischplatte ab und sah seinem Kommissar beschwörend ins Angesicht. »Ich mag sie und hoffe, dass das für dich kein Problem darstellt. Wir sind erwachsene Menschen«, fügte er leise hinzu und richtete sich auf. »Wenn ich Rat benötige, hole ich ihn mir, von wem auch immer. Ist das klar?«

Lilienthal hatte dem Alten mit wachsender Verwunderung zugehört. Körners Rede kam ihm vor wie eine Dienstanweisung aus dem »Handbuch für Führungskräfte«, bis auf den letzten Zusatz. Noch nie zuvor hatte der Kriminalrat so klar und direkt über seine Gefühle für Enne gesprochen. Lilienthal war verunsichert. Das Gespräch nahm eine Wendung, auf die er nicht vorbereitet war, glitt ab ins Emotionale. So etwas sollte nicht passieren, aber es passierte dennoch. Und nun stand er da, bildlich gesprochen, zwischen Baum und Borke. Stille breitete sich aus. Körner starrte ihn an. In Lilienthals Kopf überschlugen sich die Gedanken. Körner und seine Mutter. Enderlein und seine Mutter. Er und seine Mutter. Ein Kreis, aus dem er ohne einen Bruch nicht herauskam. Lohnte es sich? Wenn er die beiden Männer außen vor ließ, könnte er es so sehen: Seine Mutter hatte wieder einmal den richtigen Riecher gehabt. Emotionslos versuchte er, seine Situation zu analysieren. Er hatte das schlechtere Blatt. Im Augenblick. Aber das Spiel war noch nicht zu Ende. Er erhob sich. Rückte gewissenhaft den Stuhl zurecht.

»Ich bin Beamter und dem Gesetz verpflichtet«, begann er mit heiserer Stimme. »Ja, ich werde die Fälle abschließen, Herr Dr. Körner.« Er räusperte sich. »Das gebietet mir auch der Anstand Lisbeth Koslowski gegenüber, die ich von Kindheit an kannte. Sie stand mir nahe.« Er schwieg. Auch Körner sagte kein Wort, wartete. »Ich danke Ihnen für Ihr Vertrauen, was Ihre Gefühle meiner Mutter gegenüber angeht. Bitte verstehen Sie mich nicht falsch, aber wenn die Fälle abgeschlossen sind, bitte ich um ein Mitarbeitergespräch. Einige Dinge, was die Arbeitsweise im Präsidium angeht, missfallen mir. Das werde ich zu gegebener Zeit konkretisieren und entscheiden, ob ich weiterhin in Potsdam bleiben werde. Ebenso, ob ich generell weiter bei der Mordkommission arbeiten möchte. Darüber muss ich mir in nächster Zeit Gedanken machen.« Lilienthal straffte sich, blickte Körner kühl an. »Als Jurist gibt es für mich auch bei anderen Behörden Möglichkeiten, die ich in Betracht ziehen werde. Der Rest wird sich zeigen.« Er beugte leicht den Kopf und verließ das Büro.

Als sich die Tür hinter ihm schloss, sackte Körner erschöpft in seinem Stuhl zusammen.

Auf der Treppe hörte Lilienthal am Ton seines Handys, dass eine Nachricht eingegangen war. Er zog es heraus. Susanne hatte ihm einen Link geschickt. Er tippte darauf, las, überlegte einen Moment und ging zurück zu seinem Büro. Kalumet und Heike blickten ihm überrascht entgegen. Er setzte sich an seinen Computer, gab den Link, den ihm Susanne gesandt hatte, ein und winkte die beiden heran.

»Wie jetzt?«, fragte Kalumet und zog sich einen Stuhl heran.

»Mit Körner gesprochen?«, setzte Heike nach.

Lilienthal deutete auf den Bildschirm, und alle drei lasen, was dort stand.

»Eine Dame möchte dringend den leitenden Kommissar im Todesfall Alina Nymczek sprechen«, meldete der Pförtner kurz darauf eine Besucherin.

Kalumet ging gerade die Informationen durch, die sie online erfuhren, Heike recherchierte bereits im hausinternen System.

»Soll einen Moment warten«, beschied Lilienthal. Bis eben hatten sie noch diskutiert. Im Fall Koslowski schien es um Geld in zweistelliger Millionenhöhe zu gehen. Schwarzgeld in dieser Dimension ließ den Tod von Lisbeth Koslowski in einem anderen Licht erscheinen. Sie mussten umdenken, eine neue Strategie entwickeln. Jetzt ging es nicht mehr nur um ihre regionalen nicht natürlichen Todesfälle, sondern auch um nationale Interessen. Zumindest hatten die bei dem Tod von Lisbeth Koslowski eine

Rolle gespielt. Inwieweit die anderen Morde damit zusammenhingen, mussten sie schnellstens klären. Undiplomatisch hatte Kalumet noch gemurmelt, sie könnten von Glück reden, dass Lilienthals Mutter so vehement darauf bestanden hatte, die alte Dame untersuchen zu lassen. Lilienthal fand das überflüssig und hatte seine Bemerkung ignoriert, aber seine Antennen ausgefahren. Sein kriminalistischer Instinkt war geweckt. Hier ging es um viel Geld, und viel Geld war immer ein Motiv. Sie mussten an nähere Informationen kommen, aber Susanne bewegte sich jetzt schon auf ganz dünnem Eis. Der Link, den sie ihm geschickt hatte, war als äußerst geheim eingestuft. Wenn die Weitergabe herauskam, konnte sie das ihren Job beim BKA kosten.

»Willst du die Frau empfangen, oder soll ich das für dich übernehmen?«, fragte Kalumet.

»Soll hochkommen«, beschied er und schob seine Notizen beiseite.

Wenige Minuten später trat eine große, sportliche Frau herein. »Elżbieta Nymczek«, stellte sie sich vor.

Lilienthal blickte überrascht in das ebenmäßige, schmale Gesicht mit großen dunklen Augen unter einer brünetten Kurzhaarfrisur. Die Schwester von Alina Nymczek?

Die junge Frau legte einen braunen Umschlag auf den Tisch und setzte sich ohne Aufforderung ihm gegenüber.

Kalumets Augen blitzten bereits, wie Lilienthal amüsiert feststellte.

»Diesen Brief hat mir Alina per Einschreiben geschickt«, erklärte sie. »Daraufhin habe ich versucht, meine Schwester zu erreichen, aber sie meldete sich nicht.« Elżbieta Nymczek sprach deutsch mit einem leichten slawischen Akzent. »Ein Brief.« Sie schüttelte den Kopf. »Alina rief mich sonst immer an oder schrieb mir eine Nachricht, wenn etwas wichtig war.«

Kalumet stellte eine Tasse Kaffee vor die Frau.

Sie beachtete ihn nicht, sondern fuhr fort: »Der Inhalt des Briefes ist überaus merkwürdig, Herr Kommissar.« Sie zog einen Papierbogen aus ihrer Umhängetasche, faltete ihn auseinander und legte ihn vor Lilienthal.

Er blickte darauf und dann die junge Frau ratlos an.

Sie lächelte verlegen. »Entschuldigung«, sagte sie, »ich vergaß, dass Sie kein Polnisch können.« Sie übersetzte: »Liebe Eli, gestern hat mir Jens einen Heiratsantrag gemacht. Er ist sogar einverstanden, dass wir in Jelenia Góra heiraten. Natürlich soll uns Pater Jerzy trauen. Das genaue Datum weiß ich noch nicht, aber jetzt bin ich einfach nur glücklich, liebe kleine Schwester. Hier im Seniorenstift ist jemand, der mich sehr mag. Er ist schon alt, aber er möchte mir etwas Gutes tun und sagt, ich sei für ihn wie eine Tochter. Jeden Abend beten wir zusammen das Vaterunser. Er weint dann immer, der arme alte Mann. Er hat so viel Schlimmes erlebt. Vor vielen Jahren hat man ihm sein kleines Baby weggenommen, ist das nicht furchtbar? Gestern hat er mir den Umschlag mit Inhalt gegeben. Bitte bewahre alles sorgfältig auf. Es ist wichtig. Morgen will er mir alles darüber sagen. Jens und ich müssten uns dann nie mehr Sorgen machen, sagt er. Ich rufe dich an, wenn ich mehr weiß. Deine glückliche Alina. PS: Du darfst niemandem von dem Brief erzählen.« Elżbieta Nymczek sah die Beamten an.

»Und was war in dem im Brief erwähnten Umschlag?«, wollte Lilienthal wissen.

Die junge Frau nahm einen Schlüssel heraus, an dem ein kleines Pappschild mit den Buchstaben J und A hing.

»Wissen Sie, wofür der Schlüssel ist?«

Sie zuckte mit den Schultern. »Nein, darum bin ich ja hier.«

»Sieht aus wie ein Schließfachschlüssel«, bemerkte Kalumet und deutete auf die eingestanzte Nummer am Griff. »Eintausendachthundertvier, vierstellig, ziemlich ungewöhnlich.«

Als Elżbieta Nymczek gegangen war, griff Kalumet zu der Ermittlungsakte. »Irgendwie passt das alles nicht zusammen, Maik. Dieser euphorische Tenor des Briefes kam mir aufgesetzt vor. Und warum sollte Alina Nymczek ihrer Schwester nur den Schlüssel und nicht auch den Schmuck aus der Tasche schicken, die sie in ihrem Keller versteckt hatte? Das wäre doch die Gelegenheit gewesen, ihn außer Landes zu schaffen.«

»Den gleichen Eindruck hatte ich auch, Leo«, erwiderte Lilienthal nachdenklich. »Aber ich frage mich, ob Alina Nymczek all die Dinge von dem Preuss auch rechtmäßig bekommen hat?«

»Gestohlen?«

Lilienthal nickte. »Wenn ich an die Schatzkarte denke, die ihr Freund Jens in der Pirschheide beim Graben dabeihatte, glaube ich einfach nicht, dass Preuss davon wusste. So eine wichtige Beschreibung gibt man nicht so einfach aus der Hand. Und denk mal an das Heftchen mit seinen Aufzeichnungen aus dem Krieg. Sorgfältig versteckt. Das hätte Preuss ihr doch nie so ohne Weiteres überlassen.« Er malte Strichmännchen auf einen Zettel. »Der Schlüssel ist wichtig. Alina Nymczek hat mehr gewusst, als sie in dem Brief andeutete, sonst hätte sie ihn nicht ihrer Schwester geschickt. Und ihre Kollegin weiß bestimmt auch so einiges. Jedenfalls mehr, als sie uns bisher erzählt hat.«

Lilienthal griff nach der Akte und überflog noch einmal das Protokoll, das Kalumet nach dem Gespräch mit Alina Nymczeks Kollegin Fanny Schuster angefertigt hatte. »Die war eifersüchtig, Leo. Und Eifersüchtige spinnen sich ihre eigene Wahrheit zusammen. Ob Preuss seine kleine Polin heiraten wollte oder nicht, spielt keine Rolle mehr. Wetten, dass wir aus Fanny Schuster noch ein paar interessante Details herausbekommen, wenn wir es richtig anstellen?«

6

Am selben Tag

Vor dem Eingang des Seniorenstifts wartete ein Krankenwagen der Feuerwehr, als die beiden Kommissare eintrafen.

Kerzengerade in einem Rollstuhl saß eine alte Dame. »Immer diese Überfürsorglichkeit, junger Mann«, lamentierte die Frau. »Ich bin nicht krank, ich bin alt. Sie verschwenden mit mir nur Zeit und Geld, das jüngere Menschen nötiger hätten. Ist doch so, meine Herren, oder?« Angriffslustig blickte sie die Kommissare an. »Habe ich Sie nicht auch schon hier gesehen? Sind Sie nicht von der Polizei?«

Lilienthal lächelte amüsiert.

»Einen Moment, junger Mann«, befahl die Frau.

Der Sanitäter verdrehte die Augen und stoppte gehorsam den Rollstuhl neben den Beamten. Anscheinend kannte er die Patientin.

»Haben Sie nicht letztens mit der Fanny geredet?« Sie wartete Lilienthals Antwort nicht ab, sondern fuhr fort: »Die hat man entlassen. Endlich und zu Recht, wenn Sie mich fragen.«

»Das reicht, Frau Donnersmarck«, unterbrach sie der Sani und schob den Rollstuhl weiter.

»Fräulein Donnersmarck, wie oft soll ich Ihnen das noch sagen?«, korrigierte die Greisin den jungen Mann. »Über Fanny könnte ich Ihnen eine Menge erzählen!«, rief sie Lilienthal noch zu, bevor sich die Tür des Rettungswagens hinter ihr schloss.

An der Rezeption teilte man ihnen mit, dass Frau Schuster am Tag zuvor tatsächlich fristlos entlassen worden sei. Über den Grund durfte die Angestellte keine Auskunft geben. Lilienthal bat um ein Gespräch mit der Heimleiterin, die jedoch nicht im Haus war.

Kalumet lächelte die junge, rundgesichtige Frau hinter dem Tresen an. »Sie wissen doch bestimmt eine Menge«, er schaute auf das Namensschild an ihrer Bluse, »Frau Riedel, nicht wahr?«

Sie errötete. »Auch wenn Sie noch so charmant fragen«, erwiderte sie zu Kalumets Verblüffung, »aber von mir werden Sie nichts erfahren. Ich studiere Sozialpädagogik und mache hier mein Praktikum. Die Plätze sind rar gesät, da setze ich meinen garantiert nicht aufs Spiel.«

Kalumet schmunzelte. »Es war mir trotzdem ein Vergnügen, mit Ihnen zu plaudern«, entgegnete er.

Als sie das Seniorenstift mit der Privatadresse von Fanny Schuster, die ihnen die junge Frau an der Rezeption doch noch gegeben hatte, verließen, stand der Rettungswagen immer noch am selben Platz wie zuvor. Durch die jetzt wieder geöffnete Tür konnten die beiden Kommissare Fräulein Donnersmarck sehen, vor der ein Arzt stand und eindringlich auf sie einsprach.

Als sie Lilienthal erblickte, winkte sie und rief: »Herr Kommissar, bitte helfen Sie mir! Man will mich gegen meinen Willen ins Krankenhaus transportieren.« Sie wandte sich wieder an den Arzt. »Junger Mann, hoher Blutdruck ist bei meinen neunzig Jahren angemessen. Ich bestehe darauf, sofort wieder zurück in mein Zimmer gebracht zu werden. Diese beiden Herren dort sind meine Zeugen. Wenn Sie sich weigern, werde ich Sie wegen Freiheitsberaubung anzeigen.«

Der junge Rettungsarzt reichte ihr unbeeindruckt von ihrer Drohung eine Tablette.

Misstrauisch blickte Fräulein Donnersmarck sie an, nahm sie schließlich doch und legte sie sich wie befohlen unter ihre Zunge.

»Wir warten jetzt einen Moment, dann messe ich noch einmal den Blutdruck. Wenn er fällt, dürfen Sie wieder zurück auf Ihr Zimmer«, erklärte der Mediziner.

»Sie warten bitte, meine Herren!«, rief Fräulein Donnersmarck, bevor der Sani die Tür des Wagens zuzog.

»Auf zur Schuster«, entschied Lilienthal, der keine Lust hatte, sich irgendwelchen Klatsch aus dem Seniorenstift anzuhören.

7

Am selben Tag

Nach einem schnellen Essen dank Pizzaservice fanden Ruth und Enne außer der Gitarre und der alten Puppe noch mehrere Dinge, die Ruth als Erinnerungsstücke vor ihrem Ende auf der Mülldeponie oder beim Trödler bewahren wollte. An den spöttischen Bemerkungen über ihre sentimentale Anwandlung beteiligte Enne sich nicht. Sie ahnte, dass die Freundin nur einen Puffer brauchte, um über ihren Schmerz hinwegzukommen.

»Lametta, Lametta, jetzt wird alles betta«, kicherte Ruth und nahm einen Rauschgoldengel aus einem Pappkarton. »Ohne die kleinen Glöckchen und Räuchermännchen, die uns an unsere Kindheit erinnern, wäre das Leben weniger bunt und zu ernsthaft, oder? Auch wenn andere sie gern als Geschmacklosigkeiten bezeichnen.«

Enne nickte. »Die Welt um uns herum ist nun mal farbig. Sattgrüne Wiesen, Sommerblumen in allen Farbschattierungen des Regenbogens in den Gärten, was gibt es Schöneres? Jedes Mal, wenn ich die Werbeprospekte der Einrichtungshäuser in meinem Briefkasten finde, komme ich ins Grübeln. Wer fühlt sich nur wohl, umgeben von diesen symmetrischen Möbeln in Mausgrau, Erdbraun und Schwarz? Die machen doch schon beim Hinschauen depressiv.« Sie schüttelte sich. »Ganz zu schweigen von sterilen Küchenblöcken. Wo sind auf den Bildern die Familien mit Kindern? Wird in diesen Küchen auch gekocht und zusammen gegessen? Nee, Ruthchen, ich bin eher der südländische Typ. Gutes Essen, dazu Wein, Familie, Freunde und vor allem Leben.«

»Ich mag dunkle Farben, die strahlen für mich Ruhe und Geborgenheit aus, hab aber auch nichts gegen ein paar Farbtupfer.«

Enne nahm die alte Puppe und fuhr mit dem Finger über das Kleid. »Hätte deine Mutter die weggeworfen, würde etwas in deinem Leben fehlen, Ruth. Dein Dorchen kennt dich länger als ich.« Sie lächelte ihre Freundin liebevoll an. »Das ist eine Zeitzeugin.«

Ruth starrte stirnrunzelnd erst die Puppe, dann Enne an. »Zeitzeugin«, wiederholte sie und schnappte nach Luft, woraufhin beide zu lachen anfingen.

Danach verließ Ruth den Raum Richtung Küche, um Espresso zu machen. Enne streckte sich. Das Lachen hatte ihnen gutgetan. Sie gähnte herzhaft. Die Arme voller letzter Utensilien stieß sie die Tür mit dem Fuß auf, um alles nach draußen zu tragen. Rutschte auf dem glatten Holzboden aus und griff Halt suchend nach dem Türrahmen, wobei ihr die Sachen herunterfielen.

Ruth, die gerade mit einem mit Espressotassen, Wassergläsern und einer Zuckerschale beladenen Tablett auf der untersten Treppenstufe gestanden hatte, machte kehrt, stellte es auf einem Tischchen ab und half beim Aufsammeln.

Enne hielt Teile eines zerbrochenen weißen Keramikleuchters in der Hand. »Stand der nicht mal neben dem Bild deiner Eltern da drüben auf der Kommode?«

»Ich fand ihn immer scheußlich. Er passte überhaupt nicht zu den anderen Sachen.«

»Vielleicht kann man ihn noch kleben.« Enne betrachtete eine Bruchstelle. »Sieh mal, der war schon mal gebrochen und ist geklebt worden.« Sie fuhr mit dem Finger darüber. »Deshalb ist er auch sofort auseinandergefallen.« Sie drehte den Sockel um, blickte in den Hohlraum. »Hier steckt was drin«, murmelte sie verblüfft und fummelte in der Öffnung herum, bis sie ein zusammengerolltes Stück graues Leinen zutage förderte.

»Wie kommt denn das da hinein?« Neugierig schaute ihr Ruth zu.

»Das ist ein kleines Beutelchen.« Enne glättete es.

Die Freundin griff sich das andere Stück des Leuchters. »Hier drin ist nichts«, sagte sie mit leichter Enttäuschung.

Enne betrachtete immer noch das kleine Leinensäckchen. »Warum versteckt man einen leeren Beutel in einem Kerzenständer?«, überlegte sie laut.

»Vielleicht war er schon drinnen, als meine Mutter den Leuchter kaufte«, überlegte Ruth.

Enne fügte die beiden Teile zusammen. »Ein kleines Stück fehlt«, stellte sie fest.

»Jetzt schmeiß das Ding endlich weg.« Ruth griff nach dem Leuchter und warf ihn hinüber zum Abfalleimer. Eins der beiden Teile zerbarst in mehrere Stücke.

Enne bückte sich nach dem Rumpf und inspizierte ihn. »Ich brauche ein Stück Draht«, befahl sie.

Ruth zog eine Haarnadel aus ihrem Schopf und reichte sie Enne. Nach und nach holte sie zwei Papierröllchen hervor. Sie glättete das erste und legte es auf ein Tischchen. Das kleine karierte Blatt war dicht mit Zahlen in mehreren Reihen beschrieben. Am oberen Rand standen zwei Buchstaben.

»Das ist die Handschrift meines Vaters«, sagte Ruth verblüfft.

»Kannst du dir darauf einen Reim machen?«

Ruth verneinte.

Enne betrachtete den Zettel. Neun Zeilen mit je zwölf Zahlen. Sie nahm den Block, den Ruth während ihrer Aufräumaktion für Notizen benutzt hatte, und addierte die senkrecht untereinanderstehenden Zahlen. Für die erste Spalte ergab sich eine Summe von zwölftausendzweihundertfünfzig. Für die nächste eine von achtzehntausendsiebenhundert und für die letzte eine von zweiunddreißigtausend. »Ich denke, es handelt sich um eine Jahresaufstellung. Die zwölf Summen der jeweiligen Spalten sind den Monaten zugeordnet. Allerdings geht aus der Liste nicht hervor, ob das Einnahmen oder Ausgaben sind. Das Papier muss wichtig sein, sonst hätte es dein Vater nicht so sorgfältig versteckt.«

Ruth blickte auf die Zahlen und schüttelte den Kopf. »Ich habe keinen blassen Schimmer, was das ist, ehrlich.«

»Reich mir bitte das zweite Papierröllchen. Vielleicht liefert uns das mehr Informationen.«

Ruth schaute sie entnervt an. »Habe ich dir das nicht schon gegeben?«

Besorgt musterte Enne die Freundin, die erschöpft wirkte. Dann sah sie sich um, schaute auf den Boden und entdeckte unter der Kommode etwas Weißes. Sie kniete nieder und zog es hervor. Das zweite Röllchen war Ruth heruntergefallen. Vorsichtig faltete sie es auseinander. Ein Kontoauszug einer Kufsteiner Bank, datiert aus dem Oktober 2000. Darauf nur eine Überweisung von fünftausend Euro. Als Auftraggeber eine Zahlenreihe.

»Enne, das ist mir unheimlich«, flüsterte Ruth. »Was weiß ich überhaupt von meinen Eltern? Meine Mutter wird vergiftet, und dann finden wir durch einen Zufall diese merkwürdigen Unterlagen in einem Versteck.«

Enne strich ihr beruhigend über den Rücken. »Ruh dich ein bisschen aus. Du bist übermüdet«, sagte sie mitfühlend.

Ruth setzte sich in einen Sessel, lehnte sich zurück und schloss die Augen. »Mir ist gerade etwas eingefallen«, sagte sie plötzlich und richtete sich auf. »Vor Jahren besaßen meine Eltern ein Haus in Österreich. In Maria Wörth in der Nähe von Kufstein. Mein Vater hat es kurz nach dem Mauerbau im August 1961 gekauft. Ein altes Bauernhaus auf einem Hanggrundstück. Falls die Russen Berlin kassierten, sollte das unser neues Zuhause werden.«

Obwohl sie noch ein Kind gewesen war, erinnerte sich Enne an die Zeit. Und an die Angst in der Bevölkerung davor, dass es trotz des Viermächtestatus zu einer Aufgabe von Westberlin kommen könnte. An die Mauer, die nicht nur die Stadt, sondern viele Familien auseinandergerissen hatte. An die Bilder im Fernsehen, Aufnahmen von Frauen, Männern und Kindern, die durch Tunnel aus dem Ostteil der Stadt herausgeschleust wurden. Eine davon hatte sich ihr besonders eingeprägt. Westberliner Polizisten zogen einen Flüchtigen aus dem Wasser, der versucht hatte, durch die winterkalte Spree zu schwimmen, und im Kugelhagel der DDR-Grenzsoldaten gestorben war. Niemand hatte ihm helfen können.

»Wie konnte dein Vater ein Haus in Österreich kaufen, wenn er doch immer kurz vor der Pleite stand?«, fragte sie Ruth.

»Jetzt, wo du es erwähnst, erscheint mir das auch eigenartig. Aber es war so. Später, als sich die Lage um Westberlin entspannte, hat er es wieder abgestoßen.« Sie griff nach dem Kontoauszug. »Ich nehme an, dass es sich bei der Summe um Geld aus dem Verkauf handelt.«

»Wann hat dein Vater das Haus verkauft?«

Ruth überlegte. »In den siebziger Jahren, glaube ich.«

»Aber der Kontoauszug ist aus dem Jahr 2000. Das ist beinahe dreißig Jahre später.«

»Ich bin immer davon ausgegangen, dass mein Vater von dem Erlös mein Auslandsstudium bezahlt hat.« Ruth nahm die beiden Papiere und betrachtete sie nachdenklich. Auf einmal zerriss sie beides, zerknüllte die Schnipsel und warf alles in den Abfalleimer. »Schluss, aus, ich will das alles nicht«, flüsterte sie. »Dieser ganze Ballast der Vergangenheit. So viele Jahre ist das her. Warum sollte ich das aufheben? Ich habe keine Ahnung, worum es dabei geht, und ich will es auch nicht wissen. Mein Vater hatte kein Händchen für Finanzen, aber mir hat es an nichts gefehlt. Meine Eltern haben mich auf ihre Art geliebt, und jetzt erklären mir plötzlich fremde Menschen, sie hätten Gelder nicht versteuert. Ja und?«, stieß Ruth empört hervor. »Was geht das mich an? Sollen die BKA-Beamten doch suchen, bis sie schwarz werden. Versprich mir, dass du niemandem etwas von dem Fund erzählst«, beschwor sie Enne. »Man muss nicht alles aufheben. Die Dinge erdrücken mich. Wenn ich mich nicht von dem Ballast befreie, werde ich verrückt.« Bereits an der Tür hielt sie inne, drehte sich um und lächelte. »Wir sollten verreisen, nur du und ich. Ein paar Tage Wellness, die habe ich mir verdient«, fügte sie trotzig hinzu. »Seit die Mama krank war, habe ich keinen Schritt mehr getan, ohne an sie zu denken. Nach der Beerdigung fahren wir weg. Überleg es dir, aber nicht zu lange. Morgen schau ich im Internet nach, wo noch was frei ist.«

Als die Tür ins Schloss fiel, suchte Enne in dem Abfallbehälter nach den Papierschnipseln und steckte sie ein. Sie war ganz und gar nicht der Meinung, dass man sich von Vergangenem befreien sollte, besonders dann nicht, wenn die eigene Mutter ermordet worden war. Wie sollten sie den Mörder finden, wenn Ruth Beweismaterial wegwarf? Nachdenklich wog sie das kleine Leinentäschchen in der Hand. Warum war es aufgehoben worden? Aber noch wichtiger: Was hatte sich darin befunden?

8

Am selben Tag

Fanny Schuster war nicht zu Hause, als Lilienthal an der angegebenen Adresse im alten Babelsberger Teil Nowawes an einem zweistöckigen Haus klingelte. Aus dem benachbarten Biergarten drang Stimmengewirr herüber.

»Ich glaube, da drüben sitzt sie.« Kalumet deutete hinüber.

Allein an einem blank gescheuerten Holztisch, vor sich eine Cola, daneben ein Schnapsglas, schaute die Pflegerin den beiden Kommissaren aus schwimmenden Augen entgegen, als sie vor ihrem Tisch auftauchten.

»Na, haben Sie endlich den Mörder?«, nuschelte sie, hob das Glas und winkte damit der Bedienung. An ihrem Ringfinger blitzte ein rötlicher Stein.

Lilienthal zog einen Stuhl heran und setzte sich gegenüber, Kalumet daneben. »Frau Schuster, entschuldigen Sie bitte, dass wir Sie stören, aber wir brauchen noch einmal Ihre Aussage.«

Die Bedienung, eine dralle, untersetzte Frau in den Vierzigern mit kurzen grellblonden Haaren, füllte aus einer Flasche Apfelkorn nach, blieb stehen und blickte die beiden Männer herausfordernd an. »Polente, wa?«, stellte sie fest. »Sehn Se nich, dass die Frau ihre Ruhe braucht?«, fragte sie mit vor der Brust verschränkten Armen.

»Zwei Mal Sprudel«, bestellte Kalumet.

»Wat isn dit? So wat jibt's hier nich. Wasser oder Selters, da ham Se Wahlfreiheit.«

Als Kalumet sie weiter freundlich anblickte, zuckte die Dralle mit den Schultern. »Also dann Wasser, so wie Se aussehn.« Sie drehte auf dem Absatz um und verschwand in Richtung Theke.

Fanny Schuster kippte den Schnaps hinunter, knallte das Glas auf die Tischplatte und beugte sich vor. »Die Alte ist schuld. Sitzt fett mit ihrer Beamtenpension im Heim und beschuldigt mich, ihr Geld gestohlen zu haben. Diese Hexe. Aber der hab ich jetzt mal meine Meinung gegeigt.« Schuster verzog die Lippen zu einem hämischen Grinsen. »Das können Sie mir glauben.«

Ein Schwall säuerlichen Atems schlug Lilienthal entgegen. »Frau Schuster«, begann er noch einmal und versuchte, sein Unbehagen zu unterdrücken. »Es tut mir persönlich sehr leid, dass man Ihnen gekündigt hat. Wenn Sie zu Unrecht beschuldigt werden, etwas getan zu haben, wird sich das sicher schnellstens aufklären.«

»Ach, geht mir doch am Arsch vorbei«, murmelte sie und wischte sich eine Strähne ihrer gefärbten schwarzen Haare aus der schweißnassen Stirn. »Scheißjob. Habe ich überhaupt nicht nötig. Demnächst mache ich sowieso was anderes.«

»Und was?«, fragte Kalumet liebenswürdig.

Überrascht schielte Schuster ihn an. »Putzen«, sagte sie wie aus der Pistole geschossen. »Gibt's mehr auf die Kralle, verstehen Sie?«

»Inzwischen liegen uns neue Erkenntnisse vor. Deshalb müssen wir noch einmal Ihre Aussage überprüfen.«

»Wie jetze?«, fuhr sie auf. »Wolln Se mir etwa unterstellen, dass ich gelogen habe?« Ihr Gesicht verfärbte sich.

»Sie können auch gern zu uns auf das Kommissariat kommen.« Einige Gäste vom Nebentisch schauten bereits neugierig zu ihnen herüber. Lilienthal hatte keine Lust, hier die ganze Zeit über den Alleinunterhalter für sie zu geben.

»Es geht lediglich um eine Überprüfung«, versuchte sie Kalumet zu beruhigen. »Uns liegt ein Brief von Alina Nymczek vor, den sie kurz vor ihrem Tod geschrieben hat. Darin stellt sie ihr Verhältnis zu dem Rentner Preuss anders als Sie in Ihrer Aussage dar.«

»Was hab ich denn erzählt?«, nuschelte Schuster, die nach ihrem kurzen emotionalen Ausbruch wieder zusammengesunken am Tisch hockte.

Die Bedienung schob sich zwischen den Tischen zu ihnen durch, ein Tablett balancierend. »Jenuch is jenuch, mein Schatz«, befahl sie, als sie neben Fanny Schuster stand, stellte jedem der Kommissare ein Glas mit Wasser hin und tauschte Schusters Schnapsglas gegen eine Tasse Kaffee aus.

»Miese Hexe«, murmelte Schuster, wobei nicht klar war, wen sie damit meinte. Dennoch nippte sie gehorsam von dem Kaffee und fragte dann lauernd: »Was stand denn in dem Brief?«

Jetzt hatte Lilienthal sie endlich da, wo er sie haben wollte. Wer neugierig war, verplapperte sich schnell. »Sie sagten, Preuss wollte Frau Nymczek heiraten, stimmt das?«

Misstrauisch musterte Schuster ihn und nickte dann. »Natürlich stimmt das, sonst hätte ich es Ihnen ja nicht gesagt. Der Alte war ganz scharf auf Alina. Das hat nicht nur sie mir erzählt, sondern der Preuss auch selbst herumposaunt, damit er ihr offiziell in den Arsch kneifen konnte«, fügte sie hämisch hinzu. »Ich musste mir ihr Gejammer anhören, dabei hätte sie sich das doch einfach verbitten können, oder?« Sie betrachtete Lilienthal aus zusammengekniffenen Augen.

»Hat Preuss Ihrer Kollegin Geschenke gemacht?«

»Das hab ich doch alles schon gesagt.« Sie stützte die Ellenbogen auf die Tischplatte und gähnte ungeniert.

»Auch andere Dinge, nicht nur den Ring, von dem Sie uns erzählten?«

»Kann sein, weiß ich nicht mehr so genau.«

»Bitte versuchen Sie, sich zu erinnern. Hat Herr Preuss Alina Nymczek auch andere persönliche Dinge gegeben?«

»Nee.« Sie lachte meckernd. »Glaub ich nicht, da war der eigen. In seinem Zimmer stand eine alte Truhe. So ein geschnitztes Ding aus schwarzem Holz mit Löwentatzen und mit einem Sicherheitsschloss.«

»Und was bewahrte er darin auf?«

Schuster verschluckte sich und hustete. Lilienthal reichte ihr sein Leinentaschentuch. Sie nahm es und schnaubte geräuschvoll hinein. »Wasch ich Ihnen, kriegen Sie wieder.«

»Was war in der Truhe?«, insistierte Lilienthal.

Schuster feixte. »Bombe mit Zeitzünder.«

»Wie bitte?«

»Na, das hat der Alte immer gesagt, wenn man ihn fragte.«

»Wusste Alina Nymczek, was sich in der Truhe befand?«

»Keine Ahnung, gesagt hat sie mir nichts. Auch nicht, als sie aufgebrochen wurde. War das eine Aufregung. Die Polizei kam und hat alle im Haus befragt. Der Preuss hat sich so aufgeregt, dass wir dachten, der kratzt gleich ab. Aber der war zäh, der Alte. Unsere ganze Umkleide hat die Polizei auf den Kopf gestellt. Jeden Spind untersucht.« Schuster versuchte, empört auszusehen, aber ihre Augen schielten an Lilienthal vorbei. »Nur Alina konnte den Alten beruhigen. Aber hinter seinem Rücken hat sie sich lustig über ihn gemacht. So eine war das nämlich, Herr Kommissar. Die mit ihrem Madonnengesicht«, fügte sie gehässig hinzu. Und als Lilienthal nicht reagierte, meinte sie verächtlich: »Jetzt habe ich aber wirklich alles gesagt, was ich weiß. Das ist die Wahrheit. Aber wahrscheinlich glauben Sie einer Polin mehr als mir. Na ja, Ihr Bier.«

»Es geht hier nicht um Nationalitäten, sondern um den Mord an Alina Nymczek. Schon vergessen, Frau Schuster?«, ermahnte sie Lilienthal.

Die Pflegerin bekam einen Schluckauf.

»Einen schönen Ring tragen Sie«, bemerkte Lilienthal. »Ist das ein Rubin?«

Sie nahm schnell die Hand vom Tisch. »Quatsch mit Soße. Der ist nicht echt. Sieht man doch. Der war in einem Überraschungsei.«

Dreist und dumm, dachte Lilienthal. Er hatte das kurze Aufblitzen in ihren Augen bemerkt. Der Ring war echt, allein die ziselierte Fassung deutete auf das letzte Jahrhundert hin. War der Schmuck von Preuss, oder hatte sie ihn von Alina Nymczek bekommen, damit sie schwieg?

»Wenn Preuss Ihre Kollegin heiraten wollte, hat er sie doch auch bestimmt in seine finanziellen Verhältnisse eingeweiht. Hatte sie schon eine Bankvollmacht?«, wollte Kalumet wissen.

»Bankvollmacht?«, wiederholte Schuster gedehnt. »Das hätte die Chefin nicht erlaubt.«

»Aber seine Vermögensverhältnisse waren Alina Nymczek bekannt, oder?«

»Woher soll ich das denn wissen? Alles hat sie mir auch nicht erzählt.« Angriffslustig blickte Schuster Kalumet an. Als der nichts erwiderte, griff sie nach ihrer Tasche. »War's das?« Sie erhob sich schwankend. »Zahltag is morgen, Mandy, okay?«, rief sie der Bedienung zu und ging, jeden Fuß sorgfältig vor den anderen setzend, durch das Gartentürchen auf die Straße.

»Apfelkorn«, murmelte Kalumet und betrachtete das Schnapsglas auf der Tischplatte. »Eine Flasche Apfelkorn haben wir unter dem Bett der Nymczek mit dem Gift gefunden. Zufall?«

»Zufälle sind selten, Leo. Und dann noch ihr Ring. Jede Wette, dass der aus der Truhe von Preuss stammt.« Er überlegte. »Nur etwas passt nicht. Die beiden Morde an Preuss und Nymczek wurden geplant, und das traue ich der Schuster nicht zu. Dafür ist die zu einfach gestrickt.«

Kalumets Smartphone vibrierte. »Wir sollen zu Fräulein Donnersmarck kommen«, informierte er, als er wieder aufgelegt hatte. »Sofort, weil sie nicht wisse, wie lange sie noch zu leben habe. Ihr Ablaufdatum sei bereits überschritten, hat sie uns ausrichten lassen.«

»Wer hat dich angerufen?«

»Heike.«

»Und warum sagt sie mir das nicht?«

Kalumet zuckte mit den Schultern. »Sie konnte dich nicht erreichen, Maik.«

Lilienthal überprüfte sein Handy und steckte es ohne Kommentar weg. Der Akku war wieder einmal leer. Er legte einen Schein auf den Tisch. »Na, wenn das so ist, dann nichts wie los. Vielleicht hat uns das alte Fräulein doch etwas Interessantes zu erzählen.«

Aufrecht in ihrem Bett sitzend, bekleidet mit einer zartlilafarbenen Seidenbluse, begrüßte sie Fräulein Donnersmarck. Würdevoll wies sie auf zwei Stühle.

»Da sind Sie ja endlich«, sagte sie statt einer Begrüßung. »Diese unerfahrenen jungen Ärzte wollen einen immer gleich ins Krankenhaus verfrachten. Du meine Güte, was das alles kostet! In meinem Alter darf man gern einmal hohen Blutdruck oder hin und wieder eine kleine Herzattacke haben, finden Sie nicht auch?« Sie zwinkerte Lilienthal zu. »Man kann doch nicht ewig leben, ist meine Devise.« Sie betupfte mit einem farblich zu ihrer Bluse passenden Spitzentuch ihre Nase und rückte sich etwas zurecht. »Die Fanny war ein Biest, höflich ausgedrückt. Sie intrigierte, wo sie nur konnte. Hat der armen Alina das Leben schwer gemacht. Sogar nach dem Einbruch beim Preuss. Was hat der Mann für ein Theater wegen dieser alten Truhe veranstaltet! Als wenn was weiß ich für Schätze drinnen gewesen wären. Aber selbst bei der Befragung durch Ihre Kollegen rückte er nur damit heraus, dass es sich um sehr wertvolle Dinge handeln würde.« Sie kicherte amüsiert. »Die Schuster wurde verdächtigt, aber man konnte ihr damals nichts beweisen. Das war jetzt anders. Zusätzlich ist diese Frau ordinär und ausfallend gegen mich geworden. Und so einen Jargon, meine Herren, lasse ich mir von niemandem bieten.« Sie hielt inne. »Aber gut, kommen wir zum Wesentlichen, meine Herren. Alina war ein Engel. Liebenswürdig und hilfsbereit. Sie versorgte alle im Haus, arbeitete mehr, als von ihr verlangt wurde. Der alte Preuss hatte sie ins Herz geschlossen. Ein armes Schwein, entschuldigen Sie bitte den Ausdruck, aber er trifft es genau. In unserem Alter tragen wir alle das eine oder andere Päckchen. Niemand ist ohne Schuld, leider. Aber der Mann litt über die Maßen. Irgendetwas hatte er in seiner Vergangenheit erlebt, was ihn nicht losließ. Er fürchtete sich vor dem Reich der Finsternis, biblisch ausgedrückt. Nachts war es besonders schlimm. Dann stöhnte und wimmerte er so laut, dass ich kaum schlafen konnte. Die Bausubstanz in diesem Haus ist mittelmäßig, da bekommt man vieles mit.« Sie verzog die Mundwinkel. Ihre trüben, ehemals blauen Augen blitzten kurz auf. »Nun, meine Herren, zum besseren Verständnis muss auch gesagt werden, dass er eher schlicht im Denken war. Durchschnittliches Bildungsniveau. Ich weiß, wovon ich rede. Ich habe promoviert. Bin Oberstudienrätin a.D., Latein und Französisch waren meine Fächer«, fügte sie selbstgefällig hinzu. Da eine Resonanz bei ihren Gästen ausblieb, fuhr sie fort: »Soweit ich weiß, stand er zeit seines Lebens in keinem Kontakt zu einer unserer beiden Hauptkonfessionen. Doch in letzter Zeit, da es auf sein nahes Ende zuging, fürchtete er sich wie ein Kind vor der Hölle. Aber Alina, unsere streng gläubige kleine Polin, missionierte ihn. Sie beteten zusammen, sangen sogar. Nun, es gibt Schlimmeres«, bemerkte sie. Dann belustigt: »Sogar einige polnische Wörter lernte er, der alte Narr, nur um ihr zu gefallen.« Sie räusperte sich. »Jedem das Seine, das ist meine Meinung. Alina tat ihm gut, und das war die Hauptsache.«

Lilienthal und Kalumet nickten brav.

»Aber ich schweife ab, das kommt vor in meinem Alter. Wo war ich stehen geblieben?«

»Preuss und Alina«, soufflierte Kalumet höflich.

Fräulein Donnersmarck überlegte einen Moment. »Richtig.« Herzlich lächelte sie Kalumet an.

Sogar bei alten Damen verfehlt sein Charme nicht seine Wirkung, dachte Lilienthal amüsiert.

»Preuss verfügte über ein beträchtliches Vermögen, jedenfalls wenn seine Erzählungen stimmten. Nach seinem Tod sollte alles Alina bekommen. Und der Jens, ihr Freund, ein ausgesprochen netter junger Mann. Tierarzt, soweit ich mich erinnere, den mochte der Preuss auch.«

Lilienthal brach der Schweiß aus. Im Raum, vollgestellt mit diversen Möbeln, war es stickig wie in einem U-Bahnhof. Was die alte Dame ihnen erzählte, war alles ganz nett, aber bisher deckte es sich mit dem, was sie durch Elżbieta Nymczek und Schuster erfahren hatten. Worauf wollte die Donnersmarck hinaus?

»Hören Sie mir überhaupt zu, Herr Hauptkommissar?«, drang die immer noch kräftige Stimme der alten Dame jetzt in seine Gedanken. Unwillkürlich setzte Lilienthal sich gerade hin, ertappt wie ein Schuljunge.

»Kurz vor seinem Tod erhielt Preuss Besuch, als die Schuster gerade bei ihm war. Er warf sie unter irgendeinem Vorwand raus, das erzählte sie mir später empört. Preuss' Verhalten wunderte mich nicht im Geringsten, er traute ihr seit dem Einbruch nicht mehr über den Weg.«

»Wie sah der Mann aus?«, wollte Lilienthal wissen.

»Bitte unterbrechen Sie mich nicht. Der Besuch war kein Mann, sondern eine Frau.« Fräulein Donnersmarck räusperte sich und trank einen Schluck Wasser aus einem Glas, das auf ihrem Nachttisch stand. »Ich gebe zu, dass ich etwas neugierig bin. Das Leben hier ist nicht gerade reich an Abwechslung. Wenn Sie bitte einmal an die Fenstertür treten würden, können Sie sehen, dass die Balkone nur durch eine dünne Stellwand getrennt sind.«

»Sie haben gelauscht?«, fragte Lilienthal amüsiert.

»Sonst könnte ich Ihnen nichts erzählen, Herr Hauptkommissar«, erwiderte Fräulein Donnersmarck würdevoll.

»Konnten Sie erkennen, wie die Besucherin aussah?«

»Natürlich habe ich es versucht. Aber die Ritzen in der Trennwand sind sehr schmal. Die Dame war untersetzt.« Sie überlegte einen Moment. »Ich korrigiere: Eine Dame war sie nicht. Mittleres Alter. Halblanges glattes Haar mit so einer undefinierbaren Farbe, wie Pfeffer und Salz. Aber etwas an ihr war ungewöhnlich«, überlegte Fräulein Donnersmarck. »Warten Sie. Jetzt fällt es mir wieder ein. Sie trug eine langärmelige dunkelblaue Bluse. Das Material wirkte fest. Das kam mir merkwürdig vor, da das Thermometer an dem Tag weit über dreißig Grad anzeigte.«

»Und worüber haben die beiden gesprochen?«, fragte Kalumet lächelnd.

»Ich konnte kaum etwas verstehen.« In Fräulein Donnersmarcks Stimme schwang unverkennbar Enttäuschung mit. »Nur einmal wurde Preuss laut. ›Nein!‹, rief er mehrmals und stieß mit dem Stock auf den Boden. Die Frauenperson ging daraufhin zur Balkontür, und bevor sie diese schloss, sagte sie …« Erwartungsvoll blickte sie Lilienthal an.

Er beugte sich vor.

Und als hätte sie auf dieses Zeichen seines Interesses gewartet, deklamierte sie theatralisch: »›Die Vergangenheit ist noch nicht zu Ende, Preuss.‹« Abwartend musterte sie Lilienthal. »Und? Was sagen Sie dazu?« Als er auf ihre in seinen Augen eher rhetorische Frage nicht antwortete, erklärte sie, als stünde vor ihr ein geistig zurückgebliebener Schüler, dem man auf die Sprünge helfen muss: »Die Frau benutzte die Anredeform ›Herr‹ nicht und nannte ihn schlicht und einfach bei seinem Nachnamen, was auch heutzutage immer noch als unhöflich gilt. Ich würde sogar so weit gehen, zu behaupten, dass sie damit Verachtung ausdrückte, Herr Hauptkommissar.«

Lilienthal war von den psychologischen Qualitäten von Fräulein Donnersmarck nicht sonderlich beeindruckt.

»Da haben Sie völlig recht«, sprang Kalumet für sie in die Bresche.

»Wenigstens einer von Ihnen versteht, was ich meine.« Wohlwollend lächelte sie zu Kalumet.

»Und Frau Schuster war die ganze Zeit über bei Ihnen?«

»Natürlich, sagte ich das nicht bereits?« Erschöpft rutschte sie tiefer in die Kissen und schloss die Augen.

Kalumet erhob sich, während Lilienthal das eingefallene Gesicht der alten Dame betrachtete.

»Gehen Sie jetzt«, murmelte sie, »und tun Sie Ihre Arbeit. Mehr kann ich im Augenblick nicht für Sie tun.«

Lilienthal folgte Kalumet und wollte schon behutsam die Tür hinter sich zuziehen, da erklang ihre Stimme erneut.

»Warten Sie, Herr Hauptkommissar.« Fräulein Donnersmarck hob den Kopf, ihre Augenlider flatterten. »Die Frau hat noch etwas gesagt, irgendetwas von Goethe.«

Lilienthal lächelte gequält. »Sie können mich gern anrufen, wenn es Ihnen wieder einfällt.« Er wollte weg, so schnell wie möglich das stickige Zimmer verlassen. Raus an die frische Luft.

»Die Geister, die du riefst, wirst du nicht mehr los«, flüsterte Fräulein Donnersmarck, sank zurück, und ein zufriedenes Lächeln huschte über ihr Gesicht.

Behutsam schloss Lilienthal die Tür.

9

Am selben Tag

Unter chronischem Raucherhusten sprang der Motor an. Der Inspektionstermin ist längst überfällig, dachte sie besorgt und griff nach dem Sicherheitsgurt, da machte sich ihr Handy bemerkbar. Unbekannt, die Nummer unterdrückt. Enne nahm das Gespräch trotzdem an.

»Wo bist du?«, knurrte Körner argwöhnisch.

»In Potsdam, Herr Kriminalrat«, flötete sie und ärgerte sich sogleich über seinen Ton. Seit wann war sie ihm Rechenschaft schuldig?

»An den dunklen Teichen?«

»Sollte ich?«

»Was macht unser Herr Doktor?«

Also daher wehte der Wind. Enne atmete tief durch. Vergeblich. Barsch antwortete sie: »Wo sich Enderlein aufhält, weiß ich nicht, und selbst wenn ich es täte, ginge dich das nichts an, Richard Körner. Ruf ihn doch selbst an und frage ihn, wo er ist und was er gerade macht. Ich bezweifle allerdings, dass er dir darauf antworten wird.« Sie hatte sich in Rage geredet, aber diese pubertären Spielchen in seinem Alter? Also, bitte!

»Ist ja gut«, antwortete Körner leise.

»Was ist los, Richard?«, fragte sie. So dünnhäutig kannte sie ihn nicht. »Wollen wir zusammen einen Kaffee trinken?« Hinter ihrem Angebot verbarg sich Eigennutz. Er war auf dem Laufenden, was ihren gemeinsamen Kriminalfall, wie sie ihn innerlich bereits nannte, betraf, und Neuigkeiten ließen sich bei einem Käffchen bedeutend schneller erfahren.

»Ich muss hier raus«, dröhnte es ihr entgegen.

Enne hielt das Telefon weiter weg, befürchtete, dass sonst ihr Trommelfell Schaden nehmen könnte.

»Das ist kein Polizeipräsidium mehr, sondern ein Irrenhaus«, bollerte er weiter. »Die Mordfälle machen alle nervös, vom Innenministerium bis zur Staatsanwaltschaft. Und trotz meiner dringenden Bitte wird mir zusätzliches Personal verweigert.« Er lachte hart auf. »Die Mittel seien nicht im Haushalt eingestellt und ein Nachtragshaushalt noch nicht verabschiedet.« Körner schnaufte empört, sodass Enne vorsichtshalber das Handy auf dem Beifahrersitz deponierte. »Einsparungen an allen Ecken und Enden. Wie sollen wir unter den Bedingungen unsere Kernarbeit als Behörde erledigen?«, brach es aus ihm heraus. »Es wird gespart, bis es knirscht, aber nein, das ist immer noch nicht genug. Auch die restlichen Leute werden mir noch abgezogen, um Demonstrationen zu sichern. Material und Fahrzeuge stehen nur noch auf dem Papier zur Verfügung, und für jede Büroklammer muss ein Formular ausgefüllt werden. Jahr für Jahr gibt es Versprechungen von der Landesregierung, aber ändern tut sich im Grunde nichts. Wir wurschteln weiter wie bisher.«

Enne konnte ihn gut verstehen. Körner versuchte verzweifelt, mit den wenigen Ressourcen den Betrieb aufrechtzuerhalten. In den letzten Jahren war die Personalsituation bei der Brandenburger Polizei immer schlechter geworden. Jetzt fehlten nicht nur Kommissare in allen Bereichen, sondern auch qualifizierte Leute bei der Kriminaltechnik. Sogar der Brandenburger Verfassungsschutz hatte einen Brandbrief an den Ministerpräsidenten geschrieben. Wohin fließen nur die Steuergelder?, fragte sie sich nicht zum ersten Mal. Subventionen wurden an ausländische Firmen vergeben, ohne deren Finanzdecke ausreichend geprüft zu haben, sodass der Steuerzahler bei Insolvenz seinen Kopf hinhalten musste. In den letzten Jahrzehnten waren solche Szenarien nicht mehr die Ausnahme, sondern beinahe schon zum Regelfall geworden. Ennes Empörung über seine Anfangsfrage war verraucht.

»Kaffee ist nicht schlecht, aber irgendetwas Kühles wäre noch besser, sonst platzt mir noch der Kopf«, sagte Körner schließlich.

Enne setzte den Blinker und reihte sich in den Verkehr ein. Sie beugte sich zum Telefon. »Was hältst du vom ›Oskar‹ im ›Mercure‹? Ich bin in der Nähe, und für dich sind es dahin nur wenige Schritte.«

»In fünf Minuten bin ich da«, entgegnete Körner.

Enne beendete das Gespräch. Ihre Müdigkeit war verflogen.

Die Ärmel seines hellblauen Hemdes hochgekrempelt, durchquerte Körner mit weit ausgreifenden Schritten das Restaurant. Von ihrem Tisch direkt am Fenster mit Blick auf den Landtag hatte sie einige Sekunden Vorsprung, um ihn zu beobachten. Sein großes, mit tiefen Lebenslinien durchzogenes Gesicht wirkte müde. Auch schien ihr, als schimmerte sein volles dunkles Haar plötzlich silbergrau.

Als er sie entdeckte, zog ein Leuchten über seine Züge. Kaum dass er saß, verkündete er: »Maik ist wieder im Team.«

Enne fühlte, wie eine Last von ihren Schultern genommen wurde. Diese verfahrene Situation hatte ihr seit dem Morgen mehr zugesetzt, als sie zuerst wahrhaben wollte. Leider war der Streit zwischen ihnen damit noch nicht vom Tisch. Ihr Sohn hatte ihr seine Sicht der Situation mitgeteilt, sehr heftig und emotional. Natürlich fühlte sie sich immer noch verletzt, aber mehr als Mutter denn als beratende Person.

Körner legte seine großen Finger auf ihre schmale Hand. »Ich werd das Kind schon schaukeln, Ennekin«, brummte er.

Sie blickte ihn dankbar an, immer wieder erstaunt über seine Empathie ihr gegenüber.

Als die Getränke kamen, beide hatten sich für eine große Apfelsaftschorle entschieden, berichtete er ihr von dem Link zu einer Seite mit Interna, den Susanne Riemeister vom BKA Wiesbaden ihnen geschickt hatte.

»Das kann sie ihren Job kosten.«

Körner nickte. »Aber ich denke, sie weiß, was sie tut, und hat die Risiken kalkuliert. Für uns ist es wichtig, dass wir jetzt wissen, dass es sich bei den Schwarzgeldsummen der Koslowskis nicht um Peanuts handelt, um das mal auf Neudeutsch auszudrücken. Es muss eine Verbindung zwischen Lisbeth Koslowski und den anderen Opfern bestehen beziehungsweise bestanden haben.« Er beugte sich zu ihr. »Wir hatten vorhin Besuch aus Polen. Die Schwester der Nymczek.«

Gespannt hörte Enne zu, was Körner über den Brief berichtete, auch dass zusätzlich ein Schlüssel dabeigelegen hatte, bei dem es sich aller Wahrscheinlichkeit nach um einen Schließfachschlüssel handeln könnte. »Das passt«, meinte sie. Preuss hatte die Koslowskis gekannt, so viel war für sie schon nach der Bemerkung klar gewesen, die Lisbeth vor ihrem Tod gemacht hatte. Dann das Versteck der Papiere bei Ruth und jetzt auch noch ein Schließfachschlüssel von Preuss. Man musste nur eins und eins zusammenzählen.

»Weißt du etwas, das ich wissen müsste?«

»Nein, Richard«, log sie. »Aber ich bin der festen Überzeugung, dass es hier nicht mehr nur um Lisbeth geht. Das Ganze hat eine Dimension erreicht, die mir langsam Angst macht.« Enne wühlte in ihrer voluminösen roten Umhängetasche und förderte Block und Kugelschreiber zutage. Auf die erste Seite schrieb sie in Druckbuchstaben: »Dimethoat«.

»Auch auf der Flucht, Chef?« Vor ihrem Tisch stand Kalumet.

Körner fuhr herum und erblickte wenige Schritte dahinter Lilienthal und Heike. »Spionieren Sie mir nach, oder was?«, fragte er misstrauisch.

Enne war schon aufgestanden und lächelte den dreien zu.

Lilienthal, die Augenbrauen finster zusammengezogen, schüttelte nur den Kopf und wandte sich sofort Richtung Ausgang.

»Maik!«, sagte Enne, aber er ging weiter, und ihre Stimme brach. Enttäuscht sank sie zurück auf ihren Stuhl.

»Kindergarten«, kommentierte Körner, erhob sich zu seiner imposanten Größe und folgte seinem Hauptkommissar.

Enne lächelte verlegen, als Heike und Kalumet sich einfach neben sie setzten.

Wenig später kam Körner zurück. Lilienthal, die Hände in den Hosentaschen vergraben, schlenderte ihm missmutig hinterher. Als er auf dem Tisch Ennes Block mit der Überschrift erblickte, bemerkte er ironisch: »Dacht ich's mir doch, wieder mal eine kleine private Besprechung.« Er ignorierte Körners warnenden Blick und zog den Block zu sich herüber. »Es ist wirklich nicht leicht mit dir«, sagte er heiser.

Eine Bedienung unterbrach die angespannte Stille am Tisch. Lilienthal, der sich vorerst für Waffenstillstand entschieden hatte und dem der Magen in den Kniekehlen hing, bestellte ein Wiener Schnitzel mit Pommes. Kalumet, die hochgezogenen Brauen von Heike ignorierend, die nur einen Salat orderte, schloss sich an.

»Dimethoat ist also deiner Ansicht nach der Schlüssel zu den Fällen?« Lilienthal wies auf den Schreibblock. »Jeder Erwachsene kommt an dieses Pflanzengift heran. Nicht die Art oder das Mittel, welches zum Tod führte, ist entscheidend, sondern das, was die Opfer miteinander verband. Seit Kurzem liegt uns die Zeugenaussage einer alten Dame aus der Seniorenresidenz Havelaue vor. Preuss hatte Besuch von einer Frau, die ihn dermaßen ängstigte, dass er wenig später Alina Nymczek den Schließfachschlüssel übergeben haben muss. Am Tag darauf wurde er ermordet. Die Schlüsselfragen, um mal beim Thema zu bleiben, sind also: Wer war die Frau, und was wollte sie?«

»Bringe Ordnung in das Chaos«, murmelte Enne mehr zu sich selbst als zu den anderen.

Lilienthal entlockte das nur ein müdes Lächeln.

Er griff zum Stift und schrieb die Namen der Opfer untereinander und daneben die Todesart:

1. Jens Hartwig (angeschossen), Tod durch Bombenexplosion
2. Günther Preuss, Tod durch Vergiftung – Dimethoat
3. Alina Nymczek, dito
4. Ralf Pistorius, Tod durch Erwürgen
5. Clemens Scherny, Tod durch Unglücksfall
6. Lisbeth Koslowski, Tod durch Vergiftung – Dimethoat

»Scherny und Pistorius kann man vernachlässigen«, warf Heike ein. »Die sehe ich als gesonderte Fälle.«

»Richtig, die Vergiftungen sind eine Gemeinsamkeit von Preuss, Nymczek und Lisbeth Koslowski, wobei auch Jens

Hartwig irgendwie zu den dreien dazugehört, denn er war mit der Pflegerin verbandelt. Zwischen ihnen müssen wir nach Verbindungen suchen. Laut meiner Mutter kannte Lisbeth Koslowski zum Beispiel Preuss, aber was genau waren deren Gemeinsamkeiten?«

»Alter und Herkunft?«, überlegte Kalumet laut.

»Mehr fällt dir nicht ein?«, fragte Lilienthal barsch. »Ich dachte, ihr hättet schon recherchiert?«

Heike stieg die Röte ins Gesicht. Sie zog ihr Notizbuch hervor und blätterte. »Wir sind erst heute Morgen über den Giftmord an Lisbeth Koslowski informiert worden, Maik.«

»Das liegt schon Stunden zurück«, entgegnete er hart.

Heike und Kalumet blickten sich kurz an, dann fasste Heike ihre Notizen zusammen: »Preuss wurde am 6. Januar 1919 in Wartenburg in Ostpreußen geboren. Er kam als junger Mann nach Berlin und fing bei der Deutschen Reichsbahn an. 1940 heiratete er in Berlin-Neukölln eine Else, geborene Schulze. Ein Sohn, Hans-Werner, kam 1941 auf die Welt. Beide, Frau und Sohn, kamen bei einem Bombenangriff 1943 ums Leben. Preuss arbeitete bis Ende des Zweiten Weltkrieges als Bahnschutzbeamter. Nach Kriegsende war er weiterhin bei der Reichsbahn in Berlin tätig, die damals der DDR gehörte. Anfang der fünfziger Jahre zog er nach Hannover und fing bei der Deutschen Bundesbahn an. Wahrscheinlich, weil die Russen ihn verhaftet hätten, wären seine Mitgliedschaft bei der NSDAP und sein Posten bei der Bahnschutzpolizei herausgekommen. Dem wollte er entgehen. Nach seiner Pensionierung zog er nach Berlin-Schöneberg in die Hohenfriedbergstraße. Nach der Wende kaufte er sich in dem Seniorenstift Havelaue in Potsdam ein. Ich habe sein Bankkonto überprüft. Außer der Rente wurden ihm monatlich fünftausend Euro von der HypoVereinsbank München überwiesen.« Heike blätterte weiter. »Lisbeth Koslowski, geboren am 3. Mai 1916 in Berlin-Mitte. Lernte Verkäuferin bei Aschinger am Potsdamer Platz.«

Kalumet blickte sie fragend an.

»Die Aschinger Restaurants waren damals nicht nur für ihre

Stehbierhallen berühmt, sondern vor allem dafür, dass es zu jedem Getränk kostenlos eine Schrippe gab. Sie waren für die ärmere Bevölkerung Berlins das Restaurant schlechthin. Hast du nie von Alfred Döblin ›Berlin Alexanderplatz‹ gelesen?«

Kalumet grinste und zuckte nur mit den Schultern.

»Na, kannst du noch nachholen«, meinte sie gönnerhaft und fuhr fort: »Sie heiratete Kurt Koslowski Ende 1945. Die gemeinsame Tochter Ruth wurde im selben Jahr in Berlin-Kreuzberg geboren. Lisbeth führte den Haushalt und half, soweit ich das herausfinden konnte, nur ab und an später in dem Juwelierladen ihres Mannes aus.« Heike blickte in die Runde. »Jedenfalls können wir aus diesen ersten Informationen nicht ableiten, woher sich die beiden kannten. Dafür brauchen wir mehr Zeit.«

»Wir müssen schnellstens herausfinden, worum es sich bei der monatlichen Überweisung handelte. Heike, du übernimmst das«, wies Lilienthal sie an.

»Folge der Spur des Geldes«, raunte Enne in die einsetzende Stille.

»Was weißt du?«, fragte Lilienthal misstrauisch.

10

Am selben Tag

Kalumet rieb sich die Augen. Auch die Kriminaltechnik hatte den Schlüssel aufgrund der eingestanzten Nummer, der Form und des Barts als Bankschließfachschlüssel zugeordnet. Daraufhin hatte er die Namen aller deutschen Geldinstitute mit dem Kürzel J. A. verglichen, aber keines mit den Initialen gefunden.

Lilienthal, mit einem Becher Kaffee hinter ihm, fragte: »Hast du es schon im deutschsprachigen Ausland versucht?«

»Ein alter Eisenbahner und eine ausländische Bank, das glaube ich einfach nicht.«

»Erstens war der Preuss nicht immer alt, und gerade durch seinen Beruf ist der viel herumgekommen. So abwegig ist das nicht. Und die Aussage der Donnersmarck über sein Bildungsniveau darf auch angezweifelt werden. Die Dame war sehr von sich eingenommen.«

Kalumet seufzte, als er begann, dem Alphabet nach die Länderinstitute zu überprüfen. »Du hattest recht, Maik. Treffer«, meldete er sich wenig später.

Lilienthal schaute ihm über die Schulter. »Das Bankhaus Justus Adler, eine Privatbank in Kilchberg, einer Gemeinde am Zürichsee.«

Lilienthal griff sofort zum Telefon und wählte die Nummer seiner Mutter. »Besetzt«, erklärte er enttäuscht.

Churchill saß vor der Haustür. Kerzengerade, den buschigen Schwanz wie eine Schleppe um seine Pfoten drapiert. Aus grünen Sehschlitzen blickte er Enne entgegen, als sie nach Hause kam. Sie beugte sich zu ihm hinunter, aber er sprang mit einem Satz von der Treppe und verschwand im Garten. »Alter, dickköpfiger Kater«, meinte Enne gekränkt. Männer sind doch alle Sensibelchen, dachte sie.

Sie ging in die Küche, füllte den Katzennapf mit Futter und

gab Wasser in das danebenstehende Schüsselchen. Suchend blickte sie sich um, aber kein Katzentier stand auf Samtpfoten hinter ihr. Sie schob die Sandalen von den Füßen und lief barfuß ins Gartenzimmer. Schaute rasch die Post durch, die sie aus dem Briefkasten genommen hatte. Hielt inne, griff nach der Tageszeitung und verglich das Datum. Gestern war Emmis Geburtstag gewesen, und sie hatte ihn vergessen. Eigentlich hatte ihre Cousine nach Potsdam kommen wollen, um den Tag mit ihr zu verbringen. So wie in früheren Zeiten, als Emmi noch nicht mit Andreas in der Schweiz gewohnt hatte. Aber da ihre Cousine sich weder gemeldet hatte, noch aufgetaucht war, schien sie den Besuch verschoben zu haben.

Churchill, der inzwischen seinen Napf geleert hatte, ohne dass es ihr aufgefallen war, lief an ihr vorbei hinaus auf die Terrasse und fing an, sich dort ausgiebig zu putzen. Der Kater ist ein kompliziertes Lebewesen, dachte Enne. Bestechungen wie kleine Köstlichkeiten prallen wirkungslos an ihm ab. Er verteidigt vehement seine Eigenständigkeit. Nur wenn er das Bedürfnis danach verspürt, verteilt er huldvoll Zuneigung oder fordert sie ein. Enne liebte diesen kleinen Kerl, dessen Charakter in vieler Hinsicht ihrem eigenen ähnelte, gerade deshalb. Sie griff zum Telefon und sang, als sich ihre Cousine meldete, »Happy Birthday«.

»Du treulose Tomate«, unterbrach Emmi sie. »Da füttert man dich tagelang durch, schüttelt deine Kissen auf, erträgt klaglos deine deutsche Hektik, und du vergisst einfach meinen Geburtstag. Das war es, meine Liebe. Schluss mit lustig.«

»Mea culpa, gib mir noch eine Chance. Wie kann ich dich gnädig stimmen?«

»Gnädig? Das Wort existiert nicht in meinem Wortschatz. Leiden sollst du. Fünfmal Rausch am Gendarmenmarkt bei meinem nächsten Besuch.«

»Akzeptiert«, erwiderte Enne und musste sich ein Lachen verkneifen. Ihre Cousine, schmal wie ein Strich in der Landschaft, konnte Unmengen Schokokuchen bei Sprüngli in der Zürcher Bahnhofstraße verspeisen, ohne ein Gramm zuzunehmen, wofür Enne sie beneidete. Und die Törtchen von Rausch am Gendarmenmarkt standen ihren Schweizer Pendants in nichts nach. »Wann kommst du?«

»Weiß ich noch nicht genau, aber bald. Ich muss endlich wieder Berliner Luft atmen.«

Sie plauderten noch ein Weilchen, dann bat Enne, Andreas zu sprechen. Er meldete sich wie immer leicht mürrisch. »Was kannst du mir über einen Auftraggeber sagen, wenn der auf einem Kontoauszug bei einer Überweisung nur als Nummer erscheint?«, fragte sie ohne Umschweife.

Einen Augenblick lang blieb es still in der Leitung.

»Bei einem Schweizer Institut?«, fragte er misstrauisch.

»Nein, einer Bank aus Österreich.«

»Dann frag da nach«, beschied er sie knapp.

»Kann es sein, dass der Betrag von einem Nummernkonto aus überwiesen wurde?«, insistierte sie.

»Möglich«, erwiderte er ausweichend.

»Die Angelegenheit ist bereits etwas älter. Meine Freundin hat Papiere gefunden, unter anderem einen Kontoauszug, auf dem eine Überweisung auftaucht und der Absender sich nicht auf den ersten Blick identifizieren lässt.«

»Dann soll deine Freundin sich an die Bank wenden.«

Enne stöhnte innerlich auf. Andreas war so was von korrekt, wenn es ums Geschäft ging. »Es ist kompliziert, darum frage ich ja dich.«

»Schon mal was von Bankgeheimnis gehört?«, erwiderte er reserviert.

»Es geht nicht um deine Bank, Andreas, es geht um eine generelle Auskunft.« Langsam riss ihr der Geduldsfaden.

»Im Gegensatz zu euch, die ihr in Deutschland inzwischen alles aushebelt, was Kunden- und Datenschutz ausmacht, legen wir in der Schweiz immer noch Wert auf Diskretion. Das Vertrauensverhältnis ist entscheidend im Bankengeschäft. Und wenn jemand will, dass seine Identität gewahrt bleibt, dann ist das sein gutes Recht. Wobei ich in aller Deutlichkeit betonen möchte, dass wir nicht mit Steuersündern zusammenarbeiten.

Jeder Auslandskunde ist verpflichtet, einen Nachweis zu erbringen, dass die landesüblichen Steuern auf sein Vermögen entrichtet worden sind. Es gibt auch eine Klientel, die ihr Geld ordnungsgemäß versteuert und es bei uns nur in Sicherheit bringen möchte, Enne. Manche gehen wegen Erbstreitigkeiten et cetera ins Ausland, und natürlich sind wir auch für diese Kunden da.«

Der Vortrag von Andreas, der sich sonst auf knappe Wortmeldungen beschränkte, überraschte Enne. »Kommt nicht bald der automatische grenzüberschreitende Informationsaustausch?«

Er schnaufte. »Du kennst dich ja doch besser aus, als ich annahm. Trotzdem möchte ich hier und jetzt nichts weiter zu diesem Thema sagen.«

Enne erinnerte sich, gelesen zu haben, dass Gespräche von Schweizer Bankern ins Ausland abgehört und nach Stichwörtern gefiltert wurden. Trotzdem brannten ihr noch einige Fragen unter den Nägeln. »Was passiert, wenn jemand, der vor Jahren ein Nummernkonto eingerichtet hat, verstirbt und niemand Ansprüche darauf anmeldet?«

»Das wäre dann ein nachrichtenloses Vermögen«, brummte Andreas.

»Und was passiert mit dem Geld?«

»Nach zehn Jahren wird es bei uns in eine Spezialabteilung überführt.«

Den Ausdruck »Spezialabteilung« fand Enne gelungen. Eine schweizerische Umschreibung für Gelder, die sich das Bankhaus eines Tages selbst gutschrieb.

»Angenommen, es handelt sich in diesem speziellen Fall um ein Nummernkonto, kann man dann zurückverfolgen, wer der ehemalige Kontoinhaber war?«

»Schwierig.«

»Aber nicht unmöglich?«

»Ich möchte wirklich nicht weiter mit dir darüber reden, Enne.«

Im Hintergrund erklang die Haustürklingel.

»Entschuldige, aber ich bekomme Besuch, ade«, verabschiedete sich Andreas hastig.

Enne wollte schon auflegen, da meldete sich noch einmal Emmi: »Ich rufe dich morgen an. Dann kann ich dir auch sagen, wann ich dich besuche. Der Wrangler ist gerade gekommen.«

Der Name kam Enne entfernt bekannt vor. »Wer?«, fragte sie rasch.

»Ein Kunde von Andreas.«

»Und der kommt zu euch nach Hause?«

»Charmanter Typ. Ciao!«

Kaum hatte Enne aufgelegt, meldete sich das Telefon erneut.

»Bei dir kommt man auch nicht durch«, beschwerte sich Lilienthal.

»Deine Lieblingstante Emmi hatte gestern Geburtstag, und ich habe ihr nachträglich gratuliert. Hast du daran gedacht?«

»Habe ich auch vergessen, hole ich aber später nach. Ich rufe wegen Andreas an. Arbeitet der nicht bei Justus Adler?«

»Ja, warum willst du das wissen?« Aber die Verbindung war bereits beendet.

Enne lehnte sich zurück in die weichen Polster und streckte die Beine aus. Die Augen fielen ihr zu. Schlaf übermannte sie. Körners Gesicht schob sich in ihre Träume. Er lächelte, hob den Finger und deutete auf etwas, das sie nicht erkennen konnte. Sie wollte ihn fragen, brachte aber kein Wort heraus. Da verzogen sich seine Gesichtszüge und wurden zu einer diabolischen Maske. Er sagte etwas, aber sie verstand ihn nicht. Seine Stimme dröhnte in ihren Ohren. Das Gesicht löste sich auf. Schwarzrote Materie schoss auf sie zu wie ein Lavastrom, teilte sich und löste sich auf, bevor Enne von ihr überflutet wurde. Sie blickte an sich hinunter. Zahlen, Buchstaben, die wild durcheinanderwirbelten, kamen näher. Sie versuchte zu entkommen, aber ihre Glieder gehorchten ihr nicht. Wie gelähmt wartete sie auf das Unausweichliche: unterzugehen und verschlungen zu werden.

Schweißgebadet erwachte sie. Churchill schnurrte neben ihr so laut, dass sein gesamter Körper im Rhythmus vibrierte.

»Mein Schmusekätzchen«, flüsterte sie und schob ihn auf das weiche Sesselkissen. Er blieb wie narkotisiert liegen, nur sein Schnurren war verstummt, und aus grünen Augenschlitzen verfolgte er jede ihrer Bewegungen aufmerksam.

Was hatte sie nur für einen Unsinn geträumt. Diese Zahlenschwemme, unheimlich. Und Körner, der ihr etwas sagen wollte. Nichts als Blödsinn. Sie richtete sich stöhnend auf, und auf einmal sah sie es vor sich. Klar und deutlich. Der Zettel mit den Zahlenkolonnen. Sie fuhr hoch. Churchill sprang erschrocken vom Sessel.

Enne lief in die Diele, holte ihre Tasche, wühlte erfolglos darin herum. Entschlossen leerte sie den Inhalt auf dem Tisch aus. Die gesuchten Papierschnipsel lagen dazwischen. Sie glättete jedes einzelne Stück und legte alle auf die Tischplatte. Schob sie hin und her, bis sie in der richtigen Reihenfolge zusammengesetzt vor ihr lagen.

»Ein großes J und A«, sagte sie. Bei den beiden Buchstaben auf dem kleinen Stück Papier konnte es sich nur um die Initialen des Bankhauses Justus Adler handeln. Und das verwies zusammen mit dem Kontoauszug der Kufsteiner Bank und der darauf aufgeführten Überweisung auf diese Schweizer Bank. Warum sonst hatte man beides zusammen versteckt? Zu dumm, dass sie nicht schon vorher daran gedacht hatte, die Schnipsel zusammenzusetzen. Sollte sie Andreas noch einmal anrufen? Sie schaute auf die Uhr, es war beinahe Mitternacht. Aber wenn sie ihn jetzt damit konfrontierte, dass das Nummernkonto auf dem Kontoauszug der Kufsteiner Bank eventuell auf seinen Arbeitgeber hinwies, dann würde er zuklappen wie eine Auster. Hinfliegen? Bist du verrückt?, sagte ihr Alter Ego und hatte recht. Sie musste mit ihrem Sohn und Körner Rücksprache halten. Noch so einen Alleingang durfte sie sich nicht erlauben.

Sie ging nach oben in ihr Schlafzimmer. Der Koffer, mit dem sie in Zürich gewesen war, stand noch immer in einer Ecke. Sie öffnete ihn, nahm mehrere Prospekte über Zürich heraus, die sie einer Freundin versprochen hatte. Griff in die Seitenfächer und förderte Hotel-Toilettenartikel von vorangegangenen Auslandsaufenthalten zutage. Warum sie die immer mitnahm, war ihr selbst ein Rätsel. Kurz entschlossen warf sie alles in den Papierkorb. Auf dem Kofferboden entdeckte sie eine einzelne Visitenkarte. Überrascht las Enne den Namen.

11

Am Abend desselben Tages

Lilienthal öffnete die Autotür und setzte das kleine schwarze Fellbündel auf den Bürgersteig. Die Leine behielt er in der Hand. Der Hund blieb stehen, zitterte, hechelte ängstlich. Lilienthal schob ihn sanft zum nächsten Baum, wo er sich erleichterte.

»Du Armer«, brummte Lilienthal, beugte sich hinab und streichelte das verängstigte Tier. Ergeben ließ der Hund die Berührung über sich ergehen. Gerade mal bis zur Wade reichte er ihm, seine Stirn zierte ein weißer Fleck. Lilienthal würde ihn morgen ins Tierheim bringen, heute war es dafür schon zu spät. Er beendete den Gassi-Stopp und zog sein Handy hervor. Drei verpasste Anrufe. Alle von Susanne. Vorhin hatte er keine Zeit gehabt, sie anzunehmen, geschweige denn zurückzurufen. Er tippte auf die Wahlwiederholungstaste, und sie meldete sich sofort.

»Maik? Ich bin weg aus Wiesbaden«, sagte sie, noch bevor er zu einer Entschuldigung ansetzen konnte.

Er öffnete die Haustür und stieg die Treppenstufen zu seiner Wohnung hinauf. »Wo bist du jetzt?«

»Hier.«

Verblüfft schaute er hoch. Sie stand vor ihm auf dem Treppenabsatz. Was für eine begehrenswerte Frau, dachte er wie immer, wenn er sie sah. Ihr heller Teint, die feinen, doch entschlossenen Gesichtszüge, umrahmt von rotgoldenen lockigen Haaren. Dazu ihre schlanke, durchtrainierte Figur mit dem hohen Busen, der keinen BH brauchte. Seine Susanne. Zu ihren Füßen stand eine Reisetasche. Besorgt blickte sie ihm entgegen.

Behände sprang der Hund an Lilienthal vorbei und blieb schwanzwedelnd vor ihr stehen. »Was für ein entzückender kleiner Kerl!«, rief sie, hielt ihm die Hand hin, rümpfte aber gleich darauf die Nase. »Der riecht aber streng. Den solltest du mal baden.«

»Später«, murmelte er und zog sie an sich. Einige Augenblicke hielten sie sich eng umschlungen. »Du hast mir gefehlt«, flüsterte er in ihr Haar, das für ihn nach frischem Heu duftete.

Langsam löste sie sich von ihm und blickte das Tier an. »Wie heißt er?«

»Charly. Steht auf seinem Halsband.«

Als der Hund seinen Namen hörte, ließ er seine langhaarige Rute wie einen Propeller kreisen.

Lilienthal schloss die Wohnungstür auf und zog beide hinein.

Susanne nahm eine Schüssel aus dem Küchenschrank, füllte sie mit Wasser und stellte sie auf den Boden. Das Tier fing sofort an zu trinken. »Schau nur, der kleine Kerl war am Verdursten.«

Später, Susanne saß auf der Couch, die Beine angezogen, ihre Arme um die Knie geschlungen, fragte sie Lilienthal: »Was ist passiert, Maik?«

Lilienthal, mit einer Flasche Lemberger und zwei Gläsern in der Hand, goss ein und reichte ihr ein Glas. »Eine seltsame Geschichte. Jetzt ist auch noch eine Altenpflegerin verschwunden.«

»Seit wann fallen Vermisstenfälle in dein Ressort?«

»Fanny Schuster war die Kollegin eines der Mordopfer. Noch vor wenigen Stunden habe ich mit ihr gesprochen.« An Susannes verständnislosem Gesichtsausdruck merkte er, dass er weiter ausholen musste. »Leo und ich haben die Schuster in einem Biergarten nahe ihrem Wohnhaus befragt, weil sie von ihrem Arbeitgeber gekündigt worden ist. Später rief Mandy, die Bedienung, die im selben Haus wie Schuster wohnt, im Präsidium an. Zuerst verstand ich nicht, was sie wollte. Sie erzählte wirr etwas von einem Hund. Erst nach und nach erfuhr ich, was vorgefallen war.« Er trank einen Schluck Lemberger und setzte sich bequemer hin. »Mandy kam nach ihrer Arbeit in der Gastwirtschaft nach Hause, da hörte sie Geräusche vom Hof her. Ratten, dachte sie und wollte schon zu ihrem Treppenaufgang, als sie ein Wimmern vernahm. Es kam aus einem der Müllcontainer. Sie ging hin und schob den Deckel hoch, konnte aber, da es bereits dunkel war, nichts erkennen. Sie wollte die Klappe schon wieder schließen, als sie aus dem Müll zwei Augen anblickten. Vor Schreck ließ sie den Deckel fallen, kehrte aber später mit einer Taschenlampe zurück und erkannte Charly, den ihre Nachbarin erst vor Kurzem aus dem Tierheim geholt hatte. Man hatte versucht, ihn zu erdrosseln. Ein Strick hing ihm immer noch fest verknotet um seinen Hals.«

»Weggeworfen? Wie Müll?« Susanne blickte fassungslos zu Lilienthal.

»Jemand hatte haufenweise Mülltüten über den Hund gehäuft in der Annahme, das Tier wäre tot. Wahrscheinlich war Charly ohnmächtig, kam später wieder zu sich und versuchte dann, sich zu befreien.«

»Wie können Menschen so etwas tun?«

Er strich Susanne liebevoll übers Haar. »Ich kann das auch nicht verstehen. Mandy jedenfalls traute sich nicht, Charly aus dem Container zu heben. Sie fürchtet sich vor Hunden, seit sie von einem Schäferhund gebissen wurde. Also rannte sie zu der Wohnung der Schuster, klingelte Sturm und schloss, als niemand öffnete, mit dem Ersatzschlüssel, den sie vor langer Zeit mal von ihrer Nachbarin bekommen hatte, auf. In der Küche entdeckte sie benutztes Geschirr in der Spüle, das Bett war zerwühlt und die Tür des Kleiderschrankes nur angelehnt. Unvorstellbar für sie, dass ihre Nachbarin die Wohnung so verlassen hatte, darum rief sie uns an und ließ sich mit mir verbinden.«

»Und jetzt vermutest du einen Zusammenhang zu den anderen Morden?«

»Ich befürchte, dass ihr etwas passiert ist, ja. Als ich am Nachmittag mit ihr sprach, war ich mir sicher, dass sie etwas verheimlichte. Sie war betrunken, darum wollte ich sie morgen noch einmal befragen.«

»Meinst du, sie kennt den Mörder von dem alten Mann?«

»Auf jeden Fall muss sie etwas Wichtiges bemerkt oder gesehen haben, da bin ich mir sicher. Sie wirkte wegen ihrer

Kündigung überhaupt nicht deprimiert. Das fand ich bei dem Gespräch gleich merkwürdig.«

»Jemand muss sie in der Wohnung überrascht haben, Maik. Niemand bringt seinen eigenen Hund um, schon gar nicht, wenn er ihn vorher aus dem Tierheim geholt hat.«

»Ich habe die Kriminaltechnik hingeschickt. Die Kollegen überprüfen gerade alles.«

Susanne lehnte sich zurück und schloss die Augen. Erst jetzt fiel Lilienthal wieder ein, was sie vorhin am Telefon gesagt hatte. »Du bist weg aus Wiesbaden?«, fragte er. Und dann zögernd: »Hat man dich wegen des Links gefeuert, den du mir geschickt hast?«

»Ich bin ihnen zuvorgekommen«, erklärte sie, richtete sich auf und lächelte. »Das Komische daran ist, dass ich mich irgendwie befreit fühle.« Sie kraulte den Hundekopf. Charly hatte sich von Lilienthal unbemerkt neben ihr zusammengerollt. »In Wiesbaden ist alles so schick. Na ja, ich weiß, ich bin ein Landei, aber jeden Tag Make-up und Klamotten von einem angesagten Label, das ist wirklich nicht meine Welt. Mir reichen Jeans und T-Shirt von H&M.«

Nein, dachte er, du brauchst keine Designerklamotten. Nackt bist du mir am liebsten. Er spürte, wie bei dem Gedanken die Lust in ihm hochstieg. Lilienthal selbst legte Wert auf Qualität. Bei allem, sei es Kleidung, Möbel oder Essen. Gab auch richtig Geld dafür aus. Aber Susanne hatte das nicht nötig. Sie sah in jedem noch so preiswerten Outfit sensationell aus. Er beugte sich zu ihr und strich ihr über den Busen.

Noch immer lächelnd schob sie seine Hand weg. »Alles schien mir dort aufgesetzt. Hier ein Küsschen, da ein Küsschen und nach dem Dienst noch ein Sektchen oder Weinchen.« Sie schüttelte sich. »Ob du es glaubst oder nicht, unsere Brandenburger Maulfaulheit hat mir gefehlt.« Sie lachte leise. »Ich bin ein hoffnungsloser Fall.«

»Ich liebe Landeier«, sagte er und versuchte, sie an sich zu ziehen. Sie entwand sich ihm. »Natürlich ist mir bewusst, dass nicht alles bei uns Friede, Freude, Eierkuchen ist. Selbst in meiner bäuerlichen Familie geht es sonntags hoch her. Da prallen die Meinungen wie Geschosse aufeinander. Im Augenblick regen sich meine Eltern über Windkraftanlagen auf, die im ganzen Land wie Armeen aufgestellt werden und die Landschaft zerstören. Und über den subventionierten Anbau von Mais und Raps, weil reine Monokulturen den Lebensraum vieler Tiere vernichten.« Susanne hatte während ihrer Aufzählungen rosige Wangen bekommen, was Lilienthal äußerst reizvoll fand.

»Verrat mir mal, wer die Kosten für all das trägt?«, fuhr sie ihn an, als habe er daran schuld.

»Na, wer schon«, brummte er. »Wir, die Steuerzahler.«

Sie schwiegen eine Weile.

»Meinst du, da kommt noch ein Disziplinarverfahren nach?«, fragte er leise.

»Möglich«, erwiderte sie. »Aber die beim Bundeskriminalamt hätten euch schon längst mit einbinden müssen.« Sie schob sich eine Haarsträhne aus dem Gesicht. »Bevor es hart auf hart kommt, klinke ich mich lieber aus.« Sie bemerkte seinen erstaunten Blick und fügte hinzu: »Natürlich hat mir die Polizeiarbeit immer Spaß gemacht. Einer muss sich um den Schutz der Bürger kümmern. Wenn nicht wir, wer sonst? Und in unserer Familie wird Wert auf Recht und Gesetz gelegt, das weißt du ja.«

Er nickte. Susannes Bruder arbeitete in der Justizvollzugsanstalt in Frankfurt/Oder als Pfarrer, ein sympathischer Mensch, der ihm bei seinem letzten Fall wichtige Hinweise geliefert hatte.

»Ich könnte den Hof meiner Eltern übernehmen. Die wären begeistert.« Sie grinste. »Kannst du dir ein Leben mit mir in der Uckermark vorstellen?«

Lilienthal antwortete nicht. Fand die Frage eher rhetorisch. Auch er spielte seit dem Morgen mit dem Gedanken, bei der Kripo aufzuhören. Aber dörfliches Leben? In jwd, weit entfernt von Potsdam und Berlin? Schon bei dem Gedanken stellten sich ihm die Nackenhaare auf. Er liebte die Weite Brandenburgs –

den Oderbruch, die Niederlausitz, Wiesen und Wälder –, aber
bitte nur tageweise und mit der Option, in die Stadt zurückkeh-
ren zu können. Theater-, Konzert- und Ausstellungsbesuche
in seiner Freizeit, das war sein Leben. Er vermied es, Susanne
in die Augen zu schauen.

12

28. Juli

Etwas Feuchtes fuhr über seine Hand. Lilienthal blinzelte und schaute in die hellwachen Augen von Charly. Er musste ihn noch heute ins Tierheim bringen, fiel ihm ein.

»Na, mein Schätzchen«, hörte er neben sich Susanne raunen.

Lilienthal lächelte, tastete nach ihrem Körper, fand aber nur ihren Arm. Mit der anderen Hand kraulte sie den schwarzen Hundekopf.

»Hund müsste man sein«, murmelte er.

»Der muss mal, Herr Hauptkommissar. Oder soll er auf die Dielen pullern?« Susanne gähnte, schob Charlys Kopf beiseite, rollte sich zusammen, zog die Decke um ihren nackten Körper und schlief einfach weiter.

Der Hund lief zur Tür und schaute ihn auffordernd an. »Wehe, du pinkelst in meine Wohnung«, brummte Lilienthal, »dann gibt es was auf deinen kleinen Fellhintern.«

Der Hund schien ihn bei seinen Worten anzugrinsen. Wohl wissend, dass Lilienthal dazu gar nicht fähig war.

Lilienthal rutschte weg von Susannes Körperwärme und streckte sich. Morgenlicht sickerte durch die Vorhänge. Erst spät in der Nacht waren sie dicht aneinandergeschmiegt eingeschlafen, nachdem sie sich geliebt hatten. Voller Zärtlichkeit blickte er zu dem Rotschopf, der unter der Decke hervorlugte.

Der Hund winselte.

»Ich komm ja schon, du Nervensäge«, brummte er. Lief ins Bad, zog Jeans und T-Shirt über, griff nach dem Hundegeschirr und legte es dem Tier an. Als er vor die Tür trat, die Hand wegen der Sonnenstrahlen schützend vor die Augen haltend, hörte er eine Autotür klappen.

»Was bist du denn für ein Schöner?«, hörte er die Stimme seiner Mutter, die vor ihm stand. Kein Traum. In Jeans und einer weißen Bluse sah sie mit hochgebundenen Haaren unnatürlich frisch und wach aus.

»Seit wann hast du einen Hund?«

»Seit wann stehst du in aller Herrgottsfrühe vor meiner Wohnung?«, konterte er.

Sie schwenkte eine Tüte. »Buttercroissants. Kaffee hast du, oder?«

Er kannte ihre Tricks. So ging sie immer vor, wenn sie etwas wollte. Und er ahnte bereits, um was es ging. »Warum bist du hier?«, fragte er kühl.

Ihr aufgesetztes Lächeln erstarb. »Entschuldige, ich will dich nicht weiter stören. Aber ich habe im Nachlass von Lisbeth etwas gefunden, das für deine Arbeit von Bedeutung sein könnte.«

»Und das erzählst du mir hier einfach so auf der Straße?« Er musste sich beherrschen, um nicht laut zu werden. »Das wusstest du doch schon gestern im ›Oskar‹?«

Enne schluckte ihren aufkommenden Ärger herunter. Sie hatte keine Lust, sich hier und jetzt auf eine Grundsatzdiskussion mit ihrem sensiblen Herrn Sohn einzulassen. »Schon, aber Ruth war dagegen, dass ich es dir sage. Und außerdem musste ich das Material erst wieder zusammensetzen.« Sie redete weiter, berichtete, was sie bei Ruth gefunden hatte. Zog aus ihrer Tasche eine Pappschachtel und gab sie ihm. »Es war gut versteckt. Ich habe Bilder von dem zerbrochenen Leuchter mit dem Handy gemacht, die werde ich dir natürlich auch schicken. Bitte versuche, Ruth aus allem herauszuhalten. Wenn du mehr wissen willst, weißt du ja, wo du mich findest.« Sie drückte ihm die Bäckertüte und die Schachtel in den Arm, stieg in ihr Auto und fuhr davon.

Verärgert schaute er ihr nach. Charly hockte in eindeutiger Stellung am Straßenrand. Peinlich berührt blickte er sich um, aber es waren kaum Passanten unterwegs. Konnte man einen Hund nicht dazu erziehen, dass er im Haus auf die Toilette ging? Lilienthal stellte Tüte und Schachtel auf den Bürgersteig und nahm die kleine Hinterlassenschaft seines Pfleglings mit einem Papiertaschentuch auf. Der Hund schnüffelte derweil an der Gebäcktüte. »Aus, Charly«, knurrte Lilienthal gereizt.

Nicht weit entfernt stand eine Mülltonne zur Abholung bereit am Straßenrand. »Bleib«, befahl Lilienthal dem Tier, und der Hund setzte sich – oh Wunder! – und schaute ihn treuherzig an. Er entsorgte den Hundekot, griff nach Bäckertüte und Schachtel und eilte ins Haus.

In der Wohnung kam ihm Susanne mit einem Becher Kaffee entgegen. Charly begrüßte sie freudestrahlend, und sie knuddelte ihn ausgiebig.

Während sie, dank der Croissants seiner Mutter, ausgiebig frühstückten und Charly alten Zwieback bekam, meinte Susanne: »Was hältst du davon, wenn ich mich bei euch in Potsdam bewerbe?«

»Ich dachte, du hättest dich gegen meinen Job entschieden?«

Sie lächelte. »Habe ich das wirklich?« Als sie sein verdutztes Gesicht bemerkte, fügte sie hinzu: »Deinen Job, um Himmels willen, den will ich ganz bestimmt nicht. Körner hat bei unserem Gespräch übrigens deutlich gemacht, dass du trotz allem seine Nummer eins bist und bleibst. Und wer bewirbt sich schon auf den Kronprinzenposten? Aber es gibt doch noch andere Kommissariate. Und soweit ich weiß, fehlen euch vorne und hinten Leute.«

»Natürlich hätte ich nichts dagegen, dass du nach Potsdam kommst«, erwiderte er zwischen zwei Bissen. Susanne überraschte ihn immer wieder. Diese Konstellation würde ihm jede Menge Vorzüge bieten. Aber natürlich nicht nur, flüsterte es in seinem Inneren. Abwarten, dachte er. Das Wichtigste war, dass Susanne in seiner Nähe sein würde.

»Willkommen im Club, Frau Riemeister«, dröhnte Körner ihnen eine Stunde später entgegen, als Lilienthal und Susanne mit Charly an der Leine auf ihn zukamen.

Lilienthal blickte sie überrascht an. Sie hatte sich also längst mit Körner verständigt.

Susanne bemerkte seinen angespannten Gesichtsausdruck, und ihr Lächeln erlosch. »Jetzt mach nicht so ein Gesicht, Maik.

Du wolltest doch, dass ich nach Potsdam komme. Außerdem hättest du es dir denken können. Ich bin alleinerziehende Mutter, ohne feste Jobzusage wäre ich nicht hier.«

Körner eilte auf sie zu, nahm ihre Hand und schüttelte sie. »Nur keine falsche Bescheidenheit, Frau Riemeister. Wir alle freuen uns, dass Sie sich entschlossen haben, im Team von Lilienthal mitzuarbeiten. Natürlich erst einmal vorläufig, das hatten wir ja so vereinbart.« Er blickte auf den Hund. »Tiere sind hier aber nicht –«

»Ein Zeuge, Herr Kriminalrat«, erklärte Susanne charmant, sodass der Alte vorerst gute Miene machte.

Als Lilienthal den Hund nach dem Frühstück ins Tierheim zurückbringen wollte, hatte Susanne ihn mit einem Blick angesehen, dass er sich wie ein Tierquäler vorgekommen war. Er hatte keine Wahl gehabt.

Lagebesprechung. Das mit Susanne aufgestockte Team hatte sich bei weit geöffneten Fenstern um Lilienthals Konferenztisch versammelt. Vor Heike stand wie immer Ingwer-Eistee, den Lilienthal als ungenießbar einstufte. Er hatte sich einigermaßen beruhigt. *The show must go on*, dachte er. Mit Susanne würde er noch einmal reden, wenn sie allein waren.

Er berichtete den anderen, was sich letzte Nacht ereignet hatte. Heike bekam sich überhaupt nicht mehr ein, als er erzählte, wie er den Hund mehr tot als lebendig aus dem Müll gezogen hatte. Alle stimmten mit ihm darin überein, dass Fanny Schusters Verschwinden etwas mit den Morden zu tun haben könnte. Beim aktuellen Stand ihrer Ermittlungen war eine Personenfahndung bei dem Staatsanwalt allerdings nicht durchzusetzen. Zum Schluss holte Lilienthal den Pappkarton von seiner Mutter hervor und legte das Blatt mit den zusammengesetzten Schnipseln auf den Tisch. Daneben den Leinenbeutel.

»Beides stammt aus dem Nachlass von Lisbeth Koslowski und wurde nur durch Zufall gefunden.«

»Enne?«, fragte Körner.

Lilienthal nickte ohne einen weiteren Kommentar. »Auf

dem Papier mit der Zahlenaufstellung finden sich die gleichen Buchstaben wie auf dem Anhänger des Schließfachschlüssels. Das ist die erste konkrete Verbindung zwischen Preuss und Koslowski. Aber legt den Fokus nicht nur auf das unversteuerte Geld. Es geht um mehrere Tötungsdelikte, wir dürfen die Toten nicht vernachlässigen.«

»Drei Morde wegen Schwarzgeld, das passt doch.«

»Das reicht mir nicht, Susanne. Auch wenn Geld immer ein starkes Motiv ist, steckt diesmal etwas anderes dahinter. Da bin ich sicher.«

»Aber was, das kannst du uns noch nicht sagen, oder, Maik?«, knurrte der Alte. »Und wenn ich eins und eins zusammenzähle, ergibt sich für mich folgendes Bild.« Körner zählte an den Fingern ab: »Erstens: Koslowski verfügte über Gelder im Ausland. Punkt. Zweitens: Ruth, seine Tochter, wusste davon nichts. Drittens: Lisbeth Koslowski, die Ehefrau, allerdings schon. Und viertens: Günther Preuss besaß ein Vermögen. Was genau und woraus das bestand, wissen wir zum jetzigen Zeitpunkt noch nicht.«

Lilienthal spielte mit dem Leinentäschchen. »Jede Wette, dass sich darin ein weiterer Schlüssel befand. Und wer den hat, der ist der Mörder.«

»Willst du ein Auskunftsersuchen für die Schweiz beantragen?«

»Das wäre das normale Prozedere. Aber der Zeitfaktor, Chef. Das dauert mir zu lange, und wenn unsere Ermittlungen in diese Richtung publik werden, entzieht uns das BKA den Fall.«

»Besseren Vorschlag?« Körners Finger trommelten ungeduldig auf der Tischplatte.

Lilienthal überlegte, obwohl seine Entscheidung eigentlich bereits feststand. Das Gespräch mit Andreas nach dem überfälligen Glückwunsch zum Geburtstag an seine Tante hatte den Ausschlag gegeben. Sein Onkel war ihm gegenüber sehr deutlich geworden. Er als deutscher Beamter wisse doch mit Sicherheit, dass ohne ein offizielles Auskunftsersuchen ein schweizerischer Bankier weder befugt noch in der Lage sei, deutschen Behörden Informationen über seine Kunden zukommen zu lassen. Amen, hatte Lilienthal im Stillen hinzugefügt. Die Schweizer und das liebe Geld: Wahrscheinlich konnte man eher den Schatz der Nibelungen heben, als in das Innere eines Schweizer Bankhauses zu gelangen. Zum Schluss hatte Andreas, um die Schärfe aus seiner Argumentation zu nehmen, versöhnlich hinzugefügt, dass er und Emmi sich immer über seinen Besuch freuen würden, und gefragt, wann er denn mal wieder vorbeikäme.

»Ich weiß, die Sache ist nicht ganz koscher, Chef.« Lilienthal zögerte einen Moment, dann straffte er sich und blickte Körner fest in die Augen. »Ein Verwandter von mir arbeitet in leitender Funktion beim Bankhaus Justus Adler.«

»Aha.« Körners Augenbrauen schossen hoch, sodass sie beinahe mit dem Haaransatz kollidierten. »Recherche in der Schweiz? Kannst du vergessen. Ohne was Offizielles keine Chance. Da schafft man dich raus, wie die Schweizer sich ausdrücken. Von den politischen Dimensionen, die sich daraus ergeben könnten, mal ganz abgesehen. Aus die Maus, Herr Hauptkommissar. Jemand einen besseren Vorschlag?«, knurrte der Alte und lehnte sich zurück.

»Vielleicht Frau von Lilienthal?«, meinte Susanne.

»Wie bitte?« Körner spießte sie förmlich mit Blicken auf.

»Warum nicht? Sie ist mit dem Banker ebenfalls verwandt und könnte inoffiziell recherchieren.«

Körner gab Laute von sich, die ein Lachen andeuten sollten. Es klang wie das Meckern einer Ziege. Das Gegenteil von fröhlich. »Sind Sie von allen guten Geistern verlassen, Frau Riemeister?« Er schob seinen Oberkörper über die Tischplatte. »Oder haben Sie das bereits unter sich abgesprochen?«

Die Tür flog auf. Manni Langers Auftritt. Er ignorierte die vorwurfsvollen Mienen der anderen, gähnte theatralisch und ließ sich neben Lilienthal auf einen Stuhl fallen.

»Was gibt es, Manni?«, fragte der.

»Danke, dass du dich so überaus herzlich nach meinem Befinden erkundigst. Abgesehen von meinem chronischen Schlafdefizit und den Überstunden im zweistelligen Bereich kann ich nicht klagen. Freizeit, das Wort kann ich nicht mal mehr buchstabieren. Und leider gibt es da einen ermittelnden Hauptkommissar, dessen Namen ich höflicherweise verschweige, der immer wieder Möglichkeiten findet, mir meinen zustehenden Feierabend zu vermasseln.«

»Das tut mir jetzt aber wahnsinnig leid, Manni. Gleich Morgen werde ich eine Eingabe aufsetzen, dass Tötungsdelikte nur zwischen neun und siebzehn Uhr zu erfolgen haben. Wäre dir damit geholfen?«

»Witzig«, gähnte Langer und schaute in die Runde. »Hier riecht es ziemlich streng.«

Susanne streichelte Charly, der neben ihrem Stuhl lag. »Der kommt nachher gleich in die Wanne.«

»Im Hofgarten Karree soll es einen guten Hundefriseur geben«, empfahl Heike.

Langer nahm seinen Stuhl und platzierte sich so weit weg wie möglich von dem Hund. »Nun zum Wesentlichen, Kollegen: Wir haben bei unserem nächtlichen Einsatz DNA-Spuren am Hundestrick gefunden, die nicht identisch sind mit denen der Wohnungsinhaberin. Natürlich dort auch eine Menge anderer Fingerabdrücke. Und ich kann euch versprechen, einige davon werden euch gefallen.« Er grinste vielsagend.

»Mach hinne, Manni, wir haben nicht alle Zeit der Welt.«

»Immer diese Hektik. Das wird noch mal böse mit dir enden, Maik.« Sorgenvoll schüttelte Langer den Kopf. »Gut, also die Kurzform: Im Küchenschrank entdeckten wir eine Flasche Apfelkorn.«

»Mit Dimethoat?«

»Nein, da habt ihr euch leider zu früh gefreut. Habe ich schon überprüft. Viel besser.« Langer holte Luft und fing an zu dozieren: »Wie ihr wisst, erkennt man sichtbare Fingerabdrücke besonders gut auf glatten Oberflächen. Bei diesem Print auf dem Flaschenglas kam jedoch noch etwas anderes hinzu.

Die Außenwand der Flasche war voller Blut.« Er kramte einen Zettel hervor. »Die Blutgruppe konnten wir feststellen und – jetzt kommt es – aller Wahrscheinlichkeit nach auch, um wessen Blut es sich handelt. Denn ich hatte die geniale Idee – danke für den Applaus, Kollegen! –, den Blutspendedienst zu kontaktieren. Und siehe da, eure Fanny Schuster ist als Spenderin eingetragen. Die beiden Blutgruppen sind dieselben.« Langer schielte zu Lilienthal. »Bin ich gut, oder bin ich gut?«

»Bist du verwandt mit Einstein, Manni? Der wohnte doch auch in Caputh.«

»Jesses, Maik, ich liebe dich.«

»Aber bitte nur platonisch.«

»Dem Blut auf der Flasche zufolge bedeutet es also, dass sie verletzt wurde. Waren das die einzigen Blutspuren in der Wohnung?«, unterbrach Kalumet das Geplänkel der beiden.

»Auf dem Küchenfußboden haben wir noch mehr gefunden. Zusammen mit Wischspuren, anscheinend wollte jemand die Schweinerei beseitigen. Aber das Beste kommt zum Schluss. Wir haben den Fingerprint auf der Flasche Apfelkorn zuordnen können.« Langer blickte auf seinen Notizzettel. »Er gehört zu einem gewissen Lukas Baier.«

13

Am selben Tag

Die Glut versenkte Enne beinahe die Fingerspitzen. Sie entsorgte den Zigarettenstummel im übervollen Aschenbecher und griff nach der Espressotasse. Croissants waren sowieso nicht ihr Ding, sie hatte sie Maik ohne größeres Bedauern überlassen. Ein anständiges Schinkenbrötchen und dazu eine Portion Rührei, das war eher nach ihrem Geschmack. Augenblicklich fühlte sie sich, als stünde sie unter Strom. Vor ihr auf dem Tisch lag die Visitenkarte aus Büttenpapier: »Dr. h.c. Peter Wrangler, Unternehmensberater, Berlin – Vaduz«, es folgte nur eine Mobilfunknummer.

Wieder erinnerte sie sich an den charmanten, gesprächigen Herrn aus dem Flugzeug, mit dem sie von Zürich nach Berlin geflogen war. Und jetzt hatte sie durch puren Zufall erfahren, dass Andreas' Besucher den gleichen Nachnamen trug. Handelte es sich hier um ein und dieselbe Person? Und hatte sie den Namen nicht auch schon in einem anderen Zusammenhang gehört? Nur in welchem?

»Wie konntest du nur, Enne! Das ist ein Vertrauensbruch!« Ruth schrie in den Hörer. »Maik hat mich gerade angerufen und wie eine Kriminelle verhört.«

Enne atmete tief durch. Das war in die Hose gegangen, obwohl sie ihren Sohn ausdrücklich gebeten hatte, Ruth mit dem Fund nicht zu konfrontieren.

»Entschuldige, Ruth, aber es war wichtig«, versuchte sie, die Freundin zu beschwichtigen. »Die Polizei hat bereits weitere Hinweise, und zusammen mit den Unterlagen aus dem Leuchter ergibt sich womöglich eine Verbindung zu dem Mord an deiner Mutter. Hätten wir sie zurückgehalten, wäre das eine Unterschlagung von Beweismitteln gewesen.« Enne lauschte, wartete auf eine Antwort, aber Ruth hatte einfach aufgelegt. Sie stellte das Mobilgerät zurück auf die Ladestation und griff wieder zur Zigarettenschachtel. Leer. Genervt warf sie die Packung auf den Tisch. Churchill spitzte die Ohren. Enne knüllte die Schachtel zusammen und warf sie in seine Richtung. Lang gestreckt wie ein Pfeil sprang der Kater hinterher und hieb mit ausgefahrenen Krallen darauf ein. Wäre das jetzt ein Mäuschen gewesen, dann gute Nacht, dachte sie amüsiert. Auf einmal tauchte vor ihrem inneren Auge ein Bild auf. Überdeutlich wie in Großaufnahme sah Enne Ruths Mutter an dem Tisch sitzen, vor sich die Zeitung.

»Aber mein Kulle hat ihn gekannt und der Arne auch«, hatte sie gesagt. Und hatte dann lächelnd hinzugefügt: »Der Arne war ein feiner Mann.«

»Wer, Mama?«, hatte ihre Freundin gefragt.

»Na, Onkel Arne. Der hat dir doch immer Schokolade mitgebracht.«

»Arne Wrangler? Das ist doch schon so lange her, Mama. Ich glaube, der war das letzte Mal kurz nach dem Tod vom Papa bei uns.«

»Ja, da war er hier. Hat geweint. Das hab ich gesehen. Aber es war zu spät. Dabei hat mein Kullechen so auf ihn gewartet. Aber dann war es zu spät.«

»Und wen haben Papa und Onkel Arne gekannt?«, hatte Ruth nachgehakt.

»Aber der, der war nicht da. Der kam nicht zu Kulles Beerdigung«, war die Antwort der alten Frau gewesen.

14

Am selben Tag

Es blieb eine Weile still am anderen Ende der Leitung, nachdem sie mit ihrem Bericht fertig war. Kurz entschlossen hatte Enne doch noch einmal Andreas angerufen. Ihm mit wenigen Worten von den Morden erzählt. Darauf hingewiesen, dass die Faktenlage immer mehr auf das Bankhaus Justus Adler deutete, und betont, wie umständlich und langwierig die Behördenvorgänge der deutschen Polizei sein würden, um sich aus der Schweiz die entsprechenden Informationen zu besorgen. Zum Schluss bat sie ihn, auch wenn es sie einige Überwindung kostete, ihr einen großen Gefallen zu tun.

Seine Antwort kam schnell: ein knappes Nein. Er würde nicht mal im Ansatz darüber nachdenken, ihr über Kunden seiner Bank, sollte es denn wirklich um seine Bank gehen, egal, in welchem Verhältnis sie zueinanderständen, Auskunft zu geben. Danach verabschiedete er sich frostig und legte auf.

Sie machte sich daran, anhand der wenigen Angaben, die ihr bekannt waren, eine schriftliche Bewertung der Tatsituation und des Täterverhaltens zu erstellen. Die Anfangsfrage lautete: Wie geeignet war das Opfer? Richtete sich das Verbrechen speziell gegen diese Person, oder war die Opferauswahl eher zufällig getroffen worden?

Noch einmal las sie die Namen der Toten: Günther Preuss, Alina Nymczek und Lisbeth Koslowski. Günther Preuss war das erste Opfer gewesen. Nach allem, was ihr jetzt bekannt war, verband ihn etwas mit Kurt Koslowski und Arne Wrangler. Alle drei Männer gehörten einer Generation an und waren im gleichen Milieu aufgewachsen. Über ihren Bildungsgrad hatte sie nichts herausfinden können. Genauso wenig wie über ihre Charaktere. Von Koslowski wusste sie immerhin, dass er ein extrovertierter Typ gewesen war. Enne wandte sich dem zweiten Analyseschwerpunkt zu: die Bewertung des Täterverhaltens. Waren der oder die Täter kontrolliert vorgegangen?

Ja, denn alle drei Opfer waren geplant vergiftet worden. War ein Ausmaß an körperlicher Gewalt zum Einsatz gekommen? »Nein«, schrieb Enne hinter die entsprechende Frage. Hatten der oder die Täter ihre Tat inszeniert? Auch das war nicht der Fall gewesen. Sie seufzte und las sich noch einmal durch, was sie geschrieben hatte. Normalerweise konnte man aus einfachen Beobachtungen Rückschlüsse ziehen, auffällige Verhaltensmuster ableiten, aber hier? Nichts. So kam sie nicht weiter. Sie musste Maik informieren und ihn in ihre Überlegungen mit einbeziehen. Der leitende Kommissar würde den Modus Operandi festlegen. Sie hielt ihr Telefon schon in der Hand, als es klingelte.

»In zwei Wochen stehe ich bei dir auf der Matte«, meldete sich Emmi. »Ich hoffe, der Termin passt?«

Enne schrak aus ihren Gedanken und erinnerte sich an ihr Gespräch, das sie vor einer knappen Stunde mit Andreas geführt hatte.

»Freust du dich gar nicht, dass ich komme?«

»Natürlich«, erwiderte sie, aber ohne Enthusiasmus.

»Also, Miss Marple, was denkst du, warum ich gerade jetzt anrufe?«, entgegnete Emmi streng. »Ich habe deine Unterhaltung mit Andreas vorhin mitbekommen. Er hatte auf Lautsprecher gestellt, weil er in letzter Zeit etwas schwer hört, was er natürlich nie zugeben würde.«

»Du hast alles mitgehört?«, fragte Enne verblüfft.

»Jedes Wort, meine Liebe.« Emmi kicherte. »Ich werde dir jetzt mal etwas erzählen. Ob es dir weiterhilft, musst du entscheiden.«

Während ihre Cousine redete, machte Enne sich eifrig Notizen. Als Emmi endete, sagte sie spontan: »All-inclusive, mein Schatz. Alles dabei, was du möchtest, vom Museum Barberini über Speckers Landhaus bis hin, falls du magst, zu einem Besuch in unserem neuen Bad, das blu.«

»Das hatte ich von dir erwartet, Miss Marple.« Emmi lachte und flüsterte dann: »Ich muss jetzt Schluss machen, Andreas kommt.«

Unschlüssig behielt Enne das Telefon auch nach dem Ende ihres Gesprächs noch in der Hand. Sie musste schnellstens Maik über die neuesten Erkenntnisse informieren. Aber sollte sie sich noch einmal eine Abfuhr einhandeln, so wie heute Morgen? Entschlossen legte sie das Telefon auf die Kommode, nahm die Autoschlüssel, griff ihre Tasche und verließ das Haus.

Lilienthal blickte überrascht auf, als Enne zur Tür hereinkam.

Statt einer Begrüßung fiel sie sofort mit der Tür ins Haus: »Möglicherweise habe ich einen neuen Ermittlungsansatz.« Ohne Aufforderung zog sie sich einen Stuhl heran und setzte sich. »Lisbeth Koslowski hat vor ihrem Tod den Namen eines Freundes ihres verstorbenen Mannes erwähnt, Arne Wrangler. Er sagte mir nichts, aber jetzt bin ich wieder über ihn gestolpert. Eventuell besteht zwischen ihm und euren Mordfällen eine Verbindung.«

Kalumet und Susanne unterbrachen ihre Arbeit und kamen herüber.

»Mein angeheirateter Cousin Andreas Renner aus der Schweiz erwähnte ihn«, fuhr Enne fort. »Er arbeitet für das Bankhaus Justus Adler.«

»Du hast ihn angerufen?«, fragte Lilienthal mit drohendem Unterton.

Enne nickte.

»Was hast du ihm erzählt?«

»Nichts, was dich beunruhigen müsste«, erwiderte sie kryptisch. »Er hat immer nur vom Schweizer Bankgeheimnis geredet.« Enne verdrehte die Augen.

»Aber etwas erfahren haben Sie doch?«, fragte Susanne.

Enne lächelte sie an. »Ja, allerdings erst später von meiner Cousine Emmi, seiner Frau. Sie hat mir etwas über einen Peter Wrangler erzählt, der Unternehmensberater mit Sitz in Berlin und Vaduz ist.«

»Steueroase Liechtenstein«, murmelte Kalumet, ging zu seinem Computer und begann, auf der Tastatur zu tippen.

»Peter Wrangler unterhält ein Konto bei Justus Adler. Er

und mein angeheirateter Cousin sind freundschaftlich verbunden. Und bei Wranglers letztem Besuch in der Schweiz ging es um eine Erbschaft.«

»Soll vorkommen«, brummte Lilienthal.

»Und um einen Schließfachschlüssel«, fügte Enne hinzu.

»So viel zum Bankgeheimnis«, kommentierte Lilienthal.

»Es gibt keine Geheimnisse. Und schon gar nicht bei einer Bank«, erwiderte sie süffisant.

»Und was genau findest du an einer Erbschaft und einem Schließfachschlüssel so ungewöhnlich?«

»Peter Wrangler ist nicht der Inhaber des Bankschließfachs.«

»Aha«, erwiderte Lilienthal nicht besonders neugierig.

»Der Vater ist vor Kurzem gestorben und hieß Arne«, meldete sich Kalumet hinter seinem Bildschirm zu Wort. »Laut Google war er in der Nachkriegszeit für kurze Zeit Stadtrat in Tempelhof. War verheiratet und hatte einen Sohn, Peter.«

»Es gehörte Günther Preuss und Kurt Koslowski«, fuhr Enne fort. Sie schaute in die Runde. »Beide besaßen auch ein Konto bei Justus Adler. Euer Preuss hatte einen Schließfachschlüssel. Aber jetzt kommt Lisbeth Koslowski ins Spiel. Sie erwähnte Wranglers Namen kurz vor ihrem Tod. Und nun taucht der Sohn in der Schweizer Bank auf und meldet Ansprüche auf ein Schließfach an, das ihm nicht gehört. Ich finde das merkwürdig. So viele Zufälle kann es einfach nicht geben.«

»Dafür, dass die beiden dort ein Konto haben oder hatten, fehlen uns aber immer noch gerichtsfeste Beweise«, entgegnete Lilienthal. »Alles, was du berichtest, kommt aus dritter Hand. Von deiner Cousine Emmi. Was soll ich damit anfangen?«

»Natürlich hast du recht«, stimmte Enne ihm zu. »Aber manchmal kommt man nur mit Indiskretionen weiter. Ich frage mich: Wie ist Peter Wrangler in den Besitz des Schlüssels gekommen? War er eventuell derjenige, der Lisbeth Koslowski besucht und sie umgebracht hat?«

»Laut einer Zeugin war es eine Frau«, informierte sie Kalumet.

Lilienthal trommelte mit den Fingern auf die Schreibtischplatte. Dann sagte er scheinbar wie zu sich selbst, ohne seine Mutter anzusehen: »Preuss, eintausendachthundertvier.«

Enne verbot sich jede Mimik, erhob sich, wünschte allen einen schönen Tag und verließ den Raum. Sie hatte verstanden.

Susanne schob Lilienthal einen Zettel mit einer Telefonnummer hin. »Vorhin, kurz bevor deine Mutter kam, hat ein Notar aus Berlin angerufen. Günther Preuss hat ein Testament hinterlassen.«

15

»Ein Dr. Mende. Er warte auf seine Maschine nach London und habe jetzt erst von dem Mord an Günther Preuss erfahren. Dessen Testament wurde in seiner Kanzlei abgefasst und hinterlegt. Wenn wir mehr wissen möchten, wovon er ausgeht, steht er uns erst in einigen Tagen wieder zur Verfügung.«

»Mende & Partner, Berlin-Zehlendorf, residieren am Mexikoplatz.« Kalumet hatte während Susannes Bericht bereits den Namen recherchiert.

»Ich glaube nicht, dass sich daraus etwas relevant Neues ergibt. Vermutlich ist Alina Nymczek die Begünstigte. Trotzdem müssen wir das überprüfen. Bitte vereinbare einen Termin, Heike«, wies Lilienthal an.

»Ich denke sehr wohl, dass Preuss' Testament interessant sein könnte«, widersprach Kalumet. »Wir haben unterschiedliche Aussagen über sein Verhältnis zu der Nymczek.«

»Demnächst sind wir schlauer«, beschied ihn Lilienthal knapp. »Wurde Fanny Schuster eigentlich mittlerweile gefunden? Und was haben wir noch über Baier?«

»Von Schuster fehlt bisher jede Spur«, meldete sich Susanne.

Kalumet scrollte sich durch die Akte auf dem Bildschirm. »Zu Baier: Er und Jens Hartwig waren Doktoranden der Tiermedizin und Anwärter auf den Posten als Tierschutzbeauftragter des Landes Brandenburg.«

»Das wissen wir bereits, ist das alles?«

Kalumet zuckte mit den Schultern.

»Dann nimm dir noch mal Baier vor, Leo. Wo geboren, Ausbildung, Eltern, jedes Detail. Aber vor allem will ich wissen, warum der bei Fanny Schuster war.«

»Warum wohl?«, murrte Kalumet. »Der war garantiert im Potsdamer Tierschutzverein aktiv. Wahrscheinlich wollte er nach dem Hund schauen.«

Lilienthal blickte ihn streng an. »Wahrscheinlich? Was ist das für eine Aussage? Wir brauchen Fakten, erstes Semester, Herr Kommissar. Ohne Grundkenntnisse wird das nie was mit einer Beförderung. Ich fasse noch mal zusammen: Baier war hinter der Nymczek her. Er wollte sie Jens Hartwig ausspannen. Warum also war er in Fanny Schusters Wohnung? Zudem ist Baier bereits aktenkundig: wegen unerlaubten Waffenbesitzes. Harmlos ist was anderes.« Lilienthal wandte sich an Heike, die sich eifrig Notizen machte. »Bitte recherchiere alles zu Peter Wrangler. Unternehmensberater, der Beruf hat immer so ein Geschmäckle, wie die in Baden-Württemberg sagen. Ein zusätzlicher Wohnsitz in Liechtenstein könnte bedeuten, dass er daran interessiert ist, so wenig Steuern wie möglich in Deutschland zu zahlen. Um den verminderten Steuersatz zugesprochen zu bekommen, muss er zwischen beiden Ländern pendeln. Soweit ich weiß, liegt der für die Vergünstigung vorgeschriebene Mindestaufenthalt in der kleinen Alpenrepublik bei einem halben Jahr.« Er dachte einen Augenblick lang nach. »Auch wenn wir bisher nicht wissen, ob dessen Erbschaft und der ominöse Schließfachschlüssel etwas mit unseren Tötungsdelikten zu tun haben, brauchen wir die Informationen.« Er erhob sich. »Ich fahre jetzt zum Seniorenstift, um noch einmal mit der Donnersmarck zu sprechen. Und du kommst mit.« Er winkte Susanne zu sich. »Vielleicht fällt dir etwas auf, was Leo und ich übersehen haben.«

Als Lilienthal sich in den Verkehr in der Breiten Straße einfädelte, sagte Susanne: »Du weißt schon, Maik, dass deine Mutter große Wertschätzung bei der Behörde genießt?«

Natürlich wusste er das. Und genau das war sein Problem. Immer in ihrem Windschatten, sie war ihm stets einen Schritt voraus. Es war zum Kotzen. Aber was sollte Susannes Bemerkung? Er war der ermittelnde Kommissar. Er umfasste das Lenkrad, sodass seine Fingerknöchel weiß hervortraten. Seit einiger Zeit lief nichts mehr rund, nicht im Präsidium, nicht mit Körner und nicht mit diesen vertrackten Fällen. Es stand ihm bis Oberkante Unterlippe.

»Ich bin nur vorübergehend in deinem Team«, murmelte Susanne, als hätte sie seine Gedanken gelesen. »Nur bis Körner eine feste Planstelle für mich genehmigt bekommt.«

»Ist schon gut.« Er konnte nachvollziehen, wie es sich anfühlen musste, als Hauptkommissarin aus Frankfurt (Oder) ihm unterstellt zu sein. Er würde sich zusammenreißen. Das war er ihr und seinem Team schuldig.

Die Julihitze setzte zum großen Finale an, als beide vor dem Seniorenstift parkten. Fräulein Donnersmarck sei draußen im Uferpark, wurde ihnen am Empfang mitgeteilt.

Sie entdeckten sie direkt am Wasser. Einen Seidenschal dekorativ um ihren Oberkörper geschlungen, lag sie auf einem Deckchair unter einem ausladenden Sonnenschirm. Lilienthal und Susanne liefen über den sorgfältig geschnittenen Rasen, als neben ihnen eine knarzende Stimme erklang.

»Sperrzone. Ab hier wird scharf geschossen.« In einem Strandkorb saß ein alter Herr. Akkurat gekleidet mit hell kariertem Jackett und passendem Einstecktuch, das weiße Haar sorgfältig frisiert. Seine Hände umschlossen den silbernen Knauf eines massiven Gehstocks, den er wie ein Gewehr auf sie richtete.

»Kümmern Sie sich nicht um diesen Menschen. Er redet nichts als Unsinn.« Fräulein Donnersmarck hatte sie bemerkt und sich aufgerichtet. »Brettschneider, Sie alter Militarist, hören Sie endlich auf mit Ihrem NVA-Geschwafel!«, rief sie in die Richtung des alten Herrn.

»Blind wie eine Klapperschlange, aber Ohren wie ein Luchs. Na dann, prost Mahlzeit und viel Spaß mit der Dame. Passen Sie nur gut auf, die redet das Blaue vom Himmel herunter, wenn der Tag lang ist.« Der Alte erhob sich, stieß den Stock auf den Boden und schlurfte davon.

Fräulein Donnersmarck ignorierte die zur Begrüßung dargebotene Hand Lilienthals. »Was verschafft mir die Ehre?« Sie blinzelte. »Wen haben Sie denn heute mitgebracht?«

»Kriminalhauptkommissarin Riemeister«, stellte Lilienthal

Susanne vor. »Wir wollten noch einmal ein bisschen mit Ihnen plaudern, wenn es für Sie nicht zu anstrengend ist.«

Susanne musterte die alte Dame. »Was für einen eleganten Seidenschal Sie haben. Meiner ist nicht annähernd so schön«, bemerkte sie.

Lilienthal musterte sie irritiert. Susanne trug ein dunkelblaues T-Shirt und eine weiße Jeans, aber ganz bestimmt keinen Schal.

Fräulein Donnersmarck nestelte an dem Tuch. »Ja, nicht wahr, ein außergewöhnliches Stück.« Sie setzte ihre Sonnenbrille auf und blickte in Susannes Richtung. »Aber Ihr Tuch ist auch sehr apart«, meinte sie gönnerhaft.

Eine leichte Brise wehte vom Wasser her und wirbelte Susannes Haare durcheinander, sodass sich die Sonnenstrahlen darin brachen. Die schönste Frau der Welt, dachte Lilienthal, riss sich zusammen und fragte die alte Dame: »Könnten Sie uns die Besucherin von Herrn Preuss bitte noch einmal beschreiben?«

»Aber Herr Kommissar, haben Sie die Dame denn immer noch nicht gefasst?« Sie drohte ihm spielerisch mit dem Finger. »Sie müssen sich mehr anstrengen, junger Mann. Das erwartet man von einem Polizisten wie Ihnen.«

»Dafür benötigen wir eine detaillierte Beschreibung der Kleidung.«

»Natürlich, wenn es weiter nichts ist.« Sie schlang das Seidentuch enger um ihre mageren Schultern. »Die Dame, wenn es denn eine war, was ich stark bezweifle, trug ein Kleid. Daran erinnere ich mich ganz genau. Ein Etuikleid, es wirkte an ihr völlig unmöglich. Die Figur, Sie verstehen?«

»In welcher Farbe?«

»Bunt mit großen Blumen, ziemlich ordinär.«

»War es lang- oder kurzärmelig?«, fragte Lilienthal.

»Ich bitte Sie, bei der Hitze an dem Tag natürlich kurzärmelig.«

»Danke, Fräulein Donnersmarck. Sie haben uns sehr geholfen.«

»Aber gern, Herr Kommissar. Und Ihnen beiden alles Gute.«

Sie wandte sich an Susanne. »Fragen Sie doch dazu noch die Fanny. Die war zu dem Zeitpunkt bei mir und hat alles gesehen.«

»Ich glaube es nicht«, stöhnte Lilienthal, als sie zurück zum Haus liefen. »Blind wie ein Maulwurf und erfindet alles, wie es ihr gerade einfällt. Solche Zeugen lob ich mir«, seufzte er. »Ihre Aussage ist für die Katz, absolut wertlos. Sie hat sogar vergessen, dass Fanny Schuster gekündigt wurde.«

»Die arme Frau«, murmelte Susanne.

An der Rezeption erwartete sie massig wie ein Fels in der Brandung die Heimleiterin.

»Gib der bloß nicht die Hand, sonst kannst du dich gleich krankschreiben lassen«, flüsterte Lilienthal Susanne zu, setzte sein charmantestes Lächeln auf und trat an den Tresen. »Sie halten heute persönlich die Stellung?«

»Was wünschen Sie?« Ihre Frage kam so kalt wie ein Eiswürfel.

»Müssen sich Besucher des Hauses registrieren?«

»Natürlich. Uns ist wichtig zu wissen, wer sich bei uns aufhält. Die Bewohner legen Wert auf einen tadellosen Service, der ebenfalls den Sicherheitsaspekt beinhaltet.«

Lilienthal tat beeindruckt.

»Sie führen also ein Besucherverzeichnis?«

Erst jetzt schien die Heimleiterin Susanne wahrzunehmen. »Sind Sie auch von der Polizei?« Ihr Tonfall war provokant.

Susanne zückte ihren Dienstausweis aus Wiesbaden. »Wir müssten dann einen Blick hineinwerfen«, forderte Susanne unbeeindruckt.

Widerwillig schob ihnen die Dame des Hauses ein großes in rotes Leder gebundenes Buch hinüber.

Susanne blätterte, hielt plötzlich inne. »Hatte Herr Preuss hin und wieder Damenbesuch?«

»Wie meinen Sie das?« Die Leiterin blickte irritiert.

»Hat ihn eine Frau in letzter Zeit besucht?«, übernahm Lilienthal.

»Meine Damen führen das Verzeichnis korrekt. Wenn kein Damenbesuch für Herrn Preuss eingetragen ist, dann wird das auch so stimmen.«

»Ist Ihnen Axel Meier bekannt, der Herrn Preuss kurz vor seinem Tod besucht hat?« Susanne tippte auf einen Eintrag.

»›Bekannt‹ wäre zu viel gesagt, aber Herr Meier war ein paarmal hier. Ein großer, blonder junger Mann. Frau Schuster hat ihn immer an der Rezeption abgeholt. Gekichert haben die beiden, wenn sie ihn hinausbegleitete«, bemerkte die Leiterin, als wäre das etwas Unanständiges.

Susanne gab den Namen Lukas Baier in die Google-Such-maske auf ihrem Smartphone ein. »War das der?«, fragte sie und hielt der Heimleiterin ein Bild hin.

Die nickte.

16

Am selben Tag

Enne hatte sofort verstanden. Eintausendachthundertvier, das war die Nummer von Preuss' Schließfach. Sie sollte versuchen, über Emmi herauszufinden, ob Wrangler den Schlüssel für das Fach besaß. Wenn ja, konnte ihr Sohn versuchen, Handlungsbedarf bei der Staatsanwaltschaft anzumelden. Die sich daran anschließenden Fragen wären brisant: Wie war Peter Wrangler in den Besitz des Schlüssels gekommen? Wo war er zu den Tatzeiten gewesen? Unruhig wanderte Enne durch das Gartenzimmer, ohne einen Blick an die sommerliche Blumenpracht vor ihren Fenstern zu verschwenden. Ruhestand, wie sie allein schon das Wort hasste. Warum durften Politiker bis ins hohe Alter aktiv am Geschehen teilnehmen, aber sie musste ihr Wissen und ihre Fähigkeiten auf Eis legen? Wie hieß es in dem Lied von Udo Jürgens so treffend? »Mit sechsundsechzig ist noch lange nicht Schluss«, und dabei war sie noch nicht einmal so alt.

Körner würde alles daransetzen, ein Auskunftsersuchen einzuleiten, jede Wette. Sie kannte ihn – er war korrekt. Das wusste Maik und auch, dass das BKA alle Ermittlungsakten und Ergebnisse anfordern und übernehmen würde, wenn bekannt wurde, dass die Potsdamer versuchten, über die Schweizer Kollegen mehr in diesen Mordfällen herauszubekommen. Aber ihr Sohn, unwillkürlich musste sie grinsen, der hatte, bildlich gesprochen, mit beiden Händen zugepackt, die Möglichkeit ergriffen, sie als Informantin einzusetzen. Nicht ganz den Vorschriften entsprechend, das musste sie zugeben, aber so würden sie hoffentlich schneller zu einem Ergebnis kommen. Maiks Entschluss, sich auch mal über Regeln hinwegzusetzen, wenn es der Sache diente, imponierte ihr. Und sie damit zu betrauen war ihm sicher nicht leichtgefallen. Endlich war sie nicht mehr die unerwünschte Person am Rande. Komm wieder runter, Mädel, und überbewerte sein Angebot nicht, befahl sie sich amüsiert, freute sich aber dennoch.

Ihre Cousine als verdeckte Ermittlerin, die den eigenen Mann aushorchte. Enne schmunzelte. Das war nicht gerade die feine englische Art. Aber der Zweck heiligte immer noch die Mittel. Sie ging in die Küche, mischte sich eine Weinschorle mit etwas Holundersirup, füllte alles mit Eiswürfeln auf und trank. Bei der Hitze genau das Richtige.

Wenige Minuten später stellte sie das leere Glas in die Spüle, nahm die Visitenkarte aus Büttenpapier aus ihrer Handtasche, griff zum Telefon und wählte die Mobilnummer, die auf der Karte stand. Der Anrufbeantworter sprang an, Enne hinterließ ihren Namen und ihre Telefonnummer mit der Bitte um Rückruf, legte auf und wählte dann erneut.

Ungewöhnlich schweigsam hörte Emmi ihr zu, als Enne ihre Bitte vorbrachte.

»Das ist schon starker Tobak. Du verlangst von mir, Andreas zu hintergehen«, sagte sie.

Enne nickte, dann fiel ihr ein, dass Emmi sie nicht sehen konnte. »Ich weiß.« Sie versuchte, ihrer Stimme einen schuldbewussten Klang zu verleihen, und spielte ihren letzten Trumpf aus. »Aber es geht um drei Morde, Emmi.« Und nach einer kurzen Pause fügte sie hinzu: »Und um altes Geld.«

»Ach, hör mir doch auf mit alten Kamellen. Das interessiert hier niemanden und mich am allerwenigsten. Langsam fange ich an zu bedauern, dass ich etwas über einen von Andreas' Kunden erzählt habe. Keine Ahnung, was mich da geritten hat. Mehr gibt es dazu nicht zu sagen. Ihr seid ja alle verrückt, ihr Lilienthals. Das ist doch paranoid, eure Leidenschaft, mit der ihr im Leben von anderen Leuten herumwühlt. Du und Maik, ihr hättet besser einen anständigen Beruf wählen sollen. Polizeiarbeit verdirbt den Charakter.«

»Ach, und die Finanzbranche ist besser, oder was?«, erwiderte Enne, aber Emmi fehlte es an Humor. Sie verabschiedete sich förmlich und beendete das Gespräch.

Irgendwann würden sich die Wogen wieder glätten, hoffte Enne. Dann würde sie mit einer anderen Strategie einen neuen Versuch machen. So schnell gab sie nicht auf. Zwischen sie beide hatte früher kein Blatt gepasst. Von Kindheit an waren sie zusammen durch dick und dünn gegangen. Auch später im Studium hatten sie sich gegenseitig den Rücken freigehalten. Enne würde ihr etwas Zeit geben, um sich zu beruhigen. Aber nicht zu lange, die Fragen brannten ihr unter den Nägeln.

Keineswegs von dem Telefonat entmutigt, schüttete sie Kaffeebohnen in den Automaten, füllte Wasser in den Behälter und drehte den Knopf für die Stärke auf die höchste Stufe. Einen feinen Espresso mit Zucker satt, den brauchte sie jetzt.

Langsam kam Schwung in die Sache. Die erste konkrete Verbindung zwischen Preuss und Lisbeth Koslowski. Sie fühlte sich wie ein Jagdhund, der Witterung aufnahm. Mit der Tasse in der Hand und der Tageszeitung unter dem Arm trat Enne auf die Terrasse. Der große, alte Nussbaum nahe dem Haus spendete Schatten. Der Rasensprenger war im Dauereinsatz. An die Wasserrechnung für diesen Sommer wagte sie nicht zu denken. Churchill hockte unter einer Hemlocktanne und schaute scheinbar desinteressiert den Amseln zu, die in den feuchten Beeten emsig nach Würmern scharrten. Im Haus sprang der Anrufbeantworter an. Eine melodisch sanfte Männerstimme nannte einen Namen. Enne horchte, dann rannte sie los und riss das Mobilteil von der Ladestation.

17

Am selben Tag

Kalumet winkte ihnen vom Nachbarbüro aus zu, als Lilienthal und Susanne zur Tür hereinkamen.

»Schieß los«, seufzte Lilienthal, dem die Falschaussage der Donnersmarck immer noch zu schaffen machte.

»Lukas Baier, geboren 1990 in Ribbeck im Havelland. Die Eltern verunglückten im Jahr 2000 tödlich, das ging damals durch alle Medien. Die Signalleuchten eines unbeschrankten Bahnübergangs hatten versagt, und ein Linienbus kollidierte mit einem Regionalexpress. Der kleine Lukas Baier überlebte und kam zu einer Pflegefamilie. Der Hof der Eltern wurde kurze Zeit später verkauft«, ratterte Kalumet die Fakten herunter.

»Traurig«, unterbrach ihn Lilienthal, »irgendetwas Interessantes für uns dabei?«

»Ich bin noch nicht fertig, Maik. Die Pflegeeltern hatten eine Tochter.«

»Fanny Schuster?«, riet Susanne.

»Kannst du hellsehen?«

Sie lächelte. »Nein, aber kombinieren.«

»Also sind Baier und Schuster so etwas wie Geschwister«, stellte Lilienthal fest. »Das würde seinen Besuch bei ihr erklären. Vielleicht weiß er ja, wo sie ist.«

»Gut möglich.« Kalumet versuchte, ein Grinsen zu unterdrücken.

»Leochen, mach es nicht so dramatisch. Lass uns an deinen Erkenntnissen teilhaben.«

»Sie sind verheiratet.«

»Wie, Schuster mit Baier?«

»Sag ich doch, und noch was, Kollegen«, fuhr Kalumet fort. »Fanny Schuster hat mal im selben Haus wie Alina Nymczek gewohnt. Wir können also nicht ausschließen, dass sie immer noch einen Kellerschlüssel besitzt.«

»Du meinst, dass sie es war, die die Tasche vom Preuss im Hausmeisterkeller versteckt hat?«

»Genau das vermute ich, Maik. Die ganze Zeit über hatte ich so ein Gefühl, als würde sie uns was vorspielen und versuchen, die Nymczek so verdächtig wie möglich aussehen zu lassen.«

»Was ja auch geklappt hat.« Lilienthal blickte in die Runde. »Wenn Schuster mit Baier verheiratet ist, dann sind die ein Team, dann haben sie sich gegenseitig mit Alibis abgesichert.«

»Hartwig und Baier, von wegen Freunde, das stinkt doch zum Himmel.« Kalumet verschränkte die Arme vor der Brust.

»Wenn du Baier damals korrekt überprüft hättest, dann …« Den Rest sparte sich Lilienthal, als er Kalumets bestürztes Gesicht bemerkte.

»Dass die beiden verheiratet sind, habe ich nur durch Zufall herausgefunden«, verteidigte der sich. »Als ich über seine Kindheit recherchierte und auf den Namen der Pflegeeltern stieß.«

»Schwamm drüber«, entschied Lilienthal. »Neuer Ermittlungsansatz: Welche Vorteile haben sich für die beiden durch den Tod von Jens Hartwig und Alina Nymczek ergeben?«

»Für Baier rückte dadurch der Posten des Tierschutzbeauftragten des Landes in erreichbare Nähe, und Schuster hatte keine Konkurrenz mehr durch Nymczek und ergo freie Bahn auf das Vermögen vom Preuss«, folgerte Kalumet.

»Und wie passt Lisbeth Koslowski in eure Theorie?«, wollte Susanne wissen. »Kann es nicht sein, dass es sich um zwei verschiedene Fälle handelt?«

»Bei gleicher Vergiftungsart? Wohl eher nicht. Unsere Priorität ist jetzt, Fanny Schuster zu finden«, entschied Lilienthal. »Wo genau sind sie und Baier aufgewachsen, Leo?«

»In Güterfelde, einem Ortsteil von Stahnsdorf.«

18

Am selben Tag

Obwohl Enne Peter Wrangler nur wegen ihres Verdachtes angerufen hatte, freute sie sich mehr als erwartet über seinen Rückruf. Der Mann besaß Stil, war kultiviert und angenehm im Umgang, das war ihr bereits im Flugzeug aufgefallen.

Wrangler erinnerte sich sofort an sie, stellte keine Fragen, sondern lud sie stattdessen spontan zum Kaffee oder mehr, wie er sich ausdrückte, ein. Sein Favorit, erklärte er, sei bei den sommerlichen Temperaturen das Gasthaus Moorlake.

Enne war einverstanden. Gut gelaunt machte sie sich schnell frisch, zog ein Sommerkleid aus feinem hellem Gewebe an. Dazu wählte sie weiße Espadrilles, legte Lippenstift und Wimperntusche auf, und fertig war der Lack. Beschwingt verließ sie das Haus.

Der Weg durch den Glienicker Wald bis zur schilfbestandenen Havelbucht, von der aus man freien Blick auf die vorbeigleitenden Boote hatte, erinnerte sie jedes Mal an eine Art Bühnendekoration, so unwirklich, beinahe märchenhaft, war die Szenerie. Vor 1989, als die Mauer noch stand, war das Gebiet für viele Westberliner einer der wenigen Ausflugsorte am Rande der Großstadt gewesen.

Peter Wrangler erwartete Enne bereits. Er saß an einem Tisch in der ersten Reihe mit Blick auf das glitzernde Wasser und winkte ihr zu. Erhob sich formvollendet und rückte einen Stuhl für sie zurecht. Sie lächelte, ließ sich ihre Überraschung über seine eher geringe Körpergröße nicht anmerken. Er überragte sie nur um wenige Zentimeter. Im Flugzeug war ihr das nicht aufgefallen.

»Champagner zur Feier unseres Wiedersehens?«, fragte er charmant.

Enne nickte. »Waren Sie zwischenzeitlich wieder in Zürich?«, fragte sie harmlos.

»Gerade zurückgekommen«, entgegnete er unbefangen.
»Diesmal jedoch aus einem eher traurigen Anlass. Aber lassen
wir das. Ich freue mich, dass wir uns wiedersehen.«

Der Kellner stellte die gefüllten Gläser vor sie auf den Tisch,
wandte sich hastig um, weil sein Kollege ihm etwas zurief, und
stieß dabei Ennes Glas um.

»Können Sie nicht aufpassen«, fuhr ihn Wrangler grob an.

Der Mann entschuldigte sich mehrmals verlegen und wischte
hastig mit einer Serviette den Tisch trocken. »Sie bekommen
ein neues Glas.«

»Das ist ja wohl das Mindeste, aber schnell«, beschied ihn
Wrangler.

»Hoffentlich nichts Ernstes?«, nahm Enne den Faden ih-
res Gesprächs wieder auf, wunderte sich aber über die heftige
Reaktion. Wollte er ihr damit imponieren? Er hatte damit das
Gegenteil erreicht.

»Nachlassformalitäten. Mein Vater ist verstorben.«

»Wie traurig. Mein herzliches Beileid.« Irgendwie war Enne
enttäuscht darüber, dass er nicht log, so unumwunden die Wahrheit sagte.

Wrangler lächelte müde. »Es war eine Erlösung für ihn, er
war schon sehr alt.« Danach plauderte er unterhaltsam über
Vaduz, seinen Zweitwohnsitz. Dabei schilderte er auch seine
Maisonettewohnung mit Bergblick, ohne seinen Stolz darauf
zu verbergen, und lud sie ein, ihn bei nächster Gelegenheit dort
zu besuchen.

»Und die Schweizer Banken machen keine Probleme bei
Ihren Nachlassgeschäften?«, versuchte sie, ihn wieder zurück
auf das Thema zu lenken.

»Die Küche hier ist bekannt für köstliche Antipasti. Genau
das Richtige bei den Temperaturen«, überging er ihre Frage.

Offensichtlich wollte er über seine Bankgeschäfte nicht reden. Enne beschloss, ihre Taktik zu ändern. »Als mein Vater
starb«, log sie, ohne mit der Wimper zu zucken, »hatte ich gelinde gesagt ziemlichen Ärger mit der Bank bei der Abwicklung
meines Erbes in der Schweiz.«

»Ja, für Ausländer ist das Prozedere meistens ein wenig ungewohnt«, stimmte er ihr zu, »aber ich kenne die Gepflogenheiten und bin berufsbedingt auch mit der Schweizer Gesetzgebung bestens vertraut. Das Wichtigste ist, sich auf die Mentalität der Leute einzustellen. Die Schweiz ist nun mal nicht Deutschland.« Er beugte sich ihr entgegen. »Falls Sie an Anlagen mit guten Renditemöglichkeiten interessiert sind, natürlich nur seriös und ohne Risiko, könnte ich Sie dabei gern unterstützen.«

»Ich habe einen guten Bankberater«, erwiderte Enne. »Aber danke für das Angebot. Ich werde darüber nachdenken.« Dabei gehörten Bankberater zu dem Kreis von Menschen, denen sie nicht über den Weg traute. Wenn Wrangler ihren Kontostand kennen würde, würde er schreiend davonlaufen, dachte sie amüsiert.

»Lassen Sie sich nur Zeit. Nur nichts überstürzen, Geldgeschäfte sind Vertrauenssache.« Er nahm seine Brille ab, zog ein gebügeltes weißes Taschentuch hervor und putzte die Gläser. »Mein Vater und ich standen uns sehr nahe. Wahrscheinlich werde ich das Geld einer Hilfsorganisation spenden, das wäre in seinem Sinne.« Er setzte die Brille auf und blickte Enne dabei treuherzig an.

Wrangler, jetzt fängst du an, Fehler zu machen, dachte sie und trank den letzten Schluck Champagner.

Während des Essens – sie hatten zweimal gemischte Antipasti mit gedünsteten Paprikastreifen, zartem Parmaschinken, grünen und schwarzen Oliven, Wildschweinsalami und aromatischen Pilzen bestellt, und Wrangler hatte als Begleitung einen gut gekühlten Weißwein aus Venetien geordert, der wie geschmiert die Kehle hinunterglitt – leitete sie Phase zwei ein. Erzählte von Lisbeth Koslowski, einer mütterlichen Freundin, die gerade verstorben sei, und beobachtete ihn aufmerksam, als sie den Namen nannte. Doch er schien ihr kaum zuzuhören, bat zwischendurch den Kellner, ihm die Dessertkarte zu bringen, und wählte das Mangosorbet mit Limoneneis.

»Auf die, die wir geliebt haben!« Enne lächelte ihm zu und

erhob ihr Glas. Wer am Pokertisch »*All in!*« ruft, dachte sie, der muss auch den Mumm haben, alles zu riskieren. Beiläufig fragte sie: »Kannten Sie eigentlich den Juwelier Koslowski?« Und als Wrangler verneinte, insistierte sie: »Der exklusive Juwelier am Ku'damm, der nur ausgewählte Stücke führte.« Sie geriet ins Schwärmen, dabei hatte sie sich nie viel aus Schmuck gemacht und trug heute nur aus strategischen Gründen einen Ring, ein Erbstück aus Platin mit einem Smaragd. »Leider wurde das Geschäft in den neunziger Jahren verkauft«, fügte sie hinzu und bemerkte, wie sich sein Blick endlich an dem Ring festsaugte.

»Schöne Frauen und auserlesener Schmuck gehören zusammen«, erwiderte Wrangler wie in einem Schmierentheater, sodass es Enne innerlich schüttelte.

»Ein Erbstück meiner Mutter.« Sie streckte ihm die Hand entgegen.

Sein Lächeln verblasste. »Dann ist der Ring im doppelten Sinne wertvoll für Sie, nicht wahr?«

Enne nickte.

»Meine Mutter ist früh verstorben«, sagte er leise. »Mein Vater hat mich aufgezogen. Es war nicht immer einfach, weder für ihn noch für mich. Ein schwermütiger Mann war er, so sagte man in meiner Kindheit. Heute weiß ich, dass er unter Depressionen litt. Zeit seines Lebens hingen dunkle Wolken über ihm.« Wrangler spielte mit seiner Serviette. »Entschuldigung, wenn ich Sie mit Persönlichem belästige, aber mir scheint, auch Sie haben viel erlebt in Ihrem Leben.«

Endlich bist du da, wo ich dich haben will, dachte Enne zufrieden und nickte verständnisvoll.

»Meinen Vater belastete etwas in seiner Vergangenheit«, erklärte Wrangler. »Er kam damit nicht klar und ist daran zerbrochen. Leider vertraute er sich mir erst spät in seinem Leben an, von da an habe ich versucht, ihm beizustehen.«

Sie nickte, und als sie den Kopf bewegte, fingen plötzlich die Farben um sie herum an zu verblassen. Enne schloss die Augen und fühlte sich auf einmal wie auf einem Karussell. Vielleicht war der Alkohol bei der Temperatur zu viel gewesen?

»Er hat mir ein kleines Wochenendgrundstück ganz in der Nähe hinterlassen«, erzählte Wrangler lächelnd weiter. »Ich habe das Häuschen noch nicht renoviert, verbringe aber gern die heißen Tage dort. Wenn Sie mögen, zeige ich es Ihnen. Die Laube, denn mehr ist es nicht, und der verwilderte Garten haben für mich einen ganz besonderen Charme.«

Enne fand die Idee nett, zumal ihr hier irgendetwas nicht bekam. In einem ruhigen Garten würde es ihr bestimmt bald besser gehen. Aber vor allem hoffte sie, dass Wrangler in seiner vertrauten Umgebung mehr von sich erzählen würde. Er freute sich sichtlich, als sie seinem Vorschlag zustimmte, und winkte dem Ober, um zu zahlen.

Ein Handy klingelte. Warum können die Leute im Restaurant diese Dinger nicht abschalten?, dachte Enne genervt. Muss man denn immer und überall erreichbar sein? Erst als Wrangler sie neugierig musterte, begriff sie, dass es ihr Gerät war. Sie zog es aus ihrer Tasche, wollte es stumm schalten, aber das blöde Ding reagierte nicht und bimmelte einfach weiter.

Sie murmelte eine Entschuldigung, erhob sich und lief die wenigen Schritte zum Ufer, wobei sie das Gefühl nicht loswurde, dass der Boden bei jedem Schritt nachgab.

Ein Schwan, im Schlepptau drei graubraune Federbällchen, glitt über das bleifarbene Wasser. Enne schaute kurz hinüber, wischte dann über das Display und meldete sich.

»Eintausendachthundertvier«, hörte sie Emmis Stimme. »Zu diesem Schließfach gibt es zwei Inhaber. Kurt Koslowski und Günther Preuss. Du kannst von Glück reden, Enne, dass ich das entdeckt habe. Andreas hat auf unserer Kommode in der Diele eine Fotokopie und unter ihr einen Umschlag mit Peter Wranglers Namen liegen gelassen. Auf der Kopie war ein Schlüssel mit ebenjener Nummer zu sehen, und an ihrem Rand hatte Andreas die Namen von Preuss und Koslowski notiert. Mach was draus, Miss Marple.«

Und bevor Enne etwas erwidern oder sich bedanken konnte, hatte ihre Cousine aufgelegt. Enne jubilierte innerlich. Auf ihren Instinkt konnte sie sich immer noch verlassen. Jetzt musste sie nur noch herausfinden, wie Wrangler an den Schlüssel ge-kommen war. Sich zumindest seine Version anhören. Preuss, Koslowski, Wrangler: Zwischen ihnen bestand eine Verbin-dung. Sie hatte es geahnt, und Emmi hatte es ihr bestätigt. Etwas war in der Vergangenheit passiert, was diese drei Männer zu-sammengeschweißt hatte. Sie würde sofort Maik informieren.

Sie wollte seine Nummer wählen, hielt aber inne. Auch diese neue Information würde keine offizielle Befragung rechtfertigen. Sie stammte wieder nur aus zweiter Hand. Er brauchte aussagekräftige Beweise, deshalb musste sie sich wei-ter mit Wrangler unterhalten. Er redete gern, hatte ihr auch Persönliches anvertraut, das musste sie sich zunutze machen. Am besten auf seinem Grundstück, da, wo er sich wohlfühlte und seine Deckung vernachlässigen würde. Alles in allem lief es nicht schlecht bisher. Sie beschloss, ihrem Sohn zumindest eine WhatsApp-Nachricht zu senden, damit er auf dem glei-chen Stand war. Wie er damit umgehen würde, war seine Sache. Schnell tippte sie die Schließfachnummer, die Namen der Inha-ber, als Informantin Emmis Namen und schließlich das Datum ein und verschickte alles.

Zufrieden wandte sie sich um zu ihrem Tisch. Was war nur auf einmal los? Warum bewegten sich die Bäume im Biergarten? Und der Boden unter ihren Füßen schwankte stärker als schon zuvor. Ich werde alt und vertrage nichts mehr, dachte Enne er-schüttert. Ab jetzt nur noch Wasser, befahl sie sich, und ein Bein vor das andere setzend bewegte sie sich langsam zurück. Doch der Tisch erschien ihr auf einmal so weit weg. Sie klammerte sich am nächstbesten Stuhl fest, erblickte Wrangler, der auf sie zukam und etwas sagte. Spürte seine Hand auf ihrem Arm. Sie wollte antworten, doch ihre Stimme gehorchte ihr nicht mehr. »Ist Ihnen nicht gut?«, war das Letzte, was sie hörte.

19

Am selben Tag

»Das mit dem Hund ist ja alles gut und schön, und in einer Notsituation kann man Vorschriften auch mal ignorieren, aber das hier ist immer noch das Polizeipräsidium und nicht die Bahnhofsmission für Tiere«, herrschte Körner irgendwann Lilienthal an. »Außerdem stinkt der Hund nach verfaultem Fisch und ist, gelinde ausgedrückt, für jeden Anwesenden eine Zumutung.«

Daraufhin marschierte Susanne kurzerhand mit Charly zu einer von Heike empfohlenen Adresse. Waschen, legen, föhnen, das Tier brauchte dringend das volle Programm, wollte es weiter in den Genuss menschlicher Sympathie kommen.

Jeder Baum, jede Ecke war Neuland für Charly. Er schnüffelte, als wäre potenziell überall der Jackpot vergraben. Sie liefen am Filmmuseum, dem ehemaligen Marstall des Potsdamer Stadtschlosses vorbei, weiter über den Neuen Markt und schließlich die Rudolf-Breitscheid-Straße entlang. Susanne, die sich am Morgen in die Akten eingelesen hatte und spektakuläre Mordfälle gewohnt war, nutzte den Spaziergang für Überlegungen: In den Dimethoat-Fällen passte hinten und vorne nichts zusammen. Sie drehten sich bei den Ermittlungen im Kreis. Und Lilienthals Anweisung, die Schuster unbedingt zu finden, konnte sie nicht nachvollziehen. Sie war nicht seiner Meinung, dass ihr etwas passiert sein musste. Wahrscheinlicher erschien ihr, dass die ehemalige Pflegerin mit ihrem Mann, Lukas Baier, einfach weggefahren war. Die Blutspuren in der Wohnung konnten auch von einer unbedeutenden Verletzung herrühren. Eine ganz natürliche Reaktion, das Blut wegzuwischen. Und die Aussage der Nachbarin Mandy bezüglich der Unordnung in der Wohnung hielt sie einfach nur für übertrieben und im besten Fall für Wichtigtuerei. Allerdings hatte Manni Langer nichts gefunden, was auf eine Verletzung hinwies. Und die Geschichte mit Charly passte auch nicht zu einer harmlosen Erklärung. War der Hund vielleicht krank und sollte deshalb getötet werden? Sie blieb stehen. Charly wandte sich zu ihr um. Sie bückte sich, schaute ihn an. Seine Augen waren klar. Er öffnete das Maul, ließ die rosa Zunge heraushängen, als wollte er sie anlächeln. Gleichwohl beschloss sie, am nächsten Tag mit ihm zu einem Tierarzt zu gehen. Einmal durchchecken, schon zu ihrer aller Sicherheit. Fand der Doc nichts, würde sie Charly nicht mehr hergeben. Wenn Max von ihrem neuen Haustier erfuhr, würde er vor Freude sicherlich an die Decke springen. Zudem ein gutes Argument, ihn zu überreden, zu ihr nach Potsdam zu ziehen, dachte sie voller Vorfreude. Natürlich nicht in Maiks Wohnung. Eine Familienzusammenführung im großen Stil konnte sie sich abschminken. Maik, so viel war ihr inzwischen klar, brauchte Zeit, und die musste sie ihm geben. Und für Max mit seinen vier Jahren galt das Gleiche.

Sie suchte nach den Hausnummern, weit konnte es bis zu dem Hundefriseur nicht mehr sein, und zog Charly von einem Blumenkübel fort. »Komm endlich, du kleine Schnüffelnase«, sagte sie mitfühlend. Ewig konnte sie sich mit dem Tier nicht vom Büro absetzen. Enne von Lilienthal hat recht, dachte sie im Weitergehen. Peter Wrangler, ein Unternehmensberater mit Sitz in Liechtenstein, aber hallo! Das war eine Spur, die man verfolgen musste, und Geld war der Schlüssel. Das sagte ihr kriminalistischer Instinkt. Während der letzten Tage in Wiesbaden hatte sie mitbekommen, wie die Kollegen vom Bundeskriminalamt die Steuer-CD auswerteten. Dabei waren sie auch auf einige prominente Namen gestoßen. Bei den Koslowskis lag der Fall nicht ganz so einfach. Es gab nur den Hinweis auf ein Konto, das seit Jahren in der Schweiz existierte. Die Beträge waren nicht gerade Peanuts. Der verstorbene Kurt Koslowski hatte ein Juweliergeschäft in bester Lage Berlins besessen, doch die Hausdurchsuchung hatte nichts ergeben. Susanne grinste, was ihr den irritierten Blick einer älteren Dame einbrachte. Enne von Lilienthal besaß so etwas wie einen sechsten Sinn. Sie war eine richtige Spürnase und hatte die versteckten Dokumente gefunden, nicht das BKA und auch nicht die Potsdamer Kriminaltechnik. Maik fand das nicht lustig, aber sie bewunderte seine Mutter heimlich. In Zukunft würde sie vorsichtig mit ihren Bemerkungen über sie sein, in dieser Hinsicht war ihr Sohn ein ziemliches Sensibelchen.

Nicht weit vom Naumburger Tor entfernt, nahe der Einfahrt zum Hofgarten Karree, entdeckte sie endlich das Schild des Hundefriseurs.

Ein junger Mann mit zu rosa Stacheln aufgetürmten gegelten Haaren, bekleidet mit einem T-Shirt mit dem Aufdruck: »Ich bin der Größte«, saß auf einer Bank neben einer schmalen Tür und rauchte einen Zigarillo. Skeptisch betrachtete er Charly, als Susanne mit dem Hund vor ihm stand. »Wie siehst du denn aus? Schön ist was anderes. Und duften tust du wie eine Müllkippe, Mausemuckepaulchen.« Sein Blick wanderte missbilligend zu Susanne.

Schnell erzählte sie, ohne größere Einzelheiten zu nennen, wie die Polizei den Hund gefunden hatte.

Der Blick des Mannes wurde immer mitfühlender. »Sie dürfen Hotti zu mir sagen«, entschied er, nahm Charly, der sich das ohne Aufhebens gefallen ließ, einfach hoch und begann sofort mit der Behandlung.

Beeindruckt blickte Susanne sich um, nachdem sie hinter ihm die wenigen Treppenstufen zum Salon hochgestiegen war. Weinrote Tapete mit Blumenmuster, eine matt schimmernde Holzvitrine mit Hundeaccessoires, elegante Körbchen aus verschiedenen Materialien und Designerlampen verliehen dem Raum die Atmosphäre eines eleganten Boudoirs. Karl der Große, Hottis eigener Hund, ein schwarzer Königspudel, thronte vornehm in einem Rattankorb in der Ecke und sah gelassen zu.

Mit geschultem Griff setzte Hotti Charly in eine tiefe, ummauerte Hundewanne und seifte ihn ein.

Susanne bereute ihre Entscheidung, hierhergekommen zu sein, sofort, denn Charly jammerte in den höchsten Tönen zum

Gotterbarmen. Zu allem Übel fiel der Königspudel kurz darauf mit lautem Bellen ein und gab den Counterpart.

»Keine Männergespräche heute«, befahl Hotti mit sanfter Stimme, und zu Susannes Verblüffung verstummten die beiden Hunde sofort.

Hotti kannte sich aus in der Potsdamer Szene. Plauderte während Charlys Behandlung aus dem Nähkästchen. Entspannt lauschte Susanne seinen witzigen, mit vielen Insiderinformationen gespickten Erzählungen. Nur als Charly beim anschließenden Kämmen Zähne zeigte, kam erneut der Hundeprofi durch: »Lass dein Gebiss drinnen, Schatzi, das ist hier nicht eingeladen«, befahl er. Und der Hund gehorchte umgehend.

Beim Bezahlen fragte Susanne beiläufig: »Kennen Sie eigentlich Lukas Baier, den Tierarzt?«

Überrascht blickte Hotti sie an. »Sagen Sie bloß, der hat das dem Hund angetan?«

»Wie kommen Sie darauf?«, hakte Susanne nach.

Hotti strich Charly über den Kopf, schob ihm das Geschirr über und befestigte es. »Wenn Baier ein Herz für Tiere hat, dann dürfen Sie ab heute Heiliger Vater zu mir sagen.«

Susanne zückte ihren alten Dienstausweis und kritzelte ihm die Nummer von Lilienthal auf einen Block. »Wenn Sie etwas über Lukas Baier wissen, auch wenn es nicht unmittelbar mit Tieren zu tun hat, dann muss ich das erfahren. Wir ermitteln in einem Tötungsdelikt.«

»Wie jetzt, Mord? Nee, damit möchte ich nichts zu tun haben.« Hotti drehte sich weg und sortierte seine Arbeitsgeräte. »War ein Witz, vergessen Sie, was ich eben gesagt habe. Der Baier ist ganz in Ordnung.«

»Falls Ihnen doch noch etwas einfallen sollte, rufen Sie uns bitte an«, erwiderte sie eindringlich.

Hotti hob bedauernd die Schultern. »Leider bin ich ausgebucht bis Herbst, da komm ich nicht groß zum Nachdenken.« Er schaute stattdessen an ihr vorbei durch das Fenster. »Sehen Sie selbst, draußen wartet schon mein nächster Kunde.« Er öffnete die Tür und winkte dem älteren Mann mit Halbglatze und im karierten Hemd, der im Hof auf und ab ging und einen strubbeligen grau-weißen Yorkshire Terrier auf dem Arm trug. »Tschüss und schönen Tag noch«, murmelte er und vermied es dabei, Suanne anzusehen.

20

Kaum dass sie ihn von der Leine losgemacht hatte, verkroch Charly sich unter dem Schreibtisch. Sogar das Leckerli, das Susanne ihm hinhielt, konnte ihn nicht wieder hervorlocken. Nur seine schwarzen Knopfaugen starrten vorwurfsvoll in ihre Richtung. Du kleiner Kerlimann, dachte sie, erst in die Tonne und jetzt baden und ondulieren, hoffentlich behältst du nicht bleibende psychische Schäden. Durch die offene Verbindungstür erblickte sie Lilienthal mit Kalumet und Heike am Besprechungstisch. Sie ging zu ihnen hinüber.

»Der hat nicht nur in der Spielbank Berlin am Potsdamer Platz Hausverbot«, Heike scrollte auf dem Bildschirm ihres Laptops durch ein Dokument, »auch im Kasino Konstanz steht er auf der schwarzen Liste.«

»Konstanz direkt an der Schweizer Grenze und nicht weit von Liechtenstein«, bemerkte Kalumet. »Wie sieht es eigentlich mit unserem Nachbarn gleich um die Ecke aus?« Einen Block vom Polizeipräsidium entfernt befand sich die Spielbank Potsdam.

»Sauber, kein Eintrag«, meldete Heike.

»Geht es um Peter Wrangler?«, fragte Susanne.

»Ja.« Lilienthal lehnte sich zurück. »Als wir seine Finanzen genauer unter die Lupe genommen haben, sind Heike mehrere Ungereimtheiten aufgefallen. Der Mann führt bei fünf unterschiedlichen Banken Konten.«

»Was ist daran so ungewöhnlich?«, wunderte sich Susanne. »Ich habe auch drei Konten bei drei verschiedenen Geldinstituten.«

»Soso. Und warum?«

Susanne zog eine Augenbraue hoch. »Schon mal was von Privatsphäre gehört, Herr Hauptkommissar?«

Ohne auf ihre Antwort einzugehen, fuhr Lilienthal fort: »Die Einnahmen sind unregelmäßig, keine Grundbezüge, keine festen Beträge. Bei der letzten Einkommenssteuererklärung hat Wrangler Verlustvorträge angegeben, wahrscheinlich Spielschulden, ein alter Trick, um Gelder zu vertuschen. Wenn er bei zwei Spielbanken Hausverbot hat, dann können wir davon ausgehen, dass er regelmäßig spielt und zwangsläufig auch verliert. Das ist die Regel. Er braucht also immer wieder neues Geld. Heike, frag bitte mal nach, aus welchem Grund die Hausverbote ausgesprochen wurden.«

Die Kriminalassistentin klemmte sich an ihrem Schreibtisch hinters Telefon und kam wenige Minuten später zurück. »Wrangler scheint Choleriker zu sein. Eigentlich ein guter Kunde, so der Geschäftsführer der Spielbank Berlin, aber nachdem er mehrmals wegen seiner Wortwahl auffällig wurde, mussten sie ihm Hausverbot erteilen.«

»Auffällig?«

»Er hatte an dem spezifischen Tag sein ganzes Bargeld verspielt und wurde aggressiv und laut, als man ihm keinen Kredit gewähren wollte. Diskretion ist in diesen Etablissements oberstes Gebot. Andere Gäste fühlten sich gestört. Ein Security-Mitarbeiter bat ihn, das Haus zu verlassen, aber Wrangler wurde handgreiflich. Eine Anzeige unterließ die Geschäftsführung, weil er viele Jahre lang ein guter Kunde war.«

»Verliert die Kontrolle und neigt zur Gewalt«, murmelte Lilienthal. »So verhält sich nur jemand, wenn ihm finanziell das Wasser bis zum Hals steht. Hast du schon seine Vita überprüft, Heike?«

Sie blätterte in ihren Notizen: »Geboren 1956 in Berlin-Tempelhof, unverheiratet. Ob er in einer Partnerschaft lebt, konnte ich nicht herausfinden, jedenfalls hat er keine Kinder. Er ist in der Hubertusstraße in Berlin-Grunewald gemeldet.«

»*No money*, aber im vornehmsten Stadtteil von Berlin wohnen. Wenn ich im Lotto gewinne, ziehe ich auch dorthin.«

»Dafür müsstest du erst mal spielen, Leo. Aber du weißt ja noch nicht mal, wo die nächste Annahmestelle ist«, konterte Heike spöttisch.

»Willst du recht haben, oder was?«

Die beiden blitzten sich vergnügt an. Lilienthal war froh, dass es zwischen ihnen anscheinend wieder harmonierte. »Peter Wranglers Vater verstarb in einem Hospiz in Wannsee«, unterbrach er ihr Geplänkel. Er hatte die Information auf seinem iPad recherchiert. »Er hinterlässt ein Grundstück im Ortsteil Alt-Wannsee.«

»Der Dreh- und Angelpunkt ist der Schließfachschlüssel«, mischte sich Susanne ein. »Wenn der ursprünglich den Koslowskis gehörte, und davon gehe ich aus, denn sonst hätte das BKA die Hausdurchsuchung nicht angeordnet, dann hat deine Oma Lisbeth ihn dem Wrangler gegeben. Es ist keine große Kunst, einen alten Menschen zu so etwas zu überreden.«

»Ich glaube nicht, dass sich Lisbeth noch an den Schlüssel erinnerte. Das Versteck in dem Leuchter war doch genial. Früher, als ihr Mann noch lebte, wusste sie garantiert Bescheid, aber danach hat sie ihn wahrscheinlich vergessen.«

»Einen Schließfachschlüssel vergessen? Das kann ich mir nicht vorstellen, Maik. In dem Bankfach müssen Wertgegenstände sein, die vergisst man doch nicht.«

»Aber Lisbeth war dement.« Lilienthal spielte mit seinem Kugelschreiber, wirbelte ihn nachdenklich um die Finger. »Gehen wir mal davon aus, dass Wrangler die alte Dame besucht, den Schlüssel bekommen und sie dann umgebracht hat. Wo ist dann das Bindeglied zu den anderen Morden? Und das Motiv, das fehlt.«

»Der letzte Besucher bei Lisbeth Koslowski war außerdem eine Frau«, gab Kalumet zu bedenken.

»Die Information würde ich nicht überbewerten. Es ist ein Einfaches, sich zu verkleiden.«

Susanne lächelte in Richtung Bürodurchgang. Irritiert folgte Lilienthal ihrem Blick und entdeckte den Hund, dessen rosa Zunge ihm aus dem geöffneten Maul hing.

»Der grinst uns an«, kommentierte Kalumet den Anblick.

»Immerhin stinkt er nicht mehr«, bemerkte Lilienthal.

»Charly hat Hunger, das sieht man doch.« Heike schaute

Susanne vorwurfsvoll an. »Hat er heute schon was zu fressen bekommen?«

»Ein bisschen«, umging Susanne die Wahrheit, denn die paar Scheiben alten Zwiebacks hatten Charly bestimmt nicht satt gemacht. Sie nahm sich vor, bei der nächsten Möglichkeit Hundefutter zu kaufen. »Übrigens danke für deinen Tipp, Heike. Der Hundesalon ist wirklich vom Feinsten. Wir haben sofort einen Termin bekommen, als Hotti, der Inhaber, Charly sah. Außerdem habe ich etwas sehr Interessantes dort erfahren. Hotti hat zuerst kein gutes Haar an Lukas Baier gelassen. Aber als ich nachfragte und dabei erwähnte, dass wir in einem Tötungsdelikt ermitteln, in dem er möglicherweise involviert ist, machte er dicht und wiegelte ab.«

»Merkwürdig«, murmelte Lilienthal.

21

Am selben Tag

Enttäuscht ließ Körner das Handy sinken. Seit Zürich war er nicht mehr allein mit Enne ausgegangen, von dem missglückten Treffen im »Oskar« mal abgesehen. Heute jährte sich der Tag, an dem er vor vielen Jahren auf einer Tagung in Wiesbaden mit Enne eine Nacht verbracht hatte. In seinem Leben hatte es nie an Damenbekanntschaften gemangelt, über seine Libido konnte er sich nicht beklagen, aber diese wenigen Stunden in dem kargen Hotel auf dem schmalen Bett mit Enne waren etwas ganz Besonderes gewesen. Etwas, was er kaum beschreiben konnte. Für ihn hatte es sich angefühlt, als würden sich zwei Hälften zusammenfügen, die nur aufeinander gewartet hatten. Jedes Jahr erinnerte er sich an dieses Datum – es war in seinem Gehirn wie auf einer Festplatte eingebrannt. Damals dachte er, Enne würde das Gleiche für ihn empfinden, dass sich etwas Bleibendes zwischen ihnen entwickeln würde. Aber dazu war es nicht gekommen, und er war danach in ein schwarzes Loch gestürzt.

Enne, gerade geschieden, alleinerziehend mit allen Schwierigkeiten, die eine junge berufstätige Mutter bewältigen musste, war körperlich und emotional am Limit gewesen. Die Untreue durch Maiks Vater, die Zurückweisung und die Trennung hatten sie viel Kraft gekostet und waren zu dem Zeitpunkt immer noch präsent und bestimmten ihre Handlungen. Aber das war ihm, Körner, erst viel später klar geworden. Sein Wunsch nach Gemeinsamkeit hatte sie erschreckt, und sie hatte sich zurückgezogen. Später war er eine Beziehung mit einer Staatsanwältin eingegangen, aber als auch die nicht hielt, stürzte er sich in flüchtige, kurze Affären, die er immer wieder rasch beendete.

Dann hatte Maik sich von dem Berliner LKA 1 nach Potsdam, zur Mordkommission, versetzen lassen. Für seine Berliner Kollegen nicht nachvollziehbar, aber er, Körner, ahnte, warum. Enne arbeitete in Berlin damals noch in derselben Behörde. Für

Körner war wichtig: Ennes Sohn kam zu ihm. Seine Chance. Natürlich ahnte Maik nichts von dem, was früher zwischen seiner Mutter und seinem neuen Chef passiert war, und er passte auf, dass zwischen ihnen auch immer die Distanz gewahrt blieb. Aber das Leben hatte seine eigenen Gesetze. Durch die letzten zwei Fälle waren er und Enne sich wieder nähergekommen.

Erneut wählte Körner und wartete, aber wie beim vorherigen Versuch ging nur der Anrufbeantworter an.

Voller Vorfreude hatte er für den Abend einen Tisch im »Il Teatro« am Tiefen See reserviert. Heute endlich wollte er sie fragen, was sie von einer gemeinsamen Zukunft hielt, er hatte keine Lust mehr, länger zu warten. Wie schön war es in Zürich gewesen. Seine Enne, so intelligent, attraktiv und selbstbewusst und mit einer großen Portion Humor. Er mochte sie mehr, als er es je für möglich gehalten hatte.

Körner klappte das kleine Schmuckkästchen auf und ließ die roten Bambuskorallen durch seine Finger gleiten. An ihrem Hals würden sie wunderbar zur Geltung kommen. Wo war sie nur? Seine euphorische Stimmung verflog. Enderlein tauchte in seinen Gedanken auf, und Eifersucht regte sich in ihm. Ein ambivalenter Typ, dieser Rechtsmediziner. Arrogant und selbstherrlich, aber unschlagbar auf seinem Fachgebiet. Und in eher seltenen Augenblicken sogar charmant, musste er zugeben. Körner schob sein Smartphone in die Tasche und erhob sich. Feierabend. Sollte er den Tisch im Restaurant absagen? Nein, entschied er. Vielleicht würde er Enne doch noch erreichen. Als er auf den Gang trat, kam ihm Lilienthal entgegen.

»Das Schweizer Schließfach, auf das Peter Wrangler Anspruch erhebt, hat die gleiche Nummer wie die, die auf dem Schlüssel von Günther Preuss eingestanzt ist.«

»Na, wenigstens etwas«, brummte Körner schlecht gelaunt.

»Aber interessanterweise soll es zwei Inhaber des Schließfaches geben. Der ehemalige Juwelier Kurt Koslowski und unser Mordopfer Günther Preuss.«

»Woher hast du die Information?«

»Über Frau von Lilienthal«, entgegnete Lilienthal schief

grinsend. »Damit rückt Peter Wrangler stärker in den Fokus unserer Ermittlungen.«

»Und mit welcher Begründung?«, erwiderte Körner. »War sie in der Schweiz? Hat sie es selbst gesehen? Kann sie es beeiden?« Und als Lilienthal darauf nichts erwiderte, fügte er nur hinzu: »Wie willst du den Staatsanwalt davon überzeugen?«

»Die Strafverfolgungsbehörden sind nicht nur berechtigt, sondern auch verpflichtet, von sich aus den Sachverhalt zu erforschen und alle Ermittlungshandlungen vorzunehmen, um der Verdunkelung einer Straftat vorzubeugen.«

»Schlaumeier«, erwiderte Körner, »Paragraf 163 StPO. Hoffentlich sieht er den Sachverhalt genauso.«

»Wir brauchen dringend Wranglers Bewegungsprofil der letzten Tage, Chef.«

22

Am selben Abend

Enne würgte. Zum wievielten Mal in den letzten Stunden, wusste sie nicht mehr. Es schien ihr, als wollte ihr Körper im Minutentakt alle Organe hinausschleudern. Schon die kleinste Bewegung löste eruptives Würgen aus. Wo war sie? Sie versuchte, sich zu erinnern, aber in ihrem Kopf hatten sich Rock-and-Roll-Bands häuslich eingerichtet. Sie zitterte.

»Trinken«, hörte sie eine Stimme. Fühlte den harten Rand eines Gefäßes an ihren Lippen. Sie schluckte, und sofort schossen ihre Magensäfte nach oben. Ich kann nicht, wollte sie antworten, aber nur ein Wimmern kam über ihre Lippen. Jemand wischte mit etwas Rauem über ihr Gesicht. Wo war sie? Sie schaffte es nicht, sich zu artikulieren. Alles schmerzte. Ihre Eingeweide waren ein glühendes Durcheinander. Sie zwang sich, die Augen zu öffnen. Die Wände rasten auf sie zu, als befände sie sich im freien Fall im Power Tower auf der Münchner Wiesn. Sie tastete über die Auflage, auf der sie lag. Ein widerlicher Geruch. Kam der von ihr? Ihre Finger berührten ein Tischchen, also lag sie nicht auf dem Boden. Entfernt konnte sie eine schwache Lichtquelle ausmachen. Ruhig, ganz ruhig, befahl sie sich. War da jemand? Sie versuchte, den Kopf zu heben, den Brechreiz zu unterdrücken. »Hallo?«, krächzte sie. Keine Antwort. Sie war allein.

Sie musste sich erinnern. Wo war sie vorher gewesen? Aber nur das Bild eines Schwans stieg vor ihrem inneren Auge auf. Sein geschmeidiger weißer Hals und der schmale Kopf, seine schwarzen Augen, die sie gleichgültig beobachtet hatten. Dann plötzlich dicke weiße Wolkengebilde im flirrenden, hell glitzernden Spiegel des Wassers. Sie fröstelte, zog das Tuch höher, das sie bedeckte. Berührte dabei mit der Hand ihre Brust. Sie war nackt. Wo war ihre Kleidung? Noch einmal wollte sie den Kopf heben, sich orientieren. Aber die Anstrengung war zu groß. Sie sank zurück, und gnädig umfing sie erneut der Schlaf.

23

Am selben Abend

»Die Zielperson hielt sich zu allen vorgegebenen Zeitpunkten in Potsdam auf, in der Nähe des Seniorenstifts.« Manni Langer legte mit Schwung das Protokoll des Bewegungsprofils vor Lilienthal auf den Tisch, beugte sich vor und fuhr mit dem Finger die Zeilen entlang. »Sogar zu dem Zeitpunkt, als man Lisbeth Koslowski fand. Das ist doch mal eine gute Nachricht, oder?« Er tippte auf eine bestimmte Stelle. »Und hier, da befand sich euer Wrangler an der Nutheschnellstraße, in einem Baumarkt. Ich habe mich erkundigt, der führt auch Pflanzenschutzmittel mit Dimethoat im Sortiment.«

Lilienthal atmete durch. »Danke, Manni. Gut gemacht.« Vergessen war seine Diskussion mit Dr. Mantei.

Der junge Staatsanwalt hatte die Urlaubsvertretung für die Heeseberg, ihre Potsdamer Staatsanwältin, übernommen, die die Kollegen jedes Mal examinierte wie Erstklässler. Das Grauen jedes Ermittlungsbeamten. Aber auch Mantei war nicht leicht zu knacken gewesen. Als Volljurist hatte Lilienthal zuerst souverän die Aktenlage zitiert, während Mantei unbeeindruckt dabei in Papieren blätterte. Als Lilienthal schon aufgeben wollte, bemerkte Mantei auf einmal: »Dünnes Eis, ganz dünnes Eis, Herr Hauptkommissar.«

Was Lilienthal veranlasste, als letzten verzweifelten Versuch aus der StPO Paragraf 163 nachzuschieben: »Es gibt verschiedene Arten von Beweismitteln, unter anderem auch den Augenscheinbeweis, den ich in diesem Fall anführen möchte.«

»Danke, aber glauben Sie mir, das habe ich bereits in Erwägung gezogen«, erwiderte Mantei kühl. Schwieg einen Moment und blickte danach Lilienthal nachdenklich an. »Natürlich besteht die Möglichkeit, von Amts wegen tätig zu werden, um ein Ermittlungsverfahren einzuleiten, wenn wir durch Wahrnehmung Kenntnis von einer Straftat erhalten. Das wissen Sie, und das weiß ich. So weit, so gut. Ich werde mich jetzt meines

Ermessensspielraumes bedienen, Herr Hauptkommissar, und zwar aus einem juristisch eher nicht plausiblen Grund.«

Lilienthal wartete angespannt, was Mantei aus dem Sack holen würde.

»Nicht wenige in dieser Behörde halten Sie für einen ausgezeichneten Ermittler. Darum«, sagte er für Lilienthal nicht ganz verständlich. Mantei strich über den Aktendeckel und sprach mehr zu sich selbst als zu seinem Gegenüber: »Hoffentlich wird das nicht wie ein Bumerang auf uns zurückfallen.«

Zehn Minuten später hatte Lilienthal die unterzeichnete Genehmigung für die Überwachung in der Causa Peter Wrangler in Händen gehalten.

Das beschleunigte Auskunftsverfahren bei einem Verdacht auf ein Tötungsdelikt galt international und auch für Schweizer Behörden. Lilienthal war zufrieden. Seine Taktik, seine Mutter mit einzubeziehen, war aufgegangen, und durch das Bewegungsprofil hatten sie Tatsachen geschaffen. Wrangler konnte nun zum Kreis der Verdächtigen gezählt werden. Er fühlte sich voller Energie, wie schon seit Langem nicht mehr. Endlich war ihm der Durchbruch gelungen, wie so oft durch Kommissar Zufall. Gut, noch immer war fraglich, wie Wrangler in Besitz des Schließfachschlüssels gekommen war. Er brauchte Beweise. Sie mussten weiterhin in alle Richtungen ermitteln. Durften die anderen Personen nicht aus dem Blick verlieren.

Er wandte sich an Susanne. »Baier und Schuster können sich nicht in Luft aufgelöst haben. Beide hatten Kontakt zu mindestens zwei Opfern und waren in Preuss' Nähe. Schuster im Seniorenstift arbeitsbedingt und Baier, wie uns Frau Sumoringer bestätigte, ein paarmal als Besucher. Wir müssen sie noch einmal befragen.« Er winkte Kalumet zu sich und entschwand mit ihm im Schlepptau.

Stirnrunzelnd blickte ihm Susanne hinterher.

»Lukas Baier hat sich um den Posten des Landestierschutzbeauftragten beworben«, sagte Heike zu ihr. »Von Freunden weiß ich, dass das Landwirtschaftsministerium intern versucht, den Bereich Naturschutz auszuhebeln. Wenn du jetzt von einem Außenstehenden, diesem Hundefriseur Hotti, erfährst, dass Baiers Reputation im Tierschutz nicht die beste ist, dann frage ich mich, ob der sich aus eigenen Stücken um den Posten beworben hat oder ihm der Job vielleicht sogar angetragen wurde?«

»Was meinst du damit?«, wollte Susanne wissen. Es imponierte ihr, wie sich die junge Kollegin gegen Massentierhaltung und für den Tierschutz einsetzte. Auch war sie erstaunt, über welche Insiderinformationen Heike verfügte.

»Wenn er für die Position genommen wird, würde man den Bock zum Gärtner machen«, führte Heike weiter aus und klappte den Laptop zu. »Von den ehemals profilierten Naturschützern, die führende Posten im Ministerium innehatten, ist keiner mehr dabei. Sie wurden alle in Bereiche versetzt, wo sie nichts mehr bewegen können. Schon komisch, oder?«

»Tierwohl und Naturschutz sind deine Themen, nicht wahr?«

»Merkt man das?« Heike grinste schief. »Leo gehe ich damit langsam auf die Nerven.«

Susanne kraulte Charly hinter den Ohren. Als die Männer den Raum verlassen hatten, war er auf dicken Fellpfoten leise zu ihr gekommen und hatte sich neben sie gesetzt. »Tierschutz ist bei uns zu Hause auch ein großes Thema. Meine Eltern führen einen mittelgroßen Demeterhof als Familienbetrieb. Jetzt haben sie vor Kurzem erfahren, dass ein Leitfaden für die Genehmigung von Tierhaltungsanlagen herausgegeben wurde – zur Schaffung eines investorenfreundlichen Klimas, so der Tenor des Agrarministeriums.«

»Investorenfreundlich.« Heike lachte bitter auf. »Mehr brauchst du mir nicht zu sagen. Ich kann mir schon denken, was dahintersteckt.«

»Ganz in der Nähe zu unserem Hof soll außerdem ein Stall für hunderttausend Junghennen gebaut werden. Was das für die umliegenden Landwirte bedeutet, muss ich dir bestimmt nicht erklären.«

»Aber warum?«, überlegte Heike. »Das ist ein Schlag ins Gesicht aller, die das Volksbegehren unterstützt haben – und das waren immerhin hundertviertausend Brandenburger. Der Kompromiss, den die Initiatoren des Volksbegehrens mit dem Ministerium geschlossen haben, wurde also heimlich, still und leise ausgehebelt. Na ja, man kann halt nicht von heute auf morgen die Welt retten«, fügte sie sarkastisch hinzu.

Susanne griff nach ihrer Tasche. »Ich habe mir noch einmal die Protokolle durchgelesen. Ich bin mir sicher, dass Fanny Schuster uns angelogen hat. Ihre Aussagen passen hinten und vorne nicht zusammen. Wir werden alles noch mal genau unter die Lupe nehmen, Heike.«

Gut gelaunt fuhr Lilienthal Richtung Berlin. Sein Jaguar, in Britischgrün, den er auch als Dienstfahrzeug nutzen durfte, schnurrte wie geölt über den Asphalt. Kalumet neben ihm fummelte am Autoradio und schaltete den CD-Player ein. Die tragenden melancholischen Eingangstakte der »Ungarischen Tänze« von Brahms füllten den Innenraum. Genervt rollte Kalumet mit den Augen. Lilienthal liebte das Stück. Die Streichinstrumente im Wechsel mit den Flöten, die sich furios zu den volkstümlichen Klängen steigerten, entsprachen genau seiner augenblicklichen Stimmung. Er bemerkte, wie sich sein Kollege in Selbstbeherrschung übte. Eminem mit »Sing for the Moment« war augenblicklich sein Favorit; klassische Musik kam für ihn erst ab einem Alter von siebzig aufwärts in Frage, wusste Lilienthal. Wobei er, Lilienthal, den Song, der aus den nuller Jahren stammte, damals auch gemocht hatte.

An der Ausfahrt Hüttenweg setzte er den Blinker, fuhr durch den Wald an den ehemaligen Wohnblocks der Amerikaner vorbei und bog links ab in die Clayallee Richtung Roseneck.

Wranglers Wohnung befand sich in einer Gründerzeitvilla in der Douglasstraße. Auf glänzendem Messing neben dem Eingang drei Klingelknöpfe. Lilienthal hielt den neben den Initialen »P. W.« gedrückt.

Kalumet schaute hinter ihm an der Fassade hoch. Aus den

offenen Fenstern in den unteren Etagen drang kein Läuten zu ihnen, und die Fenster der Dachmansarde waren geschlossen.

»Ausgeflogen, das Vögelchen«, mutmaßte Lilienthal.

Kalumet lehnte sich an die aus massivem Eichenholz gefertigte Haustür, die überraschend nachgab. Sie betraten das Haus und standen in einer mit weiß-grauem Marmor gefliesten Eingangshalle, die im eleganten Kontrast zu den dunklen Holzpaneelen an den Wänden stand. Nach den warmen Temperaturen draußen war es drinnen angenehm kühl. Eine breite Treppe, ebenfalls aus Marmor, führte in die oberen Etagen. Es war still, das Gebäude wirkte wie ausgestorben. Sie stiegen nach oben. Die Tür zur Wohnung im Dachgeschoss war nur angelehnt.

Kalumet klopfte. »Herr Wrangler? Sind Sie da?«

Niemand antwortete.

Lilienthal drängte sich an ihm vorbei und schob die Tür ganz auf. »Hallo, Herr Wrangler!«, rief er. Als immer noch alles still blieb, zog er aus seiner Hosentasche Einweghandschuhe, streifte sie über und ging in die kleine, mit dunklem Parkett ausgelegte Diele. Nur zwei Messinghaken hingen an der Wand. An dem einen baumelte eine Krawatte. »Pariser Arbeit, schwere Seide, handgenäht«, bemerkte Lilienthal, der mit Kennermiene den Schlips befühlte. »Was sagt uns das, Herr Kalumet? Dass der Herr Wert auf gepflegte Kleidung legt.« Lilienthal wandte sich nach links. Trat in eine überschaubare Einbauküche unter der Dachschräge. Weder benutztes Geschirr noch Küchenutensilien ließen auf häusliches Leben schließen. Er öffnete die Hängeschränke: In ihnen stapelten sich einige weiße Teller und Tassen. Von KPM*, wie er feststellte, als er einen Teller herausnahm. Der Kühlschrank war bis auf eine Flasche Moët & Chandon Brut Impérial leer.

Kalumet hatte sich den zweiten Raum vorgenommen, der die gesamte Breite der Wohnung einnahm. Bodentiefe Sprossenfenster gingen zum Garten hinaus. Davor standen ein Schreibtisch mit überdimensionaler Glasplatte und ein dreibeiniger

---

* KPM = Königlich Preußische Porzellanmanufaktur

futuristischer Lederstuhl sowie in der Mitte des Raumes ein einzelner Cocktailsessel mit rotem Leder im Stil der siebziger Jahre des vergangenen Jahrhunderts. An der Wand erblickte er einen großformatigen Bildschirm. Weder Teppich auf dem hochglanzpolierten Eichenparkett noch Schränke. Unter der Dachschräge versteckte sich in einer Nische eine breite, mit dunkelblauem Samt bezogene Bettcouch. Von Decken und Kissen keine Spur. Kein Hinweis, dass jemand in letzter Zeit eine Nacht in der Wohnung verbracht hatte. Auf der anderen Seite führte eine Tür in ein Duschbad.

Kalumet entdeckte in ihm weder Handtücher noch Zahnbürste, nur eine ungeöffnete Verpackung Eau de Toilette Penhaligon's Blenheim Bouquet stand auf der Ablage unter einem großen Spiegel. »Angeberbude, Maik«, sagte er, zurück im Wohnraum. »Für mich ist das hier nur eine repräsentative Meldeadresse, sonst nichts.«

»Aber warum war die Tür unverschlossen?« Lilienthal ging noch einmal in die kleine Küche. Wo verstaute Wrangler seine Sachen? Er lief zurück in den Wohnraum. An der Stirnwand hing ein großformatiger Druck, Monets »Seerosen«. Er hob das Bild von der Wand. Nichts bis auf einige Staubflusen. Er winkte Kalumet, und zusammen zerrten sie die schwere Bettcouch von der Wand. Auf der Tapete dahinter zeichneten sich die Umrisse einer kleinen Tür ab, aber statt einer Klinke befand sich nur ein rundes Messingplättchen an der Wand. Lilienthal schob es zur Seite, bückte sich. Ein Sicherheitsschloss.

»Und der Schlüssel, liebe Tante?«, murmelte er. Er zog sein Diensthandy hervor und überlegte, ob er die Kriminaltechnik verständigen sollte, als Kalumet im Bad verschwand und Sekunden später wieder auftauchte. In einer Hand hielt er die Verpackung Blenheim Bouquet, in der anderen einen Sicherheitsschlüssel.

»Kam mir gleich so komisch vor, als ich das dort stehen sah. In der Regel nimmt man die Flasche raus. Und siehe da, innen lag der Schlüssel.« Er grinste zufrieden, ging in die Nische, steckte den Schlüssel ins Schloss und öffnete die Tapetentür.

Abgestandene, warme Luft schlug ihnen entgegen. Eine Umzugskiste und ein alter, abgenutzter Fiberkoffer waren alles, was sich in dem kleinen Raum befand.

Lilienthal zog die Kiste hervor, Kalumet griff nach dem Koffer, an dem ein Anhänger mit dem Namen »A. Wrangler« baumelte. Sie wuchteten beides auf den Glasschreibtisch.

Die Umzugskiste war vollgestopft mit alten Ordnern, ein abgegriffenes Fotoalbum aus schwarzem Leder lag zuoberst. Lilienthal öffnete den brüchigen Deckel und blätterte die Seiten um. Die meisten der kleinformatigen Bilder zeigten einen Jungen mit akkuratem Haarschnitt in kurzen Hosen und einen ernst blickenden Mann mittleren Alters, immer bekleidet mit Anzug und Krawatte. Auch das Kind lächelte kaum, weder auf dem Bild, auf dem es neben einem offenbar neuen Fahrrad stand, noch auf den Bildern, die ihn und den Vater in Wanderkleidung mit Spazierstöcken vor einer Bergkulisse zeigten. Auf den letzten Seiten fand Lilienthal nur noch vereinzelte Fotografien von zwei erwachsenen Männern mit großem Altersunterschied. Ihre Ähnlichkeit war nicht zu übersehen. Er löste eins der Bilder heraus, steckte es ein und griff danach zu einem Ordner. In ihm stieß er auf Krankenakten von einem gewissen Arnold Wrangler, auf Belege, Befunde und Abrechnungen mit der Krankenkasse. Im nächsten Ordner befanden sich private Papiere: Geburtsurkunde, Taufschein, Zeugnisse, Diplom der Friedrich-Wilhelms-Universität, ein Wehrmachtssoldbuch und eine Sterbeurkunde, die auf den Namen Hilde Dorothee Wrangler ausgestellt war, sowie Unterlagen zu einer Grabstelle auf dem Zehlendorfer Waldfriedhof. Als er den Ordner zurücklegen wollte, rutschte ein zerknitterter Briefumschlag heraus und fiel auf den Boden.

Kalumet stand vor dem geöffneten Koffer. »Kall, mei Drobbe«, brummte er im Frankfurter Dialekt. »Schau mal, was wir hier haben, Maik.« Neben einer angebrochenen Flasche Danziger Goldwasser und einem großen braunen Umschlag lagen verpackte Gummihandschuhe, eine Büchse Penaten Puder, Einwegspritzen und eine eierschalfarbene Plastikflasche ohne Aufdruck.

»In die passt mindestens ein Liter rein.« Er drehte an dem Schraubverschluss.

»Vorsichtig, du verwischst sonst alle Spuren«, befahl Lilienthal und hob den Umschlag auf.

Aber Kalumet roch bereits an der Öffnung. »Also flüssige Seife ist das jedenfalls nicht.«

Lilienthal tippte eine Kurzwahl in sein Handy. »Es gibt Arbeit, Manni«, informierte er den Leiter der Kriminaltechnik.

24

»Polizei! Ganz ruhig, keine Bewegung. Was machen Sie hier?«

»Die klauen, Herr Wachtmeister. Da sehen Sie den Koffer auf dem Tisch, mit dem sie gerade abhauen wollten. Auf frischer Tat ertappt hab ich sie.«

Hinter den beiden Streifenpolizisten entdeckte Lilienthal eine ältere Frau. Kurze graue Haare und bekleidet mit einem signalfarbenen Sommerkleid, das ihre unförmige Figur unvorteilhaft betonte.

Aufgeregt fuchtelte sie mit ihrem knochigem Finger durch die Luft und deutete dann auf die beiden Kommissare. »Das kam mir gleich so komisch vor, als ich Geräusche von oben aus der Wohnung von dem Herrn Wrangler hörte.«

Lilienthal wollte nach seinem Dienstausweis greifen, da zogen beide Gesetzeshüter blitzschnell ihre Waffen.

»Hände hoch, aber dalli!«, brüllte der größere der beiden. »Da rüber und die Beine auseinander, aber Tempo.« Mit der Waffe deutete er an die Stirnwand des Zimmers.

»Polacken sind das, ganz bestimmt«, keifte die Alte.

Lilienthal musste sich trotz der Umstände ein Lächeln verkneifen. Was hatte die Frau an ihm und seinem Kollegen entdeckt, das sie ihrer Meinung nach als östliche Nachbarn auswies? »Danke für eure Aufmerksamkeit, Kollegen, aber wir sind dienstlich hier«, sagte er schließlich. »Die Wohnungstür stand offen, darum konnten wir problemlos rein.«

»Die lügen doch, Herr Wachtmeister!«, kreischte die Signalfarbene, und ihr Gesicht glich immer mehr einer reifen Tomate. »Erst vorhin war ich hier oben, um nach dem Rechten zu sehen, und danach habe ich abgeschlossen, so wahr mir Gott helfe. Ich bin zuverlässig, das wissen hier alle. Hier, sehen Sie.« Sie zog einen Schlüssel aus einer Tasche in ihrem Kleid.

Die Streifenpolizisten schauten entnervt. »Können Sie sich ausweisen?«

»Würde ich ja gern.« Langsam ließ Lilienthal die rechte Hand sinken.

»Oben lassen!« Der Beamte trat zu ihm, tastete ihn ab, griff ihm in die Hosentaschen und beförderte nur ein Taschentuch und Lilienthals Handy heraus. »Wie jetzt? Und wo ist Ihr Ausweis?«

»Im Auto. In dem Jaguar, der vor dem Haus steht.« Lilienthal grinste verlegen. Ihm war eingefallen, dass er beim Einsteigen in Potsdam seine Dokumente aus der Hosentasche genommen und auf die Mittelkonsole gelegt hatte.

»Aha, Jaguar! Klar, ich fahre einen Lamborghini«, feixte der andere Beamte.

»Da sehen Sie mal, wie der Mensch lügt. Das Auto gehört Herrn Dr. Wermut, ich betreue auch die Wohnung im ersten Stock, während die Familie verreist ist.«

»Wie wär's mit meinem Dienstausweis?«, mischte sich Kalumet ein, blieb aber vorsorglich mit erhobenen Händen an der Wand stehen. Die beiden altgedienten Streifenbeamten sahen nicht besonders freundlich aus, und auf einen Schusswechsel wollte er es nicht ankommen lassen.

Sorgfältig prüfte der eine Kollege das Dokument, bevor er es ihm zurückgab. »Und wo ist Ihr Durchsuchungsbeschluss?«, fragte er immer noch misstrauisch.

»Die Tür stand offen.« Lilienthal reichte es langsam. Vorschriften hin oder her, man konnte es auch übertreiben.

»Wir halten uns an geltende Gesetze, die auch Ihnen bekannt sein dürften. Das Betreten von Privaträumen ist nur mit einem richterlichen Beschluss gestattet.«

»Dann rufen Sie bitte mit meinem Diensthandy, das Sie noch immer in der Hand halten, meinen Vorgesetzten, Kriminalrat Dr. Körner, an. Der wird Ihnen bestätigen, dass Gefahr im Verzug ist. Außerdem erwarte ich die Potsdamer Kriminaltechnik in wenigen Minuten.«

»Aus Potsdam? Was ist mit den Berliner Kollegen?«

»Wollten wir gerade verständigen.« Kalumet bemühte sich um Schadensbegrenzung.

Der zweite Beamte hatte die Aufwartefrau hinausbegleitet, deren Keifen noch durch die geschlossene Tür zu hören war. Wenig später kam er zurück, Lilienthals Dienstausweis und den Autoschlüssel in der Hand. Verständnislos schüttelte er den Kopf. »Wagen nicht abgeschlossen, Dienstausweis und Autoschlüssel auf der Mittelkonsole. Ist das in Brandenburg so üblich?«

Lilienthal registrierte, wie Kalumets Gesichtszüge entglitten. Sollte der jetzt auch nur ansatzweise grinsen, würde er nie mehr ein Wort mit ihm sprechen.

Die Lichter des Restaurants spiegelten sich auf der Wasseroberfläche des Tiefen Sees. Zum wiederholten Mal hatte Körner versucht, Enne zu erreichen, und dabei bereits das dritte Glas Rotwein geleert. Langsam kam er sich albern vor. Noch mal den Ober wegschicken und auf später vertrösten wollte er nicht. Entweder er bestellte etwas, oder er machte sich auf und davon. Und zwar nach Hause. Allein, grauenvoll, schon der Gedanke daran. Jemand tippte ihm auf die Schulter. Unwillig wandte er sich um.

»Darf ich mich zu Ihnen setzen?« Enderlein, in ausgeblichenen Jeans und Freizeithemd, schaute ihn aus rot umrandeten Augen an.

Nicht gerade erfreut, aber der Höflichkeit gehorchend, wies Körner auf den freien Stuhl, da alle Nachbartische belegt waren. Mit dem Gerichtsmediziner war Enne jedenfalls nicht unterwegs, registrierte er erleichtert.

»Sie haben schon gewählt?«

Körner verneinte.

»Darf ich Sie einladen?«

Körner nahm an, und Enderlein ließ sich nicht lumpen. Nach einem exquisiten Vorspeiseteller bestellte er für beide Loup de Mer und dazu einen knochentrockenen Chablis. Es blieb nicht bei einer Flasche.

»Tötungsdelikte mit Vergiftungen gehen in den meisten Fällen auf das Konto von Frauen«, meinte Enderlein, als sie beim Espresso angekommen waren. »Was sagt denn unsere Expertin?« Er zwinkerte Körner zu. »Und wo ist sie überhaupt, unsere verehrte Frau von Lilienthal? Nichts gegen Ihre Gesellschaft, Herr Körner, aber ursprünglich wollte ich in Damengesellschaft speisen. Aber als ich vorhin anrief, ging nur die Mailbox an, leider.«

Körners Miene verfinsterte sich.

Enderlein, der ihn beobachtete, hob sein Glas. »Keine Sorge, ich komme Ihnen nicht ins Gehege. Bin nicht der Typ, den Frau von Lilienthal bevorzugt. Trotzdem hatten wir für heute eine Verabredung, und ich ging davon aus, dass sich die gnädige Frau an Vereinbarungen hält. Na ja, vielleicht ist ihr etwas dazwischengekommen.«

Nach dem dritten Grappa meinte Körner wohlwollend: »Enderlein, alter Leichenschnippler, du darfst Richard zu mir sagen.«

»Körnerchen, Körnerchen.« Der Rechtsmediziner drohte ihm mit dem Finger. »Tun Sie ja nichts, was Sie morgen bereuen.« Er griff zum Glas und schielte an seinem Gegenüber vorbei. »Engelbert, mit dem Namen haben mich meine Eltern zeitlebens gestraft. Aber du, Richard, darfst Berti zu mir sagen.«

Des Kriminalrats Handy vibrierte. »Na endlich, Ennekin, wo bist du denn?«, meldete er sich.

Am anderen Ende der Leitung überhörte Lilienthal diplomatisch Körners Begrüßung und kam gleich zum Wesentlichen: »Ich brauche einen Haftbefehl für Peter Wrangler. Er hat sich zu den von uns festgestellten Tötungszeitpunkten immer in der Nähe der Tatorte aufgehalten. Aber das Wichtigste: In seiner Wohnung haben wir eine Flasche mit Dimethoat gefunden.«

»Werde ich veranlassen«, erwiderte Körner nach kurzem Überlegen. »Wo bist du jetzt?«

»In Wranglers Wohnung im Grunewald.«

»Und der Tatverdächtige?«

»Abwesend.«

»Wie bist du in die Wohnung gekommen?«

»Wird alles in meinem Bericht stehen«, umging Lilienthal eine Antwort.

»Weiß deine Mutter schon davon?«, konnte Körner sich nicht zurückhalten.

»Nein. Ich habe versucht, sie zu erreichen, aber ihr Handy ist abgeschaltet.«

25

Am selben Abend

»Wie bitte? Wo haben Sie den Wagen gefunden?« Entnervt beendete Lilienthal kurz darauf das Gespräch. Er informierte Kalumet. »Das Auto meiner Mutter wurde auf dem Nikolskoer Weg im Glienicker Park gefunden. Anscheinend hatte sie die Handbremse nicht fest genug angezogen, deshalb ist der Wagen auf die Fahrbahn gerollt und hat den Verkehr behindert. Im Handschuhfach fanden die Kollegen meine Visitenkarte und haben mich angerufen. Jetzt soll der Wagen abgeschleppt werden. Das wird teuer, Mutterherz«, brummte er und ließ sich in seinem Sitz zurücksinken. »Womit habe ich das nur verdient? Kann sie nicht mal ihr Auto korrekt abstellen? Muss ich mich jetzt auch noch darum kümmern?« Missmutig blickte er durch die Frontscheibe auf die leere Straße vor ihnen.

»Der Apfel fällt nicht weit vom Stamm«, murmelte Kalumet.

Lilienthal stellte auf Durchzug. Sein Malheur vorhin mit den vergessenen Dokumenten war ja wohl nicht zu vergleichen. Außerdem hatten die Berliner Beamten ein Einsehen mit ihm gehabt. Nur den Spott der Hauptstadtkollegen, der sich garantiert in Windeseile von Wache zu Wache verbreiten würde, der war ihm gewiss. Den bekam er gratis. Er konzentrierte sich auf Wichtigeres: Nach seinem Telefonat mit Körner würde der sich beim Staatsanwalt um den Haftbefehl für Peter Wrangler kümmern.

»Wenn das Auto deiner Mutter auf der Straße nach Nikolskoe steht, dann muss sie doch in der Nähe sein.«

»Eben nicht. Das ist ja das Eigenartige. Die Kollegen haben schon im nahe gelegenen Restaurant Moorlake nachgefragt. Fehlanzeige.«

»Ein Nachtspaziergang?«

»Meine Mutter?« Lilienthal schüttelte vehement den Kopf. »Ausgeschlossen. Wahrscheinlich ist sie spontan mit demjenigen, mit dem sie dort war, mitgefahren und hat den Wagen einfach stehen gelassen.«

»Komm schon, Maik. Lass uns ihr Auto holen. Das sind doch nur ein paar Minuten Umweg, und du ersparst ihr die Abschleppkosten. Deine Mutter hat uns auch schon häufig geholfen.«

Misstrauisch blickte der Wachhabende Lilienthal entgegen, der mit dem Abschleppseil in der Hand auf der schmalen Waldstraße auf ihn zuging. »Sie sind der Sohn der Fahrzeughalterin?«

Lilienthal bestätigte dies und unterschrieb die erforderlichen Unterlagen.

»Mir klebt die Zunge am Gaumen«, sagte er, als er den VW seiner Mutter an dem Jaguar befestigt hatte. »Lass uns was trinken, bevor wir losfahren. Im Restaurant brennt noch Licht.«

Obwohl das Personal bereits aufräumte, brachte ihnen der Ober umgehend ihre bestellten Getränke.

»Haben Sie heute eine lebhafte, dunkel gelockte ältere Dame bedient?«, fragte Lilienthal.

»Wir haben Saison, mein Herr. Alles rappelvoll. Bedaure, aber an einzelne Gäste kann ich mich nicht erinnern. Bis auf den Notfall vorhin war alles wie immer.«

»Notfall?«

»Ja. Eine Frau schien Kreislaufprobleme zu haben. Kein Wunder bei der Witterung. Aber ihr Begleiter hat sich rührend um sie gekümmert, wollte gleich mit ihr zum Arzt.«

Lilienthal zog sein privates Handy hervor und zeigte dem Ober ein Bild seiner Mutter. »War es vielleicht diese Dame?«

Der Ober betrachtete das Foto. »Könnte sein. Eine Ähnlichkeit ist vorhanden, aber sicher bin ich mir nicht.«

»Kennen Sie diesen Mann?« Einer Eingebung folgend zog Lilienthal das Porträt von Peter Wrangler hervor, das er in der Wohnung im Grunewald eingesteckt hatte.

»Ja, das ist der Herr«, bestätigte der Ober eifrig. »Ein großzügiger Gast. Hat sich beim Trinkgeld nicht lumpen lassen.«

Aus Lilienthals Gesicht wich alle Farbe.

Kalumet blickte ihn verblüfft an: »Wieso war deine Mutter mit Wrangler hier?«

Lilienthal fuhr hoch, legte einen Schein auf den Tisch und spurtete los. »Erweiterte Fahndung einleiten, Leo!«, rief er ihm zu und telefonierte bereits mit Körner.

»Gute Güte, laut Aussage des Geschäftsführers der Spielbank Berlin neigt Wrangler zur Gewalt«, keuchte Kalumet, als sie zum Parkplatz rannten. »Fahndung läuft, die Kollegen wissen über eine mögliche Geiselnahme Bescheid«, informierte er Lilienthal wenige Sekunden später, als er die Autotür hinter sich schloss.

In Windeseile hatte Lilienthal das Abschleppseil gelöst, die Kollegen barsch angewiesen, den Wagen seiner Mutter nicht zu berühren, gleich käme die Kriminaltechnik, und ihnen seinen Dienstausweis vor die Nase gehalten.

Verdutzt blickten die beiden dem Jaguar hinterher, als der mit quietschenden Reifen davonraste.

»Haben die uns überhaupt was zu sagen, die Brandenburger?«

»Nee, aber besser ist besser. Vielleicht ist was dran.«

Körner starrte auf sein Smartphone. »Der Tatverdächtige ist offenbar in Begleitung mit Enne verschwunden. Möglicherweise hat er sie als Geisel mitgenommen. Es besteht auch die Möglichkeit, dass sie verletzt ist«, sagte er zu Enderlein, der ihm während des Telefonats mit Lilienthal aufmerksam zugehört hatte.

»Wie: verletzt?«, fragte der Rechtsmediziner.

»Keine Ahnung. Laut einer Zeugenaussage ist eine Frau im Beisein von Wrangler ohnmächtig geworden. Es könnte sich um Enne handeln«, erwiderte er knapp. Körner war jetzt schlagartig nüchtern und fummelte nervös in seiner Brieftasche nach der Kreditkarte.

»Eingeladen, schon vergessen, Richard?« Enderlein zog mehrere Scheine aus seiner Jeanstasche, schob sie unter sein

Glas und eilte Körner hinterher, der schnellstens ins Präsidium wollte.

Als er mit Enderlein im Schlepptau die Tür zum Besprechungsraum aufriss, leitete Lilienthal bereits die Einsatzbesprechung. »Funkzellenabfrage schon aktiviert?«, wollte der Alte sofort wissen.

Lilienthal bejahte. »Im Augenblick überprüfen wir alle Berliner Funktaxen, die heute Abend Gäste vom Gasthaus Moorlake abgeholt haben. Auch die Potsdamer Taxizentrale.«

»Wie jetzt, Wrangler besitzt kein Auto?«

»Es ist jedenfalls keines auf seinen Namen zugelassen.«

»Autovermietungen?«

»Werden gecheckt.«

Vor Kalumet lagen die aktuellen Auswertungen von Wranglers Bewegungsprofil. »Laut seiner Handyortung hat er sich seit heute Nachmittag nicht von der Stelle bewegt. Die Daten verweisen weiterhin auf das Haus in der Douglasstraße. Ich habe die Kollegen informiert, sie durchsuchen es gerade vom Keller bis zum Dachboden nach dem Telefon.«

»Die Daten vernachlässigen wir ab sofort. Wrangler war im Restaurant Moorlake, ohne sein Handy«, wies Lilienthal ihn an. »Überprüfung aller Hotels und Bahnhöfe. Wir fahnden nach Wrangler und meiner Mutter. Möglicherweise wirkt sie kränklich.« Lilienthal griff nach der Akte. Überflog die Protokolle. Sie enthielten keinen einzigen Anhaltspunkt, wo Wrangler mit seiner Mutter sein könnte. Warum nur musste sie immer diese Alleingänge starten? Lebte sie überhaupt noch? Seine Eingeweide krampften sich zusammen.

Noch mal las er, was sie bisher über Peter Wrangler zusammengetragen hatten. Irgendwo musste doch ein Hinweis sein. Er blickte auf, bemerkte Körner, der wie ein Fels mit verschränkten Armen in der Mitte des Raumes stand. Enderlein lehnte an einem Schreibtisch, einen Zahnstocher im Mundwinkel. Was wollte der überhaupt hier? Merkte er nicht, dass er störte?

Heike tippte Lilienthal auf die Schulter und reichte ihm einen Zettel. »Auf den Namen Arnold Wrangler wurde mal ein Wagen zugelassen. Hier sind Kennzeichen und Erstzulassung.«

Lilienthal las: »›B AW 977, Baujahr 1968‹, ein Mercedes-Benz 220 D. Eine Rarität. Diese alten Autos sind robust. Jede Wette, dass Peter Wrangler damit gefahren ist. Danke, Heike. Die Information bitte sofort an alle Kollegen weitergeben.« Leider haben diese alten Autos keine Informationssysteme, wie heute üblich, dachte er, sonst wüssten wir sofort, wo sich der Pkw befindet.

Enderlein hustete und wischte sich verstohlen mit dem Taschentuch über den Mund.

»Wollen Sie nicht nach Hause gehen?« Lilienthal versuchte es mit Höflichkeit, aber am liebsten hätte er den Rechtsmediziner ohne viel Federlesens hinausbugsiert.

»Ist vielleicht besser«, murmelte der. »Wissen Sie, Lilienthal, ich hätte heute Abend eigentlich eine Verabredung mit Ihrer Frau Mutter gehabt. Als sie nicht erschien, hätte ich mir eigentlich Sorgen machen müssen. Habe ich aber nicht. Das wiegt schwer.« Er nickte Lilienthal sorgenvoll zu, der ihn verdutzt ansah, und verließ den Raum.

Jemand riss die Fenster auf. Die Schwüle im Besprechungsraum war kaum noch zu ertragen. Weit entfernt hörte man Donnergrollen.

Lilienthal schaute auf die Papiere vor sich, stutzte, blätterte zurück, las noch einmal. Mit den Unterlagen in der Hand lief er zur Längswand, an der eine Karte von Potsdam und Umgebung hing. Fuhr mit dem Finger über den Straßenverlauf vom Gasthaus Moorlake bis zum Ortsteil Wannsee.

Kalumet war hinter ihn getreten.

»Ich fass es nicht«, knurrte Lilienthal. »Hier, ganz am Rand der kleinen Gemeinde, besaß Wranglers Vater ein Grundstück. Warum wurde diese Information vernachlässigt? Verdammte Schlamperei, Leo.«

»Das sind Gartengrundstücke, Maik. Auf ihnen durfte nie gebaut werden. Das wurde überprüft.«

»Und du denkst, daran haben sich die Leute gehalten? Gerade nach dem Mauerbau wurde schnell mal ein Wochenendhäuschen errichtet. Die Behörden hatten anderes zu tun, als der eingeschlossenen Bevölkerung Westberlins auch noch das bisschen Freizeitvergnügen zu vergällen.« Er griff zu seiner Jacke, rief: »Los, komm, das will ich mir selbst ansehen«, und stürmte zur Tür, gefolgt von Kalumet.

26

Als sie die Königstraße Richtung Zehlendorf entlangfuhren, wurde das dumpfe Grollen des herannahenden Gewitters immer lauter. Die schmale Sichel des zunehmenden Mondes ließ die Bäume und Gebäude um sie herum als dunkle Umrisse erscheinen. Lilienthal bog rechts ab, ignorierte das Tempolimit und bretterte mit erhöhter Geschwindigkeit durch den Ortsteil. Auf den Straßen von Alt-Wannsee, dörflich geprägt und zwischen Potsdam und Zehlendorf gelegen, befand sich um diese Uhrzeit keine Menschenseele. Hinter dem Jaguar folgte ein Einsatzwagen. Lilienthal hatte vorsorglich gleich die Berliner Kollegen informiert.

Als sie das verwilderte Grundstück erreichten, fielen die ersten schweren Tropfen. Beide Wagen hielten ein Stück weit entfernt. Jedes unnötige Geräusch vermeidend, stiegen die Beamten aus. Lilienthal hatte bereits im Vorfeld Instruktionen erteilt: »Kalumet und ich werden reingehen«, hatte er angeordnet. »Die Berliner Kollegen sichern gegenüber auf der anderen Straßenseite. Kein Zugriff ohne meinen ausdrücklichen Befehl.«

Sie schlichen zur Parzelle, die sich an einem Sandweg befand. Eiben schirmten sie zur Straße hin ab. Am Gartentor hing schief ein Briefkasten aus Holz, daran ein kleines Emailschild mit dem Namen Wrangler.

»Reifenspuren«, meldete Kalumet leise und deutete auf Abdrücke auf dem verunkrauteten Weg.

Im hinteren Grundstücksteil entdeckte Lilienthal die Silhouette einer Laube. In der Nachbarschaft fing ein Hund an zu bellen. Sie warteten einen Moment, bis der Besitzer ihn ins Haus rief.

Lilienthal drückte gegen das Gartentor. Verschlossen. Er nickte Kalumet zu und stieg schnell über den halbhohen Zaun.

Sein Kollege schwang sich sportlich hinterher.

Geduckt liefen sie, immer wieder Deckung hinter Büschen suchend, auf die Laube zu. Lilienthal hörte Kalumet unterdrückt fluchen und blieb stehen.

»Verdammt, Maik, ich bin voll in etwas reingetreten«, zischte der.

Im Kegel der abgedeckten Taschenlampe erblickte Lilienthal Auswurf mit angedauten Speiseresten. Das ist noch frisch«, flüsterte er. »Jemand muss in der Hütte sein.«

Unvermittelt zerriss ein kindlich wimmernder Laut die nächtliche Stille. Sie erstarrten. Etwas Dunkles schoss an ihnen vorbei.

Rollige Katzen, dachte Lilienthal. In seinen Ohren rauschte das Blut. Inzwischen hatte der Regen an Stärke zugenommen. Tropfen liefen ihm bereits am Hals entlang unter sein Hemd. Immer wieder musste er sich das Wasser aus dem Gesicht wischen. Er ignorierte es, zwang sich zur Ruhe. Das ist ein ganz normaler Einsatz, hämmerte er sich ein. Aber so war es nicht. War seine Mutter dort drinnen?

Von der Straße drangen Türenschlagen und lautes Gelächter zu ihnen herüber. Mehrere Männer, dazwischen eine Frau mit kreischender Stimme, liefen laut diskutierend am Grundstück vorbei.

»Ach du meine Fresse, Pullezei!«, grölte plötzlich einer.

»Mensch, Kalle, steck die Pumpgun weg, sonst wirste noch einjebuchtet!«, plärrte die Frau.

Vorsichtig bewegte Lilienthal sich weiter auf das Häuschen zu. Kalumet war auf die andere Seite geschlichen. Inzwischen hatten sich seine Augen an die Dunkelheit gewöhnt. Er stand nur noch wenige Schritte von der Laube entfernt. Lilienthal hielt den Atem an. War da nicht ein Geräusch? Aber nur das Knacken eines Zweiges war zu hören. Sein Kollege? Er kniff die Augen zusammen, versuchte, Einzelheiten zu erkennen. Neben der Laube gab es einen schmalen gemauerten Anbau. Er schlich näher. Registrierte im diffusen Licht eine Tür. Das Gewitter war jetzt beinahe über ihnen. Blitze erhellten für Sekunden die Dunkelheit, gleich darauf krachte der Donner. Die

Stimmen der Ruhestörer verloren sich in der Nacht. Lilienthal stolperte. Griff Halt suchend nach der Tür. Sie gab nach. Der Geruch von verfaulten Eiern schlug ihm entgegen. Mit dem Fuß stieß er gegen etwas. Leuchtete mit seiner Taschenlampe. Zusammengekrümmt wie ein Fötus lag vor ihm eine Gestalt.

27

29. *Juli – nach Mitternacht*

Die rotierenden Lichter der Rettungsfahrzeuge zuckten grell durch die Nacht. Erschöpft lehnte Lilienthal an einem der Wagen. Lass sie überleben, bat er in Gedanken, aber Beten war noch nie sein Ding gewesen.

Vorhin, als er die Tür zu dem stinkenden Plumpsklo aufgestoßen hatte, wäre er beinahe auf die Gestalt vor sich gefallen. Wrangler war es – nicht seine Mutter. Kalumet, der sofort bei ihm war, entdeckte im Licht der Taschenlampe die Spritze in Wranglers Hand. Der Mann atmete röchelnd. Kalumet kümmerte sich um ihn. Aber er, Lilienthal, war raus und zu der Eingangstür der Laube gerannt. Hatte sich gegen die schmale Holztür geworfen, die problemlos aufsprang. Im Schein der Lampe sah er einen alten Küchenschrank, einen Holztisch, eine Bank und in einer Ecke einen kleinen Gasherd. Gleich daneben eine Schiebetür. Er stürzte hin und schob sie auf. Der Geruch, der ihm entgegenschlug, nahm ihm schier den Atem.

Da lag sie. Seine Mutter. In einem metallenen Bettgestell auf einer durchgelegenen Matratze, bedeckt mit einem Laken, die Augen geschlossen, das Haar verklebt. Mit zwei Sätzen war er bei ihr und beugte sich hinunter. Nur der schwache Puls an ihrem Hals zeigte ihm, dass sie noch lebte. Er hockte sich hin und schob den Arm unter ihren Kopf. »Mama, hörst du mich? Bitte, wach auf«, flüsterte er. Dabei verrutschte das Laken, und er sah, dass sie darunter nackt war. Erst später, als sie von den Rettungssanitätern auf einer Bahre hinausgetragen wurde, fand er ihre Sachen, die verschmutzt auf einem Haufen in einer Ecke des Raumes lagen.

Auch bei der Befragung durch den Notarzt wachte sie nur kurz auf, war verwirrt und konnte sich an keine Einzelheiten erinnern. Wusste weder, wie sie in die Laube gekommen, noch, was vorgefallen war.

Peter Wrangler lag im Koma. Hypoglykämie, volkstümlich

ausgedrückt: Zuckerschock, lautete die Diagnose des Notarztes. Als Diabetiker hatte es ihn besonders schwer getroffen. In der Spritze in seiner Hand war Insulin gewesen. Nur hatten seine Kräfte nicht mehr gereicht, um sich das Medikament zu verabreichen.

Die Symptome seiner Mutter, die kolikartigen Bauchschmerzen, das Erbrechen, der verlangsamte Puls und die Sehstörungen, wiesen auf eine Vergiftung hin. Aber erst die Untersuchungen im Klinikum würden Gewissheit darüber bringen.

»Könnte der Zustand meiner Mutter durch eine Vergiftung mit Dimethoat ausgelöst worden sein?«, wollte Lilienthal noch von einem Arzt wissen, aber der zuckte nur mit den Schultern.

Dann wurden die Patienten mit Blaulicht ins Krankenhaus gefahren.

Das Schild »Kein Eintritt« über der Tür zur Intensivstation leuchtete seit geraumer Zeit rot.

Lilienthal hockte auf einem Plastikstuhl im Gang. Seine Kleidung war immer noch feucht vom Regen, er bemerkte es kaum. Warum hatte Wrangler seine Mutter in die Laube verschleppt? Sie nicht ins nahe gelegene Immanuel Krankenhaus nach Wannsee gebracht, wo sie sich jetzt befanden? Solange er nichts Genaueres wusste, blieb Wrangler für ihn verdächtig. Dass auch er um sein Leben kämpfte, war ihm im Augenblick egal.

Lilienthal zog den Umschlag, den er eher unbeabsichtigt aus Wranglers Wohnung mitgenommen hatte, aus seiner Jacke. Entnahm ihm kleine Schwarz-Weiß-Aufnahmen mit gezacktem Rand. Auf den Rückseiten standen in krakeliger Kinderschrift Namen und Jahreszahlen. Auf einem Bild waren drei Jungen in kurzen Hosen abgebildet. Sie trugen knöchelhohe Schnürschuhe, die Haare kurz geschnitten mit Seitenscheitel, waren vielleicht zwölf Jahre alt, schätzte er. Der größere, dunkelhaarige lachte mit blitzenden Zähnen in die Kamera, der daneben war etwas kleiner, schaute mit ernsten großen Augen und die dünnen Beine akkurat nebeneinandergestellt. Der dritte war untersetzt und grinste breit. Im Hintergrund erkannte Lilienthal zwei Frauen, die aus einem Erdgeschossfenster zu den Jungen blickten. Er drehte das Bild um. »Fonse, Arne und Kulle, Waldemarstraße, Mai 1928«, stand dort in krakeligen Druckbuchstaben. Das nächste Bild zeigte eine Jungenreihe. Alle in kurzen dunklen Turnhosen und weißen Leibchen. Dazwischen wieder die drei, markiert mit Bleistiftkreuzen. Auf die Rückseite hatte jemand geschrieben: »Turn- und Sportverein Fichte, Jugendmeisterschaft 1929«. Und darunter: »Arne, die Sau, hat gewonnen.« Arne? Wahrscheinlich Wranglers Vater, mutmaßte Lilienthal.

Die Tür der Intensivstation schwang auf. Ein Arzt kam heraus, hinter ihm eine junge Schwester, beide in blauer OP-Kleidung.

Lilienthal fuhr hoch. Die Bilder fielen zu Boden.

»Wie geht es meiner Mutter?«

Der Arzt schaute ihn aus übernächtigten Augen an.

Bitte nicht, dachte Lilienthal. Sie ist doch erst fünfundsechzig, das ist doch kein Alter.

»Sie ist über den Berg«, sagte der Arzt. »Auslöser war eine Pilzvergiftung, auf die sie extrem heftig reagierte. Der Alkoholgenuss hat die Symptome verstärkt. Wir konnten gerade noch rechtzeitig ihren Kreislauf stabilisieren. Ihre Mutter hat eine ausgezeichnete Konstitution für ihr Alter, das war ihr Glück. Jetzt braucht sie vor allem Ruhe. Gehen Sie nach Hause und schlafen Sie sich aus. Wir tun alles, was notwendig ist.«

Spontan griff Lilienthal nach der Hand des Mannes und drückte sie. Er war so erleichtert. Dann fiel ihm der andere ein. »Und Peter Wrangler?«, fragte er. »Wann ist er vernehmungsfähig?«

Der Arzt blickte irritiert. »Ach ja, ich vergaß, Sie sind von der Polizei.« Er dachte einen Moment lang nach. »Nun, das ist zum jetzigen Zeitpunkt noch nicht abzusehen. Der Patient ist Diabetiker. Vorerst ist er stabil, aber ich fürchte, Sie müssen noch etwas Geduld haben.« Er blickte auf seine Uhr, murmelte eine Entschuldigung und eilte davon.

Lilienthal bückte sich und sammelte die Fotografien vom Boden auf. Als er sie zurück in den Umschlag stecken wollte, passten sie nicht mehr hinein. Er nahm sie wieder heraus. Im Kuvert steckte ein zusammengedrücktes Stück Papier. Er zog es heraus und faltete es auseinander. Dünnes Luftpostpapier mit enger Schreibmaschinenschrift. Er fing an zu lesen.

Arne, lieber alter Fichte-Kumpel,
du weißt, mein Vater war ein großer Egoist. Auch sonst war er ein Sonderling und hatte viele schlechte Eigenschaften. Lieber aß er alles selbst und gab uns von den guten Sachen nichts ab. Und es gab Zeiten bei uns, da war das Essen knapp. Das weißt du bestimmt auch noch. So geizig, wie er mit materiellen Dingen war, so geizig war er auch in geistigen Dingen. Manchmal, wenn ich abends mit ihm um den Michaelkirchplatz ging, um frische Luft zu schnappen, sagte er väterlich: »Mein Sohn, die Menschen sind dumm. Sie sind nur Nachbeter. Sie beten nach, was andere ihnen vorbeten. Sie haben keine eigenen Gedanken. Und das ist auch gut so. Behalte für dich, was ich dir gesagt habe.« Das sagte mein Vater zu mir. Manchmal frage ich mich, wie viel ich von ihm geerbt habe.
Erinnerst du dich an unsere ersten Wettkämpfe? Ich wollte immer der Beste im Schachspiel sein, aber gegen dich konnte ich nie gewinnen. Erinnerst du dich auch an unsere erregten Debatten über die sportliche Konkurrenz? Und an 1930, als wir Fichte-Kumpel für die spanischen Freunde in Not Geld sammelten? An das Unglücksjahr 1939, als Fonse verhaftet wurde und wir uns bei »Kuchenkaiser« am Oranienplatz trafen, um zu beraten, wie wir ihn retten könnten? Erinnerst du dich?
Auch daran, wie ein Kumpel nach dem anderen Soldat wurde? Und an Alfons' Worte? »Wenn einer seine Zigaretten allein raucht, seinen Schnaps allein trinkt, nicht in der Partei ist, niemandem in den Arsch kriecht und auch mal eine eigene Meinung äußert, dann bleibt er in diesem Verein ganz schlicht und einfach nur Soldat.« Erinnerst du dich?
Damals haben wir uns versprochen, nie feige und schwach

zu sein. Wie schwer das ist, das wissen wir beide. Der olle Brecht
hat es in seinem Gedicht »An die Nachgeborenen« besser ausge-
drückt. Du hast ihn viel gelesen, kennst sicher auch diese Zeilen:

Ich wäre gerne auch weise.
In den alten Büchern steht, was weise ist:
Sich aus dem Streit der Welt halten und die kurze Zeit
Ohne Furcht verbringen
Auch ohne Gewalt auskommen
Böses mit Gutem vergelten
Seine Wünsche nicht erfüllen, sondern vergessen
Gilt für weise.
Alles das kann ich nicht:
Wirklich, ich lebe in finsteren Zeiten!

Reden möchte ich mit dir. Darüber, was damals geschehen ist.
Aber du willst das nicht mehr. Jetzt hoffe ich, dass du wenigstens
meinen Brief lesen wirst. An Wörtern kamst du noch nie vorbei.

Ich wohne jetzt in Potsdam. Meine beiden Weiberchen finden
es hier nett. Mir ist es zu ruhig, so puppengemütlich. Ich mag
es lieber ein bisschen rauer. Berlin bleibt Berlin. Aber ich will
nicht meckern; wenn man aus der Wassertorstraße in Kreuzberg
kommt, sollte man sich nicht beschweren, oder was meinst du,
alter Fichte-Kumpel?
Der Doktor sagt, ich soll nicht rauchen, nicht trinken und
abnehmen. Aber ohne Zigarre im Gesicht, ohne schönes Eisbein
mit Quetschkartoffeln und Sauerkraut und hin und wieder mal
einen Rausch, was bleibt denn da noch im Leben? Ich weiß, du
wirst dem Medizinonkel zustimmen. Hast schon früher nicht
mit uns Kumpels mitgemacht, weder beim Saufen noch beim
Huren. Na ja, vorbei ist vorbei.
Lisbeth behandelt mich jetzt wie ein rohes Ei. Mensch, Arne,
das ist schlimmer als ihr Gemecker früher. Der Doktor sagt,
wenn ich nicht auf seinen Rat höre, ist die Uhr bald abgelaufen.
Und weißte, jetzt kommen die Gedanken. Übers Leben. War

nicht schlecht im Großen und Ganzen. Nur das eine Mal, das war schlimm. Komisch, dass man so was nicht vergisst. Man gibt sich so dolle Mühe, aber die Gedanken kommen immer wieder wie Pickel, die wird man nicht mehr los.

Wenn ein Mensch stirbt, stirbt eine ganze Welt, sagen die Juden. Und wenn ich daran denke, fängt es in meiner Brust an zu brennen. Sie war schön. So jung. Und wir? Scheiße auch, Arne. Dieser verdammte Krieg. Warum? Warum haben wir es zugelassen? Damals.

Ach, du, hör mir nur auf mit deinen Idealen. Kamst dir ja immer schon als was Besseres vor. Aber deine blöde Bildung hat dir auch nicht geholfen. Geschwiegen hast du, so wie ich. Das kannst du drehen und wenden, wie du willst. Und danach wolltest du nichts mehr damit zu tun haben. Aber vielleicht warst du nur feige? Ich hab's genommen. Und dazu stehe ich. Wenn man in einer Wohnküche mit drei Geschwistern in Kreuzberg aufgewachsen ist und der Vater die guten Sachen selbst aß, da nimmt man, was man bekommen kann, da kann man so viel Geld nicht ablehnen. Und jetzt ist es zu spät. Vorbei ist vorbei.

Meine beiden Frauen sind abgesichert, denen fehlt es an nichts. Aber du, Arne, du lässt mir keine Ruhe. Es ist noch genug da. Ich weiß, verzeihen wirst du mir nicht. Und deine Hilde wird davon auch nicht wieder lebendig. Du denkst, ich war ein Schweinehund damals. Aber ich hatte wirklich keine einzige Mark, alles steckte im Laden. Als ich an das Zeug rankam, war es für Hilde zu spät. Besoffen habe ich mich, als Lisbeth es mir erzählte. Tagelang, das kannste mir glauben.

Der Preuss bekommt monatlich seinen Teil, mehr braucht der nicht. Ich habe dir alles aufgeschrieben. Den Namen der Bank in der Schweiz und die Kontonummer. Den Schlüssel für das Schließfach und eine Vollmacht lege ich dem Schreiben bei. Nimm es, Arne, bitte. Ich weiß, du kannst es gebrauchen. Es ist dein Anteil.
Dein alter Kumpel
Kulle

Lilienthal steckte den Brief ein und verließ das Krankenhaus. Im Auto blickte er auf sein iPhone. Drei verpasste Anrufe. Alle von Susanne. Er rief sie zurück.

»Maik, ich habe etwas herausgefunden. Ich glaube, es ist wichtig. Komm bitte, so schnell du kannst, ins Präsidium.«

28

In derselben Nacht

Mitternacht war lange vorbei, als er im Präsidium eintraf. Alle Büros auf der Etage waren hell erleuchtet. Durch die offene Tür von Körners Büro erblickte er seinen Chef zusammen mit Enderlein. Zum ersten Mal fiel ihm auf, wie alt die beiden geworden waren. Als Körner ihn sah, schnellte er trotz seiner Körperfülle hoch und winkte ihn herein.

Lilienthal hatte seinen Bericht beendet.

Körner fuhr sich mit einem Taschentuch über die Stirn. »Sie wird durchkommen, Maik, ganz bestimmt.« Dann schob er flüsternd nach: »Enne wird doch noch gebraucht, sehr sogar.«

Die Worte rührten Lilienthal. Sein Chef, souverän und durchsetzungsstark, saß vor ihm und bangte um seine Mutter, die Frau, die er mochte, und war sich nicht zu schade, seine Gefühle vor ihm und Enderlein zu zeigen.

»Dann ist mein Beistand hier nicht mehr erforderlich, Richard, oder?« Enderlein zwinkerte Lilienthal aus verknitterten Gesichtszügen zu. »Grüßen Sie mir Ihre Frau Mutter, wenn Sie sie das nächste Mal besuchen.« Er hob die Hand zum Gruß und ging hinaus in die Nacht.

Erwartungsvoll blickten ihm die Kollegen entgegen, als er zur Tür hereinkam. Charly tapste aus dem Nebenzimmer, streckte sich wie im Ballett, riss sein kleines Maul weit auf und gähnte. Dann kam er zu ihm und stupste ihn an. Verwundert stellte Lilienthal fest, dass sich der kleine Kerl bereits in sein Herz geschlichen hatte.

Kalumet hielt sich an einer Cola fest. Susanne wirkte trotz der späten Stunde noch überraschend frisch und lebendig.

»Entschuldigt bitte, aber zuerst brauche ich einen Kaffee.«

»Wie geht es deiner Mutter?«, erkundigte sich Heike sofort.

Als der Kaffee aus der Maschine lief, erzählte Lilienthal.

»Habt ihr inzwischen Wranglers Handy gefunden?«, fragte er dann.

»Nein, ist wie vom Erdboden verschluckt«, antwortete Kalumet. »Nachdem die Kollegen in der Douglasstraße nichts fanden, haben sie die ganze Laube und das Grundstück auf den Kopf gestellt. Vergeblich. Auch in dem alten Benz, der hinter der Laube stand, war es nicht. Vielleicht hat Wrangler deshalb keinen Arzt rufen können.«

»Aber in der Küche habe ich doch ein altes schwarzes Bakelit-Telefon gesehen.«

»Das war nicht angeschlossen, Maik«, informierte ihn Kalumet.

»Die Fragen werden sich erst klären, wenn Wrangler und meine Mutter wieder ansprechbar sind. Laut Notarzt hat er sich wohl, soweit es ihm möglich war, um sie gekümmert.«

»Und jetzt? Ist der raus aus dem Kreis der Verdächtigen?«

Lilienthal schüttete Zucker in seinen Becher und verbrannte sich beinahe die Zunge, als er gierig das dunkle Gebräu schlürfte.

»Möglich, Leo, aber sicher bin ich mir noch nicht. Mit dem Dimethoat in seinem Koffer und dem Schnaps hatte Wrangler alle Zutaten, um das Gift verabreichen zu können. Ich möchte ihn immer noch nicht als Täter ausschließen, obwohl«, er zog den Brief von Kulle hervor, faltete ihn auseinander und legte ihn vor die anderen auf den Tisch, »ihn das hier entlastet. Wranglers Vater Arne hat vor Jahren den Schlüssel für das Schweizer Bankschließfach direkt von Kurt Koslowski bekommen.«

»Also von Ruths Vater«, meinte Susanne nachdenklich.

»Richtig. Sogar zusammen mit einer Vollmacht für die Bank. Die lag zwar dem Brief nicht mehr bei, wird aber darin erwähnt. Damit hat unser Peter Wrangler legal Anspruch auf alles, was in dem Schließfach bei Justus Adler lagert.«

Susanne hatte ihm bis hierher aufmerksam zugehört. Jetzt platzte sie damit heraus, was sie bereits die ganze Zeit über beschäftigte. »Ich habe mir noch einmal alle Protokolle durchgelesen. Dabei ist mir aufgefallen, dass die Aussagen von Baier und Schuster besonders Hartwig und Nymczek belasten. Das fand ich merkwürdig. Ich bin noch mal zu dem Hundefriseur Hotti gegangen. Seine Bemerkungen über Baiers Verhalten ließen mir keine Ruhe.« Sie grinste. »Na ja, ich habe ein bisschen geschleimt, gesagt, seine Aussage sei enorm wichtig für uns. Und dann erzählte er mir doch noch was Interessantes. Als er Baier einmal im Potsdamer Tierheim erlebt habe, sei er beinahe vom Glauben abgefallen, seine Worte. Die meisten Fundtiere sind traumatisiert durch das, was sie erlebt haben. Man muss behutsam mit ihnen umgehen, natürlich auch vorsichtig. Das ist nicht ohne. Bisswunden bleiben da nicht aus. Aber Baier habe jegliches Einfühlungsvermögen gefehlt, so Hotti. Der fuhr immer sofort schweres Geschütz auf. Verwendete Metallmaulkörbe und Fixierungen und war bekannt dafür, dass er Unmengen von Beruhigungsmitteln verbrauchte. Hinzu kamen seine jähzornigen Ausbrüche. Niemand dort, weder die Menschen noch die Tiere, mochte ihn.«

»Unsympathische Menschen sind keine Seltenheit«, bemerkte Lilienthal lapidar.

Susanne ignorierte seinen Einwand. »Schuster hatte sich erst vor Kurzem Charly geholt, das erfuhr ich im Potsdamer Tierheim, dem ich daraufhin einen Besuch abstattete. Spaziergänger hatten Charly angeleint an einem Baum in der Nähe vom Berliner Ring gefunden. Mit total verfilztem Fell und schmutzig. In der Ferienzeit passiere so etwas öfter, erzählte man mir, das sei kein Einzelfall. Fanny Schuster kam ab und an ins Tierheim und kümmerte sich als Ehrenamtliche gern um die Tiere. Besonders Charly hatte es ihr angetan. Als sie ihn mit nach Hause nahm, gab es Krach mit Baier. Er sei eifersüchtig gewesen, so die einhellige Meinung der Ehrenamtler.«

»Wie bitte, Baier war eifersüchtig auf einen kleinen Hund? Das ist doch krank.« Heike schüttelte empört den Kopf.

»Vollpfosten«, bestätigte Kalumet.

»Also, Kollegen: Fakt ist, dass Baier ein unbeherrschter und aggressiver Zeitgenosse ist. Für mich gibt es demzufolge nur eine Erklärung, was Fanny Schusters Verschwinden betrifft: Ich bin mir sicher, sie wurde dazu gezwungen. Und zwar von Baier, der auch Charly umbringen wollte. Und das, Maik, macht mir langsam Sorgen.«

»Aber wir haben keine Kampfspuren gefunden, Susanne.« Lilienthal blieb skeptisch. »Niemand hat einen Streit gehört. Zudem sind Auseinandersetzungen zwischen Ehepartnern im polizeilichen Alltag eher die Normalität als die Ausnahme.«

»Und was ist mit dem vielen Blut in ihrer Wohnung? Und seinen Fingerabdrücken und dem Hund in der Mülltonne? Nein, Maik, das alles sind eindeutige Hinweise auf brutale Gewalt.«

»Aber wir haben nichts in der Hand.« Lilienthal streckte die Beine aus und unterdrückte ein Gähnen. »Was wolltest du mir eigentlich vorhin am Telefon sagen?«

Susanne schluckte ihren Ärger über sein Desinteresse hinunter. Sie nahm sich vor, nicht lockerzulassen, und breitete auf dem Besprechungstisch einen Potsdamer Stadtplan aus.

»Erinnert ihr euch an Baiers Aussage, als er versucht hat, zuerst den Verdacht auf Scherny, den Schweinezüchter, und dann auf Jens Hartwig zu lenken?«

Lilienthal brummte der Kopf. Erst intervenierte Susanne wegen Schusters Verschwinden, und jetzt kam sie schon wieder mit etwas Neuem um die Ecke. Er war müde, wollte noch einmal im Krankenhaus anrufen, fragen, wie es seiner Mutter ging, und danach mit Susanne und Charly nach Hause fahren. Ein letztes Bier und ins Bett fallen.

»Die Aussagen von Schuster zeigen genau das gleiche Muster«, führte Susanne weiter aus. »Sie hat versucht, ihre Freundin und Kollegin Alina Nymczek, die Preuss angeblich so mochte, dass er sie heiraten wollte, als geldgierig hinzustellen. Immer wieder lenkte sie unser Augenmerk auf sie. Wenn man eins und eins zusammenzählt, dann sind Baier und Schuster nicht nur ein Paar, sondern auch eine verschworene Gemeinschaft.«

»Bonnie und Clyde?«

»So was in der Art, Heike. Aus meiner Sicht war Baiers Motiv, endlich aus Hartwigs Schatten zu treten. Gefühle wie Missgunst und Neid sind ein starker Ansporn. Aber nur, wenn

Hartwig ihm nicht mehr im Wege stand, hatte Baier die Chance, den begehrten Posten zu bekommen.«

»Unser Hartwig ist aber mit der Bombe hochgegangen, schon vergessen?«, murrte Lilienthal und unterdrückte ein Gähnen.

»Aber bevor er starb, wurde auf ihn geschossen«, erwiderte Susanne. »Außerdem stellt sich für mich die Frage, wie kam Hartwig an die Skizze? Ihr geht davon aus, dass Nymczek die Karte von Preuss gestohlen hat, aber was, wenn es anders war? Fanny Schuster wohnte eine Zeit lang im selben Haus wie Nymczek, und es kann nicht ausgeschlossen werden, dass sie auch noch einen Kellerschlüssel besaß. Vielleicht hat sie Preuss die Tasche gestohlen und Baier anschließend ganz gezielt Hartwig die Skizze zugespielt, dann abgewartet, bis er den Köder aufnahm und anfing zu graben? Vielleicht war es Baier, der auf ihn geschossen hat? So hätte es doch sein können, oder?«

Lilienthal schüttelte den Kopf. »Hätte, könnte, müsste. Das sind mir zu viele Konjunktive.«

»Stimmt, meine Theorie ist ziemlich konstruiert, aber ich habe die Skizze noch einmal genauer betrachtet.« Susanne legte das alte Millimeterpapier neben die Karte von Potsdam. »Was seht ihr?«

Lilienthal war nur noch müde. Seine Konzentration ließ im Sekundentakt nach. »Mach's nicht zu spannend, Susanne«, murmelte er.

»Hartwig suchte in der Pirschheide. Aber hier, diese Schraffierung, da ist der Weg.« Sie deutete auf die entsprechende Stelle. »Der Halbbogen kann auf einen Eingang hinweisen.«

»Also nicht die Pirschheide?«

»Vergleicht das mal hiermit.« Ihr Finger zeigte auf die Karte von Potsdam.

»Park Sanssouci?« Lilienthal hörte Susanne inzwischen immer aufmerksamer zu.

»Der Halbbogen könnte das Posttor sein, der offizielle Eingang zum Westteil des Parks. Und schaut euch hier das Kreuz an.«

Mit einem Mal war Lilienthal hellwach. »Der Kaiserbahnhof?«

»Ja, Maik. Der Kaiserbahnhof. Klingelt da bei euch etwas?« Ihre Wangen hatten sich vor Aufregung gerötet.

»Hey, Susanne, du bist ja genial.« Kalumet beugte sich über die Karte, verglich den Ausschnitt noch einmal mit der Skizze. »Preuss war bei der Bahn. Während des Krieges war dieser Bahnhof in die Versorgung eingebunden. Wo sonst hätte ein Bahnbeamter unter Zeitdruck etwas vergraben können?«

»Wie denn? Immer noch volles Haus? Ihr seid ja auch noch alle da!«

Lilienthal blickte hoch. In der Tür stand ein junger schmaler Beamter. Unter seinen kurz geschnittenen hellblonden Haaren schimmerte die Kopfhaut durch.

»Ist noch Kaffee übrig? Unsere Maschine unten hat den Geist aufgegeben.«

Heike sprang auf und reichte ihm die gefüllte Kanne.

»Könnt ihr behalten. Ich mach gleich wieder frischen.«

Der Mann schaute sich neugierig um. »Bei uns geht's gerade rund. Ganz großes Theater.« Er grinste. »Zwei verdächtige Personen auf dem Gelände des Schulungszentrums der Deutschen Bahn. Kam eben rein.« Er verdrehte die Augen. »Die machen vielleicht einen Aufriss. Morgen findet da irgend so ein Kongress statt. Jede Menge Politprominenz.« Er nahm die Kanne, bedankte sich und trabte zurück zur Einsatzzentrale.

»Das Schulungszentrum? Das ist im ehemaligen Kaiserbahnhof!«, rief Heike.

»Jede Wette, dass das die beiden sind.« Susanne schnappte sich ihre Tasche.

Obwohl sein Bein anfing zu schmerzen, überholte Lilienthal sie, den Autoschlüssel in der Hand. Noch bevor er zur Tür hinaus war, rief er dem Kollegen von der Einsatzzentrale zu: »Wir übernehmen! Das könnte mit unserem Fall zu tun haben.«

Bevor sie das Auto erreichten, schoss ein schwarzes Fellchen an ihnen vorbei und erwartete sie fröhlich hechelnd am Jaguar.

29

In derselben Nacht

»Der Alarm wurde hier ausgelöst.« Der Mann vom Wachschutz deutete auf einen Sensor mit eingebauter Kamera. Lilienthal und Susanne standen hinter dem imposanten Gebäude im Stil eines englischen Cottages aus dem Jahr 1904.

Vor ihnen befand sich ein Salonwagen aus der Kaiserzeit mit Wappen, Adler, Krone und den Initialen der Königlich Preußischen Eisenbahn-Verwaltung. Das Gleis, auf dem der Wagen stand, führte direkt in die repräsentative Bahnhofshalle. Die verglasten deckenhohen Rundbögen schirmten das Innere ab. Daneben, nur durch eine Ilexhecke und den dahinterstehenden Zaun getrennt, befand sich der öffentliche Bahnhof Potsdam Park Sanssouci, der frühere Bahnhof Potsdam Wildpark.

Interessiert blickte sich Lilienthal um. Wohin er auch sah, das gesamte Gelände war mit Hightech-Geräten ausgestattet, die jeden Winkel überwachten. »Um wie viel Uhr bemerkten Sie die Einbrecher?«

Der Wachmann überlegte: »Vor circa einer halben Stunde.«

»Aber Ihr Anruf in unserer Zentrale kam später herein.«

»Da ist es uns erst aufgefallen.«

»Was?«

»Dass die Alarmanlage mal wieder stand.« Der Mann blickte genervt. »Die spinnt in letzter Zeit. Zum Glück konnten wir sie wieder hochfahren.«

»Die war nicht eingeschaltet?«

»Natürlich war sie das, aber im Laufe der Nacht hat sie sich irgendwann verabschiedet. Technische Probleme«, erklärte der Security-Mann. »Morgen früh kommt ein Experte von der Herstellerfirma.«

Experte – wenn Lilienthal allein den Ausdruck hörte, standen ihm schon die Haare zu Berge. Gab es nur noch Experten für jede noch so kleine Reparatur? Keine Fachleute mehr oder Handwerker und Techniker? Verdammt, die Zeit lief ihnen davon. Baier und Schuster waren längst über alle Berge, wenn sie denn wirklich hier gewesen waren. Er zweifelte daran, aber Susanne war nach wie vor felsenfest davon überzeugt. »Bitte zeigen Sie uns die Bilder der Überwachungskamera«, wies er den Mann barsch an.

Der Angestellte eilte voraus, führte sie über Treppen in ein Untergeschoss und öffnete die Tür zu einem fensterlosen Raum. Eine Wand hing voller Monitore. Er ging zu einem Computer, drückte einen Knopf, und das Gelände rund um den Bahnhof erschien in Schwarz-Weiß vor ihnen. Die Einstellung wechselte zu einem Treppenaufgang bei den Salonwagen.

»Stopp!«, befahl Susanne.

Lilienthal starrte auf das Standbild. Undeutlich waren zwei Schatten zu erkennen.

»Ranzoomen«, kommandierte Susanne.

In der Vergrößerung konnte man eine Gestalt ausmachen, die die Treppe hinauflief, und dahinter eine zweite, die wartete. Beide trugen weite Arbeitsanzüge mit Kapuzen, die ihre Köpfe verdeckten.

»Das sind sie, Maik.«

Lilienthal war noch immer skeptisch.

»Geht es noch größer?«, fragte Susanne.

Der Mann bediente einige Tasten, und das grobkörnige Profil der einen Person nahm den gesamten Bildschirm ein.

»Die tragen Masken«, stellte Susanne fest.

»Gehen Sie auf die Füße«, wies Lilienthal den Mann an.

Der Wachschutzmann beugte sich tiefer über die Tastatur, als das Gesicht plötzlich verschwand und der Monitor schwarz wurde. »Sag ich doch«, brummte er genervt, »das Ding ist im Eimer. Wir brauchen neue Geräte.«

Lilienthal zwang sich zur Ruhe.

Der Mann fluchte leise und fuhr die Überwachungsanlage erneut hoch. Die gleichen Bilder wie zu Anfang bauten sich auf dem Bildschirm auf.

Die Person, die zuvor auf der Treppe gewartet hatte, sprang plötzlich hoch, verfehlte die nächste Stufe, knickte beim Landen um und rieb sich kurz den Knöchel. »Stopp!« Susannes Stimme überschlug sich. »Das sind keine Männerschuhe, Maik. Siehst du das auch? Da glitzert was.«

Unaufgefordert zoomte der Wachschutzmann das Bild heran. Verschwommen waren an dem Schuh Applikationen aus einem glänzenden Material zu erkennen.

»Aus welcher Richtung kamen die beiden?«, wollte Susanne wissen.

»Genau kann man das nicht sagen, aber ich denke, so wie die sich bewegten, vom Park«, antwortete der Mann und starrte fasziniert auf die Schuhe. »Das ist ja eine Frau«, sagte er und schüttelte den Kopf. »Manchmal klettern Jugendliche über den Zaun, aber Mädels waren bisher nie dabei.« Treuherzig blickte er Lilienthal an. »Eigentlich haben wir auch einen Hundeführer. Mit dem hätten wir die gleich erwischt. Natürlich nur, wenn diese Überwachungsanlage die Bilder zeitnah übertragen hätte.«

»Und wo ist Ihr Hundeführer jetzt?«

»Ausgeliehen. Die Kollegen brauchten Verstärkung.«

»Welche Kollegen?«

»Wir betreuen mehrere Objekte, auch die DB-Zentrale am Potsdamer Platz und jetzt gerade auch das Olympiastadion.«

»Wurde das gesamte Gelände inzwischen kontrolliert?«, unterbrach Susanne.

»Was denken Sie denn?« Der Wachmann war jetzt wieder in seinem Element. »Dafür gibt es klare Vorschriften. Mein Kollege und ich sind das ganze Areal abgegangen. Keine Auffälligkeiten.«

»Können Sie uns die aktuellen Aufnahmen sämtlicher Kameras zeigen?«, wollte Lilienthal wissen.

Der Mann brummte etwas Unverständliches und gab verschiedene Befehle über die Tastatur ein. Ein feiner Schweißfilm bedeckte seine Stirn, obwohl die Klimaanlage auf Hochtouren lief.

Lilienthal zählte innerlich bis zehn. Das dauerte ihm alles zu lange, und der Typ hier war nicht gerade der Hellste.

Endlich zeigten alle Bildschirme verschiedene Aufnahmen. Der Zufahrtsbereich zum Gelände war menschenleer. Auch am Empfangsgebäude bemerkten sie nichts. Auf dem nächsten Monitor waren die Luftschächte zu sehen. Sie führten zum Schulungszentrum der DB Akademie, das unter dem oberirdischen Bahnhof lag.

»Aber hier steht doch jemand.« Susanne deutete auf das folgende Bild.

Lilienthal trat näher. Kaum erkennbar wölbten sich die Umrisse des Salonwagens an der Stelle, an der sie eben noch gestanden hatten.

»In ein paar Minuten fährt drüben auf dem Bahnsteig der Zug aus Magdeburg durch«, bemerkte der Wachmann mit Blick auf die Wanduhr.

»Du, das ist Baier! Der will rüber auf den öffentlichen Bahnhof, Maik!«

»Das werden wir ihm vermasseln, dem werten Herrn.« Lilienthal zog seine Waffe und rannte zur Treppe. »Du sicherst den Eingang vom Bahnhof her!«, rief er Susanne zu, die ihm folgte. Er sprintete über den Vorplatz. Vor den Stufen, die zu den historischen Waggons führten, verharrte er, lauschte. Als er lautlos den Fuß auf die erste Stufe setzte, schwang sich jemand über die Begrenzungshecke. Was du kannst, kann ich schon lange, Freundchen, dachte Lilienthal, nahm Anlauf, sprang und landete in den stacheligen Büschen. Fluchend, weil die Dornen seine Handflächen aufgerissen hatten, kletterte er auf den Bahnsteig. Leer. Auch auf den Gleisen konnte er niemanden entdecken. In Deckung zu gehen war jetzt überflüssig. Der Flüchtende musste ihn inzwischen bemerkt haben. Lilienthal ignorierte den stechenden Schmerz in seinem Bein und rannte zu dem noch aus Kaisers Zeiten stammenden Wartehäuschen. Die Tür war verschlossen. Wo war Baier? Er kniff die Augen zusammen und starrte zum Ende des Bahnsteigs, wo sich der Treppenaufgang befand. Susanne müsste längst dort sein und hätte dem Flüchtenden den Weg versperrt. Angespannt blickte er sich um, registrierte die Container auf der stillgelegten Seite des Bahnsteigs, entsicherte seine Waffe und schlich langsam näher.

Er ahnte die Bewegung mehr, als dass er sie sah, fuhr herum und schaute hinunter in das Gleisbett.

»Vorsicht an der Bahnsteigkante. Der Regionalexpress aus Magdeburg Richtung Berlin fährt ohne Aufenthalt durch«, plärrte es über ihm aus dem Lautsprecher.

Der Schmerz kam unvermittelt. Lilienthal schnellte gekonnt zur Seite, stürzte sich mit einer Drehung auf den Angreifer, krallte sich an ihm fest und riss ihm dabei die Maske vom Gesicht. Baier starrte ihn hasserfüllt an. Lilienthal versuchte, ihn zu Fall zu bringen, aber Baier wich geschickt aus und wehrte ihn gekonnt ab. Plötzlich riss er an ihm, und Lilienthals Waffe flog in hohem Bogen davon. Baier konnte offensichtlich genauso gut Karate wie er. Umklammert stürzten beide auf den Boden. Lilienthal rammte ihm das Knie in den Bauch. Der gab einen gurgelnden Laut von sich und versuchte, sich wegzudrehen. Aber Lilienthal krallte sich mit aller Kraft an ihm fest. Baier trat mit dem Fuß, verfehlte nur knapp sein Gesicht, bäumte sich auf und stieß seinen Schädel mit voller Wucht gegen Lilienthals Kopf. Schwarze Punkte tanzten vor Lilienthals Augen. Mit letzter Kraft drehte er sich, fühlte die harten Steine unter sich, dann einen heftigen Schmerz. Entfernt vernahm er eine Polizeisirene, aber etwas anderes überlagerte das Geräusch. Der Boden vibrierte. Er klammerte sich an Baier, hörte dessen Keuchen direkt an seinem Ohr. Aus den Augenwinkeln registrierte er, wie Susanne mit gezogener Waffe auf sie zurannte, und war für den Bruchteil einer Sekunde abgelenkt.

Der Schlag traf zielgenau auf sein Kinn. Er schwankte, spürte kaum noch den anschließenden Stoß, taumelte, kippte zur Seite und fiel. Registrierte nur noch vage den brennenden Schmerz an den verletzten Handflächen, als er auf dem scharfkantigen Schotter aufschlug. Die Scheinwerfer des herannahenden Regionalexpresses fraßen sich grell an den Schienensträngen entlang.

30

Susanne rannte hinüber zum Eingang des Bahnhofs. Die Kollegen hatte sie bereits über die Lage informiert. Auch wenn der angekündigte Regionalexpress nicht hielt, was ihr der Security-Mensch noch hinterhergerufen hatte, war sie sicher, dass Baier sich mit dem Zug absetzen wollte. Aber wo war Fanny Schuster? Immer zwei Stufen auf einmal nehmend sprang sie die Treppenstufen hoch, die Waffe schussbereit in beiden Händen. Sie war auf der vorletzten Stufe, als sie die beiden kämpfenden Männer etwas weiter hinten auf dem Perron erblickte. Ineinandergekrallt versuchte jeder, den anderen niederzuzwingen. Sie fing Lilienthals kurzen Blick auf und registrierte das Pfeifen des näher kommenden Zuges. Im selben Augenblick rammte Baier seinen Schädel gegen Lilienthals Kopf. Susannes Füße berührten kaum den Boden. Sie flog beinahe über den Bahnsteig. Sie wusste, Lilienthal war ein erstklassiger Karatekämpfer, hatte aber in letzter Zeit sein Training sträflich vernachlässigt. Erneut schaute er kurz zu ihr, als ihn Baiers Faust direkt am Kinn traf. Er riss die Arme hoch.

Die Zeit schien stillzustehen. Wie in Zeitlupe sah sie, wie Baier mit voller Kraft seinen Gegner stieß. Lilienthal mit den Armen ruderte. Wankte, zur Seite kippte und fiel.

»Nein!«, schrie Susanne. Sie hob die Waffe. Zielte. Schoss.

Erstaunt wandte Baier den Kopf.

Den kalten Luftzug des einfahrenden Triebwagens nahm Susanne kaum wahr.

Baier strauchelte und stürzte direkt vor dem Zug auf die Schienen.

Der Bahnsteig war leer. Beide Männer verschwunden, als hätten sie nie existiert. Das Blut rauschte in Susannes Ohren. Jemand versuchte, ihr die Waffe abzunehmen. Sie hielt sie krampfhaft fest, wandte sich zornig um. Und blickte in Kalumets schreckgeweitete Augen, hörte das Kreischen der Bremsen. Sah den Zug in einiger Entfernung zum Stehen kommen. Uniformierte rannten an ihnen vorbei, Rettungssanitäter mit Tragen, gleich dahinter ein Notarzt, in der Hand seinen schweren Arztkoffer, und Feuerwehrleute füllten den bis eben noch verlassenen Bahnsteig.

»Komm, Susanne«, murmelte ihr Kollege und nahm ihren Arm.

Sie wollte nicht weg. Stemmte sich gegen ihn. Weigerte sich. Sie wollte ihn zurückhaben, diesen Mann mit den markanten Gesichtszügen und den sinnlichen Lippen, den sie so liebte. Sie riss sich los. Wollte etwas sagen, brachte aber keinen Laut heraus. Blickte zu den Rettungssanitätern, die auf den Gleisen eine goldglänzende Folie ausbreiteten und etwas darin einwickelten. Undeutlich erkannte Susanne unter der Folie die Umrisse eines Körpers. Ihre Beine gaben nach. Kalumet fing sie auf und hielt sie fest in seinen Armen.

In derselben Nacht

Charlys Nase hinterließ einen feuchten Abdruck auf der Scheibe des Seitenfensters, als Lilienthal die Fahrertür des Jaguars aufschloss, der immer noch auf dem Parkplatz der DB Akademie stand. Aufgeregt und voller Freude sprang der Hund ihm entgegen.

Notdürftig verarztet mit Pflastern an Händen und Beinen und einer Klammer, die die Wunde über der Augenbraue zusammenhielt, hatte er sich gegen den Notarzt durchgesetzt und sich so schnell wie möglich aus dem Rettungsfahrzeug verabschiedet. Die leichte Gehirnerschütterung und die Schürfwunden würden ihn nicht bei der Arbeit behindern, war sein kurz angebundener Kommentar auf die Vorhaltungen des Arztes gewesen.

Susanne, hinter ihm, immer noch angespannt und blass, sprach kaum ein Wort. Wie eine Halluzination war er ihr vorhin erschienen, als sie die Augen nach dem kurzen Schwächeanfall öffnete und sein Kopf wie aus dem Nichts über der Bahnsteigkante auftauchte. Das ganze Gesicht blutverschmiert, die Lippen aufgeplatzt und geschwollen. Kalumet stürzte sofort zu ihm und half ihm hoch. Und als Lilienthal immer noch etwas wackelig vor ihm stand, boxte er ihm in die Seite, krächzte: »Meine Fresse, Maik, du machst vielleicht Sachen!«, und versuchte, dabei zu lachen, was gänzlich danebenging.

Als er auf sie zuging, stand sie da, unfähig, sich zu rühren, und blickte ihn nur fassungslos an. Erst als er sie umschlang und an sich zog, als sie die Wärme seines Körpers spürte, fiel die Erstarrung von ihr ab. Und immer wieder schluchzte sie: »Du lebst ja.«

Lilienthal wiegte sie wie ein Kind, das man beruhigen muss, und flüsterte: »Ich lass dich doch nicht allein, mein Liebes. Das weißt du doch.«

Nie wieder würde sie sich von ihm trennen. Ihn nicht mehr

gehen lassen. Er war der Teil, der zu ihr gehörte. Das war ihr in dem Augenblick klar geworden.

Was nach dem K.-o.-Schlag von Baier passiert war, daran konnte Lilienthal sich nicht mehr erinnern. Nur noch, dass er auf dem Schotter zwischen den Gleisen gelandet war und sich wohl einem Reflex folgend sofort aus dem Schienenbereich gerollt hatte. Den vorbeifahrenden Zug und danach die Sanitäter, die ihn zwischen den Gleisbetten zusammengekrümmt fanden, hatte er nicht wahrgenommen.

Susannes Kugel hatte Baier in den Oberschenkel getroffen, sodass er direkt vor den Triebwagen gestürzt war. »Kein schöner Anblick, Maik«, war Kalumets Kommentar gewesen. »Der ist bereits auf dem Weg in die Rechtsmedizin.«

In Baiers Rucksack fanden sie außer einigen Bekleidungsstücken ein Ledersäckchen mit hundert Markstücken aus Gold aus dem Jahr 1877. Darauf die Prägung: »Wilhelm Kaiser König v. Preussen«. Baier musste den Schatz von Preuss gefunden und ausgegraben haben. Wo seine Frau war, wussten sie immer noch nicht.

Charly drängte sich an Lilienthal vorbei und lief zum nächstgelegenen Baum, an dem er sich erleichterte. Gleich hinter dem Parkplatz schloss sich das parkähnliche Grundstück der DB Akademie an. Susanne legte dem Hund sein Geschirr mit der Schleppleine um. Charly schüttelte sich, wedelte erwartungsvoll mit der Rute und hob plötzlich den Kopf. Seine schwarze Nase vibrierte. Witternd verharrte er. Unvermittelt sprang er auf einmal los, riss die Leine mit sich, sodass Susanne stolperte und sich gerade noch auf den Beinen halten konnte.

»Charly hat etwas entdeckt!«, rief sie Lilienthal zu und rannte, die Leine fest in der Hand, dem Tier hinterher.

Mit ziemlicher Sicherheit nur ein Wildschwein, dachte Lilienthal genervt. Er spürte jeden Knochen, als er den beiden folgte, aber er wollte Susanne nicht allein lassen. In der Dunkelheit konnte er nur in letzter Sekunde einem riesigen alten Baum ausweichen. Er fummelte nach seiner Taschenlampe. Vor ihm im Lichtkegel entdeckte er Charly, eine mächtige Rosskastanie umrundend, die Nase dicht am Erdreich.

»Such, Charly, such!«, hörte er Susannes Stimme.

In seinem Kopf pochte es schmerzhaft. Lilienthal blieb stehen. Was sollte das Ganze? Nachts über Stock und Stein zu rennen, nur weil der Hund irgendeine Wildfährte entdeckt hatte.

»Maik, hierher!«

Er gab sich einen Ruck und lief in die Richtung ihrer Stimme. Im diffusen Licht erblickte er ihre Gestalt. Sie winkte ihm zu. Kurz bevor er sie erreichte, versperrte ein Sandhügel ihm den Weg. Dahinter scharrte der Hund. Im Schein von Susannes Taschenlampe erblickte Lilienthal eine frisch ausgehobene Grube von circa einem Meter Durchmesser. Der Strahl ihrer Lampe wanderte weiter und beleuchtete etwas. Lilienthal, inzwischen neben ihr, bückte sich und schob das undefinierbare Etwas mit dem Fuß auseinander.

»Das ist eine alte Wehrmachtsplane, Maik. Und dahinten im Gebüsch liegt ein Spaten«, flüsterte sie. »Baier und Schuster haben tatsächlich den Platz gefunden, an dem Preuss damals seinen Schatz vergraben hat.«

»Die Goldmünzen, ja. Aber hier muss noch mehr gewesen sein. Dafür sind die Grube und die Plane zu groß.«

»Die haben sich getrennt, Maik, aber vorher die Beute aufgeteilt. Schuster hat sich einen anderen Fluchtweg ausgesucht. Weit kann die noch nicht gekommen sein.«

»*Waste of time*, Susanne. Die ist über alle Berge. Ich rufe jetzt Manni Langer an, der kann die Spuren sichern. Ich lasse sie zur Fahndung ausschreiben.« Lilienthal griff zum Handy und informierte die Kollegen. Während er sprach, hörte er Charly winseln. Unwillig wandte er sich um, aber Susanne lockerte bereits die Schleppleine.

»Such«, befahl sie. Das Tier sauste los.

Charly rannte direkt zu dem hohen Zaun, der den Park Sanssouci vom Gelände des Kaiserbahnhofs trennte. Knurrend sprang er daran hoch.

»Wir müssen zurück«, keuchte Lilienthal hinter ihnen.

»Hier kommen wir nicht rüber. Der Eingang zum Park liegt gleich nebenan.«

Sie liefen zum Ausgang des DB-Geländes. Kalumet, inzwischen eingetroffen, schloss sich ihnen an. Vor dem schmiedeeisernen Posttor, dem Parkeingang, blieb der Hund knurrend und mit gesträubtem Fell stehen.

»Verdammt«, fluchte Lilienthal, »abgeschlossen!« Er holte sein Handy hervor und wählte Langers Nummer.

Doch bevor der sich meldete, hatte Kalumet etwas Längliches aus seiner Hosentasche gezogen, fummelte am Schloss herum und stieß nach wenigen Sekunden den schweren Torflügel auf.

»Erfolgreiches Praktikum im Einbruchsdezernat?«

Kalumet grinste nur.

Susanne rannte mit dem Hund voraus, sodass die beiden Männer ihr kaum folgen konnten. Der Mond hatte sich hinter einer Wolke hervorgeschoben, die jahrhundertealten Bäume neben dem Weg warfen bizarre Schatten. Mit einem Mal riss der Hund so heftig, dass Susanne die Leine entglitt, und verschwand im Unterholz.

»Wo ist der jetzt?« Lilienthal rang nach Atem.

Da hörten sie ihn aufheulen, dann wütend bellen. »Charly!«, rief Susanne.

Kalumet spurtete an ihr vorbei in die Richtung, aus der die Geräusche gekommen waren.

Übelkeit übermannte Lilienthal. Er stützte seine Hände auf die Oberschenkel und versuchte, tief durchzuatmen. Susanne schaute ihn besorgt an. »Geht gleich wieder«, beruhigte er sie.

»Rechts vom Weg!«, rief Kalumet weiter entfernt.

Susanne verschwand ebenfalls im Unterholz.

Lilienthal folgte ihr. Zweige schlugen ihm ins Gesicht, er strauchelte, hatte die Orientierung verloren. Wo waren die beiden? Er lauschte, lief wachsam weiter. Unerwartet gab das Erdreich unter ihm nach. Sein Fuß knickte um, der Schmerz schoss hoch in die Wade. Unterdrückt fluchte er und rappelte sich auf. Da spürte er, dass er nicht allein war. Jemand atmete.

Vor ihm hockte etwas. Der Hund winselte ganz in der Nähe. Er beugte sich vor. Im schwächer werdenden Lichtstrahl seiner Taschenlampe blickte er in Fanny Schusters hasserfüllte Augen.

Sie kauerte neben der Senke, unter einer Eibe, in die er gestolpert war. Ihr Gesicht war mit Erde verschmiert. Die eine Hand umfasste krampfhaft den Henkel einer Sporttasche, die andere war mit einem schmutzigen Taschentuch umwickelt. Der Hund kroch auf Lilienthal zu, leckte ihm die Hand.

Äste knackten, Kalumet schob sich durch die Zweige. Als er Fanny Schuster sah, wollte er sich auf sie stürzen und nach der Tasche greifen. Da schoss ihr unverletzter Arm empor. Kalumet brüllte auf.

Lilienthal griff nach ihrem Arm und warf sie mit einem gekonnten Griff auf den Rücken. Ohne auf ihr Gezeter zu achten, legte er ihr Handschellen an.

»Pfefferspray«, schnaubte Kalumet empört und betastete sein Gesicht.

»Tätlicher Angriff auf einen Beamten, das wird Sie zusätzlich noch teuer zu stehen kommen«, bemerkte Lilienthal kalt, hob die Spraydose auf, die Fanny Schuster aus der Hand gefallen war, und steckte sie ein.

»Du kannst mich mal, du blöder Bulle!«, keifte sie und spuckte ihm vor die Füße.

»Amtsbeleidigung, das sieht gar nicht gut für Sie aus, Frau Schuster.«

»Nimm die blöde Töle weg«, fauchte sie. »Der Hund ist tollwütig, der hat mich eben gebissen.« Anklagend hielt sie ihre verbundene Hand hoch. »Ich muss ins Krankenhaus. Sofort«, schnaubte sie. »Sonst hänge ich Ihnen eine Klage wegen unterlassener Hilfeleistung an. Ich kenne meine Rechte. Und der Köter da muss getötet werden«, fügte sie gehässig hinzu.

»Sie haben versucht, Charly umzubringen?«

»Ich brauche eine Spritze gegen Tollwut«, wimmerte Schuster, »sonst sterbe ich.«

»Alles schön der Reihe nach«, erwiderte Lilienthal kühl. »Was Sie dem Hund angetan haben, war Tierquälerei mit

Sachbeschädigung. In Ihrer Haut möchte ich nicht stecken. Ihr Strafregister füllt sich erschreckend schnell, Frau Schuster.«

»Was haben Sie in der Tasche?«, fragte Susanne, die inzwischen Charly angeleint hatte.

Der Hund beobachtete weiterhin Schuster, gab dabei ein heiseres Knurren von sich, hob die Lefzen und zeigte seine Fangzähne.

»Das ist privat, das geht niemanden was an«, keifte sie und versuchte, sich auf das Gepäckstück zu setzen.

Lilienthal schob sie einfach zur Seite und zog es hervor.

»Das gehört mir, das ist meins, wehe, du rührst das an, du Bullenarsch«, kreischte Schuster.

Susanne informierte bereits die Kollegen über ihren Standort. Als sie sich zu Lilienthal wandte, erblickte sie vor seinen Füßen im Licht der Taschenlampe ein in Segeltuch eingeschlagenes Paket.

Er zog die Enden auseinander. »Ja, was haben wir denn da?«, sagte Lilienthal freundlich.

Vor ihnen, mit Banderolen zu Päckchen zusammengefasst, lagen haufenweise Bündel von Hundert-Mark-Scheinen.

»Das Geld habe ich vom Preuss geschenkt bekommen, das ist meins!«, giftete die Schuster.

Lilienthal nahm eines der Bündel. Blätterte durch die Banknoten. Er schüttelte den Kopf. »Viel Geld, Frau Schuster. Aber leider«, er warf die Scheine zurück auf den Haufen, »ist das alles wertlos. Die Scheine besitzen nicht einmal Sammlerwert.«

»Sie lügen, das ist nicht wahr«, wimmerte die Schuster.

Lilienthal nahm das Segeltuch, schlug die Enden zusammen und verstaute es zusammen mit dem Geld in der Tasche. Müde blickte er Susanne an. »Und dafür mussten so viele Menschen sterben«, murmelte er.

32

Wenige Tage später

Die Kanzlei Mende & Partner residierte in einem noblen Altbau am Mexikoplatz. Im Gegensatz zu der aufwendig gestalteten Gründerzeitfassade waren die Büros im Inneren des Gebäudes auffallend funktionell und schlicht eingerichtet.

Ruth Koslowski rutschte nervös auf ihrem lederbezogenen Lehnstuhl hin und her. Enne lächelte ihr beruhigend zu. Ihre Freundin hatte sie gebeten, ihr bei der Testamentseröffnung Beistand zu leisten. Auch Enne war gespannt. Obwohl sie inzwischen von Maik und Körner über die Hintergründe der Morde an Hartwig, Preuss, Nymczek und Lisbeth Koslowski informiert worden war, kam ihr ein Testament von einem Mann, den Ruth nie gekannt und der auch noch umgebracht worden war, sehr fragwürdig vor. Lilienthal und Körner, hinter ihnen, waren von Amts wegen im Mordfall Preuss hinzugebeten worden.

Nachdem Dr. Mende, der Notar, ein schmaler, feingliedriger Mann mit schütterem Haar, die Formalitäten erledigt hatte, öffnete er einen versiegelten Umschlag und legte der Reihe nach mehrere Blätter vor sich auf die Schreibtischplatte. Er blickte Ruth durch seine goldumrandete Brille an. »Verehrte Frau Koslowski, sehr geehrte Anwesende, auch für mich ist dieser Termin etwas Besonderes«, begann er. »Zuerst möchte ich darum einige erklärende Worte vorausschicken.« Er machte eine Pause, räusperte sich und faltete dann die Hände wie zum Gebet. »Vor einigen Jahren erschien in meiner Kanzlei ein alter Herr«, fuhr er fort, »der mich bat, mit ihm zusammen ein Testament aufzusetzen. Das ist unser Geschäft und an und für sich nicht ungewöhnlich, aber die Umstände, das muss ich hinzufügen, waren diesmal besondere. Günther Preuss, so wies er sich korrekt mit einem Personaldokument aus, geboren in Wartenburg in Ostpreußen und damals und, wie ich aus der Sterbeurkunde ersehen konnte, auch zum Zeitpunkt seines Todes wohnhaft im Seniorenstift Havelaue in Potsdam. Ich konnte mich davon überzeugen, dass er sich zu dem Zeitpunkt, als er sich in meiner Kanzlei befand, bester Gesundheit erfreute und im Vollbesitz seiner geistigen Kräfte war.« Dr. Mende nahm seine Brille ab, putzte sie und schob sie wieder zurück auf die Nase. »Als Notar wird man oft mit den verschiedensten Wünschen konfrontiert, gerade was Erbfolge und Vermächtnisse betrifft. Man sollte also meinen, dass mir nichts fremd ist.« Er blickte zu Ruth hinüber. »Aber dieses Testament, liebe Frau Koslowski, hat auch für mich Seltenheitswert.« Er räusperte sich, schaute auf die vor ihm liegenden Papiere. »Ihm wurde ein handschriftliches Schreiben des Erblassers beigefügt. Er hat mich ausdrücklich damit beauftragt, es Ihnen vor der Testamentseröffnung vorzulesen.« Mende griff nach einem Blatt.

»Ich, Günther Preuss, geboren am 6. Januar 1919 in Wartenburg in Ostpreußen, vermache alles, was ich besitze, Miriam Rubin.«

Ruth blickte ratlos zu Enne, die mit den Schultern zuckte.

»Im März 1945 begleitete ich als Bahnschutzbeamter einen Transportzug von Breslau über Merkers nach Potsdam. Das Frachtgut bestand zu großen Teilen aus den Währungsreserven der Breslauer Bank, Kunstgütern aus den besetzten Gebieten in Osteuropa sowie Preziosen und ungeschliffenen Diamanten aus dem KZ Groß-Rosen in Schlesien.
    Der Befehl lautete, den größten Teil davon im Kalibergwerk Merkers einzulagern. Ausnahmen waren separat deklarierte Wertgegenstände, die der Reichsminister der Luftfahrt und Oberbefehlshaber der Luftwaffe, Hermann Göring, für sich beanspruchte und die weiter nach Potsdam und in der Folge nach Carinhall, seinem Wohnsitz, gebracht werden sollten. Bei einem Aufenthalt im Eulengebirge nahe dem noch im Bau befindlichen Führerhauptquartier Riese bemerkte ich, wie der Offizier

Arne Wrangler und der Feldwebel Kurt Koslowski einen Mann und eine Jüdin in den Zug schmuggelten. Damals war mir sofort klar, dass sie mit dieser Aktion die gesamte Begleitmannschaft in Gefahr brachten. Als die Kameraden der SS neben dem haltenden Zug auftauchten und nach der Flüchtenden suchten, war es meine vaterländische Pflicht, ihnen das Versteck der Jüdin zu zeigen. Die Frau wurde auf der Stelle erschossen. Den Freund der beiden Soldaten konnte ich retten.

Als wir Potsdam erreichten, lag der Mann im Sterben. Zu meiner Überraschung hielt er ein Kind im Arm. Ein Baby. Das ich zuvor nicht bemerkt hatte. Aus purer Menschlichkeit hatte ich mich während der Zugfahrt bereit erklärt, den beiden Soldaten zu helfen. Während der Offizier Arnold Wrangler sich um die Übergabe des Transportgutes kümmerte, blieb ich mit Feldwebel Kurt Koslowski zurück. Aber es war uns unmöglich, den schwer verwundeten Flüchtling unbemerkt aus dem Waggon zu befördern. Alfons, so hieß er, flehte wie eine Memme um ein schnelles Ende. Auch mir war klar, dass er es nicht überleben würde. Während der Aktion fing das Baby an zu schreien. Da erstickte ihn der Feldwebel Koslowski. Während eines Feindangriffs brachten wir den Leichnam in einen nahe gelegenen Bombenkrater. Ich nahm das Kind, Koslowski war nicht mehr fähig, mir zu helfen, versteckte es unter meinem Mantel und brachte es zu meiner Schwester, die gerade entbunden hatte. Ich wollte das Baby behalten. Meine Frau Else und mein kleiner Sohn Hans-Werner, gerade ein Jahr alt, waren bei einem Bombenangriff 1944 umgekommen.

Wenige Tage nach Kriegsende suchte mich Koslowski auf. Er drohte mir, mich wegen meiner Parteizugehörigkeit an die Russen zu verraten, sollte ich ihm nicht das Baby geben. Ich hatte keine Wahl und überließ ihm das Kind. Aber etwas habe ich aufbewahrt. Dr. Mende wird es nach meinem Tod der rechtmäßigen Besitzerin aushändigen.
Berlin, im April 2008
Gezeichnet Günther Preuss«

Dr. Mende legte das Blatt zur Seite. Aus einem Kästchen, das vor ihm auf dem Schreibtisch stand, entnahm er einen kleinen vergilbten Zettel. »Dieses Stück Papier fand Günther Preuss. Es war an dem Tuch, in dem das Baby eingewickelt war, angeheftet.« Der Notar räusperte sich. Dann sagte er: »Es stellt so etwas wie eine Geburtsurkunde dar.«

Die Anwesenden starrten auf das Stück Papier in der Hand des Anwalts. Von draußen drang gedämpft der Straßenverkehr herein. Im Raum war es totenstill. Mit belegter Stimme begann Dr. Mende zu lesen:

»Ich, Sarah Rubin, geborene Levi, Häftl. Nr. 76789, habe im FAL Ludwigsdorf am 4.2.45 um 11.00 Uhr ein gesundes Mädchen entbunden. Es soll die Namen seiner mütterlichen Vorfahren tragen. Die da heißen: Eve Esther Sarah Miriam Rubin aus dem Stamme der Levi. Der Vater meines Kindes, Adam Joshua Benjamin Rubin, kam während unseres Transports aus Budapest zum KZ Auschwitz im Januar 1945 ums Leben. Er wird in seiner Tochter weiterleben. Der Ewige ist mein Zeuge.«

Enne blickte zu Ruth, die leichenblass neben ihr saß. Sie griff nach ihrer Hand, die eiskalt war, und hielt sie fest.

Der Notar legte den vergilbten Zettel zurück in das Kästchen und griff zu dem nächsten Blatt, das vor ihm lag. »Hierbei handelt es sich um eine eidesstattliche Erklärung des Testierenden. Er berechtigt mich darin, Ihnen mitzuteilen, sehr verehrte Frau Koslowski, dass es sich bei der in dem vorangegangenen Papier genannten Eve Esther Sarah Miriam Rubin um Ihre Person handelt.« Er stand auf, nahm das Kästchen und ging zu ihr.

Ruth fuhr empor, wich zurück. Polternd fiel ihr Stuhl um. Abwehrend hob sie die Hände, starrte auf das, was er ihr entgegenstreckte.

»Es tut mir sehr leid, Frau Koslowski«, sagte Dr. Mende, »dass Sie es auf diese Art und Weise erfahren mussten.« Verlegen blieb er vor ihr stehen. Aber da sie noch immer keine

Anstalten machte, das Kästchen anzunehmen, wandte er sich um und stellte es zurück auf den Schreibtisch.

Lilienthal hatte sich halb erhoben, wollte zu Ruth, ihr beistehen, aber als Dr. Mende zum nächsten Schriftstück griff, sank er zurück auf seinen Stuhl.

»Des Weiteren verfügt der Erblasser über eine Schatulle mit altem Schmuck, dessen Wert nicht näher beziffert ist«, fuhr der Notar fort. »Sowie über ein Bankguthaben bei der Bank Justus Adler in der Schweiz, zu dem auch ein Schließfach gehört. Die Ziffern dazu lauten: Eins, Acht, Null, Vier. Den Schließfachschlüssel behielt der Erblasser. Er wurde mir über die ermittelnden Beamten ausgehändigt. Über die Höhe des Guthabens sowie den Inhalt des Schließfachs wollte sich der Erblasser nicht näher äußern. Beides geht mit dem heutigen Tag in Ihren Besitz über.«

Ruth stand immer noch bewegungslos da. Sie blickte an Dr. Mende vorbei, die Augen weit geöffnet. Keiner im Raum wagte zu sprechen. Auch der Notar wartete. Endlich straffte sie die Schultern. »Ich lehne das Erbe ab«, sagte sie, jedes einzelne Wort betonend, laut in die Stille hinein. »Das Einzige, was mir wirklich gehört, ist dieses Kästchen mit dem Papier von meiner leiblichen Mutter.« Sie trat an den Schreibtisch und griff danach, hob stolz ihren Kopf. »Mit diesem widerlichen Testament von einem Menschen, den ich Gott sei Dank nie kennenlernen musste, hat mein Leben nichts zu tun. Er hat mir meine Identität gestohlen und mich der Existenz meiner leiblichen Mutter beraubt«, fügte sie mit fester, klarer Stimme hinzu.

»Ich kann Ihren Wunsch nachvollziehen, Frau Koslowski«, erwiderte der Notar. »Wir werden die entsprechenden Papiere aufsetzen und sie Ihnen dann zur Unterschrift vorlegen.«

Ruth nickte und griff nach dem Arm von Enne, die zu ihr getreten war.

Auch Lilienthal erhob sich, ging nach vorn und umarmte Ruth. Mit rauer Stimme sagte er: »Ich bin so froh, dass es dich gibt, Ruthie.«

Körner, sichtlich um Fassung bemüht, wandte sich an Dr. Mende. »Wir werden uns mit den Schweizer Kollegen in Verbindung setzen. Ich denke, das Geld, oder was auch immer sich noch in dem Schließfach der Schweizer Bank befindet, wird einer entsprechenden jüdischen Einrichtung übergeben.«

33

Mitte August

Der angenehm kühle Nachtwind ließ die Blätter des großen Apfelbaumes hin und her tanzen. Zwischen den Zweigen schimmerte hell ein lachender, sonnengelber Papiermond. Darunter, auf dem festlich gedeckten Tisch, verbreiteten flackernde Kerzen ihr warmes Licht. Die Seerosen auf dem nahen Teich hatten bereits ihre Blätter geschlossen. Nur die Sterne am Firmament spiegelten sich im klaren Wasser.

Körner saß neben Enne. Fürsorglich hatte er einen Arm um sie gelegt. Er schaute zu Enderlein hinüber, der sich angeregt mit Ruth Koslowski unterhielt. Es ging dem Rechtsmediziner nach seiner überstandenen Operation deutlich besser als zuvor. Statt wie früher Zigaretten zu rauchen, kaute er an einem Nikotinkaugummi. Gänzlich ohne das Gift kam sein Körper noch nicht aus. Neben ihm lehnte sich Susanne entspannt zurück, hielt dabei Lilienthals Hand mit den schorfigen, noch nicht verheilten Wunden in ihrer. Auf seiner Stirn zeugte immer noch ein feiner roter Narbenstrich von dem Kampf auf dem Bahnhof Potsdam Park Sanssouci. Kalumet hob seinen Daumen, grinste zu Lilienthal hinüber. Neben ihm war Heike damit beschäftigt, Charly zu kraulen, der sich strategisch korrekt neben sie unter den Tisch platziert hatte. Jede Kette hatte ein schwaches Glied, das wusste selbst eine kleine Hundeseele wie seine.

Manni Langer hatte nur Augen für das Essen. Seit dem Morgen hatte er nichts mehr zu sich genommen, und sein Magen gab bereits empörte Geräusche von sich. Die Tafel bog sich unter den Karaffen mit rotem Chianti Classico, einem Riesling aus dem Rheingau und den verschiedenen Köstlichkeiten. Rucola mit Roastbeefstreifen, eingelegte Tomaten und Oliven, eine große Platte Frutti di Mare und ofenfrisches Bauernbaguette, Kartoffeln im Schnittlauchbad mit Olivenöl von einem Bauerhof aus der Toskana sowie Parmaschinken, der sich auf einer

Schieferplatte neben Pecorino- und Parmesanstückchen, Schälchen mit Dattelbalsamico und Feigensenf türmte.

Enne hatte nach ihrem Krankenhausaufenthalt den Wunsch geäußert, alle, die an der Aufklärung der komplizierten Mordfälle mitgewirkt hatten, zu einem kleinen Sommerfest in ihrem großen Garten einzuladen. Sie hob ihr Glas, lächelte in die Runde und wünschte ihren Gästen ohne große Worte einen guten Appetit.

Natürlich wurde auch während des Essens noch mal über die Einzelheiten der Ermittlungen geredet, da Enne noch nicht alles wusste. Durch Zufall war Wranglers Smartphone wiederaufgetaucht. Die Hauswartin in der Douglasstraße, die seine Wohnung betreute, hatte es gefunden und zusammen mit seiner Post in ihrer Wohnung aufbewahrt. Susanne erzählte, Fanny Schuster habe beim Verhör versucht, die Morde an Preuss, Nymczek und Koslowski und auch den Schuss auf Hartwig allesamt Lukas Baier, ihrem Ehemann, in die Schuhe zu schieben. Unter dem Druck der Beweise aber nach und nach ihre Mitschuld zugeben müssen. Sie habe gestanden, die Tasche von Preuss mit seiner Uniform, den Aufzeichnungen und der Schmuckkassette gestohlen und in Alina Nymczeks Keller deponiert zu haben. Wohl wissend, dass so, sollte der Diebstahl je polizeilich untersucht werden, jeder ihre Kollegin verdächtigen würde. Zu ihrem Pech entdeckte Alina jedoch die Tasche, fand in der Kassette den Plan und den Schließfachschlüssel und kombinierte richtig, dass sie zu einem Versteck und zu seinen Reichtümern führen mussten, mit dem der alte Herr immer prahlte. Vorsorglich schickte sie den Schlüssel ihrer Schwester nach Polen, wovon weder Schuster noch Baier wussten. Die Situation wurde für das Gaunerpärchen kritisch, als Alina Nymczek ihrem Freund Hartwig die Karte zeigte und er sich daraufhin die entsprechenden Werkzeuge besorgte und begann, nach dem Schatz zu graben, setzte Lilienthal Susannes Bericht fort. Er hatte Baier gegenüber Andeutungen gemacht, der ihm mit der festen Absicht auflauerte, ihn zu töten, wenn er den Schatz finden sollte. Auch das hatte Fanny Schuster zugegeben.

Aber Baier traf nur Hartwigs Schlüsselbein. Dass Hartwig kurz darauf auf den Blindgänger stieß, der seinem Leben ein Ende bereitete, war letztlich Zufall.

Währenddessen suchte Fanny Schuster Alina Nymczek auf, ergänzte Kalumet. Sie wusste, dass sie wegfahren wollte, und musste den Schließfachschlüssel unbedingt vorher noch in ihren Besitz bringen. Außerdem wusste die Nymczek aus ihrer Sicht inzwischen zu viel und wurde eine Gefahr für die beiden. Schuster kannte Nymczeks Vorliebe für Apfelkorn. Sie präparierte eine Flasche mit dem Gift, zu dem Baier in der Klinik für Klauenmedizin Zugang im Giftschrank hatte, besuchte sie, und alles andere wissen wir ja.

Letztendlich hatten die Kriminaltechniker ein einzelnes Haar im Zimmer von Preuss gefunden, das Baier zugeordnet werden konnte. Und die Heimleiterin des Seniorenstifts Havelaue hatte ihn zuvor anhand einer Fotografie als den Besucher, der sich als Axel Meier ausgegeben hatte, identifiziert. Und die Hauskrankenpflegerin erkannte nach einer Gegenüberstellung Schuster wieder, als die Frau, die ihr im Treppenhaus entgegengekommen war. Damit schloss sich der Kreis.

Wrangler lag noch im Krankenhaus. Enne erzählte, sie habe ihn mehrmals besucht und lange Gespräche mit ihm geführt. Er war inzwischen zu der Einsicht gelangt, sich wegen seiner Spielsucht einer Therapie zu unterziehen. Auch warum er sie nach dem Restaurantbesuch nicht in ein Krankenhaus brachte, klärte sich bei ihren Unterhaltungen auf. Wie vereinbart, war er mit ihr zu seinem Gartengrundstück gefahren, da er ihr anfängliches Unwohlsein nicht ernst genommen und auf den Alkohol zurückgeführt hatte. Als sich ihr Zustand verschlechterte und er den Notarzt rufen wollte, stellte er fest, dass sein Handy verschwunden und auch keiner seiner Laubennachbarn anwesend war. Also kümmerte er sich rührend um sie und vernachlässigte sich dabei selbst, sodass er seinen niedrigen Insulinspiegel zu spät bemerkte. Die Pilze, die zu ihrer Vergiftung geführt hatten, warf Enne noch ein, stammten übrigens aus einem Glas, das sie vorher zu Hause geöffnet und gegessen hatte, nicht aus dem Restaurant, das ergab auch die Analyse ihres Mageninhaltes.

Nachdem Wrangler vernehmungsfähig war, erfuhr Lilienthal von ihm, dass der Karton und der alte Fiberkoffer in seiner Wohnung im Grunewald von seinem Vater stammten, der zu Lebzeiten auch gern ein Gläschen Danziger Goldwasser getrunken hatte. Das Dimethoat im Fläschchen hatte der im Garten als Insektizid benutzt. Peter Wrangler hatte es zusammen mit den anderen Sachen nach dessen Tod aus der Laube mitgenommen und danach vergessen.

Was mit dem Schweizer Vermögen geschehen würde, sei noch immer offen, fuhr Körner fort. Da die Kollegen der Alpenrepublik in der Sache offiziell mit den deutschen Behörden zusammenarbeiteten, war im Bankhaus Justus Adler ein Dauerauftrag sichergestellt worden. Preuss waren über die Kufsteiner Bank und von dort aus weiter auf das Konto der HypoVereinsbank München monatlich fünftausend Euro überwiesen worden.

»Aber was befand sich in dem Schließfach?«, wollte Enne schließlich wissen.

»Da haben die ziemlich rumgeeiert«, meinte Körner. »Aber schließlich erfuhren wir, dass die Schweizer Kollegen Diamanten sichergestellt haben.« Er räusperte sich. »Es handelte sich dabei um ein Säckchen mit dem Aufdruck ›KZ Groß-Rosen‹.«

Als die Runde beim Espresso angelangt war, stemmte Körner sich aus seinem Stuhl hoch und klopfte an sein Glas. Nachdem sich die Augen der Anwesenden auf ihn gerichtet hatten, begann er zu reden: »Liebe Enne, wie immer ist es hier in deinem Garten und mit dir zusammen wunderschön. Danken möchte ich dir im Namen aller für deine Großzügigkeit. Dafür, dass du die ganze Mannschaft zu dir eingeladen hast, aber vor allem dafür, dass wieder einmal dein Instinkt auf die richtige Spur gewiesen hat. Auf die des Geldes.«

»Des Blutgeldes«, ergänzte Enne.

Körner nickte. Blickte wohlwollend in die Runde. »Aber,

auch das möchte ich betonen: Ohne das Team um Maik wären wir den beiden skrupellosen Mördern nicht so schnell auf die Schliche gekommen.« Er griff nach seinem Glas. »Auf dein Wohl, Enne, und auf das meiner großartigen Mordermittler«, fügte er pathetisch hinzu und übersah geflissentlich Lilienthals genervten Blick. »Danke, Kollegen, für eure hervorragende Arbeit.«

Enne unterdrückte ein Schmunzeln. Sie ahnte, warum Körner so tief in den Honigtopf griff. Für morgen war das Mitarbeitergespräch mit ihrem Sohn angesetzt, und der hatte sich immer noch nicht dazu geäußert, ob er in Potsdam bleiben wollte oder nicht.

Blitzschnell zog um den alten Nussbaum herum ein Fledermauspärchen seine Flugbahnen. Der verspätete Lockgesang einer Grille erklang in der lauen Sommernacht, und im goldfarbenen Schein der Teichlampen schimmerten verwoben die Wasserpflanzen. Enne mochte jeden Einzelnen, der an ihrer Tafel saß. Und wieder einmal war ein Fall gelöst. Alle hier hatten ihr Bestes gegeben. Sie lehnte sich zurück, zufrieden und ein wenig erschöpft.

Körner beugte sich zu ihr und raunte ihr zu: »Was hältst du von Florenz, Ennekin?«

»Was du willst, Richard«, murmelte sie.

»Abflug am kommenden Samstag, neun Uhr dreißig ab Tegel?«

»Gebongt«, lächelte sie, nahm ihr Glas, trank den Rest aus und sagte dann zu ihm mit gedämpfter Stimme: »*Dolce vita*, gell, Richard? Solange es noch geht.«

Die anderen hatten von ihrem kurzen Gespräch nichts mitbekommen, nur Enderlein blickte nachdenklich zu Körner und Enne und knabberte dabei an einem Parmesanbröckchen.

Wie alles anfing

Eine alte Briefseite auf bräunlichem, brüchigem Papier. Eine Reise nach Polen ins ehemalige Niederschlesien. Ein Ausflug nach Wałbrzych, dem schlesischen Waldenburg, und zum nahe gelegenen Schloss Fürstenstein.

Erst waren es nur einzelne Figuren, Szenen, die mir durch den Kopf gingen. Aber nach und nach fügte sich eins zum anderen, und die Geschichte nahm Gestalt an.

Ein besonderer Tag während meiner Recherchen an diesem Buch war der Besuch bei Dr. med. Jörg Semmler, Direktor und Chefarzt des Brandenburgischen Landesinstituts für Rechtsmedizin in Potsdam. Obwohl sein Terminplan es kaum zuließ, nahm er sich die Zeit, führte mich durch das Gebäude, erklärte mir die einzelnen Bereiche der Rechtsmedizin und beantwortete dabei meine vielen Fragen. Recht herzlichen Dank, Herr Dr. Semmler, es war nicht nur lehrreich, sondern auch ein ganz besonderes Vergnügen, Ihnen zuzuhören.

Auch Dipl.-Chemiker Herrn Weniger gilt mein Dank. Mit Vergnügen denke ich an das Brainstorming auf der Institutsterrasse zurück. Bei vielen Möglichkeiten haben Sie und Herr Dr. Semmler sich die Bälle zugespielt. Eine davon habe ich aufgegriffen und umgesetzt.

Liebe Heidi von Plato, wie immer hast du mich auch bei diesem Buch begleitet. Einfühlsam und diplomatisch auf alles hingewiesen, was nicht in die Geschichte gehörte, dabei mit Tee versorgt und immer wieder aufgerichtet, wenn mir alles zu langsam ging. Danke dafür, es war immer anregend und hat dabei auch noch Spaß gemacht.

Liebe Cordula Pozimowski, lieber Magnus Sambo, ich danke euch für die vielen schönen Tage, die ich bei euch am Zürichsee verbringen durfte. Ihr habt mich jeden Tag verwöhnt, mir dabei auch noch das schöne Züri mit seiner Umgebung gezeigt und mich auch mit kreativen Ideen unterstützt. Beinahe jeder meiner Besuche bei euch fing mit einer Einkehr im »Odeon« an. So soll es bleiben, gell.

Sehr herzlich bedanke ich mich bei Małgorzata Lebioda, die sich viel Zeit nahm, um mir die Geschichte von dem Führerhauptquartier »Riese« im Schloss Fürstenstein zu erzählen und mir auf und in der unterirdischen Anlage viele Details zeigte. Auch der gemeinsame Besuch der Überreste der ehemaligen KZ-Außenlager im Eulengebirge und die spektakuläre Führung mit der bedrohlichen Geräuschkulisse in den nur wenig erhellten Tunnelgängen werden mir immer in Erinnerung bleiben.

An einem stürmischen, kühlen Julitag besuchten mein Mann und ich das Konzentrationslager Groß-Rosen bei Rogoznica in Niederschlesien. Wir liefen auf einem breiten Weg vorbei am ehemaligen Kommandantenhaus direkt auf das Lagertor zu. Traten hinein. Und da stand er, der Galgen auf dem weiten leeren Platz – immer noch.

Es war nicht mein erster Besuch in einem KZ. Aber über Groß-Rosen, so schien es mir, lag noch der Schleier der Gräueltaten, die hier an Tausenden Menschen vor so vielen Jahrzehnten begangen wurden.

Ich möchte mich bei den Mitarbeitern des Informationszentrums Groß-Rosen für ihre beeindruckende Ausstellung im ehemaligen Kommandantenhaus sowie für das Material über das Lager und die Nebenlager bedanken. Sie waren mir eine wertvolle Hilfe bei der Entstehung der Geschichte.

Sehr herzlich danke ich Ursula Grahn. Sie hat mich in der Endphase, in der meine Nerven blank lagen, voller Tatkraft und Energie unterstützt.

Mein ganz besonderer Dank gilt Dr. Christel Steinmetz vom Emons Verlag. Sie vertraute dem ersten, noch unfertigen Exposé der Geschichte. Das hat mir viel Mut gemacht. Und natürlich bedanke ich mich bei allen Mitarbeitern im Hause Emons, die sich mit viel Engagement des Manuskripts annahmen. An dieser Stelle möchte ich mich auch ganz herzlich bei Leslie Schmidt für die Pressearbeit bedanken. Und natürlich auch bei Susanne Bartel, meiner Lektorin, die mich zum Schluss professionell beim Überarbeiten begleitet hat.

Am meisten aber danke ich meinem Mann, der mir in kritischen Zeiten zur Seite stand. Gelassen und kompetent, wenn mein Computer ganze Textteile verschluckte, brachte er alles wieder zum Laufen, hielt mir den Rücken frei zum Arbeiten und gab mir den einen oder anderen wichtigen Hinweis. Ohne deine Unterstützung, Bodo, wäre dieses Buch nie fertig geworden.

Carla Maria Heinze
Oktober 2017

Quellen- und Literaturverzeichnis

Bentzien, Hans, »Die Heimkehr der Preußenkönige«, Gedenkausgabe 17.8.1991, ISBN: 3-353-00877-2

»Erster Berliner Arbeiterturnverein«, Edition Luisenstadt, Berlinische Monatsschrift, 8/1996

Focken, Christel, »FHQ Führerhauptquartiere Riese«, Helios Verlags- und Buchvertriebsgesellschaft, Aachen, 2008, ISBN: 978-3-938208-63-2

Konieczny, Alfred, »Frauen im Konzentrationslager Groß-Rosen in den Jahren 1944–1945«, Museum Groß-Rosen, 2003, ISBN: 978-8389824-18-9

Kruszynski, Piotr, »Die unterirdischen Bauten im Eulengebirge und auf Schloss Fürstenstein«, Museum Groß-Rosen, 1998, ISBN: 83-907263-8-6

Tsokos, Michael, »Die Klaviatur des Todes«, Droemer Verlag, München, 2013, ISBN: 978-3-426-27602-0

Tsokos, Michael, »Sind Tote immer leichenblass?«, Droemer Verlag, München, 2016, ISBN: 978-3-426-27700-3

Zu Recherchezwecken über Massentierhaltungen sowie über historische Orte und Handlungen habe ich mich bei folgenden Quellen bedient:

Die Welt, Die Zeit, Der Tagesspiegel, Frankfurter Allgemeine Zeitung, Potsdamer Neueste Nachrichten, www.rbb-online.de, Günter Möschner sowie Wikipedia.

Carla Maria Heinze
POTSDAMER MORDE
Broschur, 240 Seiten
ISBN 978-3-95451-265-2

»*Ein spannender Krimi, der so nah an der Zeit ist.*« Potsdam TV

www.emons-verlag.de

Carla Maria Heinze
BRANDENBURGER GEHEIMNISSE
Broschur, 336 Seiten
ISBN 978-3-95451-748-0

»Aufwendig arrangiert spinnt die Autorin die dramaturgischen
Spannungsfäden, taucht in die kriegerische Schreckensvergangen-
heit des 20. Jahrhunderts hinein. ›Brandenburger Geheimnisse‹
ist alles andere als ein oberflächlich hingeworfener Krimi, ist kein
Roman, der sich mit lediglich künstlich aufgesetztem Lokalkolorit
schmückt und sich ans regionale Leserherz schmeißen will. Carla
Maria Heinze hat mit ›Brandenburger Geheimnisse‹ dem stets
anwachsenden Regionalkrimimarkt neue und aufregende Seiten
hinzugefügt.« Antenne Brandenburg

www.emons-verlag.de